DER GROSSE LIEBESROMAN

Von derselben Autorin erschienen außerdem
als Heyne-Taschenbücher

In den Fesseln der Liebe · Band 28/56
Der Liebesreigen · Band 28/73

Marcia Rose

Das zweite Erwachen

Roman

Deutsche Erstveröffentlichung

WILHELM HEYNE VERLAG
MÜNCHEN

DER GROSSE LIEBESROMAN
Band 28/89

Titel der amerikanischen Originalausgabe
CONNECTIONS
Deutsche Übersetzung von Traudl Kurz-Perlinger

Printed in Germany 1985
Umschlaggestaltung: Atelier Ingrid Schütz, München
Gesamtherstellung: Ebner Ulm

ISBN 3-453-84089-5

1

»Wir fragten uns immer, ist diese Ehe noch zu retten?«

»Ich wußte es!« stöhnte Nina, sich tiefer in den Beifahrersitz verkriechend, und starrte finster vor sich hin. »Stau! Na prima!«

Eve seufzte hörbar und stoppte den Wagen am Rotlicht der Kreuzung. Sie konnte sich nicht erinnern, daß die Ampel jemals Grün angezeigt hätte in all den Jahren, in denen sie zu ihrem Wochenendhaus herausgefahren waren. Eve liebte den Blick die Hauptstraße von Huntsfield, Connecticut, entlang, dieser verträumten Kleinstadt in Neu England. Sie liebte die weißen Gemeindebauten; das Rathaus mit seinen schlanken Säulen, das Postamt, die Methodistenkirche mit dem hohen Turm und den leuchtendroten Türen, den Dorfanger, wo die Kanone an den Unabhängigkeitskrieg mahnte. Sie kam gern hierher; auch die Kinder waren immer gern gekommen. Der Heldengedenktag am dreißigsten Mai war das Symbol für den Sommeranfang, und bisher waren sie immer lachend, plaudernd und voll froher Erwartung in den Ort gefahren. Aber nun...

»Stau! Nina! Ein Mädchen, das an der 88. Straße am Central Park aufgewachsen ist, kann doch sechs Autos – von denen vier parken – nicht als Verkehrsstau bezeichnen.«

»Und der Lafferty Parkplatz ist auch voll«, nörgelte Nina. »Wir kriegen nie einen Platz.«

Am Fuße des Hügels, auf der linken Straßenseite, gab es die fünf wichtigsten Geschäfte der Stadt. Man nannte die Südseite des Dorfangers den Markt, bestehend aus Apotheke, Schnapsladen, einem Geschäft für Freizeitmode, Ostranders Haushaltswaren und Lafferty, dem Supermarkt aller Supermärkte. Dort gab es alles neben den gängigen Lebensmitteln: Küchengeräte, hausgemachte Pastete, täglich frisches Brot und Kuchen und je nach Saison die feinsten Wildspezialitäten.

Natürlich war der Parkplatz besetzt – wie an jedem Wochenende, wenn die Sommergäste kamen. »Macht nichts«, sagte Eve mit einem Seitenblick auf Nina. Die Ampel schaltete auf Grün, und sie fuhr an. »Ich habe alles in der Stadt besorgt. Wir brauchen nicht anzuhalten.«

»Na prima! Dann gibt's also keinen Kartoffelsalat, den ich zufälligerweise so liebe, keine Zitronenmarmelade oder irgend etwas Gutes –«

»Du lieber Himmel, Nina, du klingst wie die typische verzogene jüdisch-amerikanische Prinzessin! Verschon mich bitte damit. Ich habe mich den ganzen Nachmittag mit deinem Vater herumgeärgert. Seit zweieinhalb Stunden sitze ich am Steuer, und jetzt bin ich ziemlich erschöpft. Aber ich habe Ardith angerufen, und es *gibt* deinen Kartoffelsalat und Zitronenmarmelade und entrahmte Buttermilch und Schokoladetrüffel und und *und!* Alles, was dein Teenagerherz begehrt.« Sie sah zu ihr hinüber, hoffte auf den Anflug eines Lächelns. Nina hatte die ganze Fahrt seit New York geschmollt. »Alles«, wiederholte sie.

»Außer Daddy.«

»Nina! Das ist nicht fair!« Sie blinzelte heftig, Tränen brannten in ihren Augen. Sie würde *nicht* weinen. Vor einem Monat hatte er ihr eröffnet, er würde gehen, und damals hatte sie sich geschworen, die Kinder würden keine Tränen von ihr zu sehen bekommen. Sie sollten nie erfahren, wie sehr er sie verletzte, wie sehr er sie verletzt hatte, immer und immer wieder. Verletzt, gedemütigt und herabgewürdigt während der letzten fünfzehn Jahre. Er und seine Frauengeschichten! Nein, es war nur die Müdigkeit und ihre zerrütteten Nerven. Nina machte ihr Vorwürfe, seit sie und Ted sich getrennt hatten.

Typisch für Ted kam alles sehr plötzlich. Ted war ein Mensch unvorhersehbarer Launen und Impulse; Züge, die er nicht nur eingestand, auf die er auch noch stolz war. »Ich hab' eine Idee«, sagte er gern, »und zack! Schon ist sie in die Tat umgesetzt.«

Es geschah an einem Dienstagabend, als er die Tür aufschloß und in die Wohnung stolperte, beladen mit Campingausrüstung. Eve, die in der Küche das Abendessen vorbereitete, hörte das Klirren und Scheppern, als Zeltstangen und Teile des Spirituskochers auf die Fliesen der Diele polterten. Sie rannte aus der Küche, wischte sich die Hände an der großen Schürze ab, die er ihr geschenkt hatte, worauf in großen Lettern stand: LIEBER WÜRDE ICH TENNIS SPIELEN. Ein schlechter Witz, denn sie haßte Tennis. Er war der Tennisspieler, machte jedoch nie einen Finger in der Küche krumm.

Auf allen vieren kroch er in der Diele rum und stapelte alles auf einen Haufen neben dem Schirmständer, und sie sagte: »Was, zum Teufel, soll *das* denn wieder?« Und er konterte: »Deine ständige Herabsetzung der Dinge, die mir wichtig sind! Das ist genau der Grund, warum ich gehe!«

»Was ... gehen? Wohin gehen?«

Nie würde sie sein Gesicht vergessen, als er zu ihr hochsah aus seiner lächerlichen Hockstellung. »Ich verlasse dich, Eve. Ich muß zu mir selbst finden.«

Verständnislos starrte sie auf die Schachteln und Einkaufstüten. »Ach, wirklich? Macy's ist ein seltsamer Ort, um sich selbst zu finden, würde ich sagen.«

»Ich mache keinen Spaß, Eve.« Er stand auf und fuhr sich durchs wirre Haar, blickte ihr direkt in die Augen, ganz Aufrichtigkeit: »Ich gehe nach Maine, um ein paar Monate allein zu sein und über mein Leben nachzudenken. Ich muß es tun.«

Er mußte es tun! Wie oft hatte sie das schon gehört. »Ted, ich finde das überhaupt nicht komisch.«

»Liebling. Es ist mein Ernst. Seit Jahren sagst du, wie gut es wäre, wenn wir uns eine Weile trennten. Nun bin ich endlich deiner Meinung. Sei doch froh darüber!«

Ein eisiger Schauer lief ihr über den Rücken. Er klang ruhig und zwanglos, gleichgültig – die Frechheit, die bodenlose Frechheit dieses Mannes war ungeheuerlich. Ein paar Monate allein sein, wie? Weil er es brauchte, wie? Und was war mit ihr? Er sagte das alles mit einer Selbstverständlichkeit, als würde er sich eine Viertelstunde zum Abendessen verspäten. »Drück dich bitte etwas deutlicher aus, Ted!« brachte sie schließlich zwischen den Zähnen hervor.

Er breitete die Arme aus, ein Bild reiner Vernunft. »Sieh mal, Eve, tut mir leid, wenn dich das aufregt. Ehrlich. Aber du kennst mich doch. Wenn ich eine Idee habe –«

»Ich weiß genau, was los ist, wenn du eine deiner idiotischen Ideen hast! Du hast sie alle Welt oft genug wissen lassen! Aber du kannst doch nicht einfach ankommen, wenn ich hausgemachte Pasta koche, die Kinder jeden Augenblick zur Tür reinkommen, ich Theaterkarten in der Tasche habe, für die ich mich heute morgen stundenlang angestellt habe und verkünden, daß du mich verläßt! Ich dachte immer, ich hätte in dieser Ehe auch ein Wörtchen mitzureden.«

»Dich verlassen? Ich verlasse dich nicht, Schatz. Du bist doch meine Frau. Du bist Teil meines Lebens, ein wichtiger Teil. Deshalb sage ich es dir einen Monat im voraus, anstatt einfach zu gehen. Weil ich dich gern habe.«

Eve wurde sich mit einem Mal ihrer geballten Faust bewußt; erstaunt sah sie, daß sie immer noch den großen hölzernen Kochlöffel in der Hand hielt, von dem Spaghettisauce auf die Fliesen tropfte. Sie blickte in Teds hageres, jungenhaftes Gesicht, in seine ernsten, braunen Augen – er nahm sich immer sehr ernst –, und in plötzlicher Wut schleuderte sie den Kochlöffel nach ihm. »Du und mich gern haben! Du Schuft!« Zu ihrer Verblüffung wirbelte der Kochlöffel tatsächlich durch die Diele direkt auf ihn zu.

Erschrocken fing Ted ihn vor der Brust auf und verzog das Gesicht. »Scheiße, Evie«, sagte er und wischte sich den roten Fleck vom Hemd.

»Und überhaupt«, schrie sie, »was heißt das eigentlich? Einen Monat vorher? Wovon, zum Teufel, sprichst du denn?«

»Ich habe ab ersten Juni eine Hütte an einem See in Maine gemietet, ohne Telefon, sechs Meilen vom nächsten Ort entfernt. Ich wandere, gehe angeln, klettere auf die Berge und denke darüber nach, was mit meinem Leben weiter geschehen soll.«

Eve stand reglos, ein seltsam leichtes Gefühl im Kopf, als würde sie über dieser irrealen Szene schweben. Sie kannte ihren Mann gut, war an seine wiederkehrenden Lebenskrisen gewöhnt. Aber dies hier war völlig absurd und lächerlich! Er, der erfolgreiche Anwalt, der Nasenbluten bekam, wenn er fünf Meter vom Telefon entfernt war, für den ein beschaulicher Abend ein Dinner für achtzehn Personen bei Lutèce statt bei Sardi's bedeutete – in einer Blockhütte in den Wäldern von Maine?

»Ted Soloway, weißt du denn, was du da sagst?« Sie schüttelte ungläubig den Kopf. »Hörst du dir eigentlich zu?

Du sprichst von einer einsamen Blockhütte, du, für den ein Picknick am Swimmingpool bereits ein Abenteuer ist?«

»Eve, Eve, versuche zu verstehen. Ich bin dreiundvierzig Jahre alt!«

»Verdammt noch mal, Ted, ich auch!«

Er hob lächelnd die Hände. »Ja, aber für eine Frau ist das was anderes.«

»Du! Du – oh, mir fehlen die Worte, Ted! Ich glaube, ich höre nicht richtig. *Für eine Frau ist das was anderes!* So, ist es das?«

Nun schlug er seinen Wir-wollen-doch-vernünftig-sein-Ton an, den er den Kindern gegenüber hatte, wenn sie gegen eine seiner Entscheidungen protestierten. »Eve, ich habe das halbe Leben hinter mir, und wo stehe ich? Ich frage dich, was habe ich erreicht?«

»Was du erreicht hast? Du bist ein erfolgreicher Anwalt, arbeitest für die größte Theaterkette in den Staaten, verdienst hundert Riesen im Jahr, hast drei entzückende Kinder, eine Wohnung in New York, ein Haus in Connecticut und, wenn ich hinzufügen darf, das geduldigste Schaf der Welt als Ehefrau. Was, zum Teufel, fehlt an dieser Liste, frage ich dich?«

Er seufzte. »Ich wußte, du verstehst mich nicht.«

Der Zorn in ihr verursachte starken Druck hinter ihren Augen.

»Im übrigen eine Frau, deren Geduld langsam zu Ende geht, Ted.« Sie biß sich auf die Lippen, um nicht zu sagen, was sie sagen wollte: Eine Frau, die zu dir gehalten hat, trotz Leslie Cannon und Rosemary Korman und Jessica Walters und all der anderen schnellen Affären und bedeutungslosen Liebesgeschichten. Nein, sie sagte diesen Satz nicht. Sie war erstaunt darüber, daß sie nicht in Tränen ausbrach, nicht einmal den bekannten stechenden Schmerz spürte sie. War das vorbei nach all den Jahren und all den Szenen? Sie sah nur sein Gehabe. Jeden Seufzer, jede Bitte um Verständnis kannte sie auswendig. So benahm er sich immer, jedesmal; und – stellte sie erschrocken fest – es langweilte sie. Ungeduldig wartete sie darauf, daß er mit seinem Auftritt zu Ende kam, damit sie zurück in die Küche gehen konnte.

Und dann breitete er wieder die Hände aus und schenkte

ihr sein gewinnendes Lächeln. »Eve, Eve«, sagte er beschwichtigend. »Du kennst mich doch. Augenblicklich erscheint es mir das beste, daß wir uns trennen. Aber möglicherweise komme ich zurück. Bisher bin ich doch immer zurückgekommen, stimmt's?«

Eve hob abwehrend die Hand und begann vor ihm zurückzuweichen. »Nein. Nein. Sprich nicht weiter, Ted. Noch ein Wort und ich schreie. Ich schwöre es. Ich schreie so laut, daß die Nachbarn zusammenlaufen.«

»Warum regst du dich so auf? Ich sage dir doch, daß ich wahrscheinlich zurückkomme.«

»Nein.«

»Was heißt nein?«

»Diesmal nicht, Ted. Nein. Komm mir nicht zu nahe. Ich will kein Versöhnungsküßchen von meinem Teddybär.« Unentwegt und automatisch schüttelte sie den Kopf, starrte ihn an. Es war ihr nie aufgefallen, wie dämlich er aussah, wenn er sich rechtfertigte, wie weich seine Gesichtszüge wirkten. Was fanden diese Frauen nur an ihm? Was fand *sie* an ihm? Sie sah ihn an, den Mann, der seit zweiundzwanzig Jahren ihr Ehemann war, und hatte lediglich den Wunsch, ihn loszuwerden. *»Wahrscheinlich* kommst du zurück, Ted. Diesmal nicht. Ich habe es satt, nach deiner Pfeife zu tanzen.«

Streitlustig fragte er: »Was soll *das* nun wieder heißen?«

»Das heißt, mein lieber Ted, wenn du diesmal gehst, kannst du bleiben, wo der Pfeffer wächst; denn sobald du zur Tür hinaus bist, gehe ich zum Anwalt. Es ist vorbei.«

»Ach, so ist das?«

»Ja, ach so ist das.« Und dann mußte sie ein Kichern unterdrücken. Da standen sich zwei Erwachsene in ihrer West Side Luxuswohnung in Drohgebärden einander gegenüber wie zwei streitsüchtige Straßenbengel.

»Glaube nur nicht, daß deine Drohungen mich von meinem Entschluß abbringen.« Er wies auf den Stapel Campingausrüstung.

Sie war immer noch verblüfft über ihre Ruhe. Vielleicht stehe ich unter Schock, dachte sie. Seine Worte schienen keine Wirkung auf sie zu haben. Er wollte sie verlassen? Sollte er doch. Sie hatte genug, hatte es satt, sich seinen Launen zu beugen.

»Das sind keine leeren Drohungen, Ted.«

»Es ist alles deine Schuld«, sagte Nina, immer noch schmollend. »Du hättest nicht so böse sein dürfen, sagte Daddy.«

»*Was* sagte Daddy?« Eve schaltete in den zweiten Gang und warf ihrer Tochter einen kurzen Seitenblick zu.

»Daddy sagte, er wollte nur eine Weile weg und du bist wütend geworden und hast ihn rausgeworfen. Das finde ich ziemlich beschissen, Mama!«

»Nina, das stimmt nicht. Ich habe deinen Vater *nicht* rausgeworfen. Es ist nicht sehr fair von Daddy, so etwas zu behaupten.« Jetzt begann ihre Stimme zu zittern, und sie biß sich auf die Lippen. Verdammt! Sie hatte wirklich genug von ihm: von seinen Launen und seinen ständigen Lebenskrisen. All die Jahre hatte sie ihre ganze Energie darauf verwandt, um ihm ein schönes Leben zu gestalten. Nun war sie an der Reihe.

Lieber wollte sie alleine leben, als darauf zu warten, bis Ted Soloway erwachsen wurde und aufhörte, seine Spielchen mit ihr zu treiben. Von jetzt an war sie entschlossen – ja, entschlossen war das richtige Wort – *ihre* Spiele nach ihren eigenen Regeln zu spielen. Sie hatte bereits damit begonnen, als sie ihn in jener Nacht, als er mit der Campingausrüstung in die Wohnung gestolpert kam, auf die Couch ins Wohnzimmer verbannte. Aber nachts hatte sie sich einsam gefühlt, sich im Bett gewälzt, immer wieder die Kissen aufgeschüttelt und sich wieder schlaflos herumgeworfen. Sie hatte sich danach gesehnt, seinen langen, schmalen Körper neben sich liegen zu haben, vermißte seine Wärme, seine Haut, sein wohliges Brummen. Nach zweiundzwanzig Jahren erfüllten Sexlebens war es verflucht schwer, alleine zu schlafen und sich zu fragen, ob man dazu verdammt war, den Rest des Lebens alleine zu schlafen.

»Ständig hast du an Daddy herumgemeckert, und jetzt tust du es wieder.«

Eve fühlte sich plötzlich sehr müde und sagte: »Nein, das tue ich nicht, nein.«

»Doch. Und jedesmal, wenn er fünf Minuten zu spät kommt, kriegst du deinen Tobsuchtsanfall. Jase und Richie haben 'ne richtig gute Nummer drauf, wenn sie dich nachmachen, wie du Daddy ankeifst.« Nina kicherte höchst irritierend, und Eve klammerte sich am Steuer fest.

»Wie interessant, Nina. Aber ich kriege nicht ohne Grund einen Tobsuchtsanfall, wie du dich so schön ausdrückst. Dein Vater hat es sich zur lieben Gewohnheit gemacht, zu spät zu kommen, worüber du dich, mein Fräulein, oft genug beschwert hast.«

»Schon. Aber ich würde ihn deshalb nicht gleich rauswerfen.«

»Ich –« setzte Eve an, doch es war ihr klar, daß ihr Gespräch sich im Kreis drehte, und sie schwieg. Sie spürte mehr, als daß sie sah, wie ihre Tochter sich in die entfernte Ecke des Sitzes lehnte und aus dem Wagenfenster starrte.

Was ging in ihrem hübschen Köpfchen vor, fragte sich Eve. Wie wenig sie von Nina wußte, dieser heranwachsenden Frau, ihrem Kind. Seit ihrem fünfzehnten Lebensjahr zeigte sich deutlich, daß sie ihrem Vater immer ähnlicher wurde. Selbst ihre tiefliegenden, langbewimperten Augen standen wie bei ihrem Vater leicht schräg nach unten und waren braun wie seine. Mit ihrem glatten, dunklen, langen Haar, der schmalen hochaufgeschossenen Figur, dem zarten Apfelbusen, hatte sie äußerlich wenig von ihrer Mutter. Außer der Körpergröße; sie war in den letzten acht Monaten um zehn Zentimeter gewachsen und hatte Eves einsfünfundsiebzig knapp erreicht. Was ging im Inneren ihrer Tochter vor, in ihren Gedanken, ihren Gefühlen? Eve war bedrückt, daß sie keine Antwort darauf wußte; noch vor einem Jahr war Nina ein verschmustes, kleines Mädchen, das ihrer Mutter alle kleinen Geheimnisse anvertraute. Dieses kleine Mädchen fehlte ihr.

Die Nacht, in der Nina gezeugt wurde, würde sie nie vergessen. Nie. Denn das war der Anfang vom Ende. Es war Silvester, und wie üblich arbeitete Ted bis spät in den Abend hinein. Sie war gerade dabei, sich im Badezimmer zu schminken, als er plötzlich in der offenen Tür stand mit tragischem, aschfahlem Gesichtsausdruck und wirrem Haar. Noch heute erinnerte sie sich der kalten Vorahnung, die sie packte, als sie ihn so stehen sah. Man hatte ihn gefeuert! O Gott, diesmal hatte er wohl den Mund zu weit aufgemacht – Ted neigte zur

Dramatik, und seine bombastische Art war nicht überall gern gesehen, besonders nicht in der nüchternen Juristenwelt. Ihr Herz war kalt geworden, und sie starrte ihn an, unfähig, ein Wort hervorzubringen. Sie erinnerte sich, wie sie sich an den kühlen Rand des Waschbeckens festklammerte und innerlich flehte: Bitte nein, nicht *jetzt*, nicht heute an Silvester.

»Eve«, fing er an, »Eve, ich –«, und ihr Herz sank noch tiefer. Seine Stimme war leer, beinahe tonlos. O Gott! Hatte man ihn etwa gefeuert ohne Abfindung? Oder hatte er etwas verbrochen? Etwas Kriminelles?

Diese Gedanken waren ihr innerhalb weniger Sekunden durch den Kopf geschossen; doch es schien eine Ewigkeit zu vergehen. Und dann sagte er, immer noch in dieser tonlosen Stimme: »Bitte, komm mit mir rüber. Ich – ich muß mit dir sprechen.«

Erst jetzt fand sie ihre Stimme. »Oh Ted! Sag es mir! Bitte!«

»Nein, nicht hier. Laß uns setzen und was trinken.«

»Was ist los? Sag es mir doch.«

Er schüttelte den Kopf und seufzte tief. »Ich... ich kann nicht, Eve. Ich... kann einfach nicht. Bitte komm rüber!«

Ihre Stimme wurde lauter. »Das halte ich nicht aus! Was, um Himmels willen, ist denn passiert? Haben sie dich gefeuert?«

Er sah sie verblüfft an und lachte hohl. »Ich wünschte, es wäre so einfach, Eve.«

»O mein Gott!« Ihre Knie drohten ihr zu versagen, als sie ins Wohnzimmer ging. Jetzt wußte sie es mit eisiger Gewißheit: Jemand war tot und sie hatte nicht den Mut zu fragen, wer.

Mit bleischweren Füßen und pochendem Herzen folgte sie ihm, setzte sich auf die Sofakante und wartete wie ein Zombie, bis er mit zwei Drinks aus der Küche wiederkam.

Er setzte sich in den Schaukelstuhl ihr gegenüber und nahm einen tiefen Schluck, räusperte sich, rückte nervös hin und her, vermied ihre Augen. Und dann plötzlich hob er den Kopf und blickte ihr tief in die Augen.

»Eve, ich habe ein Verhältnis gehabt.«

Eine Sekunde lang war sie grenzenlos erleichtert... niemand war tot. Aber... Moment mal! *Was?* Was hatte er da gesagt?

»Was?« wiederholte sie laut und kam sich vor wie ein Trottel. »Würdest du das bitte noch mal sagen?« Und automatisch trank sie.

»Ich sagte, ich habe ein Verhältnis gehabt.«

»Ein *Verhältnis?* Mit wem?«

»Das ist unwichtig.«

Ihre Finger krallten sich um das Glas; sie hatte zu zittern begonnen und versuchte, es ihn nicht merken zu lassen. »Ted, hör mal«, sagte sie, jede Silbe betonend. »Es ist wichtig. Glaub mir.«

»Du kennst sie nicht.«

Sie sah ihn durchbohrend an, zitternd, aber tränenlos. »Trotzdem.«

Er nahm wieder einen Schluck. »Muß das sein, Eve?«

»Wie . . . heißt . . . sie?«

»Na gut, wenn du darauf bestehst: Leslie Cannon. Ich sagte dir ja, du kennst sie nicht.«

»Wer ist sie? Wo hast du sie kennengelernt?«

»Sie ist Schauspielerin, und ich habe sie –« gereizt stieß er Luft durch die Nase. »Eve, bitte! Mach es mir nicht schwerer, als es ohnehin schon ist!«

»Schwerer für dich? Höre ich richtig? Du eröffnest mir eben, daß du auf unsere Ehe pfeifst – du belügst und betrügst mich –, treibst dich im Bett einer fremden Frau herum, läßt mich Abend für Abend allein mit zwei kleinen Kindern zu Hause sitzen, im Glauben, du hättest wahnsinnig viel zu tun, damit ich mir auch noch Sorgen um dich mache!« Mit jedem Wort schwoll ihre Stimme an und sie spürte, wie ihr ganzer Körper bebte. »Und du besitzt die Frechheit, mich zu bitten, es nicht noch *schwerer* für dich zu machen? Für *dich?* Ich könnte dich umbringen, du Scheusal!« Zu ihrem Entsetzen weinte sie jetzt, laut schluchzend wie ein Kind. Sie starrte in ihr Glas, umklammerte es immer noch mit beiden Händen. Bei jedem Schluchzen schwappte Whiskey auf ihr Seidenkleid.

»Du hast recht. Ich war ein Scheusal, dir das anzutun. Ich habe mich die ganze Zeit gräßlich dabei gefühlt. Es war schrecklich für mich. Aber hör zu, Eve. Jetzt ist alles vorbei. Du mußt dir keine Sorgen mehr machen. Es ist wirklich vorbei.«

Es lag etwas Anmaßendes in seiner Stimme, daß sie ihm am liebsten das Glas ins Gesicht geschleudert hätte. Er genoß sein

Schuldgefühl; er genoß es, ihr dieses Geständnis zu machen. Das stand ihm deutlich ins Gesicht geschrieben.

»Es macht dir wohl Vergnügen, was?« knirschte sie.

»Du bist gemein, Eve. Es ist das Schlimmste, was ich je in meinem Leben tun mußte.«

»Ach, wirklich? Warum *mußtest* du es denn tun?«

»Hm?«

»Denk doch mal nach, Ted. Warum mußtest du es mir sagen? Wenn es vorbei ist? Ich hatte doch nicht den geringsten Verdacht. Ich saß hier in meiner Traumwelt und war glücklich. Bis eben zu diesem Moment. Jetzt, erst jetzt, Ted, wird mir speiübel. Jetzt, nachdem du mir dieses Geständnis gemacht hast, sehe ich all diese wunderschönen Bilder vor mir – begreifst du das?«

»Herrgott, Eve, du bist gemein. Ich dachte nicht, daß du so kleinlich bist.«

»Ach, wirklich?« Abrupt stand sie auf und ging nervös auf und ab. »Ich bin also kleinlich? Wie interessant. *Du* schläfst mit einer anderen Frau, aber *ich* bin gemein, *ich* bin kleinlich.«

»Ich weiß, es mußte dich verletzen. Aber ich glaubte, wir verstehen uns gut genug, um darüber sprechen zu können.«

»Faszinierend, deine Vorstellung, Ted. Du sprichst mit mir darüber und wälzt dein schlechtes Gefühl auf mich ab. Ich nenne das hochgradig egoistisch!«

»Ich begreife dich nicht. Ich bin offen und ehrlich zu dir – demütige mich vor dir, und du nennst mich egoistisch. Ich werde die Frauen nie verstehen.«

Sie fuhr herum, ihre Stimme war jetzt schrill. »Was heißt hier Frauen! Du Schuft! Ich bin ich, und ich wünschte, ich wär's nicht!« Wieder schluchzte sie haltlos, schämte sich für ihren Zusammenbruch, war jedoch nicht fähig, sich zu bremsen, vergrub nur das Gesicht in den Händen. Wie konnte er sie so demütigen? Die schlimmste Demütigung daran war, daß sie keine Ahnung gehabt hatte, schamlos betrogen worden zu sein. Jede Sekunde hatte er sie betrogen; nicht nur im Bett mit dieser anderen Frau – auch wenn er Jason lustige Lieder vorsang, oder ihr sagte, wie gut ihm ihr Essen schmeckte. Die ganze Zeit, mit jedem Atemzug, hatte er sie betrogen.

Krampfhaft versuchte sie ihr Schluchzen unter Kontrolle zu bringen, plötzlich schmerzte sie jeder Muskel ihres Körpers, als sei sie geschlagen worden.

Tränenblind stürzte sie aus dem Zimmer, stieß schmerzhaft gegen den Wandvorsprung, wo der Flur zum Schlafzimmer abbog. Sie warf sich aufs Bett und umkrallte das Kissen.

Sie spürte, wie er sich aufs Bett setzte, und dann spürte sie die Wärme seiner großen Hand auf ihrem Rücken. Sie war so schwach, daß sie diese Liebkosung als tröstlich empfand.

»Eve«, sagte er weich. »Liebling. Komm. Lauf mir nicht weg.«

Mit erstickter Stimme sagte sie: »Ich wollte, du würdest von mir weggehen. Du hast mich so sehr verletzt.«

»Liebling, Liebling, es hatte nichts mit dir zu tun. Bitte laß mich aussprechen. Es war alles so furchtbar im Büro, und ich habe mich lange mit dem Gedanken getragen, gänzlich aus diesem Beruf auszusteigen.« Bei seinen letzten Worten versteifte sie sich; nie hatte er ein Wort davon verlauten lassen. Irgendwie setzte das dem Ganzen die Krone auf, und sie weinte wieder, diesmal lautlos.

»Ich weiß nicht«, fuhr Ted fort, schien ihre erneute Tränenflut nicht zu bemerken, »es war alles so deprimierend geworden, und ich wurde dreißig – dreißig, Eve! Das Ende meiner Jugend! – Und was hatte ich erreicht? Ich war Juniorpartner in einer Anwaltskanzlei, die ich zum Kotzen langweilig finde, muß nett und freundlich zu Menschen sein, die mich anöden. Irgendwie war das alles einfach zu viel für mich. Und dann, als ich Leslie traf – während einer dieser endlosen, langweiligen Cocktailpartys . . . na ja, sie war schick und sehr jung und . . . ja, ich weiß, das ist keine Entschuldigung, aber ich konnte nicht anders. Ich bin einfach der Versuchung erlegen. Sie gab mir das Gefühl, wieder jung zu sein, oder so was Ähnliches. Aber sie hat mir nie wirklich etwas bedeutet, ehrlich. Ich habe nie aufgehört, dich zu lieben.«

»Sei still, Ted, bitte. Sprich nicht weiter!«

»Ach, Eve!« Er legte sich neben sie, umfing sie zärtlich mit seinem Körper, seine Hand strich ihr weich übers Gesicht. Ihre Tränen waren versiegt; nichts war von dem Sturm geblieben, nur ein heftiger Schluckauf. Sie sehnte sich nach Trost und Wärme, und sein schlaksiger Körper war ihr so vertraut, so wohltuend. Er gab ihr die vertrauten Zärtlichkeiten, wie immer, wenn er sie begehrte, und sie begehrte ihn ebenfalls. Sie haßte sich dafür; er hatte sie betrogen, hatte ihr Vertrauen vernichtet, er verdiente ihre Liebe nicht. Und doch begehrte sie ihn. Als seine Hand sich um ihre Brust schloß, verhärtete sich ihre Brustwarze, und automatisch schob sie ihre Hüften näher an seine Schenkel. Er war stark erigiert, wie immer. Sie wußte, was er jetzt von ihr erwartete: daß sie sich umdrehte, sich an ihn preßte und ihn leidenschaftlich küßte. Doch diesmal brachte sie es nicht über sich.

Beinahe grob warf er sie herum und küßte sie hart, stieß seine Zunge zwischen ihre Lippen. »Eve, Eve, ich brauche dich«, flüsterte er an ihrem Mund, doch sie schüttelte den Kopf. »Was heißt das?« raunte er in heiserer Erregung. Sie wußte, er dachte gar nicht an sie, war völlig auf seine Lust konzentriert.

»Ich weiß nicht, ob es je wieder so wird wie früher, Ted.«

Mit einer Hand schob er ihr Becken näher zu sich, während die andere Hand ihr das Kleid von der Schulter streifte. »Das ist nicht wahr. Ich liebe dich. Ich brauche dich. Es wird schöner als je zuvor. Du wirst sehen.« Seine Hand tastete sich ihren nackten Bauch hinunter. Stöhnend öffnete sie sich für ihn; die vertraute Hitze stieg von ihren Schenkeln in ihre Brüste. Und als er mit einem Wohllaut in sie eindrang, sich gleichzeitig auf die Arme stützte, um sich freier bewegen zu können, stieß sie ihre Hüften automatisch hoch zu ihm. Er war sehr erregt, sehr steif, und ihn so groß zu spüren, ließ ihre Lust zur Raserei anwachsen. Sie umklammerte seinen Po und zog ihn an sich, als sie sich stöhnend bewegte, ihm ihren Körper entgegenwölbte, um ihn noch tiefer zu spüren. Fiebernd schloß sie die Augen. Sie konnte nicht genug kriegen von seinem Schwanz; und sie schrie in ihrer Frustration, als er in sie hineinrammte im Bemühen, sie zu befriedigen, jeder Stoß ein elektrisierender Schlag.

Und dann schrie er »Jetzt!« und pumpte in sie, ächzend vor Lust. Dann brach er über ihr zusammen mit schweißnasser Brust, klopfendem Herzen, die Hitze entströmte immer noch seinen Leisten.

Auch sie schwitzte und ihre Haut brannte. Doch tief in ihrem Innern blieb eine eiskalte Stelle, unberührt von ihrem eigenen Verlangen und von seinem Körper. Sie hielt ihn in den Armen, hörte sein schweres Keuchen, öffnete die Augen und starrte verzweifelt an die dunkle Zimmerdecke. Sie hatte recht; es würde nie mehr so sein wie früher.

Er rollte zur Seite, legte seine Hand zärtlich auf ihr Gesicht. »Siehst du«, flüsterte er, »ich sagte es ja, es wird schöner als je zuvor.«

Seit jener Nacht wußte sie, daß ihre Ehe nicht mehr der Mittelpunkt ihrer Existenz war. Sie mußte etwas anderes finden, das ihr Leben ausfüllte. Das war ihr Vorsatz zum Jahreswechsel. Am dritten Januar erkundigte sie sich an der New School wegen der Fortsetzung ihres Philosophiestudiums. Am vierten Januar, als sie Ted ihren Entschluß beim Abendessen eröffnete – o ja, er kam neuerdings früh nach Hause; eine Sensation für die beiden kleinen Jungen, die es kaum fassen konnten, daß der große Fremde, den sie Daddy nannten, jeden Abend mit ihnen am Eßtisch saß –, straffte er sich, starrte sie an, als habe sie eben verkündet, auf den Mond zu fliegen: in einer Mischung aus Überraschung, Entsetzen, Heiterkeit und herablassendem Unglauben.

»Du und studieren? In deinem Alter?«

Verärgert biß sie sich auf die Lippen. »Aber Ted, *so* alt bin ich doch gar nicht.« Und feixend fuhr sie fort: »Ich bin schließlich noch keine dreißig, wie manche Leute.«

Das paßte ihm gar nicht. »Nein, Eve. Ich glaube, das läßt sich nicht machen.«

Grimmig lächelte sie ihn an, sagte jedoch in ihrem liebenswürdigsten Ton, »wir wollen weiterreden, wenn die Kinder im B-e-t-t sind.«

»Nein. In dieser Familie gibt's keine Geheimnisse.« Am liebsten hätte sie ihm ihren Teller mitsamt den Schweinelendchen ins Gesicht geworfen. »Es handelt sich um eine Familienangelegenheit. Und ich finde, du solltest zu Hause bleiben, solange die Jungen noch klein sind. Ihr wollt doch, daß Mami hier ist, wenn ihr von der Schule kommt, stimmt's, Kinder?«

Richard, damals vier, bekam weite Augen, und eine dicke Träne kullerte über seine Bäckchen. »Ich will, daß du daheim bist, Mami«, greinte er.

Eve seufzte erbittert. »Vielleicht bringe ich dich heute nacht im Schlaf um, Ted.«

Jetzt grinste er. »Nun komm schon, Eve, ich will dich für uns zu Hause haben. Es hat doch keinen Sinn, wieder zu studieren, solange die Kinder noch so klein sind. Es wäre viel zu anstrengend und so.« Er zwinkerte ihr zu. »Ich möchte nicht, daß du müde und erschöpft bist. Wir brauchen viel Zeit füreinander, besonders in Anbetracht...« Seine Stimme verlor sich.

»Na, weiter... in Anbetracht...?« Sie versuchte, nicht allzu spitz zu klingen, was ihr jedoch nicht recht gelang.

»Du weißt doch, unsere Diskussion an Silvester.«

Sie starrte über den Tisch hinweg in sein treuherziges, jungenhaftes Gesicht. Ted Soloway war wohl der einzige Mann auf der ganzen Welt, der ihre schreckliche Auseinandersetzung, sein Geständnis, ihre Tränen und ihr anschließendes Liebesspiel als *Diskussion* bezeichnen konnte. Dieser Mann war wirklich unmöglich. Alle Männer waren Riesenbabys. Ohne sie würde er nicht lebensfähig sein.

Es war schade, die Idee, weiterzustudieren, aufgeben zu müssen, aber er hatte recht. Sie konnte nicht studieren und sich gleichzeitig um ihre zwei wilden Indianer kümmern, die sie noch so sehr brauchten, die noch unentwegt nach ihrer Mami brüllten.

Und dann fiel die Idee ohnehin ins Wasser, denn am dreißigsten Januar wußte sie mit Gewißheit, daß sie wieder schwanger war. Zuerst jammerte und murrte sie – wer wollte schon ein drittes Baby? –, doch Ted war begeistert und strahlte übers ganze Gesicht. »Oh, Eve, ich liebe es, wenn du wieder schwanger bist! Es wird, als seien wir frisch verheiratet!«

Und sie war naiv genug, um ihm zu glauben!

Zu Nina hatte sie vom ersten Augenblick ihrer Geburt ein besonders inniges Verhältnis. Es war auch schön, nach zwei wilden Jungen eine Tochter zu haben. Und Ted, der mit vier Geschwistern groß geworden war, hielt zwei Kinder ohnehin nie für eine richtige Familie. Nina stellte aber auch ein Symbol dar für einen Neuanfang, einen besseren Anfang für ihre Ehe.

Die beiden Buben waren nur dreizehn Monate auseinander, und irgendwie kam es ihr immer so vor, als hätte sie sie gleichzeitig zur Welt gebracht. Beide Geburten verliefen unter Narkose, und beide Male hatte sie tagelang danach dieses seltsam benommene Gefühl gehabt. Und dann brach das

Zeitalter des endlosen Flaschenwärmers und des ständig überquellenden Windeleimers an, in den gräßlichen Tagen vor den Papierwindeln. Jedesmal, wenn sie an die ersten drei Jahre ihrer Mutterschaft dachte, schien dieser Windeleimer wie ein böser Dämon über allem zu drohen. Und ihr war, als habe sie ein halbes Leben damit verbracht, zwei rosige Kinderpos abzuwischen, zu pudern und zu cremen.

Sie war damals dumm gewesen. Ann Driscoll, die sie aus dem College kannte, und die ihr zuweilen entsetzlich auf die Nerven ging, wurde zur selben Zeit schwanger wie sie und schwärmte von natürlicher Geburt und Stillen. Jedesmal, wenn Ann den Namen LaMaze erwähnte, schlug sie die Augen himmelwärts, als habe sie eine göttliche Erscheinung. Allein aus diesem Grund hatte Eve sich wie eine Idiotin stur geweigert, ohne sich mit der Sache wirklich zu befassen, diese Massenbewegung mitzumachen. Sie war nie eine Mitläuferin gewesen.

Bei Nina bewies sie mehr Köpfchen. Sie war auch älter geworden. Und weiser? Manchmal stellte sie sich diese Frage, ohne sie beantworten zu können. Sie und Ted hatten den LaMaze-Geburtshilfe-Unterricht besucht und hatten gemeinsam die Geburt durchgestanden; und sie stillte. Es war ein völlig neues Erlebnis. Und Ted war beglückt, die Geburt seines Kindes mitzuerleben, verliebt in den Gedanken, eine Tochter zu haben und noch verliebter in seine Vaterschaft.

Es hatte geklappt. Genau wie erträumt, hatte Nina sie einander näher gebracht. Nicht nur, daß Ted versprach, diese Leslie Cannon nie mehr wiederzusehen, er war vollständig glücklich mit seinem Baby. Als die Jungen zur Welt kamen, war er kaum zu Hause; und wenn er mal abends frühzeitig nach Hause kam, brachte er einen Aktenkoffer mit, der vor Arbeit überquoll. Das war natürlich noch in der Zeit vor seiner Partnerschaft in der Firma. In jenen Tagen machten die Ehefrauen aller jungen Anwälte bittere kleine Scherze, in denen sie sich fragten, wie sie überhaupt schwanger werden konnten, da sie ihre Ehemänner kaum zu Gesicht bekamen. Nur Ann Driscoll klagte nie, schien entschlossen, perfekt zu sein. Mit Nina war alles irgendwie leichter geworden; und ihr Mann, der streunende Köter, war zurück nach Hause gekommen.

»Mama! Du hast die Abzweigung verpaßt!«

Erschrocken tauchte Eve aus der Vergangenheit auf, lachte ein wenig und bog in die nächste Parkbucht, um zu wenden. »Tut mir leid, Liebes«, sagte sie. »Ich dachte gerade daran, wie du geboren wurdest.«

»Ich wette, es hat dir leid getan, als ich zur Welt kam!«

»Aber Nina.« Jedes Wort von ihr war offenbar falsch. »Wie kannst du das sagen? Ich dachte gerade daran, wie besonders du für mich warst.«

»Aber jetzt bin ich dir im Weg. Du würdest doch den Sommer viel lieber allein sein. Ich habe gehört, wie du das sagtest –«

»Allein heißt nicht ohne dich, Nina.« Sie lenkte den Wagen die engen Kurven den Hügel hinauf. »Im Augenblick heißt das ohne Daddy.«

»Sag das nicht! Ich will nicht, daß du das sagst! Du bist immer noch mit ihm verheiratet. *Er* will weiter mit dir verheiratet bleiben – das hat er mir gesagt –, aber dir ist das ja egal! Dir ist egal, wenn alles in die Brüche geht! Jason, Rich und mir, *uns* ist es nicht egal! Aber wir zählen ja nicht mehr!«

Sie fuhr am Haus vor, schaltete den Motor ab und blieb still sitzen, horchte auf das Froschkonzert, diesem Sommergeräusch, das sie so liebte. Sie war froh, hier zu sein, mit ihren guten, alten Freunden, ihren Blumen, ihrem Haus, ihrem Stück Land. Sie war allein; sie war in der Lage, allein hier zu sein. Ihre Brust füllte sich mit Glücksgefühl; wenn sie nur Nina die Sache mit ihrem Vater begreiflich machen könnte, ohne sie zu verletzen.

»Hör mal zu, Nina«, sagte sie schließlich. »Wir haben uns immer gefragt, ist diese Ehe noch zu retten? Und jetzt müssen wir lernen uns zu fragen, ob es die Mühe lohnt, sie zu retten. Verstehst du, was ich meine?«

»Nein. Ich verstehe es nicht. Du bist nur egoistisch.« Heftig stieß sie die Wagentür auf und stürmte hinaus, drehte sich nur kurz um und fauchte: »Ich werde dich *nie* verstehen!«

2

»Das ist das Haus, das eine Ehe gerettet hat.«

Eve öffnete die Augen und war hellwach. Einen kurzen Moment wußte sie nicht, wo sie sich befand. Doch dann erinnerte sie sich. Ted. In Maine. Der Schuft. Sie verdrängte jeden Gedanken an ihn, richtete sich auf und schaute auf die grünen Leuchtziffern der Digitaluhr: 3:37. Sie schauderte ein wenig. Seit einem Monat wachte sie jede Nacht gegen halb vier auf. Was war an dieser Stunde so magisch? Warum wachte sie überhaupt auf? Vor einem Monat, nachdem er ihr seinen Plan, nach Maine zu gehen, eröffnet hatte, hatte sie gekontert: »Meinetwegen kannst du gleich verschwinden – wenigstens bis zum Sofa im Wohnzimmer.«

Er hatte gelacht. »Okay. Ich campiere im Wohnzimmer, bis du dich beruhigt hast. Wie immer. Ich warte auf dich. Wie immer.«

Sie hatte ihn angeknirscht: »Warte du ruhig!« Und sie war sehr stark. In den Nächten hatte sie in die Leere neben sich gegriffen; die Versuchung war sehr, sehr groß. Sie wußte, sie brauchte nur zu ihm unter die Bettdecke kriechen und er würde sie sofort umarmen. Und weiß Gott, sie sehnte sich danach! *Danach!* Es war rein sexuell; dessen war sie sicher.

Sie war so wütend auf ihn, daß sie ihn kaum ansehen konnte. Er besaß den Nerv, jeden Abend pünktlich nach Hause zu kommen, als sei nichts geschehen, scherzte mit Nina, plauderte mit den Jungs, fragte nach seinem neuen Brooks-Brothers Hemd, und ob sie das Abonnement für sein Tennismagazin erneuert habe; er erwartete, daß sie weiter das Hausmütterchen spielte, während er seine Vorbereitungen für das große Abenteuer traf! Es machte sie rasend! Noch rasender machte es sie, daß sie mitspielte.

Sie fürchtete, Nina könne Fragen stellen, irgendwer könne das Theater durchschauen, und sie müßten sich zu fünft zum Familienrat hinsetzen und eingestehen, was wirklich los war. Also führte sie den Haushalt weiter, holte seine Hemden aus der Wäscherei, nahm Telefongespräche für ihn entgegen, lächelte, plauderte – alles wie gewöhnlich.

Sie liebte den Blick aus dem Bogenfenster dem Bett gegenüber, deshalb hatte sie weder Vorhänge noch Jalousien anbringen lassen. Beim Erwachen fiel ihr erster Blick auf die Wipfel der Silberbirken und den Streifen Himmel darüber. Das Fenster ging nach Osten, und jeden Morgen flutete das Sonnenlicht herein. Ted brummte so lange, das Licht störe ihn, bis sie ihm eine Schlafmaske kaufte und ihm sagte, er solle sie nachts anlegen oder den Mund halten. Schon wieder waren ihre Gedanken bei Ted. Würde sie je einen Punkt erreichen, an dem er nicht mehr ihre Gedanken beherrschte, konnte sie ihn jemals zumindest so weit vergessen, daß er sich nicht in alles einmischte? Völlig vergessen konnte man seinen Ehemann wohl nie – nicht nach so vielen Jahren gemeinsamen Lebens – aber es mußte eine Zeit kommen, in der sie nicht mehr schmerzhaft stöhnte vor Sehnsucht nach seinem Körper, seiner Berührung, seiner Nähe. Eines Tages würde sie frei sein – was immer das bedeuten mochte. Wollte sie eigentlich frei sein?

Das Birkenlaub glänzte silbern im Mondlicht. Durch das offene Schiebefenster kam kühle Nachtluft herein. Kein Laut war zu hören. Sogar die Frösche waren eingeschlafen. Warum konnte sie nicht schlafen?

Sie warf die Bettdecke zurück, sprang aus dem Bett und griff nach ihrem Morgenrock. Sie lehnte sich ans Fenstersims und blickte hinaus auf die vom Mond ausgewaschene Landschaft und atmete tief den Fliederduft ein. Wenn nur diese innere Unruhe und dieses unbestimmte Angstgefühl nicht wären.

Sie löste sich vom Fenster und ging nervös auf und ab. Verdammt! Es war unfair! Er trieb sich in Maine herum, und wie sie ihren Ted kannte, amüsierte er sich glänzend. Vermutlich lag er jetzt sogar mit irgendeiner Frau im Bett, der Schuft! Er und seine Weiber! O nein, diese Leslie war nicht die einzige. Bei den anderen machte er sich nicht einmal mehr die Mühe, die Sache zu vertuschen. Es fing damit an, daß er etwas später als sonst nach Hause kam, und eines Abends fing er Streit an – der Anlaß war völlig egal –, nur um aus der Wohnung zu stürmen und erst am nächsten Tag zurückzukommen. Sie wußte, er hatte die Nacht bei einer neuen Romanze verbracht. Völlige Gewißheit hatte sie, wenn sie seine Anzugtaschen durchfingerte und ein Streichholzbriefchen irgendeiner schicken Bar fand. Anfangs weinte sie still und bitterlich. Was machte sie ihm nicht recht? Was war mit ihr nicht in Ordnung? Dann dachte sie, er sei ihrer überdrüssig, er brauchte neue Reize.

Zuerst versuchte sie es mit einem schwarzen Negligé von Fredericks of Hollywood, mit gewissen speziellen Öffnungen. Er wirkte erstaunt, aber es gefiel ihm. Und einmal schmuggelte sie drei Joints in den Tiefen ihrer Handtasche in die Wohnung. O ja, es gelang ihr immer, ihn zu erregen. Ihr verzweifeltster Versuch war, als sie verlegen, aber entschlossen in eine abgelegene Buchhandlung ging – sich vorher vergewisserte, daß eine weibliche Bedienung im Laden stand – und *Joy of Sex* kaufte. »Was ist *das* denn?« schnappte er, als sie zum ersten Mal etwas, das sie gelesen hatte, ausprobierte, und lachend fügte er hinzu: »Mach weiter, mach weiter. Wieso bin ich eigentlich nicht auf die Idee gekommen?«

Ach, zum Teufel, dachte sie wütend, es war alles umsonst. Früher oder später suchte er sich wieder eine neue Romanze, immer wieder – fünfmal im ganzen. Und sie saß mit ihrem Baby in der Falle. Mit den Jungen allein hätte sie vielleicht den Mut aufgebracht, ihn zu verlassen. Wohin hätte sie sich mit drei kleinen Kindern wenden sollen?

Das Schlimmste dabei waren die Lügen. Rückblickend fand sie die Heuchelei ungeheuerlich. Aber sie hatten nie, nicht ein einziges Mal, nach dem ersten Mal, über seine Untreue gesprochen. Für die Kinder, ihre Freunde, für die ganze Welt waren sie eine glückliche Familie.

Fand sie Streichhölzer in seiner Manteltasche, ließ sie sie wortlos verschwinden. Die Anrufe der jeweiligen Dame nahm sie entgegen und erwähnte sie nicht. Über Briefe mit dem Vermerk ›persönlich‹ schwieg sie, und auch er sagte nichts, keine Silbe.

Hand in Hand lief die glückliche Familie Soloway den Strand entlang. Eine Lüge! Die glückliche Familie Soloway lud ihre besten Freunde, die Driscolls, zum Erntedankfest ein, streichelten den Kindern der anderen übers Haar, lächelten und nannten einander ›Liebes‹. Ein Hohn! Und die glückliche Familie Soloway stattete den Großeltern Sonntagsbesuche ab, adrett und hübsch angezogen, freundlich und manierlich. Heuchelei! Nicht zu vergessen, die Ausflüge der glücklichen Familie Soloway, die während der Fahrt lustige Lieder schmetterte und ›20 Fragen‹ spielte und sich bei Red Robin nach Eiscreme anstellte. Alles verlogen!

Alle Welt hielt sie für ein ideales Paar. Vielleicht, weil sie Witze miteinander machten – die meisten Menschen waren so unsagbar humorlos. Außerdem war Eve erzogen, Probleme zu verbergen, nach außen den Anschein der Harmonie zu wahren. Eine Frau brachte ihren Mann vor Fremden niemals in Verlegenheit, nicht einmal, wenn er nach fremdem Parfüm duftend zur Tür hereingekommen wäre – doch so weit ging Ted nicht.

Nicht einmal Ardith Campbell, ihre Haushaltshilfe auf dem Land, die Dinge sah und hörte wie keiner ihrer Freunde – nicht einmal Ardith schien etwas zu bemerken. Es war ihr sehr schwer gefallen, Ardith zu sagen, daß Ted und sie sich trennten. Die gute, altmodische Ardith war schockiert und hatte sogar ein paar Tränen vergossen.

Eve streckte sich und legte eine Hand ins Kreuz. Sie war schrecklich verspannt in letzter Zeit. Mondlicht erhellte das Zimmer. Das große Messingbett wirkte kalt und leer, seine Schnörkel malten seltsame Kringelmuster an die Wand. Sie schlang den Morgenmantel enger um sich und verließ das Zimmer. Sie wollte sich eine Tasse Tee aufbrühen, die Lichter im Haus anmachen, sich ein Buch holen, ein paar Zeilen lesen – wieso konnte sie in letzter Zeit nicht mehr lesen? Seit Ted ihr eröffnet hatte, er würde gehen, hatte sie Schwierigkeiten, sich zu konzentrieren, sie, die normalerweise zwei Bücher in der Woche verschlang!

Auf Zehenspitzen schlich sie die Treppe hinunter, um Nina nicht zu wecken. In der Küche knipste sie Licht an und blinzelte in die plötzliche Helligkeit. Sie liebte ihre Küche mit den hellen Eichenmöbeln, den grün-weißen mexikanischen Kacheln und dem Terrakotta-Fußboden. Sie saß gern an dem großen, runden Tisch mit dem handgeflochtenen Korb in der Mitte, blickte gern durch die Glastür hinaus auf den leicht abfallenden Rasen, den Teich dahinter mit der Steinmauer und den Trauerweiden. Jetzt schwebte ein großer, runder Mond im Teich und im Himmel, und ihre Augen füllten sich mit Tränen bei dem verzauberten Anblick.

Ohne dieses Haus hätte ihre Ehe die Freundin Nummer zwei wohl nicht überlebt. Ted hatte es sich wieder zur

Gewohnheit gemacht, beinahe jeden Abend zu arbeiten und beinahe jedes Wochenende, und Eve wußte nicht, ob er tatsächlich arbeitete oder sich mit anderen Frauen herumtrieb. Sie klammerte sich an den Gedanken, wenn sie ein eigenes Haus hätten, ein Wochenendrefugium, um der Stadt zu entfliehen, würde alles besser werden. Dort würde er Tennis spielen können, soviel und so lange er wollte. Ein eigenes Haus auf dem Land würde Ted gefallen; das wußte sie.

Also klapperte sie jedes Wochenende die Gegend von Nordwest-Connecticut ab, Nina glucksend und krähend im Kinderbett auf der Rückbank, während Jase und Richie im Laderaum des Caravan herumhopsten, Popcorn aßen und jede Kuh anmuhten und sich Indianerkämpfe lieferten. Unterwegs verhandelte sie mit jedem Immobilienmakler, bis sie das Haus gefunden hatte. Von der ersten Sekunde an wußte sie, sie *mußte* es haben. Ja, dachte sie jetzt, als sie das Gas unter dem Teekessel entzündete, Nina sollte die Ehe retten, doch in Wahrheit war es das Haus – eine Weile jedenfalls.

Sonderbar, den Sommer ohne Ted hier zu verbringen. Die Sommermonate auf dem Land hatten ihren eigenen Rhythmus: beschaulich und ruhig während der Woche steigerte sich das Tempo, je näher Daddys Zugankunft am Freitagabend rückte, fand seine Höhepunkte an den zwei Wochenendtagen, vollgepackt mit Einladungen, Tennis, Picknicks am Strand, Cocktails bei Freunden, um am Sonntagabend, wenn alle Daddys mit Küssen und Umarmungen wieder in den Zug nach New York gesetzt wurden, wieder abzuklingen und in Stille zu verebben. Während der Woche kümmerte sie sich um den Alltagskram, jätete den Garten, bestellte die Handwerker, wenn das Dach oder ein tropfender Wasserhahn zu reparieren waren, kaufte ein fürs nächste Wochenende und ging mit den Kindern in Walt-Disney-Filme und zu Kindergeburtstagspartys, Dinge, die Ted leidenschaftlich haßte. Sie bereitete alles vor, damit die große Show am Wochenende perfekt ablaufen konnte.

Das war sie dieses Jahr alles los, mehr noch, sie wußte nicht, was sie eigentlich mit ihrer Zeit anfangen sollte. Die Jungen wollten diesen Sommer erst Ende August kommen. Jason spielte irgendeine Rolle in einem obskuren Sommertheater in

New Hampshire, wo er sich nebenbei auch noch um die Requisiten kümmerte. Und Rich, ihr Mathematikgenie, nahm an einem Kurs über Computertechnik an der Mount Hermon's Sommeruniversität teil. Sie und Nina würden den Sommer alleine hier verbringen. Was, wenn sie die Einsamkeit nicht ertrug? Wenn sie jede Nacht weinte? Was, wenn sie nie mehr einen Mann fände, der sie liebte? Was, wenn –?

Sie sehnte sich nach längst verschwundenen Sommertagen: das Haus angefüllt mit Kindern, mit Gästen, mit Plänen – irgendein Jahrmarkt, eine Theateraufführung, eine Party – eine endlos lange Liste hübscher Ferienerlebnisse – neue Vorhänge, 500 Glühbirnen für die Gartenparty, die Segelstunden der Jungen, Picknicks am Strand, die Tennisstunden der Jungen, der Antiquitätenmarkt, der Rhinebeck Crats Jahrmarkt, die Schwimmstunden der Jungen, die Huntsfield Segelregatta. Sie sehnte sich verzweifelt danach, wieder eine jungverheiratete Frau zu sein mit zwei hübschen, quirligen kleinen Buben und dem pausbackigen Baby, das das Bild der glücklichen Familie abrundete.

Diese Nostalgie war verrückt! Nina war seit Jahren kein krähendes Baby mehr, Jason und Richard keine zwei kleinen Buben, die an ihrem Rockzipfel hingen. Schon die letzten fünf Jahre waren die Jungen hier und doch nicht hier. Wie alle Männer führten sie ihr eigenes Leben. Wie alle Männer lösten sie sich frühzeitig von der Welt der Mutter. Sie umarmten und küßten sie, neckten sie und schenkten ihr Blumen zum Muttertag. Sie nannte sie »meine Söhne«, doch im Grunde waren sie ihr fremd geworden.

Das Wasser kochte, und sie brühte den Kräutertee auf. Der Duft tröstete sie. So war das also am Ende einer Ehe: man wünschte sich zurück in die Tage, in denen das Leben noch unbeschwert und einfach war; wünschte, seine erwachsenen Söhne wären wieder niedliche kleine Buben, die alle drei Minuten nach ihrer Mami verlangten. Eine Sekunde lang sah sie das Bild ihrer Söhne vor sich, als sie drei und vier Jahre alt waren: die beiden pausbackigen Gesichter, die einander so ähnlich sahen mit dem John-John-Kennedy-Haarschnitt und ihren kleinen Pyjamas, wie sie sich, jeder an eine Seite, in dem großen Bett an sie kuschelten.

An jenem Winterabend hatte sie tiefe Liebe durchströmt,

und das Bild war ihr in Erinnerung geblieben. Und jetzt, als sie daran dachte, durchströmte sie das gleiche Gefühl. Aber diese beiden kleinen Buben mit ihren großen, vertrauensvollen Augen waren längst dahin. Heute sahen sie einander kaum noch ähnlich. Richard, beinahe einundzwanzig, sah Ted ähnlich, war groß und schlank. Nur das kastanienbraune Haar und ebensolche Augen hatte er von ihr. Und einen dichten, buschigen Bart. Daran konnte sie sich nicht gewöhnen – diese vielen Haare. Jase geriet Eves Vater nach: breitgebaut, dunkel, Hakennase und grübelnde, schwarze Augen. Er hatte auch das hitzige Temperament ihres Vaters geerbt, war leicht erregbar und immer zu Streit aufgelegt. Sie war nie mit seinen Temperamentsausbrüchen fertig geworden und behandelte ihn stets wie ein rohes Ei, um ihn nicht zu reizen – die Schauspielerei schien genau das Richtige für ihn zu sein, wirkte wie ein Ventil.

Zu Nina hatte sie immer leichteren Zugang gehabt. Doch nun zog sich auch ihre Tochter zurück, das spürte sie. Nina hatte ihre Geheimnisse, kritisierte an ihrer Mutter herum, daß sie sich zu wenig oder zu stark schminkte, irgend etwas fand sie immer an ihr auszusetzen. Ja, Nina war wütend auf sie, gab ihr die Schuld an der Trennung. War das normal? Waren alle Mädchen ein bißchen in ihren Daddy verliebt und ein wenig eifersüchtig auf Mamie?

Nina hörte nicht auf zu sticheln. Kein Tag, an dem sie nicht mindestens eine boshafte Bemerkung machte, im Sinne von »Es ist alles deine Schuld, Mama.« Eve seufzte. Was sollte sie nur tun? Sie befand sich auf einer Reise ins Unbekannte. Und doch glaubte sie nicht wirklich daran. Vielleicht hoffte sie tief in ihrem Innern, daß Ted zurückkehrte und ihr Leben wieder seinen normalen Verlauf nahm. Aber sie war sich nicht sicher, ob sie das tatsächlich wollte. Verdammt! Das hieß also Ambivalenz. Man wußte nicht, wo man war, wohin man ging oder was man, da, wo man ankam, eigentlich wollte.

»Nein!« sagte sie laut, und der Klang ihrer eigenen Stimme erschreckte sie in der dichten, einsamen Stille. Sie fuhr hoch, als eine fordernde, nervöse Stimme aus dem Dunkel des Wohnzimmers ertönte.

»Mama?«

Eve starrte in die Finsternis. Zusammengerollt auf dem Sofa

neben dem Fenster, den bleichen Glanz des Mondlichts im Haar, kauerte Nina.

»Nina! Wieso schläfst du nicht? Was machst du hier unten?« Und dann bemerkte sie den Telefonhörer an ihrer Schulter. »Gott, Nina, es ist vier Uhr früh! Mit wem sprichst du da?«

»Es ist okay – Mama, du kannst wieder ins Bett gehen.«

Aha, kann ich das? dachte sie. Ich wünschte, es wäre so einfach.

»Es ist *nicht* okay. Leg bitte den Hörer auf, Nina.« Auch im Halbdunkel sah sie den absichtlich leeren, absichtlich verständnislosen Gesichtsausdruck, den Nina in letzter Zeit aufsetzte, wenn Eve etwas sagte, was sie nicht verstehen wollte. »Sofort«, sagte Eve streng.

Nina murmelte ins Telefon, und dann sagte sie gereizt: »Schon gut, Ma, geh weg, dann lege ich auf.«

Es hatte keinen Sinn zu streiten. Sie ging zurück in die Küche und zum Zimtgeruch ihres Tees. Mit wem telefonierte Nina um diese Zeit? Doch nicht mit Kerry! Sie war jetzt gewiß nicht mehr wach. Diese Teenager! Zum Glück hatte Nina hier in Huntsfield Kerry Cullen. Kerry war ein bißchen jünger als Nina, doch seit die Cullens in das Verwalterhaus gegenüber den Detweilers eingezogen waren – Nina mußte damals fünf Jahre alt gewesen sein –, waren sie und Kerry unzertrennliche Sommerfreundinnen. Seltsam, das übrige Jahr sahen sie sich kaum. Diese Freundschaft war ein Segen, denn Kerry war ein vorsichtiges, braves und bedachtes Kind, so wie Nina unerschrocken, voller teuflischer Abenteuer steckte. Als Nina im Alter von sechs vom Dreimeterbrett in den See sprang, lief Kerry sofort hysterisch zum Bademeister. Und als Nina es lustig fand, nach Great Barrington zu trampen, weigerte Kerry sich, mitzukommen und verpetzte Ted sofort den Plan. Als Nina es mit zwölf todschick fand, daß beide sich die Haare platinblond färben sollten, redete Kerry ihr die Idee aus. Sie war absolut vernünftig und umsichtig, und Nina, so verwegen und unabhängig sie auch sein wollte, liebte sie – zumindest im Sommer. Eve mochte Kerry ganz gern, doch Ted nannte sie nur verächtlich ›die kleine Nonne‹. Kerry war ein typisches Kleinstadtprodukt: wohlerzogen, bescheiden und zugegebenermaßen ein wenig dünkelhaft. Aber ein nettes, höfliches Kind. Natürlich trat Eve für möglichst freie Kindererziehung ein – doch so ein braves Mittelklassekind hatte etwas sehr Beruhigendes. So bin ich schließlich auch erzogen worden, dachte Eve mit einem Lächeln.

Sie verstand Kerry, das war es. Und um die Wahrheit zu sagen, sie schätzte sie. Sie wünschte, das hätte sie auch von Kerrys Mutter sagen können. Es war schon beinahe eine Zumutung, sich am Strand Marybeth Cullens spießige Platitüden anzuhören. Doch die Männer hielten große Stücke auf Marybeth! Man schätzte sie beim Segeln, als Tennispartnerin, beim Reiten und beim Wandern. Eve hatte wohl tausendmal gehört, was für ein guter Sportskamerad Marybeth war.

Ein guter Kamerad, das war sie, nicht mehr und nicht weniger. Eve hatte Schwierigkeiten bei dem Gedanken, sich diese Frau im Bett mit ihrem blendend aussehenden Mann vorzustellen, oder wie sie ihr Kind zur Welt gebracht hatte.

Sie gähnte heftig. Vielleicht konnte sie wieder einschlafen. Schließlich hatte sie einen harten Tag vor sich. Sie freute sich auf ihre Party, auch wenn es eine Menge Arbeit bedeutete. Es gehörte zur Tradition, daß Eve am Samstag vor dem Heldengedenktag diese Party gab.

Im Spiegelbild der schwarzen Glastür sah sie sehr jung aus mit dem langen Haar, das ihr lose über die Schultern fiel. Nachdenklich lächelnd betrachtete sie sich; sie hatte das Haar tagsüber nicht mehr offen getragen, seit Jason ein Baby war und seine kleinen Hände darin festkrallte. Sah hübsch aus. Sie neigte den Kopf von einer Seite auf die andere, fuhr sich mit den Fingern locker durchs Haar. Morgen abend würde sie es offen tragen. Warum nicht? Und sie würde sich was zum Anziehen kaufen. Ihr Leben änderte sich, warum sollte sie nicht auch ihr Aussehen verändern?

Sie fragte sich, was ihre Freunde dazu sagen würden und lächelte ihr dunkles Spiegelbild an. Morgen abend würden sie alle hier sein, um den Sommer 83 zu begrüßen, und alles würde gut werden.

Es war immer alles gut geworden. Nichts hatte sich geändert – außer ihrer Ehe.

3

»Ein guter Mann ist hart zu finden.«

Die Cullens machten sich auf den Weg zu Eve Soloways jährlicher Gartenparty; ein wenig früh, denn Marybeth wollte überall die erste sein. Rasch schritt sie den Hügel hinauf, schlang die Ärmel ihres Pullovers im Gehen um die Schultern.

Roy Cullen lachte ein wenig. »Saus nicht so. Es ist peinlich, wenn wir zu früh kommen.«

Sie gab sich nicht die Mühe, den Kopf zu wenden, machte nur eine wegwerfende Handbewegung. »Ach, immer du. Es ist schließlich keine Geschäftsbesprechung. Wir müssen doch auf Eve keinen guten Eindruck machen.«

»Wir müssen aber auch nicht vor ihr da sein.«

»Roy, wirklich!« Sie verlangsamte ihre Schritte. »Okay. Wenn du dann aufhörst zu quengeln.«

Sie gingen nebeneinanderher, ohne sich anzufassen. Die Cullens faßten sich selten an, seit sie sich bei der Hochzeit seines Cousins mit ihrer Cousine kennengelernt hatten. Sie hatten gut zusammen getanzt, obwohl er einsfünfundachtzig und sie glatte dreißig Zentimeter kleiner war als er. Damals sagte jeder, was für ein hübsches Paar sie abgaben. Das sagten die Leute noch heute.

Roy war einer dieser gutaussehenden, athletisch gebauten dunklen Iren, mit leuchtendblauen Augen, heller Haut und einem strahlenden Grübchenlächeln. Er fing früh an, grau zu werden, und jetzt mit achtunddreißig hatte er eine lockige Silbermähne, die manche Frauen unwiderstehlich fanden. Er galt als charmant und war ein äußerst tüchtiger Versicherungsvertreter bei der National Insurance Company. Marybeth wurde allgemein als niedlich bezeichnet: zierlich, hübsch proportioniert und sehr sportlich. »Ich bin mit vier Brüdern großgeworden«, sagte sie gern, »die mich schon mit fünf in ihr Basketballteam aufgenommen haben.«

Sie war nicht eigentlich hübsch, hatte kurzgeschnittenes, lockiges blondes Haar, große, runde, blaue Augen und eine kleine Stubsnase – ein Puppengesicht, das sie nie schminkte. Ihre kleine Nase und ihre runden Wangen waren mit Sommersprossen übersät.

»Ich quengle nicht«, widersprach Roy. »Warum sagst du so was immer? Ich sehe nur nicht ein, bei Eve und Ted zu erscheinen, bevor sie fertig sind. Reine Rücksicht.«

»Äh-äh«, sagte Marybeth mit erhobenem Zeigefinger. »Es gibt keinen Ted, denk daran.«

»Ach Gott.«

»Ich hoffe, du verplapperst dich heute abend nicht, Roy. Du bringst uns alle in Verlegenheit.«

»Hör zu, Kleine«, sagte Roy, »du weißt genau, daß ich nicht vergesse, daß sie auseinander sind. Ich bin ja nicht blöd. Reine Gewohnheit ›Eve und Ted‹ zu sagen, weiter nichts. Ich gehe nicht hin und sage, ›Hallo Eve. Wo steckt denn eigentlich unser guter Ted?‹«

»Das behaupte ich ja gar nicht. Fängst du schon wieder an?«

»Ich fange nicht an –« Er unterbrach sich und preßte die Lippen aufeinander. Schweigend gingen sie die schmale, gewundene Birkenallee entlang. Dahinter schloß sich der Fichtenwald an mit den Schierlingssträuchern. Das sanfte Tschilpen der Rotfinken, die im dichten Unterholz nisteten, erfüllte die Stille. Schließlich sagte er: »Hör zu, Kleines, ich habe eine anstrengende Woche hinter mir und wäre dankbar, wenn du heute abend nicht auf mir herumhackst.«

»Auf dir herumhacken? Wovon sprichst du? Ich sage doch gar nichts. Und außerdem, *du* willst doch abends in die Messe gehen, anstatt am Sonntagmorgen, wie jeder anständige Mensch. Nein, du mußt ja bis mittags schlafen! Pah! Dann hetzt man, um rechtzeitig da zu sein. Ist doch nicht *meine* Schuld! Und dann brüllst du, weil ich zu schnell gehe.«

Seine Stimme war sehr geduldig. »Ich brülle nicht, Marybeth. Laß uns aufhören mit dem Quatsch und diesen wunderschönen Sommerabend genießen.«

»Wer sagt denn, daß ich ihn nicht genieße? Du bist nicht der einzige, der eine schwere Woche hinter sich hat!«

»Es ist nicht die Arbeit, das weißt du genau, es ist der unnötige Kleinkram.«

»Damit müssen wir uns alle herumschlagen, Schatz. Du mußt eben lernen, mit den Leuten umzugehen.«

»Herrgott noch mal, Marybeth. Seit fünfzehn Jahren in der gleichen Firma, wo ich mich zum besten Mann hochgearbeitet habe, werde ich wohl wissen, wie ich mit den Leuten umzugehen habe!«

»Roy! Du fängst schon wieder an!« Sie lächelte zu ihm hoch. »Komm, Schatz, sei lieb. Wir sind gleich da. Zeig mir ein nettes, freundliches Lächeln.«

Er entblößte die Zähne, sie nickte zufrieden, nahm ihr anfängliches Tempo wieder auf und war sofort ein paar Meter vor ihm.

Roy Cullen betrachtete das Hinterteil seiner Frau, hübsch verpackt in ihre üblichen weißen Jeans. Ein nettes, freundliches Lächeln! Scheiße! Zeig ihr ein paar Zähne und Grübchen, und für sie ist alles wieder in Ordnung. Frauen haben keine Ahnung! Weil sie nicht rauskommen in die Realität, wo die Leute dich anlächeln und dir gleichzeitig in die Eier treten, oder dir das Messer in den Rücken rammen.

Frauen hatten es leicht, besonders Marybeth mit nur einem Kind. Und Kerry war schon dreizehn. Er hatte es oft bedauert, daß nichts mehr nachgekommen war. Sie hatten es versucht, zugegeben, als sie es noch ziemlich regelmäßig machten, aber es hatte nicht geklappt. Und jetzt? Ha! Da müßte schon ein Wunder geschehen, wenn Marybeth Cullen schwanger würde.

Seit vier Wochen hatte sie ihn nicht mehr rangelassen. Drei Wochen und vier Tage, um genau zu sein. Er mußte über sich selbst lachen. Sie reizte ihn nicht mehr, aber das war in jeder Ehe so. Trotzdem, ein Mann konnte nichts für seine Geilheit. Deshalb mußte er sein Zeug eben hin und wieder anderswo unterbringen. Es gab genug heiße Miezen, nicht etwa Huren, nein, nette saubere Mädchen. Er lachte leise. Keine katholischen Mädchen, das nicht! Er kämpfte bei der National Insurance um sein Leben, und Jack Scheer versuchte wie ein Verrückter, ihn auf die Matte zu zwingen. Jack Scheer – Nummer zwei. Der Zweite versuchte immer den Ersten aufs Kreuz zu legen. Als Andy Muller Numero uno war, hatte Roy es ebenso gemacht. Natürlich war Andy die Treppe raufgeklettert und hatte einen leichten, gutbezahlten Posten bei der Muttergesellschaft in Hartford bekommen. Sie würden es nicht schaffen, Roy Cullen in die Wüste zu schicken! Ihn nicht. Er war ein Spitzenmann und würde im Big Apple bleiben, wo das Leben pulsierte.

Sie hatten das alte Haupthaus hinter sich gelassen und befanden sich auf dem Kiesweg durch den Wald, der zum alten Kutschenhaus führte. Die Sterne fingen an, durch den blassen Seidenhimmel zu schimmern, und am Horizont hing ein durchsichtiger rosa Wolkenschleier. Jetzt sah man schon das helle Glitzern des Teichs der Soloways, der erweitert und mit Natursteinen umgeben worden war. Ardiths ältester Sohn hatte sie hochgezogen. Aber versuch mal, dachte Roy, ihn dazu zu bewegen, die gleiche Arbeit für die Cullens zu machen! O nein, das war ein Gefallen, den Ardith nur ihren Leuten zukommen ließ. Na ja, wenn man neu war in einer Gruppe und im kleinsten Haus wohnte, mußte man damit rechnen, daß die Alteingesessenen einen wie einen Bürger zweiter Klasse behandelten.

Jetzt hörte er Stimmen, und Marybeth drehte sich um und sagte: »Siehst du? Du dachtest, wir sind die ersten. Und ich höre Sam. Du hast so lange herumgetrödelt, daß wir die letzten sind, und du *weißt*, wie sehr ich es hasse, als letzte auf einer Party zu erscheinen!«

»Nimm's leicht!« sagte er automatisch. Er hatte diese Panikmache satt an ihr. Eine Frau, die sich in allen Sportarten bewies, aber nicht fähig war, locker auf einer Party ihrer besten Freunde zu erscheinen. Natürlich ließ sie sich nie anmerken, wie verkrampft sie war.

Auch jetzt schlenderte sie über den Rasen der Soloways, als gehöre ihr das Ganze und johlte: »Hallo, alle zusammen!«

Er blieb zurück. Mann, war die Anlage super. Er stand auf der kleinen Erhebung, die zum Besitz der Soloways führte. Ted und Eve hatten wirklich Glück gehabt. Er mochte das Kutschenhaus lieber als das Haupthaus, das den Driscolls gehörte. Es war nicht so riesig. Sieben große Zimmer mit einem unvergleichlichen Blick über den alten Obstgarten und die Wälder dahinter. Das alte Haus war ein Steinbau, die Anbauten aus Holz, sehr modern, aber nicht häßlich. Jetzt war das Haus hell erleuchtet, und durch die Glasschiebetüren sah er die behäbige Ardith Campbell in einer blumig gemusterten Schürze in der Küche hantieren. Am Teich brannten kleine Lampen, die Bäume wurden von Spots angestrahlt, und am Büfett flackerten Partyfackeln. Perfekt, wie das Titelfoto einer Zeitschrift. Wenn man soviel Geld wie Ted Soloway besaß, konnte man sich das eben leisten. Und dann fiel ihm wieder ein, daß Ted gar nicht da sein würde. Heute gab es nur Eve. Seltsam . . .

Er fuhr sich mit der Hand durchs Haar – eine alte Gewohnheit – und ging rasch den Abhang über den kurzgeschorenen, weichen Rasen hinunter. Bei Ted Soloway gab es kein Unkraut; Jason und Rich sorgten dafür, daß das Gras wie ein Golfrasen aussah. Es war schon was anderes, ein Besitz umgeben von Wald, Obstgärten und Hügelland – seine eigenen drei Morgen waren von der Hunts Glen Siedlung, drei Dutzend häßlichen Würfeln aus Holz und Glas, nur durch einen Streifen magerer, junger Bäume getrennt. Und er mähte seinen Rasen selbst, nicht etwa gemütlich auf dem Rasenmäher sitzend. Aber es tat ihm gut, und dabei konnte er in Ruhe nachdenken. Wer hätte es denn sonst tun sollen? Er hatte ja keinen Sohn.

Marybeth hatte recht; die anderen beiden Paare waren bereits da. Tony Driscoll ging auf und ab, wie immer. Seine Füße schienen immer in Bewegung. Wenn er nicht auf und ab ging, klopfte er unablässig auf den Boden. Und sexy Ann – genau das Gegenteil von ihm – suchte sich immer das bequemste Eckchen aus, wo sie sich hinsetzen, oder noch besser, hinlegen konnte. Sie kam ihm vor wie eine schöne, verwöhnte Prinzessin . . . Er hätte nichts dagegen, sie ein wenig anzuheizen. Er wußte genau, wie er es anstellen würde. Ein Bild zog durch seine Gedanken, Ann Driscoll, halbnackt mit steifen Brustwarzen, erwartungsvoll vor ihm stehend. Er spürte ein vertrautes Rühren in der Lendengegend, doch er mußte nur an Schwester Maria Augustus denken, die Nonne, die ihn in der Grundschule unterrichtet hatte. Mit säuerlicher Miene hatte sie ständig befohlen, die Hände so zu halten, daß sie sie sehen konnte! Ja, ein einziger Gedanke an Schwester Augustus reichte aus, und er stand ihm eine ganze Woche lang nicht!

Grinsend trat er ins Licht, und als Marybeth wissen wollte: »Was ist denn so komisch, Roy?« grinste er noch breiter und sagte: »Ich mußte gerade an Schwester Maria Augustus denken, die ich als Lehrerin in der Konfessionsschule unserer Guten Mutter der Barmherzigkeit hatte.« Er sah ihr gern ins Gesicht, denn sie haßte es, wenn er über irgend etwas Katholisches Witze machte. Roy lachte, die anderen lachten auch, und dann fiel sein Blick auf Eve. Sie sah so anders aus. Was war es nur? Ja, sie trug ihr Haar offen. Es fiel ihr halb über den Rücken. Sah verdammt sexy aus! Wie trug sie es bloß früher? Einen Knoten im Nacken. Irgendwie wirkte es immer wie kurz geschnitten, weil es so knapp am Kopf anlag.

Aber da war noch etwas. In Huntsfield trugen die Frauen alle im Grunde genommen das gleiche – weiße Jeans oder Shorts, Herrenhemden, wenig Make-up, kaum Schmuck. Das gehörte zu Connecticut. Aber Eve trug heute abend ein hauchdünnes, loses Kleid, das golden schimmerte, wenn sie sich bewegte. Und, Mann, es war ja beinahe durchsichtig.

Gedankenverloren blickte er sie an. Was trug sie denn eigentlich drunter? Jetzt machte sie ein paar Schritte, und man konnte glauben, sie sei völlig nackt darunter. Ihre Brüste hüpften, wenn sie sich bewegte. O Gott, wo bist du, Schwester Maria Augustus? Er mußte ziemlich bald zu Potte kommen; er war geil wie ein Sechzehnjähriger. Im Büro saß eine neue Kleine am Empfang. Sie machte ihm schon seit ein paar Wochen schöne Augen. Sie war niedlich, bißchen zu knochig für seinen Geschmack und zu dunkel, aber der Blick in ihren Augen sagte: ›Komm und hol es dir!‹ Und ab nächsten Dienstag, wenn Marybeth und Kerry für den Sommer über ganz aufs Land zogen, war Roy Cullen wieder Junggeselle. Er leckte sich die Lippen und rechnete sich aus, daß er die Sache gleich Mittwoch früh regeln müsse. Ja, er hatte eine amüsante Woche in Freiheit vor sich.

»Du liebe Güte, Roy«, rief Marybeth, »setz dich doch irgendwohin!«

Während er sich nach einem Stuhl umsah, tönte Sam Detweiler laut: »Warum nicht hier, Roy Baby?« und tätschelte ihren Schoß mit ihren großen, schweren Händen. »Beweg deinen Hintern rüber zu Mami und wir finden ein hübsches Plätzchen dafür.«

Alle lachten, und Shirl Detweiler lachte am lautesten. Die Detweilers waren ein lärmendes Paar. Nett, aber laut. Lenkten immer die Aufmerksamkeit auf sich. Hatten sie gar nicht nötig; man konnte sie ohnehin nicht übersehen. Schon wie sie sich anzogen, wie die Beatnicks. Ausgerechnet an einem Ort wie Huntsfield, und jeder von beiden hatte mindestens fünfundzwanzig Pfund Übergewicht. Die Detweilers am Tennisplatz – zum Schreien! Heute abend trug Shirl nicht etwa ein normales LaCoste-Hemd und Leinenhosen. Nein, es mußte ein grell-buntes vulgäres Hawaiihemd sein über ausgebeulten Bermudashorts, und sie war natürlich passend zu ihm in einen bunten Fetzen gehüllt. Ein seltsames Paar mit ihren Afrofrisuren und den runden Brillengläsern. Wären sie nicht seine nächsten Nachbarn, würde er keinen Wert auf ihre Bekanntschaft legen. Es fing schon mit diesen dämlichen Namen an. Wie sie es genossen, sich vorzustellen. Immer sagten sie denselben idiotischen Satz: »Wir sind die Detweilers, Sam und Shirl. Er ist Shirl. Sie ist Sam.« Abgeklapperte Komödie. Wenn man sie näher kannte, waren sie ja ganz nett. Aber sie hatten so etwas Aufgesetztes. Besonders Sam. Jedesmal sagte sie irgendwas Aufreizendes zu ihm: »Ach Roy, du bist fantastico!« oder: »Roy, du machst mich richtig an.« Vor allen Leuten! Dieser Person war es völlig egal, wer zuguckte; sie drückte sich an ihn, auch wenn Marybeth direkt daneben stand. Ständig machte sie das!

Eve lächelte ihn an. »Hallo, Roy, fröhlichen Sommer wünsche ich, jetzt wo wir *alle* da sind.«

»Bis auf eine bemerkenswerte Ausnahme«, murmelte Tony Driscoll.

Eve lächelte ihn gelassen an. »Aber Tony«, sagte sie mit noch strahlenderem Lächeln und nippte an ihrem Drink. Roy konnte den Blick nicht von ihr wenden. Es war etwas Glitzerndes an ihr, etwas Glühendes. »Zuerst möchte ich meine Umarmung und meinen Kuß von unserem Robert Redford, bevor du Streit mit mir anfängst.« Sie lachte und schwebte auf ihn zu.

Roy breitete die Arme für sie aus, wie immer, und dachte dabei, mein Gott, die arme Frau, sie muß einsam sein; und sie glitt in seine Arme, war ganz nah und hob ihm ihre Lippen entgegen – wie immer. Und plötzlich war es nicht mehr wie immer. Die Berührung ihrer weichen, vollen Lippen war elektrisierend. Der Moschusduft ihrer Haut berauschte ihn. Die Luft blieb ihm weg, und sein Körper näherte sich ihrem, als habe er seinen eigenen Willen. Er hörte ihren kleinen, kehligen Laut, ließ die Arme sinken und trat einen Schritt zurück. Er fühlte sich fiebrig, verwirrt, und als er in ihre Augen sah – Eve Soloway hatte schöne, große, haselnußbraune Augen –, sah er seinen eigenen Aufruhr darin widergespiegelt. Verdattert platzte er heraus: »Mein Gott, Eve, wie heißt dieses Parfüm?« Und dann, hastig Fassung gewinnend, lachte er und fügte hinzu: »Das muß ich meiner Frau besorgen, das hilft vielleicht unserem Sexleben auf die Sprünge.«

»Wie komisch, Roy, sehr komisch!« sagte Marybeth mit spitzen Lippen, die sie immer bekam, wenn das Wort S-E-X erwähnt wurde. Marybeth hatte eine seltsame Art, wenn es um Dinge des Fleisches ging, wie sie sich ausdrückte. Sie war so forsch und lebenslustig, daß er, als sie heirateten, guten Sex mit ihr erwartet hatte. Aber im Bett konnte man sie total vergessen. Da war einfach nichts. Sie konnte nichts dafür. Sie war eine gute Katholikin; es lag an ihrer Erziehung. In jeder anderen Beziehung klappte es mit ihnen – beim Tennisspielen und Schwimmen, wenn sie zusammen tapezierten oder eine Stereoanlage anschlossen. Bis auf diesen einen Punkt.

»Nur Spaß, Kleines«, sagte er und zwinkerte ihr zu. Er wagte nicht, Eve in die Augen zu schauen. Hatte sie seine Erektion gespürt? Was würde sie denken? Heimlich warf er einen Blick zu ihr hinüber, doch sie hatte sich bereits Tony Driscoll zugewandt und neckte ihn wegen seiner endlosen Jogging-Gespräche. Sie war tatsächlich nackt unter dem Kleid. Na ja, nicht vollkommen nackt, jedenfalls trug sie keinen Büstenhalter, und hatte in dieser Abteilung nicht wenig zu bieten. Ob die anderen das bemerkten? War er der einzige, dem auffiel, wie sie heute abend Funken sprühte? Tony saß mit übergeschlagenen Beinen da und mit grimmiger Miene, wie immer. Eve berührte seinen Arm, seine Schulter, beugte sich über ihn, wobei ihr Haar sein Gesicht streifte, lachend und ihn neckend, doch sie entlockte ihm nicht den Anflug eines Lächelns. Das war bei Tony Driscoll auch kaum möglich. Ein kleiner, drahtiger, nervöser Typ, ausgesprochen gutaussehend, aber ohne Saft. Er joggte acht Meilen jeden Tag; nahm sich selbst ungeheuer ernst, war nie relaxed, gestattete sich nie ein Vergnügen. Man sagte, er sei ein guter Anwalt; mag sein. Jedenfalls verdiente er einen Haufen Geld.

Eve sagte jetzt: »Ach Tony, hör schon auf damit! Ich bin bereits nach zehn Minuten Laufen erledigt. Fünfzehn-Meilen-Läufe sind mir ein Greuel. Geschweige denn Fünfzig-

Meilen-Marathons – das ist glatter Mord. Ich hol mir lieber noch was zu trinken.« Und zu allen gewandt: »Sonst noch wer?«

»Ich könnte meinen ersten gebrauchen«, meinte Roy und folgte ihr zur Bar, beobachtete, wie der dünne Stoff um ihre Hüften und ihren Hintern spielte. Eve hatte festes Fleisch, war nicht besonders schlank, aber fest. Das war ihm schon beim Baden aufgefallen. Für eine Frau ihres Alters war sie blendend in Form. Aber heute abend war etwas Einladendes an ihr. Dabei war sie überhaupt nicht sein Typ. Er flog auf kleine Frauen – auf Frauen wie Marybeth.

Die Bar stand etwas abseits im Halbdunkel. Die Nacht war ungewöhnlich lau für Ende Mai. Roy stand neben Eve, schaute ihr zu, wie sie zwei steife Wodka Gimlets mixte. Der Duft ihres Parfüms war das Erregendste, was ihm im letzten Monat begegnet war. Am liebsten hätte er sich über sie gebeugt und sie in den Nacken gebissen. Und welche Hitze von ihr ausging! – Er lächelte, schon wieder mußte er Schwester Maria Augustus anrufen. Wenn er sich von Eve heute abend nicht fernhielt, würden sie beide in ziemliche Schwierigkeiten geraten.

Mit einem Freudenschauer dachte Eve, er hat angebissen. Und ich habe überhaupt nichts dazu getan.

In den letzten vier Wochen hatte sie es sich zur Gewohnheit gemacht, eine Liste der Männer aufzustellen, die sie begehrenswert fanden: inklusive der Fernfahrer, die hinter ihr herpfiffen. Was tat's, wenn Ted Soloway nicht auf dieser Liste stand! Zum Teufel mit ihm! Es gab genug Fische, die an ihre Angel gingen. Roy Cullen war nicht unbedingt ihr Typ, aber fraglos ein blendend aussehender Mann mit breiten Schultern und Fäusten so groß wie polnische Schinken, buschigen schwarzen Augenbrauen, babyblauen Augen und tiefen Grübchen in den massigen Wangen.

Ja, Roy Cullen war ein prachtvoller Kerl; das erfüllte sie erst recht mit Genugtuung. Sie reichte ihm das Glas und schenkte ihm ihr strahlendstes Lächeln, wofür er sie mit einem Erröten belohnte. Sehr gut. Sie wollte, daß alle Männer sie ansahen und begehrten; egal wer. Eve Soloway hatte nicht die Absicht, sich in einem Schneckenhaus zu verkriechen.

Sie hatte sich für den Sommer neu eingekleidet, modisch

schicke Sachen, die sie nie zuvor zu tragen gewagt hätte, für die Ted Soloway nur ein schiefes Lächeln übrig gehabt hätte. Beim Anblick des Kaftans hätte er nur gefeixt und gesagt, sie solle sich was Anständiges anziehen. Das Gefühl der Seide auf der Haut, die sie wie ein Hauch umwehte, gefiel ihr. Der Stoff spielte an ihrem Körper, berührte sie und entschwebte wieder: ein herrlich freies Gefühl. Und sie liebte die Farben – purpur und rostrot mit goldenem Glitzerglanz. Das Schönste dabei war, keinen Büstenhalter zu tragen. Natürlich sah sie Tonys finstere Mißbilligung, und Ann hatte ihr sogar zugeflüstert: »Hast du, eh, nicht was vergessen anzuziehen, liebste Eve?« Alte Freunde konnten manchmal sehr lästig sein; nahmen sich das Recht heraus, sich in alles einzumischen. Sie *brauchte* keinen BH. Ihre Brüste waren groß, aber fest und da, wo sie hingehörten; und der Kaftan war gar nicht wirklich durchsichtig. Wenn es ihnen nicht paßte, mußten sie nicht in ihrem Garten sitzen und sich mit ihrem wunderbaren Essen die Bäuche vollschlagen.

Das erinnerte sie an ihre Pflichten als Gastgeberin. Gedankenverloren tätschelte sie Roys Arm. Es war, als würde sie Superman persönlich anfassen. Ganz anders als Teds schlanke, schlaksige Arme. Wie ein schmerzhafter Blick durchzuckte sie der Gedanke, daß Teds Körper ihr nie mehr gehören würde. Zu ihrer Verblüffung brannten Tränen in den Augen. Schnell blinzelte sie und rief fröhlich: »Ihr müßt am Verhungern sein. Ich sage Ardith, sie soll auftragen!«

Sie eilte zum Haus und dachte an Roys muskulösen Arm, nicht an Ted. Was wäre es wohl für ein Gefühl, fragte sie sich, in diesen starken Armen zu liegen, an der breiten, mit grauem Kraushaar bedeckten Brust. – Eve, schäme dich! tadelte sie sich. Und gleichzeitig: nein, was war denn dabei? Sie lebte getrennt. Sie war allein. Sie hatte das Recht. O Gott, ich werde herausfinden, wie es mit *anderen Männern* ist! Sie öffnete die Fliegengittertür zur Küche und lehnte sich in Gedanken an den Pfosten. Es war ihr noch nie in den Sinn gekommen, daß sie mit anderen Männern schlafen könnte – nein, *würde.* Sie wandte den Kopf und warf Roy Cullen noch einen Blick zu, wie er im Lichtkegel stand, seine Leinenhosen spannten sich um seine kräftigen Pobacken, sah seine dunkel behaarten, nackten Arme. Ein Schauder durchlief sie, dann schrak sie hoch, als Ardith kreischte: »Mizzes Soloway! Wo haben Sie Ihre Ohren? Die Mücken machen sich übers Essen her, wenn Sie das Fliegengitter nicht schließen.«

»Huch, tut mir leid, Ardith. Ich habe geträumt.«

»Na ja. Selbst schuld, wenn Sie sich von den Biestern zerstechen lassen wollen...«

Eve trat in die Küche. »Wir fangen mit den kalten, leichten Sachen an.«

»Ich hol' das Lachspüree und die Dillsauce aus dem Kühlschrank. Die Pumpernickelhäppchen sind im Korb und hier die Butterlöckchen. Wollen wir den Salat gleich servieren oder später?«

»Nein, gleich«, sagte Eve, nahm eine große Holzplatte mit Ardiths Leckereien, in die andere Hand den Brotkorb, stieß mit der Hüfte die Tür auf und wurde mit Ahs und Ohs der Gäste empfangen. Jetzt waren auch die Kinder da – Kerry Cullen, Win Driscoll, Johnny Malone, der im Ort lebte – was hatte er hier eigentlich zu suchen, fragte sich Eve – und Nina.

Sie stellte die Platte auf dem Tisch neben der Bar ab und sagte lachend: »Wieder ein Wunder! Kaum hören sie die Tür des Kühlschrankes klappen, schwupps, sind die Teenager da.«

»Ganz recht!« sagte Nina sarkastisch, an Kerrys Schulter gelehnt – ein merkwürdiger Anblick, denn sie überragte Kerry um zehn Zentimeter. »Mehr von diesen Teenagersprüchen. Man würde glauben, sie seien ihr beim dritten Kind ausgegangen, findet ihr nicht?«

Eve spürte einen Stich, daß ihre Tochter auf diese Weise von ihr sprach, so als sei sie gar nicht anwesend.

»Nina«, murmelte Johnny Malone. »Sei nicht frech zu deiner Mutter. Können wir irgendwie helfen, Mizzes Soloway?«

»Ach Johnny!« seufzte Nina gedehnt. »Wie laang-weilig! Du bist hier bei besseren Leuten. *Wir* haben Personal, *wir* sind nicht auf die Hilfe von Teenagern angewiesen!«

»Nina!« protestierte Eve. »Ardith kann gut etwas Hilfe gebrauchen.« Aber sie waren schon unterwegs zum Haus, eine eingeschworene Viererbande. Nur Kerry – typisch für sie – drehte sich um und flötete: »Wir gehen Ardith zur Hand, keine Sorge.«

Shirl Detweiler lachte, blickte sich verschwörerisch um und raunte: »Sind sie weg? Wenn sie wirklich gehen, Leute, habe ich eine nette Überraschung für uns.« Und er wackelte ein paarmal mit den Augenbrauen. »Fünfundachtzig *dolares*, die Unze, Freunde.«

»O Gott«, stöhnte Tony, »das schon wieder!«

Shirl beugte sich vor und äugte Tony an. »Hast du Angst, die Bullen kriegen Wind von unseren illegalen Machenschaften und lassen uns hochgehen?«

»Laß mich in Ruhe damit!« brummte Tony im Aufstehen. »Das Zeug ist illegal, und manchen von uns ist das nicht einerlei.«

»Wovon reden sie, Roy? Wovon sprecht ihr da?«

»Maria Huana, meine liebe Marybeth, wie du ganz richtig vermutest«, sagte Sam.

»Du liebe Güte! Ich könnte dieses Zeug nie mit gutem Gewissen rauchen. Tony hat recht. Es ist ungesetzlich. Wie könnte ich, wenn ich es Kerry ständig verbiete.«

»Sie muß es doch nicht wissen«, warf Eve ein. »Ich tue eine Menge Dinge, die ich den Kindern verbiete. Sex zum Beispiel.«

»Aber Eve!« Marybeth schnappte entrüstet nach Luft.

Shirl johlte auf. »Glaubt ihr denn, es nützt was, wenn ihr den Kindern was verbietet? Wir haben in diesem Alter doch auch getan, was wir wollten.«

»Und hinterher hatten wir Schuldgefühle«, warf Ann ein. Tony fuhr herum, mit dem vollen Whiskeyglas in der Hand. »Du hast mir nie gesagt, daß du Schuldgefühle hattest!«

Alle lachten, einschließlich Ann. »Ach Tony, ich spreche nicht von unserer Collegezeit. Ich meine, als ich sechzehn war.«

»*Was* war, als du sechzehn warst?« Win tauchte lautlos hinter seiner Mutter auf, daß sie in die Höhe schrak.

»Du lieber Gott, Winfield, hast du mich erschreckt!«

»Ach Ma! Beantworte lieber meine Frage. Was hast du getan, als du sechzehn warst?«

»Nichts, was dich interessieren könnte«, brummte Tony, und wieder lachten alle.

»Wir sprachen gerade darüber...« begann Shirl dozierend, wurde jedoch sofort von Ann und Marybeth zum Schweigen gebracht, worauf die Kinder kicherten. Sie standen alle mit Tabletts und Schüsseln beladen, die sie bedenklich schief hielten, und hörten den Erwachsenen zu.

Ardith kam über den Rasen mit einem Tablett Besteck und Servietten anmarschiert und erteilte ihre Befehle. »Johnny, stell die Auberginenkasserolle auf den Tisch, bevor du den Rasen damit düngst! Und Win, die Salatschüssel da drüben hin. Und nun bewegt euch, los kommt! In der Küche habe ich eine Überraschung für euch!«

»Wetten, daß es nicht Pot ist?« murmelte Win.

Ardith machte ein Gesicht, und sein Vater bellte: »Genug jetzt, Winfield!«

»Keine Sorge, Mr. Driscoll«, lenkte Ardith ein, als sie die Köstlichkeiten auf dem Tisch zurechtrückte. »Dieses Zeug wird weder geraucht noch geschnupft oder sonst was, solange ich hier bin. In der Küche wartet meine hausgemachte Pizza auf die Gören. Und nun los, marsch, sie ist nämlich fertig.« Und sie winkte ihre kleine Herde nach oben.

»Ist sie nicht ein Schatz?« säuselte Marybeth. »Eine Beruhigung zu wissen, daß es noch Menschen gibt, die an bleibende Werte glauben.«

»O Gott, Marybeth, ich glaub, ich hör nicht recht.«

»Tu nicht so überheblich, Samantha. Einige von uns sind eben noch so altmodisch, um an den guten, alten Werten festzuhalten.«

»Marybeth, versuch doch mal, so zu tun, als lebtest du im zwanzigsten Jahrhundert. Diese Kinder leben in einer völlig anderen Welt als wir damals. Du mußt flexibel sein.«

»Ich muß *nicht* flexibel sein. Eltern müssen heute mehr denn je ihre Werte hochhalten. Das verstehst du natürlich nicht. *Du* hast ja keine Kinder.« Marybeth lehnte sich schmallippig zurück.

»Ich habe zwar keine eigenen Kinder, aber mit etwa hundert Kindern in der Woche im Sozialamt zu tun.«

»He, Leute! Habe ich euch nicht zu einer Party eingeladen? Auf der Einladung stand nichts von einem Massaker, oder? Hört auf damit und werft euch auf die *Spaghetti primavera,* damit ihr lernt, was gut schmeckt.«

»*Spaghetti primavera!* Sind das die kalten Nudeln da?«

»Jaa? Das Zeug da mit Gemüse?!«

»Hmpf!«

»Hmpf? Probier mal, da.«

»Hab' ich hmpf gesagt? Ich meine hmhmmmmm.«

»Das gefällt mir schon besser.«

Eve ging ein paar Schritte zurück und beobachtete, wie ihre Gäste sich über die Spaghetti hermachten. Sie hatte es nicht gern, wenn sie einander angifteten. Komisch, sich mit Menschen anzufreunden, nur weil sie jeden Sommer an denselben Ort kamen. Doch sie waren wirklich gute Freunde geworden.

»Es ist wirklich exzellenter Stoff«, flüsterte jemand an ihrem Ohr. Shirl Detweiler war immer noch mit seinem Marihuana beschäftigt. »*Sinsemilla*, erste Klasse«, murmelte er glucksend. Shirl fand das Leben, die Welt und die Menschen im allgemeinen sehr erheiternd. Er hatte eine gute Beobachtungsgabe, liebte es, Menschen zu mustern und abzuschätzen, kicherte über alles, nahm nichts ernst. Und es war amüsant, ihm zuzuhören, denn er besaß einen beißenden Spott und scharfen Mutterwitz. Das Dumme war nur, daß man nie wußte, wann man selbst dran war.

»Hör schon auf mit deinem dämlichen Junk.«

»Nicht Junk, Liebste. Heroin ist Junk. Dope ist die richtige Bezeichnung. Wir sprechen von Dope.«

»Und warum reden wir überhaupt über dein doofes Marihuana? Wir sind doch zu alt, um damit anzufangen. Wir gehören zur Trinkergeneration, Shirl.«

Sie begriff eigentlich nicht, warum er sich so lächerlich anziehen mußte. Er war ein talentierter Schreiber, verdiente eine Menge Geld, hatte interessante Freunde. Aber offenbar hatte er Spaß daran, sich verrückt zu verkleiden.

Er lächelte sie an und tätschelte ihre Wange. »Du gehörst jetzt zu einer anderen Generation, Liebste«, sagte er.

»Was heißt das denn?«

»Wir sind alte, verheiratete Paare. Und du bist ein Swinging Single.«

»Noch ist es nicht soweit. Und außerdem bin ich immer noch die Mutter meiner Kinder, dieselbe lausige Tennisspielerin und das gleiche warmherzige, wundervolle Wesen, das du immer so gern hattest.« Sie sprach leichthin, doch seine Worte hatten etwas in ihr angerührt, das sie in momentane Panik geraten ließ. »Swinging Single!« wiederholte sie lachend. »Verrat mir doch mal, wo's in Huntsfield was zu swingen gibt!« Sie warf ihr volles, langes Haar zurück. Sie liebte das schwere Gefühl nach all den Jahren, in denen sie den braven Knoten getragen hatte.

Shirl lächelte sie in seiner irritierenden, leicht überheblichen Art an. »Eve, Eve«, sagte er kopfschüttelnd. »Du machst dich über meinen vorzüglichen Pot lustig. Du glitzerst, glänzt, du funkelst und sprühst. Nur Shirley kennt die Wahrheit, tief drin in diesem sinnlichen Körper sitzt ein kleiner Eisklumpen, der *Angst* heißt.«

»Mach dich nicht lächerlich.«

»Du meinst, ich habe unrecht, Evie, Liebling?«

Sie holte tief Luft, stieß einen Seufzer aus und sagte: »Du hast ja so recht. Aber halte bitte den Mund, ja?«

»Okay, okay. Ich hol' mir einen Teller *Primavera*, bevor die Geier mir alles weggefressen haben. Aber morgen am Strand bekommst du einen Joint von mir. Mal sehen, ob Onkel Shirley es nicht schafft, daß du dich besser fühlst, wenigstens für eine Stunde. Glaube mir«, fügte er hinzu, »jeder Mensch braucht heutzutage eine Bezugsperson.«

Sie biß die Zähne aufeinander. Wer war er, ihr zu sagen, was sie brauchte oder wie sie sich fühlte? So gut kannte er sie gar nicht. Sie sah diesen Mann im Winter keine viermal; sie waren ganz gewiß keine intimen Freunde. Ann Driscoll war ihre engste Freundin, und Ann hatte kein einziges Wort über ihre Gefühle verloren! Sie hielt das für aufdringlich; ebenso wie Eve. Wenn man sich aussprechen wollte, dann tat man das, ansonsten gingen Gefühle niemanden etwas an. Es war verdammt schwer gewesen für sie, all die Jahre während ihrer Ehe mit Teds Fremdgeherei und überhaupt. Aber wußte irgendwer davon? Natürlich nicht, weil sie allein damit fertig geworden war. Sie hatte nicht das Bedürfnis gehabt, sich bei der halben West Side auszuweinen.

»Und du bist wohl meine Bezugsperson, Shirl?« Sie warf den Kopf in den Nacken und wandte sich lachend von ihm ab.

»Dir könnte Schlimmeres passieren, Kindchen!« Im Gehen lachte sie ihm noch mal über die Schulter zu. Was war das wohl für ein Gefühl, Pot zu rauchen? Sie hatte es oft genug gerochen im Kino und auf der Straße, besonders am Broadway. Irgendwie süß. Warum war Marihuana plötzlich so wichtig? Aber so waren die Detweilers, begeisterten sich für was Neues, um es im nächsten Moment für etwas anderes fallenzulassen.

Am Büfett legte sie sich kleine Häppchen auf den Teller. Sie hatte keinen Hunger, fühlte sich rastlos, nervös. Lieber war ihr noch ein Drink. Sie goß sich einen großen Wodka-Tonic ein, preßte Zitronensaft darüber und trank einen Schluck. Das schmeckte gut und schwirrte angenehm im Kopf. Sie trank mehr als sonst in den letzten Wochen. War das ein Wunder? Ihr Mann hatte sie verlassen, nicht etwa wegen einer anderen Frau, lediglich aus einer kindischen Laune. Vom Haus her hörte sie die Kinder. Sie freute sich, Nina endlich wieder lachen zu hören.

Sie sah ihren Freunden zu, wie sie aßen und angeregt plauderten. Roy Cullen stand auf, um seinen Teller nachzufüllen. Hinter ihm Sam Detweiler. Marybeth schien nie Notiz davon zu nehmen, wie oft sich Sam an Roy ranmachte, nicht einmal, wenn ihre Hand über seinen Po strich, wie jetzt eben.

»Ham ham«, tönte sie in ihrer tiefen Stimme. »Roy, wann gibst du einer armen Sozialarbeiterin endlich eine Chance, hm?« Sie lachte breit und drehte sich zu den anderen um. »Ich frage euch, hat er nicht einen der aufregendsten Hintern der gesamten westlichen Welt?«

Marybeth kicherte nervös: »Sam, nein!« Tony räusperte sich und rutschte auf seinem Stuhl hin und her. Was sollte man auf diese Bemerkung auch antworten? Sam mußte ihre kleine Szene zu Ende spielen.

»Begreifst du denn immer noch nicht?« Das war Shirl. »Der Hintern zählt bei einer *Dame*. Einen Kerl mußt du umdrehen. Sag Roy, ist *deiner* wirklich so aufregend?«

Roy lachte errötend und hielt sich den Teller schamhaft anstelle des Feigenblattes vor. »Ich möchte keine großen Töne spucken, aber ihr kennt doch alle das Sprichwort, es ist hart, einen guten Mann zu finden.«

Sam tätschelte seinen muskulösen Arm. »Ich sage immer, es ist *gut*, einen *harten* zu finden!«

Natürlich lachten alle. Von Sam erwartete man nichts anderes. Ein Abend, an dem Sam nicht alle fünf Minuten eine Anzüglichkeit von sich gab, war undenkbar. Sam war sich ihrer Rolle wohl bewußt, und Eve fragte sich, ob sie nicht alle in stiller Übereinkunft ihre kleinen Rollen spielten.

Ihr Glas erhebend, sagte Eve laut: »Darauf trinke ich!« Wieder lachten alle. Dann lautes Klirren zerbrechenden Porzellans, dem eine betretene Stille folgte. Eve wirbelte herum. Tony Driscoll stand da mit geballten Fäusten, zu seinen Füßen der zerschmetterte Teller.

»Du hast Nerven!« krächzte er mit rotem, verzerrtem Gesicht. »Was soll das heißen? Es ist schwer, einen guten Mann zu finden! Du Miststück! Du hattest einen guten Mann. Einen der besten – nein, den besten! Und was tust du? Du wirfst ihn weg. Du setzt ihn einfach vor die Tür, wenn er dich am nötigsten braucht! Typisch Frau! Ein Mann muß nur den geringsten Zweifel haben, die kleinste Schwäche zeigen ...«

»Tony!« Das war Anns vor Schreck dünne Stimme, doch sie stoppte ihn. Die anderen starrten ihn nur an.

»Nun hör mal zu, Tony«, begann Eve.

Und er fuhr dazwischen mit vor Erregung donnernder Stimme: »Nein, ich höre nicht zu! Typisch Frau! Er ist mein Freund, mein Kumpel! Wir kannten uns lange, bevor du auf der Bildfläche erschienen bist. Er ist ein wunderbarer Mann, und eure Ehe war perfekt. Er sollte heute abend hier sein! Typisch Frau, ihn vor die Tür zu setzen, ihn auf den Müll zu werfen –«

»Tony! Ich habe ihn nicht vor die Tür gesetzt! Es war seine Entscheidung –!«

»Diese idiotische Emanzipation! Eine Krankheit ist das! Einen Mann erst aussaugen und ihn dann abschieben!«

»Tony! Tony! Um Himmels willen!« Anns Stimme wurde immer schwächer; er winkte nur herrisch ab und ging auf Eve zu. Tony Driscoll war ein kleiner, drahtiger Mann. Doch jetzt baute er sich drohend vor ihr auf, mit verächtlich verzerrtem Gesicht. Er spuckte ein wenig, als er sie anbrüllte und wild mit dem Finger vor ihrem Gesicht herumfuchtelte. Sie stand wie versteinert vor seinem rasenden, ungerechten Zorn.

»Dein Problem ist, Eve«, herrschte er sie an, »daß du diesen verdammten Unsinn auch noch glaubst. Dieses Emanzipationsgefasel. Alles muß nach deinem Kopf gehen. Wenn nicht, dann zertrümmerst du einfach deine Ehe. Frauen haben keinen Anstand mehr, haben es offenbar nicht mehr nötig,

Probleme gemeinsam zu lösen. Ihr gebt alle verflucht schnell auf –!«

»Hör endlich auf mit diesem Blödsinn, Tony Driscoll!« Er fing an, sie ernsthaft wütend zu machen. Sie kannten alle Tonys Wutausbrüche, die ihn überfielen wie ein Sommergewitter und sich ebenso rasch wieder legten. Wenn seine schlechte Laune sich entladen hatte, sagte er meist: »Na ja, vielleicht bin ich etwas laut geworden, aber es muß ja mal gesagt werden.« Dann löste sich die Spannung im allgemeinen Gelächter auf. Er hatte jedoch noch nie jemand aus dem Freundeskreis angegriffen; er erzürnte sich über die Situation in Polen, die Steuern oder seinen Automechaniker. Aber das hier! Abgesehen davon war er vollkommen im Unrecht. Ihr Herz schlug hart, und kalter Schweiß bildete sich in ihren Achselhöhlen und zwischen ihren Brüsten. »Du redest vollkommenen Blödsinn!« Sie schämte sich ihrer bebenden Stimme. Hoffentlich hielt er das nicht für Schwäche. Sie kochte vor Wut über sein kindisches Benehmen. »Was weißt du schon von unserer Ehe? Nichts! Du glaubst, deinen ehrenwerten Theodor gut zu kennen! Und ich habe *ihn* hinausgeworfen. Ist das so? Nach fünfzehn Jahren, in denen er mich unentwegt betrogen hat mit anderen Weibern. Ich gebe leicht auf? Nein, *wirklich*?« Ihre Stimme schwoll, je mehr sich ihre Brust verengte. »Zweiundzwanzig Jahre, mein lieber Tony, kannst du wohl kaum als schnelles Aufgeben bezeichnen! Und außerdem, verdammt noch mal –!«

»Eve! Eve!« unterbrach Ann, diesmal mit ärgerlicher Stimme. »Schrei doch nicht so!«

»Na und? Warum soll ich nicht schreien? Man hat mich angegriffen und angebrüllt, jetzt brülle ich zurück, was ist daran so schrecklich?«

»Eve, die Kinder!« mischte sich die gute Marybeth ein. »Was sollen denn die Kinder denken?«

»Herrgott, Marybeth, was dachten sie denn, als Tony mich anbrüllte wie ein Verrückter? Was ist denn *damit*?«

Marybeth preßte die Lippen aufeinander. »Tonys Stimme ist nicht so durchdringend wie deine.«

»Und außerdem, Eve«, warf Ann ein, »sind die Kinder an Tonys Anfälle gewöhnt.«

Ihre Brust schnürte sich noch mehr zusammen. »Jetzt habe ich einen Anfall! Was haltet ihr davon?«

»Eve, du bist ja völlig verstört.«

Und jetzt sagte Sam: »Eve, du hattest ein schreckliches Trauma – das verstehen wir alle –, und vielleicht hast du mehr getrunken als sonst?«

»Ich bin *nicht* betrunken, verflucht noch mal!«

»Eve, du kreischst ja, man hört dich bis in den Ort.«

»Halt den Mund, Ann, ich bitte dich.« Ihre Stimme zitterte unkontrollierbar, und zu ihrem Entsetzen spürte sie Tränen in ihren Augen. »Was ist eigentlich los mit euch? Was soll das Ganze? Warum brüllt ihr mich an? Brüllt doch Tony an, warum nicht ihn? Ich bin das Opfer!«

»Das klingt ja paranoid«, sagte Ann. »Setz dich und beruhige dich, und wir vergessen das Ganze.«

Sie stand stocksteif, zitternd, wußte keine Antwort, die nicht eine Katastrophe für ihre Freundschaft gewesen wäre. Kalt vor Wut war ihr Anns und Tonys Anblick kaum erträglich. Und dann legte sich ein großer, warmer Arm um ihre Schultern, und Roy Cullen sagte mit gelassener Stimme: »Komm, Eve, wir kümmern uns um das Dessert und den Kaffee. Hab' ich nicht etwas von Schokoladencrème gehört, oder war es Erdbeerkuchen?«

Erschrocken wurde ihr bewußt, daß sie immer noch ihren Teller in einer Hand hielt, die andere krallte sich an der Tischkante fest. Sie sah hoch zu Roy; eine Ewigkeit schien vergangen, seit Tony seinen Teller auf den Steinplatten zerschmettert hatte. Automatisch antwortete sie: »Ja, natürlich. Gute Idee, Roy.«

»Prima.« Sein Griff wurde fester, und sie fühlte, wie sie sanft, aber bestimmt umgedreht und sanft, aber bestimmt über den Rasen geschoben wurde, auf die warmen, einladenden Lichter ihres geliebten Hauses zu.

4

»Du ahnst nicht, wie oft ich davon geträumt habe.«

Den ganzen Weg über redete Roy Cullen auf sie ein, seine tiefe Stimme umhüllte sie wie eine tröstliche Geräuschdecke, doch die Worte, die er sagte, hörte sie nicht.

Diese Anmaßung! Diese Frechheit! Diese Gemeinheit! Was meinte Ann mit paranoid? Wie konnte sie so etwas Niederträchtiges sagen? Ihre beste Freundin! Hatte sie sich paranoid aufgeführt? Hatte sie die Szene heraufbeschworen? Nein, nein. Tony hatte sie angegriffen. Kapierten sie das denn nicht? Waren sie blind und taub? Was war eigentlich los mit ihnen? In ihrem Haus, auf ihrer Party!

Am Fuße der Küchenveranda blieb Roy stehen. »Setzen wir uns ein paar Minuten auf die Treppe«, sagte er, »beruhige dich.«

Willenlos setzte sie sich, es war wohltuend, einen Mann neben sich zu wissen, der sie tröstete.

»Was ist denn nur in Tony gefahren?« wollte Roy wissen. »Das war ziemlich hart.«

Wieder stiegen die Tränen in ihr hoch. »Du scheinst der einzige zu sein, der so denkt«, sagte sie mit brüchiger Stimme. »Oh, verdammt!« und sie fing an zu weinen, lautlos liefen ihr die Tränen übers Gesicht. Roy legte schweigend seinen Arm um sie, streichelte sie wie ein unglückliches Kind. »Tut mir leid, Roy.«

»Laß nur. Dafür hat man doch Freunde.«

Von all den Leuten hier hätte sie ihn am wenigsten als einen Freund bezeichnet, hatte ihn nie für besonders einfühlsam gehalten. Für sie war er ein oberflächlicher, glatter Geschäftsmann mit einer gewissen Portion Charme.

Laut sagte sie: »Tony könnte ich ja noch verstehen. Tony und Ted sind zusammen aufgewachsen und haben zusammen studiert.«

»Ungewöhnlich lange Freundschaft.«

»Ja, vielleicht ist ihre Freundschaft ungewöhnlich. Sie sprechen über alles – erzählen sich sogar Lügen, wie die, ich hätte Ted ausgesaugt und ihn dann weggeworfen.« Sie lachte nervös. »Ihn aussaugen! So ein Quatsch! Der Mann betrügt mich seit fünfzehn Jahren. Jedesmal wenn er eine seiner Krisen hatte, suchte er sich eine neue Dame, um von ihr zu hören, wie wunderbar er sei ...«

Roy räusperte sich und rutschte ein wenig hin und her.

»Tony und Ted waren so eng befreundet«, fuhr sie fort, »daß ihre jeweiligen Freundinnen sauer wurden, weil sie ständig zusammensteckten. Ann und ich sagten immer, die beiden haben uns nur genommen, weil wir bereits befreundet waren und sie ungestört ihren Hobbys nachgehen konnten. Es war sogar von einer Doppelhochzeit die Rede. Das hatte ich ganz vergessen, jetzt fällt's mir wieder ein. Das wäre natürlich unmöglich gewesen«, fügte sie lächelnd hinzu.

»Warum? Das kommt doch öfter mal vor.«

Sie lachte, sah ihn zum erstenmal ohne Tränen an. »Denk mal nach, Roy. Tony und Ann sind Anglikaner, und wir sind Juden. Mein Vater bekam einen Tobsuchtsanfall, als er von der Idee Wind bekam und hätte sie beide beinahe rausgeworfen!«

»Ja richtig. Du bist Jüdin. Das vergesse ich immer. Vermutlich, weil du nie in die Synagoge gehst.«

»Stimmt. Du gehst ja ständig in die Kirche«, schmunzelte sie.

Er grinste. »Nicht ständig.«

Ihre Augen trafen einander, und Eves Puls beschleunigte sich.

»Laß uns reingehen«, sagte sie schnell. »Wir wollten uns doch um das Dessert kümmern.« Sie stand auf, massierte ihre Rückseite und erklärte lachend: »Ich bin bequemeres Sitzen gewöhnt.«

Sie wandte sich zum Gehen, ihre Hand lag bereits auf der Verandabrüstung, als er sie in Sekundenschnelle an sich riß. Seine kräftigen Arme schlangen sich um sie, sein hungriger Mund suchte ihre Lippen, seine Zunge stieß verlangend ihre Zähne auseinander. Einen Augenblick stand sie starr vor Schreck. Roy Cullen? Und dann wurde sie von einer Glutwelle fortgeschwemmt und sank an seine massige Brust.

Seine großen Hände streichelten ihren Rücken, und sie fühlte, wie sie zerschmolz, die Hitze seines Körpers brannte durch die dünne Seide auf ihren nackten Brüsten. Und wie von einer Fremden hörte sie ein Luststöhnen aus ihrer Kehle.

Seine Hände preßten ihr Becken hart an die Wölbung seiner Erektion, und sie hätte beinahe vor Verlangen aufgeschrien. Oh, tat das gut, begehrt zu werden. Sie ließ seine Zärtlichkeiten eine Weile geschehen. Doch dann schlang sie die Arme um seinen Nacken, zog seinen Kopf näher, stieß ihre Zunge tief in seinen Mund, schmiegte sich an ihn, stöhnte leise, als sein Atem schneller ging. Es gab nichts mehr auf der Welt als diesen männlichen, heißen Körper, sein hartes Fleisch, seine suchende Zunge, seine heißen Lippen und ihren eigenen fiebrigen Puls, der in ihren Ohren dröhnte.

Roy hob die Lippen und flüsterte: »Du hast keine Ahnung, wie oft ich davon geträumt habe!« und beugte sich wieder über ihre gierigen Lippen. Und als er sie sanft von der Veranda wegschob, und sie verschwommen wahrnahm, daß er dem Dunkel unter den Birken zustrebte, dachte sie: Ja, ich will. Ich will ihn haben. Jetzt sofort! Sie war bereit, überall mit ihm hinzugehen, alles zu tun. Zum Teufel mit allen anderen! Er wollte sie! Es war wie Feuer in ihren Adern. Er war jung, er war wunderbar, er konnte jede Frau besitzen! Sie hatte sie gesehen, tausendmal, auf Partys, am Strand, sogar im Lafferty-Supermarkt – die Frauen, die sich an ihn ranmachten, sich wie von ungefähr an ihn lehnten, ihre Hände berührten seine behaarten Arme, mit zurückgelegtem Kopf blickten sie ihm tief in die Augen. Alle Frauen wollten ihn haben, und er wollte *sie*, Eve Soloway!

Und plötzlich ließ er seine Hände sinken. Sie taumelte rückwärts, eine jähe Kälte in ihr, sie sehnte sich nach der Wärme seiner Umarmung zurück. Doch er hatte sich abgewandt, sein Blick war aufs Haus gerichtet. Sie drehte sich um. Jetzt brannte das Verandalicht, und an der Glastür stand Ardiths ausladende Silhouette. Eve fuhr sich mit der Zunge über die Lippen, kam sich befangen und ertappt vor. Benommen wischte sie sich übers Haar und prüfte mit zittrigen Fingern, ob ihre Ohrringe noch da waren.

Roy dröhnte heiter: »Wir kommen, um den Nachtisch zu holen, Ardith.« Gleichzeitig nahm er beiläufig ihren Arm und führte sie zum Haus. Seine Lippen flüsterten an ihrem Ohr: »Bleib ruhig. Alles in Ordnung. Eigentlich ...« Sie spürte seinen warmen Atem in ihrem Haar. »Eigentlich mehr als das. Es war wunderschön.«

»Ja«, hauchte sie, fragte sich, ob sie es wagen konnte, in der Dunkelheit nach seiner Hand zu greifen. Nein, noch nicht. »O ja ...«

Sanft drückte er ihren Arm. »Eines Tages«, raunte er, »werden wir weiterführen, was wir angefangen haben.«

Eines Tages? So vage? Das sagten Männer, wenn sie eine Frau auf nette Weise loswerden wollten. Tat es ihm leid? War sie zu heftig, zu gierig, zu bereitwillig gewesen? Hatte sie ihn erschreckt? »Jederzeit«, sie bemühte sich um einen lockeren Ton.

»Keine Sorge. Wir kriegen das schon hin.« Und ohne Pause erhob er die Stimme und rief zu Ardith hinüber: »Wir dachten, wir hätten einen Waschbären gesehen.«

Er verwunderte sie; er klang so glatt, so geübt. Er hatte wohl allerhand Erfahrung in diesen Dingen. Ein Mann wie er. Eve war leicht verstimmt.

»Was? Na, da müssen Sie aber ziemlich gut sein, wenn Sie einen Waschbären sehen, bevor er Sie sieht, Mr. Cullen.«

Er lachte. »Ich habe eben scharfe, irische Augen, Ardith.«

»Und die irische Gabe zum Aufschneiden, Mr. Cullen.«

Eve blieb an der hellerleuchteten Veranda stehen. Merkte man ihr etwas an? Ihre Lippen fühlten sich geschwollen an. Und der Lippenstift war sicher weg. Ach zum Teufel, es war ihr Haus, oder? Und irgendwann mußte sie ja reingehen. Sie versuchte sich an Ardith vorbeizudrücken, fühlte jedoch ihren prüfenden Blick. Es geht sie nichts an, dachte sie trotzig. »Ich bin gleich wieder da«, sagte sie und eilte zur Treppe.

Diese Mrs. Soloway, dachte Ardith. Sieht aus, als würde sie jeden Moment in tausend Scherben zerbersten, wenn man sie falsch anfaßt. Das Ende einer Ehe ist nicht einfach, besonders nicht für eine Frau; ich weiß, wovon ich spreche, jung verwitwet und beide Töchter geschieden. Das Leben ohne Mann ist schwer.

Sie seufzte kopfschüttelnd. Die Gäste warteten auf den Nachtisch. Und dieser gutaussehende Mr. Cullen stand da mit einem Gesichtsausdruck wie die Katze, die an der Milch genascht hat und so tut, als sei nichts geschehen. Aber er müßte es schon schlauer anstellen, wenn Ardith Campbell nicht merken sollte, was da gespielt wurde.

»Hier, nehmen Sie die Crème, wenn Sie schon helfen

wollen.« Sie gab ihm zwei Schüsseln und hielt ihm die Tür auf. Es gab so viel, was sie ›wußte‹ und doch nicht wußte.

Mit Gewißheit wußte sie, daß zwischen der kleinen Nina und dem jungen Malone etwas vorging; sie hatte zwar nichts gesehen oder gehört, trotzdem wußte sie es. Die beiden spielten mit dem Feuer, darüber gab's keinen Zweifel. Aber wie sollte sie, dachte sie, während sie Teller und Kuchengabeln und Mokkatassen auf ein gelacktes Tablett stellte, Mrs. Soloway etwas sagen, ohne stichhaltige Beweise? Nur so ein Gefühl? Energisch stellte sie die Kaffeekanne aufs Tablett, schob es beiseite und machte sich an der Sahnetorte auf der runden Platte zu schaffen. Sie hatte sie bereits mit ihrer Erdbeer-Rhabarber-Glasur überzogen. Nun dekorierte sie das Kunstwerk noch mit ganzen Erdbeeren und Minzenblättern. Fertig. Hübsch. Wie das Foto in einem Kochbuch.

Die Küchentür schlug. Sie mußte wirklich mit Mr. Soloway über die Tür sprechen; er mußte nur so ein hydraulisches Ding anbringen, damit sie langsam ins Schloß fiel. Sie biß sich auf die Lippen. Mit Mr. Soloway kann ich über gar nichts sprechen. Er wird diesen Sommer nicht hier sein.

»Ah, da sind Sie ja wieder, Mr. Cullen. Gut. Hier wartet noch ein Tablett auf Sie. Nein, nicht meine Sahnetorte. Die trage ich schon selber runter.«

Sie beobachtete ihn, wie er über den Rasen schlenderte. Gutaussehender Mann. Würde sie nicht wundern, wenn er mit den Frauen rummachte. Sollte sich lieber um Mrs. Cullen kümmern, anstatt die Situation der armen Mrs. Soloway auszunutzen, die noch nicht mal Zeit hatte, sich an den Gedanken des Alleinseins zu gewöhnen.

Ardith stapfte vorsichtig mit der Kuchenplatte über den Rasen. Trotz des Flutlichts, das Mr. Soloway an der Veranda angebracht hatte, war es ziemlich düster, und es wäre zu schade, wenn sie stolperte und das dumme Ding fallen ließe. Man schenkte ihr wenig Beachtung, und sie konnte sich beim Kuchenschneiden Zeit lassen und ein wenig zuhören.

»Na, hast du es geschafft, sie zu beruhigen, Roy?« Das war Mrs. Driscoll mit einer Stimme, die nicht mal Butter auf ihrer Zunge schmelzen ließe.

Roy Cullen antwortete ganz ruhig. »Das ist nicht fair, Ann. Sie ist nur ein bißchen durcheinander. Kein Wunder, wenn ihre Freunde alle auf sie losgehen.«

»Spinnst du, Roy? Kein Mensch ist auf Eve losgegangen!«

»Ach so! Und Tony hat sich nur nett mit ihr unterhalten, sehe ich das richtig?«

»Nun komm schon, Roy! Tony hatte nur einen seiner kleinen Anfälle. Die kennen wir doch. Es hatte nichts zu bedeuten, oder, Tony, Liebling?«

Tony brummte. »Hör auf, Sam. Es war nicht einer meiner kleinen Anfälle, wie du so hübsch sagst. Ich bin Teds bester Freund. Und wenn ich nicht seine Partei ergreife, wer tut's denn dann? Er will keine Scheidung. Er will lediglich eine Weile in Ruhe über sein Leben nachdenken, vielleicht sogar eine berufliche Veränderung. Was zum Teufel erwartet sie eigentlich von ihm? Was ...«

Seine Frau unterbrach ihn: »Genug damit, Liebling. Rede dich nicht wieder in Rage. Die Party ist nett und – wo ist Eve eigentlich? Sie kommt doch wieder, Roy?«

»Sicher kommt sie wieder. Vermutlich ist sie für kleine Mädchen ... oder so.« Er lachte kurz auf. »Ich bin ihr nicht hinterhergegangen, also weiß ich es nicht so genau.«

Marybeth Cullen schniefte hörbar. »Ich hoffe, sie zieht sich etwas Unterwäsche an!«

»Marybeth! Wie kannst du so etwas sagen?«

»Es ist mir egal, ob sie deine Freundin ist, Ann. Ich finde das geschmacklos. Sie ist doch so gut wie nackt unter diesem Kaftan. Man kann alles sehen!«

Shirl Detweiler sprang mit dramatischer Gebärde und rollenden Augen auf die Füße. »Kann man? Und ich habe mich so aufs Essen konzentriert. Ich melde mich freiwillig, nach oben zu gehen und meine eigenen Untersuchungen anzustellen.«

»Du bleibst hier, du Maulheld«, schnaubte Sam.

»Marybeth hat recht«, sagte Tony Driscoll mit gepreßter Stimme. Er faltete eine Papierserviette methodisch in immer kleinere Quadrate. »Sie hat wirklich nichts drunter an.«

Shirl lachte dröhnend. »Nein, wirklich. Hast du Beweise dafür? Ich muß wirklich sehr mit dem Essen beschäftigt gewesen sein, daß ich mir entgehen lassen konnte, wie du die Frauen musterst, ob sie Unterwäsche tragen oder nicht.«

»Laß mich in Ruhe, Detweiler. Jeder, der Augen im Kopf hat, sieht, wie sie sich heute zurechtgemacht hat... wie, wie eine...«

»Ja, Tony? Wie was?«

»Wie eine Nutte.«

»Tony!« Ein allgemeiner Protestschrei.

»Seht sie euch doch an. Keinen Büstenhalter unter diesem durchsichtigen Fummel, ihre Titten hüpfen herum und das Haar offen...«

»Pssst, Tony, sie hört dich!«

»Wenn sie sich so zurechtmacht, muß sie erwarten, daß man über sie spricht.«

»Endlich sagt einer die Wahrheit«, warf Marybeth mit spitzen Lippen dazwischen.

»Um Himmels willen, Marybeth, laß sie in Ruhe. Sie trägt also keinen Büstenhalter. Na und?«

Ann Driscoll warf Roy einen schiefen Seitenblick zu und sagte trocken: »Du warst ziemlich lange mit ihr verschwunden, Roy. Du hast doch nicht etwa deine – hm – eigenen Untersuchungen angestellt.«

»Das war meine Idee«, lachte Shirl.

Seine Frau sah ihn verärgert an. »Ihr begreift alle nichts«, sagte sie und räusperte sich. »Wir haben es hier mit dem klassischen Fall eines Verlustsyndroms zu tun.« Sie überhörte das allgemeine Aufstöhnen. »Im Fall einer Scheidung reagiert die verlassene Person sehr ähnlich wie auf einen Todesfall. Es entsteht ein starkes Gefühl von Verlassenheit und Verlustängsten, die sich in verschiedenen Phasen ausdrücken, die erste Phase ist die Verdrängung.«

»Sam, Sam...«

»Nein, laß mich zu Ende sprechen. Eve verdrängt ihre Gefühle, das ist alles. Sie nimmt eine Schutzhaltung ein, um nicht mit ihrem Schmerz konfrontiert zu werden. Deshalb sieht sie so schön aus, deshalb glüht und schimmert sie. Das ist alles Verdrängung. Unter dieser Maske leidet sie wie ein Hund.«

»Mensch, Sam«, sagte Ann, »ich glaube, du hast recht. Wir sind nicht sehr verständnisvoll. Tony, du hättest es besser wissen müssen!«

»Gib mir nur die Schuld. Mach mich zum Sündenbock. Aber ich habe auch Gefühle, und Ted –«

»Wir wissen, Liebling, Ted ist dein bester Freund.«

»Eve macht eine sehr schwere Zeit durch«, fuhr Sam fort. »Sie hat ihren Mann verloren, ihre Kinder sind beinahe erwachsen, und sie selbst ist kein heuriger Hase mehr. Es ist nicht leicht für sie, alleine zu leben. Ich will damit sagen, Shirl und allen anderen, daß wir Eve jetzt helfen sollten. Wir müssen sie aufmuntern und dürfen sie nicht alleine lassen.«

»Ich weiß nicht, wie du darüber denkst, Sam«, Tony zappelte nervös in seinem Stuhl herum. »Aber ich habe wirklich keine Lust, mich den ganzen Sommer um die Frau zu kümmern, die meinen besten Freund aus seinem eigenen Haus gejagt hat.«

»Also Tony, du gehst mir langsam auf die Nerven.«

Er machte eine abwehrende Handbewegung. »Das Thema langweilt mich. Ardith, was haben Sie denn Schönes für uns? Ich hoffe, es ist Ihre berühmte Erdbeersahnetorte!«

Ardith lächelte. Er war ein schwieriger Mann, dieser Mr. Driscoll, und sie war nie recht warm mit ihm geworden. Und was er da eben über Mrs. Soloway zu sagen hatte – tja! »Es ist meine berühmte Erdbeersahnetorte, Mr. Driscoll«, sagte sie in honigsüßem Ton. Sie würde ihm nie zeigen, was sie über ihn dachte. Nie.

»Köstlich! Die bekommt man nirgends sonst auf der Welt«, sagte er.

»Richtig. Ich backe sie nur für Mrs. Soloway – und für meine besonderen Freunde.«

»Also Ardith, dann wollen wir Freundschaft schließen.« Das war Mr. Detweiler, der immer seine Witze riß. Er war auch immer der erste, wenn's ums Essen ging. Jetzt stand er auch schon neben ihr, mit dem Teller in der Hand und leckte sich übertrieben die Lippen.

»Das Rezept ist ein Familiengeheimnis«, sagte Ardith.

»Wie ungerecht«, rief Mrs. Detweiler. »Eve haben Sie das Rezept aber verraten.«

Die Hände in die Hüften gestützt, drehte Ardith sich zu Sam Detweiler um. »Das ist etwas anderes. Nach all den Jahren, in denen ich ihr den Haushalt führe, sie mir die Schlüssel fürs Haus anvertraut – sie hat für meinen Neffen Charlie einen Job besorgt und viel für uns getan. Sie ist eine Ausnahme, ja, ganz recht. Machen Sie da nur keinen Fehler.«

»Huch, da bin ich wohl ins Fettnäpfchen getreten.«

»Laß dir das eine Lehre sein, liebe Sam. Ardith ist Eves Schmuckstück, kein Allgemeingut.«

Ich bin nicht das Schmuckstück von irgendwem, dachte Ardith schroff. Wie sie manchmal daherredeten, ging ihr richtig auf die Nerven. Und wie sie über Mrs. Soloway hinter ihrem Rücken herzogen. Und das wollten ihre besten Freunde sein! Diese Stadtleute!

Sie schnaubte verächtlich, nahm ein paar schmutzige Gläser und ging. Sie wollte nichts mehr hören, sie wußte ohnehin, was jetzt kommen würde. Es war immer das gleiche. Sie würden sie frotzeln und ihr scherzhaft große Geldsummen bieten, um sie abzuwerben. Das mußte sie sich nicht schon wieder anhören. Sie kannte die Sprüche auswendig. Warum sie das so amüsant fanden, Jahr für Jahr, war ihr unbegreiflich.

Komisch, dachte sie erstaunt, ich bin richtig wütend auf die Leute heute abend. Dabei fand ich sie sonst immer ganz nett. Aber heute sind sie irgendwie anders. Warum wohl? Irgendwie redeten sie gemein. War das immer so gewesen, und es ist ihr nur nicht aufgefallen?

Mrs. Soloway erschien in der Küchentür. Sie hatte neuen Lippenstift aufgelegt und sich das Haar frisiert; sie sah aus wie ein junges Mädchen, so rosig, mit glänzenden Augen. Mrs. Soloway war eine große, stattliche Frau, mit großen Brüsten und ausladenden Hüften. Sinnlich war das richtige Wort. Bis heute abend wäre ihr das Wort ›Mädchen‹ nie in den Sinn gekommen, um ihre Erscheinung zu beschreiben. Sonst sah sie immer aus wie eine gepflegte Geschäftsfrau, schon frühmorgens in ihrem hochgeschlossenen, grauen Flanellmorgenrock. Das Haar hatte sie früher immer zu einem Knoten hochgesteckt; sie wirkte stets ordentlich und zugeknöpft. Erst jetzt sah man den kastanienroten Schimmer im Haar, wenn das Licht drauffiel. Und dieser Kaftan war nicht ihr üblicher Stil. Die Farben ließen ihre Wangen so rosig schimmern – meist wirkte sie etwas blaß –; sie sah in dem Kleid weich und feminin aus. Sehr hübsch. Wie konnte diese Detweiler sagen, sie habe eine schwere Zeit vor sich? Viele Männer würden sie attraktiv finden!

»Ach Ardith, ich sehe, Sie haben schon alles runtergebracht. Danke schön.«

»Ich räume später noch ab.«

»Nein, gehen Sie nur nach Hause, Ardith. Nina scheint weggegangen zu sein ...« Ihre Stimme verlor sich. »Ich denke, ich bleibe wach, bis sie zurück ist und räume dann auf. Es kann spät werden. Sie kennen meine Freunde ja.«

Ardith preßte die Lippen aufeinander. »Das kann man wohl sagen, Mrs. Soloway.« Sie lächelte Eve an, als sie aneinander vorbeigingen, und dann sagte sie sich mit leichtem Schock: Ich werd' verrückt! Sie hat wirklich nichts drunter an. Nicht einen Faden!

Seltsam, dachte Eve, in welcher Weise sie Ted vermißte. Diese verfluchte Tür! Jedesmal, wenn sie zuknallte, dachte sie, daß sie Ted bitten müsse, etwas dagegen zu tun. Und dann fiel ihr ein, daß er nicht mehr da war, und das tat weh. Wegen einer blöden Tür! Lächerlich. Sie ertappte sich dabei, wie sie sich Dinge merkte, die sie ihm sagen wollte, doch das war wohl üblich in einer langen Ehe, das zählte also nicht. Und dann gab's da noch diese langen Nächte. Jede Nacht. Jede Nacht wachte sie mit Herzklopfen auf vor Sehnsucht und Verlangen. Sie mußte ehrlich sein, es war nur der Sex, der ihr fehlte. Bei allen Höhen und Tiefen ihrer Ehe, bei allen Problemen, bei all den Gelegenheiten, in denen er sie unglücklich gemacht hatte, eins hatte immer geklappt zwischen ihnen: das war ihr Sexleben. Sie holte tief Luft. Sie mußte aufhören, daran zu denken. Sie hatte seine ständig wiederkehrenden Ehebrüche jahrelang ertragen, nun würde sie stark bleiben. Nicht einmal sein Schwanz – so sehr sie sich danach sehnte – würde ihre Meinung ändern. Diese Ehe war vorbei. A-U-S. Vielleicht glaubte er nicht daran, vielleicht auch ihre Freunde nicht, vielleicht nicht einmal sie selbst. Aber es war vorbei. Sie hatte es ein für alle Male satt, ihm immer wieder zu verzeihen.

Und Roy. Der Gedanke an seine hungrigen Lippen, die Erinnerung an seine starke Brust und seine ekstatische Erektion trockneten ihre Mundhöhle aus. Wenn sie gestern überhaupt an ihn gedacht hätte, dann als an einen netten Burschen. Punktum. In fünf Minuten hatte sich alles verändert, jetzt war er ein Sexualobjekt, zu dem sie sich magisch hingezogen fühlte. Gestern fühlte sie sich noch als Frau, die zum erstenmal seit langen Jahren alleine war, eine treue Ehefrau und Mutter; in fünf Minuten hatte sich das alles verändert. Gestern noch hatte sie gedacht, daß sie vielleicht für den Rest ihres Lebens, wenn es sein mußte, ohne Sex zurechtkommen würde; in fünf Minuten hatte sie erfahren, daß das Unsinn war. Sie zitterte vor Erregung.

Und nun ging sie auf ihre Gäste zu, erfüllt mit dem Wissen, daß sie immer noch begehrenswert war. Und sie würde sich mit ihnen unterhalten, nett und charmant, als habe es Tonys Beschimpfungen nie gegeben. Dieser Tony. Es war ja zu erwarten. Er und Ted kannten sich seit grauer Vorzeit. Wer wußte schon, was die Trennung für Tony bedeutete.

Die Stimmen wurden zu ihr herübergetragen, und sie lächelte. Klang nach einer gelungenen Party, alle ein wenig angetrunken, gelockert, alle ließen sich ein wenig gehen. Eve hatte den Eindruck, sie fühlten sich nicht besonders wohl mit ihr – ohne Ted, war wohl der bessere Ausdruck. Sie war sich im klaren darüber, daß es schwer war, die Wahrheit zu akzeptieren. Jahrelang waren sie vier Paare und plötzlich nur noch dreieinhalb. Sie hatte nie darüber geredet, hatte sich nicht einmal Ann anvertraut, erst im letzten Moment. Vielleicht hatte sie immer noch gehofft. Sie wünschte, sie würden sich mit der Trennung abfinden und den Sommer gut gelaunt beginnen. Hoffentlich gab es keine Streiterei mehr.

Als sie näher kam, hob Roy Cullen, der Drinks an der Bar mixte, den Kopf und schaute ihr tief in die Augen. Dann zwinkerte er grinsend, und ihr Herz machte einen Satz. Sie brauchte Ted nicht, um sich als ganzer Mensch zu fühlen. Sie schlenderte zur Bar, und Roy stellte sich so, daß seine Schulter ihren Rücken berührte – eine Geste heimlicher Intimität, bei der ihr ein Schauer den Rücken hinunterrieselte.

»Was darf ich dir anbieten?« fragte er höflich.

»Gin Tonic.«

»Was? Keine Schokoladencrème?«

»Nicht in Stimmung.«

»Kann ich gut verstehen«, dröhnte Shirl Detweiler, der es sich auf der Liege bequem gemacht hatte. »Ich brauche dringend einen Scotch, Cullen, nachdem ich drei Nachspeisen verschlungen habe«, meinte er schmunzelnd und tätschelte seinen Wanst. In diesem Augenblick sagte Roy sehr leise und sehr schnell über das eisbeschlagene Glas, das er ihr reichte hinweg: »Sonntag früh werde ich lange joggen... bis vor deine Tür. Sagen wir gegen neun?«

Eve nickte ohne nachzudenken und spürte, wie die Hitze in ihr Gesicht stieg. Verwirrt neigte sie den Kopf, nippte am Glas und drehte sich hastig zu den anderen.

»Eve, Liebling, komm setz dich zu uns. Wir haben kaum etwas von dir gesehen heute abend.«

»Hast du ein Glück mit Ardith. Sie ist eine treue Seele und würde sich um nichts in der Welt abwerben lassen.«

Alle redeten durcheinander, lächelten, und Eve spürte warme Zuneigung. Es war schön, gute Freunde zu haben. Nein, sie mußte nicht einsam sein. Sie begriffen, wie sehr sie sie vorhin verletzt hatten und wollten es wiedergutmachen. Eve setzte sich und strahlte in die Runde.

»Ist ja gut«, sagte sie heiter. »Gebt euch keine solche Mühe. Ich habe euch schon verziehen.«

Es entstand ein Augenblick der Stille, so still, daß man das Plätschern des kleinen Wasserfalls am anderen Ufer des Teiches hören konnte. Und dann rettete Shirl die Situation. »Also ich verzeihe dir nie. Diese Kalorienbomben, die du uns aufgetischt hast, sind nämlich unverzeihlich. Habe ich nicht recht, Kinder?«

Wieder schwirrten die Gespräche durcheinander, die sich hauptsächlich um Rezepte und die neuesten Diäten drehten und darüber, daß sie alle über Nacht für die Badesaison abnehmen müßten.

Wie verlegen sie alle waren, dachte Eve, es war irgendwie rührend. Sie nahm einen Schluck von ihrem Gin Tonic, kostete den bitteren Chiningeschmack. Sie saß vorgebeugt und tauschte mit Marybeth *Mousse-au-chocolat*-Rezepte aus. Doch sie sprach und reagierte mechanisch. Ihre Gedanken waren auf Roys Arm konzentriert. Er hatte es sich auf der Lehne von Marybeths Sessel bequem gemacht und seinen Arm um ihre Schultern gelegt; Eve konnte ihre Augen nicht von seiner schwarzbehaarten, großen Hand lösen. Als sie hinstarrte, schlossen sich seine Finger um die Schulter seiner Frau. Eve durchfuhr ein eifersüchtiger Stich. Gleichzeitig schalt sie sich dieses Gefühls, wenn ein Mann seinen Arm um seine Ehefrau legte. Marybeth tätschelte abwesend seine Hand, stand auf und sagte munter: »Weiß der Himmel, was in diesem Essen war, das mich so durstig macht. Ich glaube, das ist schon mein dritter.«

»Was trinkst du denn, M. B.?« wollte Shirl wissen. »Pink Lady?«

Sie drohte ihm mit dem Finger. »Ich weiß, du hältst mich für prüde, Shirl Detweiler, aber trinken kann ich. Zu deiner Information«, sagte sie über die Schulter, als sie sich aus der Tonic-Flasche bediente, »auch mit fünf oder sechs Wodka-Tonic schlage ich dich morgen immer noch.«

»Ach, da fällt mir ein«, sagte Ann. »Tony, hast du – oh, tut mir leid...«

Eve lächelte die Freundin an. »Sprich ruhig weiter. Du willst Tony doch fragen, ob er einen Partner für das Doppel gefunden hat. Hast du, Tony?« Zum erstenmal seit seiner Entgleisung sah sie ihm direkt in die Augen.

Er wandte seinen Blick nach ein paar Sekunden ab. »Vielleicht interessiert es dich zu hören, daß ich eine Partnerin gefunden habe.«

»Wirklich? So schnell? Und wen?«

»Es gibt eine neue Ärztin in der Stadt, die ziemlich gut sein soll. Ich habe sie heute nachmittag angerufen. Sie ist Internistin, aber wichtiger ist, daß sie Kapitän des Tennisteams in Yale war.«

»Na das erklärt, warum du dich mit einer Frau zufriedengibst«, meinte Eve lachend.

»Hör zu, Eve«, brummte er immer noch unfähig, sie direkt anzusehen. »Es gibt gewöhnlich einen Unterschied zwischen Mann und Frau, besonders wenn es um Tennis geht.«

Roy verschluckte sich beinahe an seinem schallenden Lachen. »Mann, Driscoll«, sagte er endlich, als er wieder sprechen konnte, »du bist der einzige Mann in ganz Connecticut, der glaubt, der Unterschied zwischen Mann und Frau zeigt sich am deutlichsten auf dem Tennisplatz!«

»Aber Roy!« ermahnte ihn seine Frau und nippte an ihrem Drink.

»Mach dir um Tony in dieser Beziehung keine Sorgen, Roy«, sagte Ann spitz.

Reagierte Ann immer so humorlos? fragte sich Eve. Vielleicht war sie eifersüchtig, daß Tony mit einer Frau Tennis spielte. Wie sah die neue Ärztin wohl aus? War sie jung? Lange, leidenschaftliche Diskussionen über Tennis konnte sie nicht ausstehen. Sie war zwar die einzige in der Clique, die nicht Tennis spielte, und urteilte vielleicht ein wenig ungerecht, aber Tennis war nicht das ganze Leben, oder? Die anderen konnten sich über Spielerauswahl ereifern, als bereiteten sie einen Krieg vor, und für einen Unbeteiligten hörte sich das albern an. Und nun fingen sie an, sich ihr Sexleben vorzuwerfen. Sie mußte das Thema wechseln.

»Weiß jemand, wo die Kinder abgeblieben sind?« fragte sie. Die Kinder waren immer ein dankbares Thema.

»Aber Eve«, sagte Ann. »Erinnerst du dich nicht? Sie sind vor einer Stunde losgezogen.«

»Ach ja, natürlich«, log sie. Hatte Nina sich verabschiedet? Nein, daran würde sie sich erinnern. »Aber ich erinnere mich nicht, wohin sie wollten.«

Ann lachte knapp. »Das haben sie uns auch nicht verraten«, meinte sie schnippisch. »Das tun sie ja neuerdings nicht mehr.«

Die Kinder mußten wohl gegangen sein, kurz nachdem sie und Roy ... Sie hatte schon angefangen, Pläne zu schmieden, wie sie es anstellte, daß Nina Sonntag früh um neun nicht im Haus war. Und er saß da und liebkoste seine Frau, als wolle er sie wissen lassen, was sie heute nacht tun würden, sobald sie nach Hause kämen. Er würde am Sonntag nicht kommen! Es war nur ein Spiel für ihn. Sie war eine Idiotin, es überhaupt in Erwägung zu ziehen. Er hatte gespürt, wie verletzt sie war und wollte nett zu ihr sein. Ziemlich blöde von ihm zu glauben, die einzige Art, eine Frau zu trösten, sei, sich an sie ranzumachen. Sie mußte den Vorfall einfach vergessen. Schnell zwang sie ihre Gedanken zurück zum Gespräch. »Wohin?« fragte sie Tony. Sie hatte nur einen Teil seines Satzes mitbekommen.

»Ich sagte, ich bin sicher, sie sind in die Pizzeria gegangen.«

»Ist diese Pizzeria nicht eine ziemlich miese Kneipe?«

»Ach was. Sie ist nur laut. Der Treffpunkt aller jungen Leute in der Gegend.«

»Ist das so?«

»Mensch, Eve, träumst du? Mit wem sollten sie denn sonst ihre Zeit hier verbringen?«

»Ich habe mir darüber noch keine wirklichen Gedanken gemacht. Aber du denkst, es ist in Ordnung?«

»Logisch«, sagte Shirl. »Ich dachte immer, wenn sie mal aus den Windeln sind, verbringen wir nicht jede Party damit, über unsere Babys zu sprechen.«

Um etwaigen spitzen Bemerkungen bezüglich der Kinderlosigkeit der Detweilers zuvorzukommen, sagte Eve schnell: »Du hast recht, Shirl. Haben wir nicht einen feierlichen Eid geschworen, den Kinderkram beiseite zu lassen...«

»Ebenso wie die Stellung der Jugend in der heutigen Gesellschaft und ihre Gewissenskonflikte, wenn sie zu den Waffen gerufen werden...« Roy unterbrach seinen Vortrag mit einem lauten Schrei, als seine Frau ihm eine Handvoll Eiswürfel unter den Hemdkragen schob. Prustend und lachend wand er sich und führte einen Indianertanz auf.

»Vorsicht, Cullen, sonst landest du wieder im Teich!«

»Ha, ha, wißt ihr noch? Nein, war das komisch? Mit den Seerosen auf dem Kopf?«

»Und der Frosch in der Seerose?«

»Ich weiß nicht, wer mehr Angst hatte – Roy oder Kermit!«

»Ich erinnere mich vor allem daran, daß ich das Zeug waschen mußte. Bäh – das stinkende Teichwasser! Für euch war das natürlich wahnsinnig komisch, wie er tropfnaß dastand.«

»O ja, ich sehe Roy noch vor mir, wie ihm die Hose am Leib klebte!« gluckste Sam. »Ham, ham!«

»Also Sam, wirklich!« Marybeth errötete, und zwischen ihren Augenbrauen bildeten sich zwei scharfe Längsfalten. Sie wußten, wie unangenehm Marybeth Cullen es war, wenn man offen über Sexualität sprach, und deshalb ließen sie sich keine Gelegenheit entgehen.

Und Marybeth fuhr tapfer fort: »Als ich ihn dann endlich zu Hause hatte, habe ich seine Sachen sofort in die Waschmaschine gesteckt.«

Shirl johlte: »Und dann seid ihr beide in die Maschine gekrochen, juhuu, Marybeth! Ich sag's ja, wenn die Waschmaschine dich anmacht, mach sie an!«

»Ich persönlich hab's am liebsten im Feinwaschgang!« sagte Tony in seiner trockenen, lässigen Art. Alle brüllten vor Lachen – alle außer Marybeth.

»Ich eigentlich auch«, sagte Roy, sich die Augen wischend. »Aber ich muß euch was gestehen, Leute. Katholische Mädchen tun so was nicht.«

»Nein?« lachte Sam Detweiler. »Dann sag uns doch, Marybeth, was tun denn katholische Mädchen?«

Marybeth wirkte so verlegen, daß Eve dachte, sie könne jeden Moment in Tränen ausbrechen. Doch Marybeth zeigte selten menschliche Schwächen oder Regungen. Eve hatte sie beispielsweise noch nie zärtlich gesehen, nicht einmal mit ihrer Tochter. Auch nicht mit ihrem Mann. Roy war ein Typ, der gern schmuste, sich anlehnte, und Marybeth zog sich immer von ihm zurück. Wie jetzt auch.

Zu Sam gewandt sagte Marybeth spitz: »Ich sag dir lieber, was katholische Mädchen nicht tun, Samantha Detweiler, sie reden nicht ununterbrochen von Sex!«

Ich gehe lieber dazwischen, bevor sie wirklich jedem den Spaß verdirbt, dachte Eve und sagte leichthin: »Sie hat recht, Sam. Nur jüdische Mädchen sprechen unentwegt von Sex, zumindest diejenigen unter uns, die nicht Tennis spielen.«

»Das erklärt die Sache, Marybeth. Du kannst natürlich nicht ständig über Sex reden, weil du unsere beste Tennisspielerin bist.«

Und das Gespräch wandte sich wieder dem zu, was Ted Hauptthema Nummer zwei nannte.

Gegen halb zwei brach man gemeinsam auf, laut und falsch singend, Shirl schwang seine riesige Taschenlampe vor ihnen her. Sie hätten sie gar nicht gebraucht, denn der Mond stand noch groß und rund am Himmel. Eve trug die Gläser ins Haus, genoß das silberne Licht und die Stille. Sie waren in guter Stimmung gegangen; so mußte es sein. Das andere war ein Ausrutscher. Einmal hatten sie einen erbitterten Streit darüber gehabt, ob Richard Nixon kriminell oder nur wahnsinnig sei, und Shirl Detweiler hatte zwei Tage nicht mit Ted geredet. Die meisten ihrer Partys waren lustig und ungezwungen, und jeder kicherte und sang auf dem Nachhauseweg. Und sie hatte ein wunderschönes, unanständiges Geheimnis. Roy würde am Sonntag doch kommen. Sie hatten ihr alle einen Abschiedskuß gegeben – auch Tony, zu ihrem Erstaunen, – und Roy hatte das Wort ›Sonn-tag‹ an ihren Lippen formuliert in zwei deutlichen Silben. Kleine Lustschauer krochen ihr den Rücken entlang.

Sie war sehr müde, angenehm müde. Roy Cullen – der Gedanke an ihn war ebenfalls angenehm. Wie nett, daß schon am ersten Abend, an dem sie hier alleine war, jemand einen Annäherungsversuch gestartet hatte. Ein gutes Omen. Sie hatte sich davor gefürchtet, den endlosen gleichförmigen Sommer alleine hier zu verbringen. Doch nun war sie entschlossen, sich einen amüsanten Sommer zu machen. Und wenn der prachtvolle Roy Cullen sie sexy fand, dann war sie sexy. Sie hatte alle Jahre ihres erwachsenen Lebens als Teil eines Paares verbracht und hatte keine Ahnung, wer sie eigentlich als einzelner Mensch war.

Nun, dachte sie, als sie die Fliegengittertür öffnete und einen tiefen Atemzug tat, ich bin gespannt darauf, es herauszufinden!

5

»Shirl, du bist ein ungezogener Junge.«

Das Schlafzimmer der Detweilers war ein seltsamer Raum; knappe drei auf vier Meter groß, jedoch sieben Meter hoch bis zum Giebel der spitz zulaufenden Holzdecke. Vom Mittelbalken hingen etwa ein Dutzend Grünpflanzen in Tontöpfen an Schnüren herunter. Das einzige Fenster war mit einem groben Jutevorhang verhangen, und über dem Kopfende des breiten Bettes hing ein moderner Wandteppich in einem rustikalen Rahmen aus grau gebleichtem Treibholz. Jetzt, um zwei Uhr nachts wirkte der Raum gemütlich. Eine Lampe, über die ein buntes Tuch geworfen war, tauchte das Zimmer in rosa Licht.

Sam und Shirl, beide in gestreiften Pyjamas, lagen auf dem Bett, an mehrere große Kissen gelehnt, und rauchten einen Joint. Der süße Duft von Pot erfüllte den winzigen Raum; zwischen ihren Sätzen entstanden lange Pausen.

»Das Zeug ist gut«, sagte Sam, »wieviel hast du dafür bezahlt?«

»Achtzig Steine die Unze, Liebes.«

»Achtzig! Findest du das nicht etwas zu teuer?«

»Nicht für Sinsemilla. Du hast das Vergnügen, das echte

Acapulcogold zu rauchen.« Er gluckste in sich hinein. »Und was hältst du von Tonys kleinem Ausbruch?«

»Latent homosexuell, findest du nicht auch?«

»Wer, Tony und Ted?«

»Logisch, Tony und Ted. Ich meine nicht Ann und Eve.«

Shirl zog den Rauch tief in die Lungen und reichte ihr den Joint. Langsam ließ er die Rauchschwaden durch die Nase ausströmen. »Wenn dem so wäre, warum regt er sich dann so auf? Er müßte doch glücklich sein, seinen Ted ganz für sich zu haben, oder?«

»Vielleicht hast du recht. Vielleicht hat er nur Angst, Ann gibt ihm auch eines Tages den Laufpaß.«

»Aus welchem Grund?«

»Weil er sich so kindisch benimmt – wie alle Männer.«

Shirl kräuselte die Lippen. »Ich fand, Eve hat die Situation nicht so gut gemeistert wie sonst.«

»Scheiße, Shirl, das haben wir doch schon durchdiskutiert. Die Frau ist in Panik, um Himmels willen. Nachdem sie soundsoviele Jahre verheiratet ist, steht sie plötzlich alleine da. All das lustige Geschäkere und ohne Unterwäsche rumzulaufen – reine Hysterie.«

Es entstand eine lange Pause. Beide lagen still, mit geschlossenen Augen. Dann sagte Shirl leicht verschwommen: »Kam mir irgendwie vor wie jemand, der grade aus dem Knast kommt. Zuviel Freiheit; will sie zwar, weiß aber nichts damit anzufangen.«

»Hmmmm ...«

Nun schmunzelte er. »Jeder Mann hat die Botschaft mitgekriegt: ›Komm und hol's dir!‹«

»*Jeder* Mann? Auch du?«

»Nun werde nicht persönlich, Sam. Nein, Eve hat plötzlich so was Aufreizendes. Plötzlich ist alles sexy an ihr. Ich würde sie gern mit einem Kerl in ein Zimmer einschließen und beobachten, was passiert. Ich glaube, das wäre reiner Porno.«

»Shirl, ich mag nicht, wenn du so über Leute redest. Es ist so manipulativ.«

Er drückte sanft ihre Hand. »Ich bin Schriftsteller, beobachte die Menschen und reime mir ihre Verhaltensweisen zusammen.«

»Weißt du, was du bist? Bis oben hin voll Scheiße.«

Er schnappte nur nach Luft. Dann sagte er gedehnt: »Und ich glaube, es würde ihr verdammt guttun, wenn sie einer heiß macht. Sie spielte immer die Supermutter, die Superfrau, die Supergastgeberin und all den Schrott. Aber ich glaube, sie ist reif.«

Lange Pause. »Reif wofür, Süßer?«

»Wer weiß? Es wäre faszinierend, das herauszufinden.«

Mühsam setzte Sam sich hoch und starrte in das plumpe, lächelnde Gesicht ihres Mannes. »Shirley Detweiler, laß uns nicht wieder mit realen Menschen Scheiße bauen!«

Er grinste faul und tätschelte ihren Arm. »Das Herz der Sozialarbeiterin ist weich und sentimental. Ich sage nur, Liebes, es wäre faszinierend. Ich sage nicht, daß ich irgendwas unternehme, außer, ihr guten Stoff zu rauchen zu geben.« Und er blinzelte mit schweren Lidern.

»Shirl, du bist ein ungezogener Junge.«

»Ich weiß, Mami. Ich versuche, mich zu bessern. Jetzt deck mich zu, ja? Und dann schlafen wir schön.«

6

»Du mußt gar nichts tun.«

Das Schlafzimmer der Cullens war stockdunkel. Roy wußte genau nach all den Jahren, daß er keine Chance hatte, mit ihr zu schlafen, wenn nicht alle Lichter gelöscht und die Jalousien runtergelassen waren.

Marybeth lag bereits eingerollt auf ihrer Seite des Bettes, sie trug nicht nur einen bis zum Hals zugeknöpften Schlafanzug, sondern hatte auch ihr Unterhöschen anbehalten. Es störte ihn immer noch, wie sie sich einpackte, um sich gegen ihn zu schützen. Bis er ihre nackte Haut zu fassen kriegte, verging eine Ewigkeit. Meist war es die Sache nicht einmal wert. Sie hatte noch nie Spaß dabei empfunden, solange er sich erinnern konnte; sie machte sich nicht einmal die Mühe, einen Orgasmus vorzutäuschen. Na ja, Sex war ja nicht das Wichtigste im Leben. In jeder anderen Hinsicht war sie eine ideale Frau und Mutter: eine gute Köchin, das Haus war immer aufgeräumt und sauber, ein guter Kamerad, jeder mochte sie, und er mußte sich keine Gedanken machen, daß sie mit anderen Männern flirtete. Sie zankten sich nie. Nicht wie andere Paare, die sich wegen Politik, Religion oder Kindererziehung in die Haare kriegten. Sie nicht. Sex konnte man sich auch woanders holen.

Er dachte an Eve Soloway; an ihre sanfte, hingebungsvolle Weichheit; sie fühlte sich gut an. Seine Gedanken wanderten zurück, als er sie geküßt hatte. Ein wunderbares Gefühl, wie ihr großer Busen, ihre Hüften sich an ihn preßten. Schon bei dem Gedanken daran bekam er einen Ständer. Sonntag früh – o Mann, er würde sie verschlingen; würde in sie dringen und ...

Er berührte seine Frau an der Schulter. Schläfrig wimmerte sie: »Laß mich!« Er schob sich näher, schmiegte sich an sie, seine Hand machte sich an den oberen Knöpfen ihres Pyjamas zu schaffen. »Nicht, Roy!«

»Komm, Schätzchen!« flüsterte er und stieß seine Erektion an ihren strammen, kleinen Hintern.

»Nein, Roy! Es ist spät!«

»Wir können morgen ausschlafen. Bitte.« Er hatte ein paar Knöpfe geöffnet, und seine Hand schloß sich um ihre kleine Brust. Die Brustwarze verhärtete sich, und er preßte sich enger an sie. Sie war williger als sonst; gut. Mußte am Alkohol liegen. Der lockerte sie manchmal. Seine andere Hand tastete sich vorsichtig, langsam zwischen ihre Schenkel.

»Na gut«, sagte sie entschlossen, schob seine Hände weg und streifte die Schlafanzughose ab.

»Du mußt dich nicht bewegen«, keuchte er, sein Verlangen wurde dringender. »Du mußt gar nichts tun.«

Sie lag still, als er sich über sie stürzte. Sie lag still, bis er fertig war; es dauerte nicht besonders lange. Eve hatte ihn wirklich geil gemacht: er ging los wie eine Zwei-Dollar-Pistole.

Aber als es vorüber war und sie sich ihm entzog, aufstand, um sich zu waschen, wie jedesmal, fragte er sich, wie er sich jedesmal fragte, warum er sich überhaupt die Mühe machte. Er hatte hinterher nur ein schales Gefühl.

7

»Mit uns wird das nie passieren, nicht wahr?«

Das Schlafzimmer der Driscolls hätte ein Titelfoto von *House and Garden* sein können, hell gebeizte Kiefernmöbel und englische Chintzbezüge. Ein extrem großer Raum, der sich die ganze Frontseite des ersten Stockes entlangzog mit Blick auf mehrere Morgen sanft welliges Weideland, das allmählich in Wald überging. Die bodenlangen Vorhänge waren zurückgezogen, und zwei Flügel des großen Fensters standen offen. Tony nannte sie beide gern heißblütig. Jedenfalls schliefen sie das ganze Jahr über mit offenen Fenstern, hier und in der Stadt.

Ann und Tony liebten sich auf dem Petit-point-Teppich, Ann saß mit gespreizten Beinen auf ihm. Tony brummte: »Beeil dich, bitte. Sonst habe ich wochenlang das Veilchenmuster auf meinem Hintern eingeprägt.«

Beide kicherten, und sie sagte: »Besser du als ich.«

Sie bewegten sich lächelnd mit der Leichtigkeit zweier Menschen, die mit der Wollust des anderen vertraut sind. Der Raum war hell erleuchtet, und aus dem Weckerradio auf einem der Nachttische ertönte ein Vivaldi-Konzert. Nach einer Weile hörten sie auf zu reden und atmeten schneller. Dann sagte Tony: »Warte, warte«, und als Ann mit fragendem Blick in ihren Bewegungen innehielt, grinste er zu ihr hinauf und sagte: »Laß es uns mit der Musik beenden.« Und das taten sie beide lächelnd.

»Du hast ein ausgezeichnetes Rhythmusgefühl, Liebling«, stellte Ann fest, rollte von ihm herunter, legte sich auf den Rücken und atmete tief.

Seine Hand berührte ihren Bauch, er betrachtete sie eingehend. »Hübsch«, meinte er. »Einige von uns halten sich ausgezeichnet.«

»Schuft! Meine besten Jahre liegen noch vor mir, und wenn ich es dir beweisen soll, dann komm etwas näher.«

»Hab' Erbarmen, Frau!«

Sie lagen nebeneinander auf dem Teppich, ihre Hände berührten einander zart. »Wir hätten es vor der Party tun sollen«, meinte Ann. »Du bist immer so griesgrämig, wenn wir ein oder zwei Tage nicht miteinander geschlafen haben!«

Tony stützte sich auf den Ellbogen: »Ich dachte, ich könne mit Eve *reden*. Was zum Teufel ist eigentlich in sie gefahren? Wir sind seit so vielen Jahren befreundet. Meine Güte, wenn *ich* nicht versuche, sie wieder zusammenzubringen...«

»Aber Liebling, du warst sehr hart mit ihr.«

»Ich spreche nur das aus, was ich sehe. Ach Ann, er fehlt mir! Ich vermisse unsere guten Zeiten! Und wo finde ich einen Tennispartner wie ihn?«

»Mach dir keine Sorgen«, besänftigte sie ihn. »Du kennst doch Ted. Er kommt zurück. Bevor der Sommer zu Ende ist, sind die beiden wieder zusammen, du wirst sehen.«

Er runzelte die Stirn. »Ich weiß nicht, Ann. Eve ist so verändert. Aufgedonnert wie eine Schlampe und wirft ihre Titten herum wie eine Zwanzigjährige...«

»Tony, hör schon auf.«

»Ich kann nichts dafür. Sie war Teds Frau all die Jahre – ebensolange wie du meine bist. Ich kann einfach nicht zusehen, wie sie alles zerstört. Ich weigere mich, das zu akzeptieren.«

»Jetzt reg dich nicht wieder auf. Eve hat es schwer, das weißt du. Ich bin sicher, es war nicht leicht für sie...« Ihre Stimme verlor sich, und dann sagte sie in schärferem Ton: »Wußtest du eigentlich von seinen Frauengeschichten?«

»Was?«

»Na, sie sagte doch so was, daß er sie jahrelang betrogen hat. *Wußtest* du davon?«

»Am Rande, vielleicht. Mein Gott, Ann. Keine von ihnen bedeutete Ted etwas. Ich kann mir nur vorstellen, Eve hat keinen besonderen Spaß an der Sache – nicht wie du.«

»Meinst du?«

»Muß wohl so sein. Hätte sie ihn befriedigt, hätte er sich doch nie anderen Frauen zugewandt.« Er machte eine taktvolle Pause, bevor er fragte: »Hm... habt ihr beide je darüber gesprochen? Ich meine über Sex?«

»Natürlich nicht! Frauen führen keine Sexgespräche über ihre Ehemänner. Hat er je mit dir darüber geredet?«

»Nicht wirklich. Ich rate nur. Ich glaube, sie übertreibt, daß er hinter Frauen her war. Ich kenne Ted Soloway so gut, ich müßte wissen, wenn er ein Schürzenjäger wäre. Nein, das ist er nicht, nicht Ted!«

Nach einigem Nachdenken sagte Ann: »Mich erstaunt nichts mehr, was sie in letzter Zeit von sich gibt. Seit dem Abend, als er ihr eröffnete, er gehe nach Maine, spielt sie verrückt. Sie kann sich auf nichts mehr konzentrieren. Wir sollten uns doch um diesen Schulfonds kümmern, und als wir darüber sprechen wollten, ging sie den ganzen Abend auf und ab, trank unentwegt Wein und sprach nur von sich. Ich habe mich dann selbst um die Sache gekümmert. Dabei war sie immer eine so hervorragend organisierte Frau. Man konnte sich immer auf Eve verlassen. Und plötzlich führt sie sich auf wie ein Teenager, kauft sich neue Kleider und redet nur noch davon, daß sie sich nie mehr im Leben die Haare hochstecken würde, weil das auch eine Form der Unterdrückung sei. Ich wollte dich mit dem Kram nicht langweilen, Tony, aber ich sage dir, es war nicht einfach mit ihr in den letzten vier Wochen!«

»He, glaubst du, sie steht kurz vor einem Nervenzusammenbruch?«

Sie starrten einander mit weiten Augen an.

»Ach Tony, ich weiß nicht.«

»Ich fürchte, ich werde die Sache in die Hand nehmen müssen und meinem guten Ted sagen, er soll seinen Hintern hierherbewegen.«

»Aus den Wäldern von Maine?«

Er rollte sich auf den Bauch, lag halb auf ihr und sagte: »Mach dir keine Sorgen, Liebling. Verlaß dich auf Tony, das Adlerauge, er wird seinen besten Freund schon ausfindig machen.« Er griff nach ihrer Hüfte. »Und nun, mein Schatz, genug davon. Wir wollen ihnen zeigen, wie's gemacht wird.«

Sie schmiegte sich eng an ihn. »O Tony, ich bin so froh, daß ich dich habe. Mit uns wird das nie passieren, nicht wahr?«

8

»Mußt du das mitten in der Nacht wissen?«

Eve hatte die Stimmung im Haus immer geliebt, wenn es wieder still wurde nach einer Party. Doch heute dröhnte die Stille in ihren Ohren. Sie sah sich in ihrer grün-weißen Küche um. Ardith hatte das Gröbste aufgeräumt. Nur schmutzige Gläser, Tassen und Kuchenteller standen noch herum. Morgen früh hatte sie genug Zeit, sich damit zu befassen. Sie mußte nicht mal Frühstück machen. Nina schlief bis mittags, sie haßte es zu frühstücken. Ted und die Jungen veranstalteten immer wahre Schinken-mit-Ei-Orgien. Aber sie waren nicht da, keiner von ihnen.

Ziellos schlenderte sie ins Eßzimmer. Die Blumen auf dem Eßtisch waren welk. Sie zupfte an den dürren Blättern herum, schob einen Stuhl zurecht, fand, daß der runde Tisch nicht genau unter der Lampe stand, rückte ihn hin und her. Aber wohin sie ihn auch schob, nirgends schien er richtig zu stehen. Dann wanderte sie weiter ins Wohnzimmer.

Das unwirkliche Silberlicht des Mondes warf lange Schatten durch die Fenster. Das in Gelb und Blau gehaltene Wohnzimmer wirkte ausgebleicht. Die beiden Polstersofas vor dem Kamin und die beiden bunt bedruckten Sessel sahen aus wie auf einem Schwarzweißfoto.

Sie entdeckte ein Buch, das im Sofapolster steckte, zog es hervor, legte es auf den großen marmornen Couchtisch; nahm es wieder und trug es zum Bücherregal. Dann überlegte sie, daß sie darin lesen könnte, bevor sie schlafen ging. Schließlich landete es auf der ersten Treppenstufe bei den zwei neuen Strandtüchern, ihrem Schminkkoffer und einigen Illustrierten, die alle darauf warteten, nach oben gebracht zu werden.

Ohne Ted hatte sie keinen rechten Aufgabenbereich. Nie zuvor war ihr bewußt geworden, wie sehr ihr Leben davon bestimmt war, Dinge für ihn zu tun: *sein* Frühstück, *seine* Sexualität, *seine* Gewohnheiten, *seine* Tennistermine, *seine* unaufhörlichen geschäftlichen Telefonate. Sie hielt in ihrer Wanderung inne. Kein Wunder, warum es den ganzen Tag so gräßlich ruhig gewesen war. Das Telefon hatte kaum geklingelt und während der Party nicht ein einziges Mal. Wenn man mit einem Anwalt, der im Showbusineß arbeitete, verheiratet war, der nicht nur Vertragsverhandlungen zu führen hatte, sondern auch Händchenhalten mußte, gewöhnte man sich bald an das ständige Schrillen des Telefons.

Hier im Haus, wie auch in ihrer New Yorker Wohnung, war in jedem Zimmer ein Apparat installiert. Sie würde die Hälfte davon rauswerfen. Warte mal! Gehörten sie ihm? Wollte er sie haben? Dachte er daran, weiter in der New Yorker Wohnung zu bleiben, nach seinem Abenteuer in Maine? Sie stöhnte gereizt auf. Es war alles so unwirklich. Er war bis zum Schluß bei seiner Erklärung geblieben, daß er nur ein, zwei Monate weg wolle und zurückkäme . . . »Spiel nicht verrückt«, hatte er verächtlich geschnaubt, als sie sagte: »Nein Ted. Diesmal nicht. Es ist mein Ernst.« Spiel nicht verrückt – war das eine Antwort? Sie hatte noch keine Entscheidung getroffen, und das schien ihr jetzt unerträglich. Diese Telefonapparate zum Beispiel – am liebsten hätte sie sie aus der Wand gerissen und weggeworfen. Sie wollte alles, was ihm gehörte, loswerden, aus ihrem Leben verbannen. Aber was würde er dann tun? Er könnte sie verklagen. Oder sie verprügeln. In welcher Beziehung standen sie eigentlich zueinander? Sie wußte es nicht mehr.

Ein kleiner Knoten formte sich in ihrem Magen. Ted war pfeifend durch die Wohnung marschiert, der Dreckskerl! Männer hatten kein Gefühl! Wieso füllten sich ihre Augen ständig ohne Vorwarnung mit Tränen? Warum war ihr der Magen vor Spannung wie zugeschnürt? Und er war sich seiner Sache so sicher.

Diesmal nicht! Blicklos, mit geballten Fäusten starrte sie aus dem Fenster. Diesmal setze ich mich durch, ich fange ein neues Leben an – und das beginnt am Sonntag morgen. Egal, was bei ihrem Tête-à-tête mit Roy Cullen rauskommen würde, es sollte ihre Unabhängigkeitserklärung werden.

Was so zauberhaft auf dem Campus des Hampton College begonnen hatte, war endgültig vorbei. Fünf andere Frauen – soweit sie wußte! Wie hatte sie sich das nur all die Jahre gefallen lassen? Warum war sie ihm nur treu geblieben? Sie hatte keine Antwort darauf, aber der Knoten in ihrem Magen wuchs.

Ein winziges Knarren auf der Treppe ließ sie herumfahren.

Sie sah die Schattenrisse zweier Gestalten, die auf Zehenspitzen die letzten Stufen ins Wohnzimmer herunterschlichen. Ihr Mund wurde trocken. Bereits beim Formulieren der Worte »Wer ist da?« wurde ihr klar, daß es Nina war – Nina und Johnny Malone!

»Nina! Was treibst du denn da?« Ihre Stimme klang schärfer als beabsichtigt. »Ich dachte, ihr seid alle in die Pizzeria gegangen?!«

»Deshalb mußt du mich nicht gleich anbrüllen!«

Eve bemühte sich um einen ruhigeren Ton. »Ich brülle nicht. Ihr habt mich nur erschreckt. Ich hatte keine Ahnung, daß jemand im Haus ist. Was soll das denn?«

Johnny Malones Stimme war kühl, ohne eine Spur von Verlegenheit. »Bei Mike war es zu voll und zu laut. Deshalb sind wir zurückgekommen und haben ferngesehen.«

Nina sprach in seine letzten Worte: »Du meckerst doch immer, wenn ich weggehe. Jetzt bin ich hier, also sei froh.«

»Ich bin ja froh darüber«, protestierte Eve, erstaunt darüber, daß sie sich so schnell in die Defensive drängen ließ. »Aber du hättest es mich ja wissen lassen können.«

»Mensch, du und deine Typen, ihr wart doch damit beschäftigt, zu saufen und euch schmutzige Witze zu erzählen. Was erwartest du von mir? Daß ich runterkomme und sage: ›Hallo, da sind wir‹, damit du uns wieder wegschicken kannst.«

»Nina, ich habe dich nie – egal. Ich habe keine Lust, mich mit dir zu streiten. Mein Gott, es ist halb drei nachts! Was gibt's denn um diese Zeit noch im Fernsehen?«

Es entstand ein kleines Schweigen. Und dann sagte Johnny Malone gedehnt: »Filme. Um diese Zeit senden sie alte Filme.«

»Ja, Filme«, echote Nina und gähnte laut. »Kann ich jetzt bitte gute Nacht zu Johnny sagen und ins Bett gehen? Ich bin nämlich hundemüde.«

»Ja. Nein. Das heißt, hast du immer noch vor, morgen nacht bei Kerry zu schlafen?«

»Sollte ich das?« Nina klang verdutzt.

»Na ja, ich dachte, das hattest du vor...« Ihr Herz schlug hart. Hatten die Kinder das ausgemacht oder bildete sie es sich lediglich ein? Es war schrecklich, was sie da tat, ihr eigenes Kind loszuwerden. Aber die Erinnerung an seine hungrigen Lippen, seine starken Arme schwappte über sie, sie fühlte sich schwach und schwindelig. Lieber Gott, laß sie nicht merken, was in mir vorgeht! »Irre ich mich etwa?« Zu ihrem Erstaunen sprach sie die Worte mit völlig normaler Stimme.

»Ach ja«, sagte Nina. »Jetzt fällt's mir wieder ein.« Sie und Johnny gingen durch die Küche auf die Veranda zu.

»Warte!« Sie mußte sich wirklich zusammennehmen.

»Was *ist* denn?«

»Bleibst du morgen nacht bei Kerry oder nicht?«

»Mußt du das mitten in der Nacht wissen?«

»Werd nicht frech!«

Nina ließ einen tiefen Seufzer hören. »Ich sag's dir morgen«, und mit lauterer Stimme fügte sie hinzu: »Wir wissen noch nicht, was wir vorhaben.«

Eve war bestürzt, ihre Gedanken überschlugen sich. Halb drei Uhr nachts war keine Zeit für dieses Thema. Wenn sie sich mit Männern einlassen wollte, dann mußte sie lernen, wie man sich dabei verhielt. Sie kam sich nackt vor und ertappt, wie ein junges Mädchen, das es auf dem Rücksitz von Vaters Wagen trieb. Sie fühlte sich plötzlich völlig leer und sehr, sehr müde. Es kostete sie große Mühe, die Sachen von der Treppe zu nehmen und nach oben zu gehen.

Vom großen Fenster ihres Zimmers konnte sie die beiden sehen. Sie redeten noch eine Weile, dann beugte Johnny Malone sich vor und gab Nina einen sehr zarten Kuß auf die Lippen, während sie ihm eine Hand auf die Wange legte. Eve runzelte die Stirn. Als sie sechzehn war, waren ihre Abschiedsküsse wild und endlos; ungeschickte Umarmungen, mit viel Gegrapsche und Hände-weg-schubsen verbunden. Es war etwas sonderbar Erwachsenes an den beiden vom Mondlicht ausgebleichten Gestalten unter ihr, etwas seltsam Unrichtiges.

Sie gähnte laut, an ihren Augenlidern schienen schwere Gewichte zu hängen. Sie würde morgen darüber nachdenken und mit Ann am Strand darüber sprechen.

9

»So ist das also!«

Sie kam spät an den Strand. Es war bereits nach drei. Als die Kinder klein waren, kam man um zehn und blieb bis vier, denn der Strand war ein sicherer Hort. Die Kinder konnten spielen und herumtoben, man mußte sie nicht ständig im Auge behalten und man befand sich in Gesellschaft anderer Erwachsener, nein, korrigierte Eve sich, anderer Frauen. Unter der Woche war nie ein Mann dabei, außer natürlich Shirl, aber er kam nicht oft.

Seit Jahren hatten sie ihr angestammtes Fleckchen, in diese Richtung wanderten ihre Blicke. Shirl und Sam saßen da in aufeinander abgestimmten hawaiianisch bunten Badeanzügen, aber nicht Ann und Tony. Komisch; sie waren gewöhnlich die ersten. Marybeth saß mit züchtig übereinandergeschlagenen Beinen über ihre unvermeidliche Handarbeit gebeugt. Und da – es verschlug ihr den Atem, ihr Herz geriet in Aufruhr – stand Roy Cullen, seine große muskulöse Figur als Silhouette gegen den spiegelglatten See, gerade vom Schwimmen gekommen, frottierte er sich den Rücken; Wassertropfen glitzerten in seinem Brusthaar.

Sei natürlich! befahl sie sich. Sie holte Luft, um sich zu fassen. Diese Reaktion war verrückt einem Mann gegenüber, den sie während der vergangenen acht Jahre jedes verdammte Sommerwochenende gesehen hatte. Nichts ist passiert, beschimpfte sie sich, bahnte sich vorsichtig den Weg durch die Sonnenbadenden. Nichts. Und außerdem passiert vermutlich auch gar nichts. Nur weil sie das erstemal ohne Ted hier war – fühlte sie sich deshalb so nackt, so ausgesetzt, so unerwachsen? Idiotisch! Sie traten immer in Paaren auf, wie die Tiere in Noahs Arche.

Ihr Herz hämmerte immer noch, als sie ihren Platz erreichte, und es kostete sie Mühe, im natürlichen Ton zu sagen: »Tag, allerseits!« Sie konnte Roy nicht direkt ansehen. Was, wenn er ihr zuzwinkerte, oder ihr sonst irgendeine Vertraulichkeit zu erkennen gab? Doch er sah sie in nichtssagender Höflichkeit an, als wäre nichts geschehen und meinte: »Tag, Eve. Ziemlich spät dran, heute.« Seine Worte waren wie eine vernichtende

Zurückweisung. Im Bemühen, ihre Gefühle zu vertuschen, plapperte sie drauflos, daß sie lange geschlafen habe, die Zeit vertrödelt, ein Kreuzworträtsel gelöst und treppauf-treppab gelaufen sei, weil sie immer irgendwas vergessen hatte. »Und als ich die Wurst aus der Tiefkühltruhe holte für Ninas Lasagne, da fiel mir ein ...« hier warf sie ihm einen verstohlenen Blick zu, »daß Nina bei Kerry übernachten will. Das haben die beiden doch verabredet, nicht wahr, Marybeth?« Marybeth bejahte, doch Eves Aufmerksamkeit war auf Roy fixiert, aber *er* reagierte überhaupt nicht. Nicht das geringste Flackern in den Augen. Scheiße! Sie breitete hastig ihre Badedecke auf dem Sand aus, streifte ihren weißen Kaftan von den Schultern, ließ ihn zu ihren Füßen fallen, sich ihres neuen Bikinis sehr wohl bewußt. Normalerweise trug sie keine zweiteiligen Badeanzüge – sie wußte nicht einmal, warum sie diesen gekauft hatte –, aber sie wußte, wenn sie den Bauch etwas einzog und geradestand, sah sie blendend aus.

Schnell legte sie sich auf den Rücken, streckte sich wohlig, die Sonne auf ihrer nackten Haut genießend. Sie liebte den Geruch am Strand, ein Duftgemisch aus Wasser, Sonnenöl und Eiscreme. Sie malte sich aus, wie Roy Cullen sie ansah, und hinter ihren geschlossenen Augenlidern sah sie ihn breitbeinig über sich stehen, die Hände in die Hüften gestemmt, auf sie herunterstarrend. Das Bild war so lebendig, daß sie enttäuscht war, als sie die Augen aufschlug und er nicht dastand. Statt dessen ölte der wabbelige Shirl sich im Stehen die unbehaarten Beine ein und musterte sie.

»Mann, seht sie euch an, die neue Eve Soloway!«

Sam lachte. »Für mich ist sie das alte Mädchen geblieben!« Eve fand die Bemerkung zwar nicht amüsant, lachte aber trotzdem.

»Du hast recht, Sam. Ich bin das gleiche, alte Mädchen. Nur der Badeanzug ist neu.«

»Hör nicht darauf, was die neidischen Weiber sagen. Wie du eben dein Kleid ausgezogen hast, haben dich alle Kerle am Strand wie hypnotisiert angestarrt – und mehr noch, aber darüber möchte ich in Anwesenheit der Damen nicht reden.« Er kicherte.

»Ich bitte dich, Shirl!« sagte Marybeth. »Ehrlich, Männer sind solche Ferkel!«

»Nicht wahr, das sind wir? Oink, oink.«

Marybeth erstaunte Eve zuweilen. Ihre Antworten und Meinungen schienen vorprogrammiert und automatisch. Ob Marybeth jemals ihr Spiegelbild ansah und sich fragte: »Wer bist du eigentlich? Was denkst du wirklich?« So wie sie es heute morgen getan hatte. Ob Marybeth jemals den Wunsch verspürte, wenn sie am Strand lag, es möge einer über sie herfallen und sie bewußtlos vögeln, wie sie es sich im Moment wünschte? Ihre Gedanken trieben faul dahin. Die Sonne tat gut, als würde sie alle Knoten und Verspannungen in ihr auflösen. Himmlisch! Bald müßte sie sich mit Sonnenöl einreiben.

»Roy!« Marybeths Stimme war so dicht an ihrem Ohr, daß sie hochschrak; sie mußte eingedöst sein. Nun blinzelte sie zu ihr hinüber. Marybeth faltete sorgsam ihre Handarbeit zusammen, warf einen Blick auf ihre sportliche Herrenarmbanduhr. »Roy! Ich gehe jetzt. Ich habe ein Match mit Herb Cohen!«

»Junge!« sagte Shirl. »Du trittst gegen Herb an. Na dann viel Glück!«

»Ich kann ihn schlagen«, sagte Marybeth stolz, »obwohl er der Champion der Stadt ist.« Sie kicherte: »Ich habe ihn schon geschlagen. Nicht oft, aber wenn ich einen guten Tag habe, schaffe ich es.«

»Hör auf zu schnattern«, sagte Roy. »Komm schon. Ich fahr dich rüber. Muß ohnehin tanken.«

Eve setzte sich auf. Ihre träge, schläfrige Stimmung war verflogen. Sie suchte nach dem Sonnenöl, das sich in den Tiefen ihrer Badetasche vergraben hatte.

Sie kramte immer noch danach, als sie zwei muntere Stimmen johlen hörte: »Hallooo alle und tschüüüs!« Ann und Tony, bepackt mit Badesachen, waren dabei, den Strand zu verlassen.

»Weshalb habt ihr es denn so eilig?« rief sie. »Und wo habt ihr die ganze Zeit gesteckt?«

»Segeln.« Und sie begannen einen ausführlichen Bericht über ihren Tag. Wie sie das Boot zu Wasser gelassen, den Mast hochgehievt und Segel gesetzt hatten. Eve hörte nicht mehr hin. Sie war fasziniert von der Tatsache, daß weder Ann noch Tony sie direkt ansahen! Zuerst dachte sie, sie bilde es sich nur ein. Und dann machte sie sich ein Spiel daraus: unverwandt starrte sie die beiden an, wartete darauf, bis einer von ihnen ihren Blick erwiderte. Nein. Sie fing an, wütend zu werden. Lieber würde sie sich jedoch die Zunge abbeißen, als sich etwas anmerken zu lassen. Mit einem raschen Blick setzte sie die Sonnenbrille auf.

Als das Paar weitergegangen war, saß sie ganz still da, versuchte, ihre Kränkung zu unterdrücken. Sie hatten sie nicht ein einziges Mal angesehen! Warum? Hatten sie gestern etwas zwischen Roy und ihr bemerkt?

»Zum Kotzen!« sagte Shirl kopfschüttelnd. »Setz die beiden in ein Boot und du kannst jegliches menschliche Gespräch vergessen. Sie drehen vollkommen durch!«

»Jedes Jahr die gleiche Leier«, sagte Sam, mühsam ächzend auf die Beine kommend. »Und jedes Jahr reden wir darüber, als sei es was Neues. Wenn die Driscolls ihr Boot besteigen, können sie von nichts anderem mehr reden. Das ist nun einmal so, und warum wir uns darüber aufregen, begreif ich nicht. Laß die beiden doch.« Sie stopfte ihr kurzes Wuschelhaar in die Bademütze und verkündete: »Ich gehe schwimmen.«

Damit setzte sie ihre gewichtige Körperfülle in Bewegung, ihren Weg im Wasser fortsetzend, bis es ihr beinahe zum Hals reichte. Ted hatte einmal gesagt, von hinten gleiche sie einem Kamel – mit ihrem ausladenden Hinterteil und dem winzigen Kopf. Wenn sie einmal zu schwimmen anfing, änderte sich dieses Bild. Als sei das Wasser ihr natürliches Element, wurden ihre Bewegungen harmonisch und elegant, mit langen, mühelosen Stößen zog sie unermüdlich ihre Bahnen, tief und regelmäßig atmend.

Eve ölte sich die Beine ein, dann Arme und Schultern und ihren nackten Bauch. »Du meine Güte, bin ich blaß«, sagte sie.

»Mir gefällt's. Gib her. Ich öle dir den Rücken ein.« Der gute Shirl. Sie schloß die Augen und überließ sich seinen Händen.

Er massierte das sonnenwarme Öl mit großen Kreisbewegungen in ihre Haut um die Schulterblätter, knetete die schmerzenden Stellen am Nacken durch. Der Druck seiner starken Hände wiegte sie hin und her, sie ließ den Kopf nach vorne fallen, entspannte sich in der Bewegung und ließ ihre Gedanken treiben. Seine Hände waren glatt und hart, und ihr hypnotischer Rhythmus lullte sie ein. Seine Finger schlüpften unter die Bänder ihres Büstenhalters, und sie stellte sich vor, daß sie langsam nach unten glitten über ihre Hüften, in ihr Höschen, sich um ihre Pobacken wölbten und... Sie schauderte unwillkürlich und setzte sich gerade. Shirl! Träumte sie tatsächlich davon, daß ausgerechnet Shirl Detweiler seine Hände an ihre – Sie war wirklich in einem furchtbaren Zustand!

»Was nicht in Ordnung?« fragte er scharf.

»Was soll nicht in Ordnung sein?«

»Du hast gezuckt. Ich dachte, ich hätte einen Nerv erwischt.«

»Nein, aber ich denke, es ist genug. Danke, Shirl.«

Von der anderen Seite ertönte ein Grunzen. Sie wandte den Kopf und sah, wie Roy Cullen sich auf sein Handtuch niederließ. »Eine Schlange an der Tankstelle. Was ist denn los? Haben wir schon wieder Benzinknappheit?«

»Es ist Heldengedenktag, hast du das vergessen?« Eve war stolz, wie beiläufig ihre Stimme klang.

»Ja, richtig.« Er zog seine Turnschuhe aus und streifte das Hemd über die Schultern. »Hat jemand Sonnenöl von euch?«

So lässig wie möglich reichte sie ihm ihre Flasche. »Hier.« Sie sehnte sich danach, ihm den Rücken einzuölen. Bei dem Gedanken, ihn zu berühren, lief ihr das Wasser im Mund zusammen. Sie hatte Lust, ihn anzufassen! Es war verrückt. Aber sie wagte es nicht. Ihre erotischen Gedanken machten sie schwindelig.

»Mann, ist das heiß heute«, sagte Roy. »Und erst Ende Mai! Verspricht ein wirklich heißer Sommer zu werden!« Lag eine Bedeutung in seinen Worten? Sie mußte mit diesem Unsinn aufhören! Sie warf sich auf den Bauch, bettete den Kopf in den Arm, tat so, als döse sie, hörte jedoch der halblauten Unterhaltung der Männer zu.

»Ist dir schon mal aufgefallen«, sagte Shirl, »daß die Sommer in unserer Kindheit viel heißer waren? Als wir noch nackt badeten? Ach, war das ein Gefühl, das kühle Wasser am nackten Hintern... Junge!«

»Ich erinnere mich an die Sommerferien auf dem Land im Ferienlager – heißer Sommer bedeutete für mich Sex. Man rannte aus dem Haus, weg von der Familie und in den Wald und dann ...!« Er fing an zu lachen.

»Das Wettspritzen«, erinnerte sich Shirl.

»O Gott ja! Wir saßen auf unseren nackten Hintern und ... ich weiß gar nicht, was wir machten, wenn ich darüber nachdenke, aber ich erinnere mich, als Jack McGuire tatsächlich *kam* ... ich meine, man sah richtig, wie da was rauskam ... so was Aufregendes hatte ich noch nie erlebt. Wir waren alle jünger als er und mächtig neidisch! Ich konnte es nicht erwarten, bis ich das auch zustande brachte!« Er lachte tief aus dem Bauch heraus. »Mann!«

Shirl sagte: »Ich weiß noch ... es war in irgendeinem Keller oder in einer Garage ... wir saßen im Kreis und wichsten um die Wette, wer am schnellsten kam.« Er gluckste in sich hinein.

»Und am weitesten spritzte ...« unterbrach Roy. »Da gab's doch immer einen, der durch den ganzen Raum spritzen konnte.«

»Ja, der große Held. Ich habe jahrelang nicht mehr an so was gedacht. Aber mit vierzehn habe ich *nur* daran gedacht.«

»Scheiße, Mann, mit vierzehn hatte ich ununterbrochen einen Ständer. Ich erinnere mich, jedesmal in der vollen Subway geriet ich in Panik, wenn ein Mädchen mich nur streifte ... schwups!«

»Zum Teufel, Roy, als ich vierzehn war, und eine Blaskapelle marschierte vorbei, stand er stramm und salutierte!«

Die beiden Männer johlten und wieherten, bis sie keine Luft mehr bekamen, und Eve, die zwischen ihnen lag und ihren Kopf in der Armbeuge verborgen hatte, sah plötzlich ein lebhaftes Bild vor Augen, Roy – groß, stämmig, sexy – und Shirl – dick und wabbelig, ein Neutrum – standen nebeneinander, beide mit flammender Erektion. Sie lächelte in ihre Armbeuge, biß sich auf die Lippen, um nicht laut zu kichern. Sie hatte keine Lust, hier liegenzubleiben und so zu tun, als habe sie keine Ohren, während Roy über Erektionen sprach, zum Teufel noch mal! Machte er das absichtlich, um sie zu ärgern? Sie hatte genug davon. Mit einer Bewegung, von der sie hoffte, sie sei graziös, sprang sie hoch, prüfte den Sitz ihres Büstenhalters und lief erleichtert zum

Wasser und warf sich in die Fluten, glücklich über das erfrischende Gefühl des kühlen Wassers auf ihrer brennenden Haut.

Sie schwamm in leichten Stößen zum Floß hinaus, versuchte sich das Lachen zu verkneifen. Männer! Sie redeten über Erektionen und Wettonanieren vor ihr, als hätten sie vergessen, daß sie neben ihnen lag. Sie erinnerte sich nicht, wer von beiden angefangen hatte. Dieser Roy! Er benahm sich kein bißchen anders als sonst. Um die Wette zu masturbieren, um zu sehen, wer am schnellsten kam! Das war ja zum Lachen. Auch eine Beschäftigung. Nicht nur am schnellsten, sondern auch noch am weitesten. Keine sehr sinnvolle sexuelle Betätigung. Der Gedanke, ein Mann verkündet seiner Frau, er könne am schnellsten und am weitesten zum Orgasmus kommen als irgendein anderer Kerl. Nein wirklich, es war zuviel!

Sie schwamm einige Bahnen, begegnete Sam unterwegs, rief ihr ein Hallo zu, stoppte jedoch nicht, um mit ihr wassertretend zu plaudern; sie war nicht in Stimmung dafür. Sam blieb immer eine Stunde oder länger im Wasser.

Zurück am Strand saß Shirl alleine da, blätterte durch den *New Yorker*. Als sie sich setzte, ihr Haar frottierte, beugte er sich konspirativ zu ihr hinüber und sagte geheimnisvoll: »Ich habe was Hübsches für dich.« Sofort stand wieder dieses lächerliche Bild vor ihren Augen. Sie lachte; und er lachte auch. »Nicht das!« sagte er, und sie starrte ihn an. Er wußte genau, was sie dachte. Warum auch nicht? Er und Roy hatten sich eine halbe Stunde über Sex unterhalten. Wäre Ted dabei gewesen, hätte sie nie gewagt zu lachen!

Shirl verbarg etwas in seiner hohlen Hand und reichte es ihr. »Pot«, sagte er, »vom Besten.« Ein dünner Rauchkringel stieg zwischen seinen Fingern hoch.

Eve fuhr zurück. »Was soll *ich* denn damit?«

»Es entspannt dich – nein wirklich, Eve, du bist ziemlich verkrampft – war ja auch nicht leicht. Ist eine ziemlich harte Zeit für dich.«

Na endlich! Einer, der kapierte, daß das Ende einer Ehe kein reines Honiglecken war. Sie hatte die Tatsache verdrängt, daß nicht einer ihrer sogenannten besten Freunde sie je gefragt hatte, wie es in ihr aussah.

»Du weißt ja nicht mal die Hälfte...!«

»Hat Ted es dir schwergemacht zu gehen?«

»Nein, Shirl, es war seine Idee – das Gehen, meine ich. Nicht zurückzukommen, das war meine. Aber das Schlimmste dabei ist, daß er mir nicht glaubt.«

»Was willst du damit sagen, er glaubt dir nicht?«

»Er gesteht sich nicht ein, daß es mir ernst ist. Er weigert sich zu akzeptieren, daß wir uns tatsächlich trennen. Es ist zum Verrücktwerden!«

»Hier.« Er bot ihr den Joint noch mal an. Der Geruch war sehr stark, und sie fragte sich, ob das Zeug auch so schmecken würde. Sie hatte noch nie Pot geraucht. Sie nahm ihn mit fragend hochgezogenen Augenbrauen entgegen. »Inhaliere, wie du eine Zigarette rauchst. Behalte den Rauch so lange du kannst in der Lunge und atme langsam aus.« Sie folgte seinen Anweisungen und wartete darauf, daß etwas geschah. Nichts. »Weißt du, was ich denke, Eve? Du solltest dir einen Anwalt nehmen. Dann glaubt dir Ted. Nichts bringt einen so sehr in die Realität wie die knappe Mitteilung auf gedrucktem Geschäftspapier.«

Eve nahm noch einen tiefen Zug. Sie hoffte, es richtig zu machen, schämte sich jedoch nachzufragen. »Meinst du? Ich habe noch nicht darüber nachgedacht. Aber ich denke, du hast recht.« Sie lachte kurz auf. »Anwälte glauben nur anderen Anwälten.« Sie inhalierte noch einmal, spürte ein leichtes Summen im Kopf, ein winziges Schwindelgefühl.

»Eve, Eve«, sagte Shirl, »Joints raucht man gemeinsam. Gib ihn mir, Schatz. Gut. Du kriegst ihn gleich wieder, keine Angst.« Er gluckste. »Andererseits willst du möglicherweise gar nicht, daß Ted dir glaubt. Hast du darüber schon mal nachgedacht?«

»Natürlich will ich, daß Ted mir glaubt! Es ist mein Ernst.«

»Bist du sicher, wirklich sicher?«

Eve streckte die Hand nach dem Joint aus. Wirklich angenehm. Warum regten sich alle Leute darüber so auf? Die Wirkung war nicht viel anders als bei ein paar Drinks: ein schönes, leichtes Gefühl. »Ganz sicher«, sagte sie gedehnt. Erstaunlich, wie angenehm und friedlich es war, am Strand zu sitzen, die Hände um die Knie geschlungen, und mit Shirl zu plaudern. Sie schaute über den See; die untergehende Sonne spiegelte sich in rosafarbenen Flecken auf dem Wasser. Um diese Zeit war es am schönsten, wenn die meisten Badegäste gegangen waren, der Wind sich gelegt hatte und der spiegelglatte See metallen schimmerte. Sie hob den Kopf mit geschlossenen Augen. Es war beinahe eine zu große Anstrengung zu sprechen. Aber sie wollte Shirl etwas Wichtiges sagen.

»Ach ja... natürlich bin ich sicher. So sicher, wie man nur sein kann... ganz sicher...«

Aus weiter Ferne hörte sie Shirl lachen. »Du bist ja bereits zu bis oben«, sagte er.

Zu bis oben? Sie war nicht sicher, was das bedeutete. Aber Ted durchschaute sie plötzlich ganz klar. »Er hat die Kinder gegen mich aufgehetzt«, sagte sie. Seltsam, daß ihr das vorher nicht bewußt geworden war. »Nein, wirklich. Er schaffte es, daß sie mich mit seinen Augen sehen; und sie denken, ich bin verrückt.«

Shirl lenkte ein: »Nun komm aber, Eve, übertreibst du nicht ein wenig?«

»Nein, nein, nein. Das hat Ted gesagt. Er sagte: ›Du bist hysterisch.‹ Wußtest du, daß Hysterie das gleiche bedeutet wie Gebärmutter? Wußtest du das? Männer glauben, nur Frauen sind hysterisch. Ich könnte euch ganz was anderes erzählen.« Wieder überkam sie große Mattigkeit; sie hörte auf zu sprechen, horchte auf ihre Atemzüge. »Ted hat es millionenmal gesagt«, fuhr sie nach einer Weile fort. »Er hat den Jungs gesagt: ›Eure Mutter ist hysterisch, sie kommt in die Wechseljahre, sie meint es nicht so.‹ Ha! Und ob ich es so meine! Sie waren schrecklich zu mir, die Jungs. Gemein und schrecklich, weil sie denken, ich habe ihren Dad verlassen, als er mich brauchte. Pah! Und wo war er die ganze Zeit, als ich ihn brauchte? Du weißt, wo er war, Shirl.«

Shirl geduldig: »Nein, Eve. Ich weiß es nicht. Wo war er?«

Sie holte tief Luft. »Dann sage ich dir, wo er war. In den Betten anderer Frauen; ja, dort war er.« Tränen quollen aus ihren Augen. Sie haßte sich, wenn sie weinte, sie wollte nicht weinen. »Und er besaß die Frechheit... er erzählte den Jungs: ›Ich liebe eure Mutter immer noch.‹ Kein Wunder, daß sie wütend auf mich sind. Aber das stimmt nicht. Denn wenn er mich liebte, wäre er jetzt hier.« Sie grübelte über diesen Satz nach; es fiel ihr schwer, sich zu konzentrieren. »Wenn ich darüber nachdenke, will ich ihn gar nicht hier haben, oder? Zum Teufel, ich weiß nicht, *was* ich will. Nein, ich weiß es – ich will ihn nicht.«

»Was haben wir denn da?«

Eve schielte nach oben. Da stand Sams vertraute Fülle. Sie konnte ihr Gesicht nicht sehen, weil sie die Sonne verdeckte. »Du liebe Zeit. Fühlst du dich okay, Evie? Shirl, wieviel hast du ihr gegeben?«

Eve hörte ihre Stimmen in weiter Ferne; sie kamen näher und flogen wieder fort, hin und her. Sie fühlte sich so entspannt. Sie wollte Sam sagen, daß sie völlig in Ordnung war. Aber sie war zu faul dazu.

»Ich denke, wir bringen sie nach Hause, Shirl.«

»Gut, aber es fehlt ihr wirklich nichts.«

Eve zwang sich zu sprechen. »Müde«, sagte sie. »Ich liebe diese Abendstunde, ich möchte ein wenig unter den Bäumen schlafen.«

Verschwommen hörte sie, wie sie darüber sprachen und übereinkamen, daß ihr nichts geschehen konnte und die Bademeister sie wecken würden, wenn sie den Strand leer haben wollten. Dann spürte sie eine Hand sanft auf ihrer Schulter, die sie ein wenig schüttelte. Sie blinzelte lächelnd durch die halbgeschlossenen Augenlider.

»Komm, Schatz«, sagte Sam. »Wir bringen dich rüber, komm. Ich helfe dir.«

Zu dritt gingen sie hinüber zum Eichenwäldchen hinter dem Sand. Jemand breitete die Decke aus und bettete ihren Kopf auf die Badetasche. Sie fühlte sich wundervoll, völlig entspannt und driftete in den Schlaf, wie sie es lange, lange nicht mehr getan hatte. Ach, es war so schön . . .

»Ist ja gut, Sam, ist ja gut«, murmelte sie. Es war wie ein langer, langer Weg aus dem tiefen Schlaf zurück in die Welt. Aber die Hand auf ihrer Schulter blieb beharrlich liegen. Schon gut. Sie öffnete die Augen.

»Verzeihung, Madam. Wir müssen das Strandbad jetzt schließen.«

Es dämmerte – wie erstaunlich –, und er roch nach Kokosöl . . . hmmm. Groß und breitschultrig, halbnackt, mit kurzem, dunklem, zerzaustem Haar kauerte er mit ernstem Gesicht vor ihr, der neue Bademeister; sie wußte nicht einmal seinen Namen. Aber er war anbetungswürdig.

Ohne nachzudenken hob sie die Arme, und so natürlich wie der Sonnenschein beugte er sich über sie und legte seinen Mund auf den ihren. Als seine Zunge zwischen ihre Lippen stieß, schlang sie ihre Arme eng um seine breiten Schultern und zog ihn zu sich herunter. Ein sinnliches Stöhnen entrang sich ihrer Kehle, als sie seine harte Männlichkeit spürte, und sie schmiegte ihren Unterleib an ihn, genoß das Gefühl. Es war so lange her...!

Er war jung und erregt, seine Küsse leidenschaftlich, hart und drängend. Mit einer Hand hielt er sie umfangen, während die andere mit seinen Shorts beschäftigt war. Eve kicherte in sich hinein, küßte ihn wild, streichelte seinen starken Rücken mit begehrlichen Händen. Mit einer schnellen Bewegung schälte er ihr Bikinihöschen nach unten zu den Knöcheln. Sie hatte nicht einmal Zeit, es mit den Füßen wegzuschleudern, als er schon in ihr war, heiß, hart wie ein Felsen, sich bereits rhythmisch bewegend. Er war schön und groß; es tat so gut, *so* gut. Sie gab sich ganz ihrem Gefühl hin, hörte ihre kleinen Lustschreie. Ihr Körper war ein einziges, sinnliches Gefühl; nichts sonst existierte. Sie wollte, es solle nie aufhören, aber dann kam der bekannte Augenblick – das erneute Schwellen des Penis – er stieß schnell in sie hinein, und sie wußte, es war vorbei. Schwer atmend blieb er eine Weile auf ihr liegen, dann raffte er sich hoch und suchte in der zunehmenden Dunkelheit nach seinen Shorts.

Eve rollte zur Seite, dachte mit einigem Erstaunen, mein Gott, ich habe gerade mit ihm geschlafen! Mit einem Jungen... mit einem Fremden. Mit Entsetzen durchfuhr sie der Gedanke, daß er kaum älter sein konnte als Jason. O Gott! Sie spürte die Schamröte in sich hochsteigen. Was dachte sie sich eigentlich? Trotzdem war es eine Erleichterung! Sie fühlte sich total ausgelaugt. Am liebsten wäre sie gleich wieder eingeschlafen.

Aber er wollte sie nicht schlafen lassen. Er beugte sich über sie, schüttelte sie, diesmal weniger sanft. »Okay, okay«, sagte sie schläfrig. Und als er ihr das Bikinihöschen hinhielt, setzte sie sich hoch und zog es rasch an. Sie konnte ihn im Dunkel kaum sehen und war dankbar dafür.

»Gehen Sie«, sagte sie. »Ich bin in Ordnung.«
»Äh ... na ja ... ich muß jetzt schließen.«
»Na und? Machen Sie schon. Ich sagte doch, ich bin okay.«
»Das kann ich nicht.« Seine Stimme klang verlegen. »Ich muß warten, bis Sie Ihren Wagen vom Parkplatz gefahren haben. Und äh, ich hab's eilig. Ich hab' eine Verabredung ...« Seine Stimme verklang.

Eine Verabredung, du lieber Himmel! Hatte sie das gewollt? Auf diese Weise hatte sie zweiundzwanzig Jahre ehelicher Treue beendet – mit einem Bademeister, dessen Namen sie nicht einmal kannte! Ach Eve! Entweder mußte sie schallend über sich lachen oder in den See gehen und nie mehr zurückkehren.

Nein. Sie lachte den ganzen Weg zum Parkplatz.

10

»Du warst wundervoll.«

Sie wachte um zwei auf, um vier und wieder um sechs. Jedesmal mit dem gräßlichen Gefühl, es sei etwas Furchtbares geschehen, ohne genau zu wissen, was. Dann erinnerte sie sich. O Gott! Sie hatte es mit dem Bademeister im Freien getrieben wie eine Landstreicherin! Sie stöhnte laut auf und vergrub ihr Gesicht in den Kissen. Jedesmal fiel sie wieder in schweren Schlaf.

Um sieben öffnete sie hellwach die Augen, erschöpft, in kalten Schweiß gebadet und warf die Bettdecke zurück. Sie hatte schlecht geträumt, wußte jedoch nicht mehr, was. Zusammengerollt und splitternackt lag sie im Bett und zitterte. Ich habe es wirklich getan. Mit einem Fremden, den ich nie zuvor gesehen habe – und es hatte Spaß gemacht. Sie hatte in seiner Umarmung gestöhnt. Bei dieser Erinnerung verbarg sie wimmernd den Kopf in den Armen. »O Gott!« stöhnte sie laut. So war das also, wenn man allein war. Man machte die Beine für jeden breit! Wütend sprang sie aus dem Bett. Verdammt! Shirl Detweiler hatte ihr einen starken Joint zu rauchen gegeben, sie wußte nicht mehr, was sie tat, und war gebumst worden. Okay. Na und? Sie schlüpfte in ihren Morgenrock und zurrte den Gürtel fest um die Taille, ging zum Toilettentisch und starrte ihr Gesicht im großen Spiegel an, musterte sich prüfend: ihr langes, lockiges, kastanienbraunes Haar – hie und da von einer grauen Strähne durchzogen – könnte man auch für blond halten. Die Augen, grau oder bräunlich. Im stillen nannte sie sie bernsteinfarben. In ihrem Paß stand braun. Sie waren groß, tiefliegend, von langen kräftigen Wimpern umgeben. Heute früh waren sie außerdem noch von tiefen Ringen umgeben. Sie mußte sie mit Make-up übertönen. Die Nase war eine Spur zu schmal und eine Spur zu lang. Vergiß die Nase! Breite, volle Lippen. Sie grinste ihr Spiegelbild an, zeigte große, ebenmäßige Zähne. Nicht schlecht, gar nicht schlecht.

Sie trat einen Schritt zurück, öffnete den Morgenrock. Es fiel ihr seltsam schwer, sich nackt anzusehen. Sie hatte es jahrelang nicht getan, nachdem Ted ihr zum hundertsten Mal gesagt hatte, wie weit entfernt sie von seiner Idealvorstellung einer Frau sei. »Komisch, ich fliege eigentlich auf kleine, sportliche Frauen mit kleinen Busen – schon in der High School. Hätte nie gedacht, daß ich mal bei so was wie *dir* landen würde!« Sie hatte schnell gelernt, die Kränkung hinunterzuschlucken und zu sagen: »Dann hast du mich wohl wegen meines Geldes geheiratet!«

Aber heute morgen – ihr Herz begann zu hämmern – sollte zum ersten Mal ein anderer Mann diesen Körper sehen. Was würde er sehen, wenn er Eve Marcus Soloway betrachtete? Eine große Frau, die als junges Mädchen vor Verzweiflung geweint hatte, weil ihre Brüder ihr gesagt hatten, sie sei gebaut wie ein Mann. »Bloß gut, daß du diesen Busen hast«, hatte ihr Bruder Greg gemeint, »sonst würde man dich mit diesen Schultern und sozusagen ohne Hintern glatt für einen Kerl halten, von hinten jedenfalls.«

Sie könnte ein paar Pfunde loswerden, aber sonst war die Figur tadellos. Breite Schultern, breiter Brustkorb, schlanke Taille, schmale, wohlgeformte Hüften und lange Schenkel. Keine Spur von Zellulitis, keine Knoten, keine Wülste – große Brüste, fest, symmetrisch, hübsch. Sie schloß lächelnd die Augen, erinnerte sich an Roys warme Hände auf ihren Brüsten. Sie holte tief Atem, schauderte und wandte sich mit schmerzhaft pochendem Herzen vom Spiegel ab. Würde er wirklich kommen? Wann? Jogger waren früh unterwegs. Was würde sie zu ihm sagen? Seine Küsse waren atemberaubend gewesen. In der Erwartung wurde sie bereits feucht.

Das Ganze war verrückt! Gestern abend der Bademeister. Heute der Mann einer ihrer besten Freundinnen! Nein! Sie konnte es nicht tun. Was dachte sie sich eigentlich dabei? Sie trat unter die Dusche. Wenn das heiße Wasser auf ihren Rücken prasselte, würde sie vielleicht wieder klar denken können.

Aber ihre Gedanken konnten sich nicht von ihm lösen. Außerdem war es blanker Unsinn, Marybeth eine Freundin zu nennen. Sie hatte in all den Jahren kein wirklich persönliches Wort mit ihr gewechselt. Marybeth war lediglich Kerrys Mutter; das war ihre einzige Beziehung zueinander. Heftig massierte sie Shampoo in die Kopfhaut. Ted verbrachte viel mehr Zeit mit Marybeth. Sie waren seit Jahren Partner im gemischten Doppel. Möglicherweise hatten sie sogar miteinander geschlafen. Ja, warum nicht? Marybeth entsprach völlig Teds Idealbild einer Frau.

Sie drehte den Wasserhahn ab, trat aus der Kabine und frottierte sich wütend ab. Ja, Ted der Frauenheld war hinter jedem Weiberrock her. Warum nicht hinter Marybeth? Sie hatte alle Vorzüge: kleiner Busen, sportliche Figur, zierlich und außerdem bequem zu erreichen.

Und warum, fragte sie sich, als sie sich ins Handtuch wickelte und ein Ende am Busen feststeckte, habe ich dann diese verdammten Schuldgefühle?

Und wenn er nicht kam? Sie blieb mitten im Schlafzimmer stehen, starrte aus dem Fenster, als könne sie ihn herbeibeschwören. Hör auf damit! befahl sie sich. Du bist ja schlimmer als ein Backfisch vor dem ersten Rendezvous. Er kommt ja doch nicht.

Und warum verbrachte sie die nächste halbe Stunde damit, ein Kleid nach dem anderen aus dem Schrank zu zerren? Was trug man beim ersten heimlichen Treffen mit dem Ehemann einer anderen im eigenen Haus? Zog man sich korrekt an, wirkte das absichtsvoll. Zu sexy war geschmacklos. Das Nachthemd kam nicht in Frage. Jeans machten sie dick. O Gott, Eve Soloway, zieh irgendwas an – irgendeinen Fetzen –, mach dir eine Tasse Kaffee und sieh zu, daß du dich beruhigst und wie eine erwachsene Frau benimmst!

Schließlich entschied sie sich für Shorts mit dem passenden Hemd aus türkiser Baumwolle; beides hatte sie noch nie getragen. Alle Blau- und Grüntöne kleideten sie fabelhaft zu ihrem kastanienbraunen Haar. Dann starrte sie zögernd in den Spiegel. Ted hatte ihr beides von einer Geschäftsreise mitgebracht. Sollte sie wirklich etwas tragen, das er für sie ausgesucht hatte, wenn sie auf einen anderen Mann wartete? Und dann streckte sie ihrem Spiegelbild die Zunge heraus. »Werde erwachsen!« befahl sie der Frau im Spiegel. »Wenn du dir um solchen Quatsch Gedanken machst, kannst du gleich runtergehen, die Tür verriegeln und dich für immer hier einschließen.«

Keine Schuhe, beschloß sie. Am Sonntagvormittag lief sie immer barfuß herum. Aber Lidstrich mußte sein. Ihr Gesicht war zwar am Sonntagvormittag gewöhnlich ungeschminkt, doch heute war eine Ausnahme. Selbst eine oberflächliche Untersuchung ergab, daß eine Dreiundvierzigjährige, so jugendlich, sonnenbraun und sommersprossig sie auch sein mochte, einem Mann nicht ungeschminkt gegenübertreten sollte. Mit leiser Heiterkeit stellte sie fest, wie mühsam es war, einen geraden Lidstrich mit zittrigen Fingern zu ziehen. Sie lächelte sich grimmig zu. »Du solltest dich daran gewöhnen«, murmelte sie. »So ist das bei uns im Land der alleinstehenden Frauen.« Im stillen hoffte sie jedoch, das sei nicht wahr. Sie hatte wenig Lust, ihre Zukunft damit zu verbringen, mit zittrigen, klammen Fingern auf Herrenbesuch zu warten.

Rasch bürstete sie sich das Haar, betupfte sich mit ihrem Lieblingsparfüm, und mit einem hastigen, nervösen Lächeln verließ sie das Badezimmer und eilte die Treppe hinunter.

Die Küchenuhr zeigte acht Uhr zehn. Wann Roy Cullen wohl seinen Morgenlauf absolvierte? Teds Zeit war um sieben. An jedem Fenster blieb sie stehen und starrte hinaus. Hatte er eigentlich Sonntagfrüh oder nur Sonntag gesagt? Sie machte die Kaffeemaschine an, konnte keinen klaren Gedanken fassen. Sie versuchte, über Roy nachzudenken, wußte jedoch nicht einmal mehr genau, wie er aussah. Warum dauerte der Kaffee nur so lange? Warum war es so still hier? Sie knipste das Radio an, erschrak über das Rock'n'Roll-

Getöse. Ninas Sender! Sie war zu nervös, um einen anderen Sender zu suchen und knipste das Radio wieder aus. Endlich war der Kaffee fertig. Sie goß sich eine Tasse ein, trank einen Schluck und verbrühte sich die Zunge. Scheiße!

Mit der Tasse in der Hand wanderte sie auf die Veranda. Hier wollte sie warten. Von hier hatte sie einen guten Rundblick. Sie schüttelte die Kissen zurecht, arrangierte sie am Kopfende der Liege, trat einen Schritt zurück, prüfte das Bild. Hübsch. Dann lagerte sie sich elegant zurecht, stand fluchend wieder auf – sie hatte den Kaffee vergessen; legte sich wieder hin, die dampfende Tasse neben sich auf dem kleinen Tisch, eine Hand hinter dem Kopf, die Beine übereinandergeschlagen. Nein, Moment. Das wirkte zu affig. Sie richtete sich auf, klopfte die Kissen noch mal, dachte, ich hätte mir die Fußnägel lackieren sollen – und dann klappte die Tür. Sie wirbelte herum: da stand er, erhitzt vom Laufen und grinsend. Sie erschrak so sehr, daß sie mit einem kleinen Schrei auf die Füße sprang, die Kissen purzelten zu Boden, verfehlten um Haaresbreite den Tisch mit der Kaffeetasse.

»Nicht so hastig, kleines Mädchen.« Er trat auf sie zu, herrlich nach Sonne und Mann duftend und nahm ihren Arm. Elektrisiert von seiner Berührung fuhr sie zurück, rang nach Fassung und sagte: »Hab' ich Kaffee verschüttet? Man rutscht so leicht auf den Fliesen aus, wenn sie naß sind.«

Er lächelte ihr in die Augen. »Nein, du hast nichts verschüttet.«

»Ich hol dir eine Tasse.« Sie floh; ihr Herz raste, er mußte es sehen unter ihrem Hemd. Sie hatte ihn nur kurz angeschaut, doch sein Bild war in ihr eingebrannt – weiße Shorts, rotes Trikot, graue Brustwolle, strahlend weiße Zähne, gebräunte Haut, kräftige Beine, rot-weiße Turnschuhe.

Sie schenkte eine Tasse Kaffee ein, verschüttete ein wenig. Ihr war, als bebe ihr ganzer Körper, und sie konnte nur eines denken, hoffentlich merkt er nichts. »Willst du einen Krapfen zum Kaffee?« rief sie über die Schulter, hielt die Luft an, denn er war ihr gefolgt und lehnte am Kühlschrank, keinen halben Meter entfernt, und sah ihr lächelnd zu.

»Um die Wahrheit zu sagen, ich will nicht mal Kaffee.«

»Ich schon. Ich brauch immer zwei, drei Tassen am Morgen, um wach zu werden. Bist du sicher, daß du keinen willst? Ich habe ihn schon eingeschenkt.« Sie hob die Tasse hoch und wollte an ihm vorbei.

Lässig hob er den Arm, faßte sie an der Schulter und sagte: »Gib schon her.« Wie hypnotisiert reichte sie ihm die Tasse, sah zu, wie er sich halb abwandte und sie auf die Anrichte stellte.

»Roy, ich dachte ...«

Dann lag sie in seinen Armen, er zog sie an sich, beugte sich über sie. Ihr wurde schwindlig vor Angst und Erregung, seine Stimme drang durch das Brausen in ihrem Kopf. »Ich möchte, daß du aufhörst zu denken«, flüsterte er, und dann spürte sie seinen Mund, warm und offen, seine Zunge drängte sich zwischen ihre Lippen. Er küßte, nagte, biß sie zärtlich ins Ohrläppchen, am Kinn; seine Lippen wanderten über ihren Hals und zurück zu ihren Lippen. Dabei flüsterte er zärtliche Worte, leckte und knabberte ihre Haut, hielt ihr Gesicht in seinen beiden großen Händen so zärtlich, so süß, daß ihre Augen sich mit Tränen füllten. Wie durch Watte hindurch hörte sie das Stöhnen, die Lustschreie, die tief und unkontrolliert aus ihrer Brust kamen. Er lächelte in ihre Augen, sie stemmte beide Arme gegen ihn. »Nein! Nein!« stöhnte sie.

»Es ist ja gut«, flüsterte er rauh, hob sie hoch mit einer Leichtigkeit, als wäre sie ein Kind. Sie barg ihren Kopf an seiner Brust, spürte seinen hämmernden Herzschlag. Er trug sie ins Wohnzimmer, legte sie auf den Teppich, bedeckte ihren Körper mit seinem, küßte sie tief, während er sie mit zwei schnellen Bewegungen aus den Kleidern schälte. Sie wünschte mehr als alles in primitiver Verzweiflung, die Haut dieses Mannes auf ihrer zu spüren. Er richtete sich auf, zog das Trikot aus und streifte die Shorts ab. Er war stark erigiert und er war schön! Sie streckte die Arme nach ihm aus, denn jetzt wollte sie ihn in sich haben.

Er lächelte auf sie herunter, schüttelte den Kopf, seine Augen vor Lust verschleiert. »Du siehst wundervoll aus«, murmelte er und grinste. »Ich wette, du schmeckst auch wundervoll.« Er beugte den Kopf zu ihrem Bauch – und biß zärtlich in ihr weiches Fleisch. Unwillkürlich wölbte sie den Rücken, wisperte: »Das tut gut. Bleib so!« Schnell glitten seine Lippen abwärts. Sie konnte nicht glauben, was geschah; sie wollte hinausschreien, er solle aufhören, sie wollte, daß er weitermache, sie wollte ... und dann hörte sie auf zu denken und überließ sich der neuen Empfindung, die in ihr hochstieg, ausgelöst von seinen gierigen Lippen, seiner Zunge. Seine Hände waren unter ihrem Becken, hoben sie hoch; er biß sie, leckte sie, erforschte die geheimen Stellen ihrer Lust – so geheim, daß sie sie selbst noch nicht kannte. Sie schluchzte vor Wonne, ihre Kehle brannte von der Hitze ihres Atems. Sie stand in Flammen, brannte lichterloh, eine sengende Masse schierer Wollust. Sie hatte so etwas nie zuvor erlebt. Ihr Orgasmus wuchs; sie begann am ganzen Körper zu beben, warf ihm ihre Hüften entgegen, und als er sie umklammerte, spürte sie, wie die Hitze in ihr aufstieg, ihren ganzen Körper durchflutete, wuchs, immer mehr wuchs, bis sie schließlich in wilden Zuckungen explodierte, die sie ekstatisch durchschüttelten.

»O mein Gott«, japste sie immer wieder mit weit aufgerissenen Augen. »O mein Gott, o mein Gott.« Ihre Brust hob und senkte sich schwer. Und dann war sein Gesicht über ihr, sein Mund bedeckte ihren, und er drang in sie ein. Er war riesig; sie zerfloß in ihren Säften, und er tauchte in sie ein, immer wieder flüsterte er ihren Namen in ihr Ohr. Es war eine endlose Zeit, eine Zeit ohne Ende, eine Zeit ohne Denken. Sie drehte sich um, und er nahm sie von hinten. Er legte sich auf den Rücken, und sie setzte sich auf ihn. Er setzte sich aufs Sofa, drehte sie um und pfählte sie. Und die ganze Zeit sprach er, murmelte, flüsterte er vor Verlangen, sagte ihr, wie schön sie sei, wie köstlich, wie prachtvoll. Er hielt sie an den Hüften und bewegte sie, sah ihr in die Augen, lächelte, drängte sie. Und dann, als sie ihn ansah, veränderte sich sein Gesicht, wurde starr. Die Zähne preßten sich aufeinander, seine Sehnen am Hals quollen hervor. Ineinanderverschlungen fielen sie auf den Teppich. Sie spürte ihn anschwellen und größer werden in ihr, er vergrub den Kopf in ihrer Schulter, pumpte rasend in sie. Mit brausendem Kopf, wie in Trance, schlang sie ihre Beine um seine Hüften. Ihre Arme umklammerten seinen Rücken, keuchend und schwitzend. Er kam berstend, stieß einen seltsam wilden Schrei aus, der ihr Schauer den Rücken hinunterjagte. Und dann brach er schwer auf ihr zusammen, stöhnend und nach Luft ringend.

Nach einer Weile hob er den Kopf und küßte sie sanft auf die Stirn. Er lachte leise. »Es ist lange her, daß eine Dame mir soviel Begeisterung entgegengebracht hat!«

»Es ist lange her«, sagte sie mit einer Stimme, die eingerostet klang, »seit ich so etwas... so etwas...« Sie lächelte ihn an. »Mir fehlen die Worte«, sagte sie und dachte dabei, er würde in Ohnmacht fallen, wenn er die Wahrheit wüßte. Sie hatte mit Ted Soloway mehr als zwanzig Jahre geschlafen, hielt ihn für einen sexuellen Giganten, glaubte, sie hätten eine tolle Sache miteinander, und er hatte *nie*... er hatte nicht ein einziges Mal, auch nur entfernt, das zustande gebracht, was Roy eben so himmlisch getan hatte; gleichzeitig spürte sie einen neuen Hunger nach diesem hemmungslosen, wilden, gierigen, endlosen Liebesspiel. Sie blickte zu Roy, dessen Atmung wieder normal geworden war und der dabei war, aufzustehen. Ein Teil von ihr sehnte sich danach, ihn zu umklammern, ihn zu bitten noch zu bleiben, der andere wünschte, er würde gehen, damit sie jede einzelne, kostbare Sekunde in Gedanken wieder und wieder nachvollziehen, noch einmal erleben und sich davon überzeugen konnte, daß es wirklich geschehen war. Sie lag wie gelähmt. Sie konnte sich nicht bewegen, auch nicht, als er auf die Füße gesprungen war, sich angezogen hatte und lachend zu ihr herunter sagte: »Du warst wundervoll. Wir müssen das bald wieder tun, okay?«

Sie nickte stumm, doch in ihr schrie es: »Ja, ja, ja, ja!«

11

»Du bist eine verdammt attraktive Frau.«

Der Key Food Supermarkt an der Upper West Side von Manhattan war an diesem heißen, schwülen frühen Dienstag nachmittag beinahe leer und dank der Aircondition angenehm kühl; trotzdem klebten Eve die Kleider am Leib. Was für ein Wetter! Mitte Juni und jeder Tag ein neuer Hitzerekord. Heute waren es 40 Grad Celsius. Langsam schob sie ihren Einkaufswagen zur Milch- und Käseabteilung, in der Hoffnung, keinem bekannten Gesicht zu begegnen. Man würde sie nur fragen, was in aller Welt sie bei dieser Hitze in der Stadt zu suchen habe. Und, dachte sie mit einem kleinen Lächeln, es würde keinen guten Eindruck machen, zu antworten: »Ich bin zum Bumsen hier.« Dieser Roy! Sie biß sich auf die Lippen, damit sie nicht vor Vergnügen grinste. Er hatte sich für heute abend angemeldet. – »Mit grade so viel am Leib, daß ich nicht verhaftet werde«, hatte er am Telefon heute morgen gesagt – und sie hatten viele Stunden vor sich. Ein kleiner Lustschauer lief ihr über den Rücken.

Seit dem wundervollen Sonntag waren drei Wochen vergangen – drei verdammt lange, leere Wochen des Träumens und der Erinnerung. Am folgenden Wochenende hatte Kerry bei Nina übernachtet. Am nächsten besuchten die Cullens Marybeths Eltern in Mahopac. Und letztes Wochenende hatte Nina sie mit einer Party überrascht, und auf dem Teppich im Wohnzimmer lagen sechs Riesenkerle in Schlafsäcken anstatt ... Aber bald war es keine Erinnerung mehr, er würde bei ihr sein, seine Hände sie zärtlich berühren, seine Lippen sie küssen.

Er machte sie wahnsinnig. Zweimal die Woche rief er sie aus New York an und beschrieb ihr in allen Einzelheiten, woran er sich erinnerte und was er das nächste Mal mit ihr machen wolle. Jedesmal wenn sie den Hörer auflegte, war sie schwach vor Lust und Frustration. Doch wenn sie ihn am Wochenende sah, ließ er sie durch nichts spüren, daß etwas zwischen ihnen war – kein Blick, kein heimliches Anfassen im Wasser, nichts – und er unternahm keinerlei Versuch, mit ihr alleine zu sein. Zuweilen übersah er sie sogar, blickte absichtlich auf die andere Straßenseite, wenn sie ihm in Huntsfield begegnete, oder entfernte sich, wenn sie an den Strand kam. Möglicherweise bildete sie es sich auch nur ein. Aber heute abend würden sie feinen französischen Käse essen und die gute Flasche Weißwein, die bereits in der Kühlung lag, trinken und dann –

»Ich werd' verrückt! Eve Soloway! Ich denke, du bist von Juni bis September auf dem Land verschollen.«

»Margo Leonard!« Der Anblick von Margo, einer Nachbarin aus der Zeit, als die Kinder noch klein waren, erfreute sie. »Wie nett! Wie geht's dir denn?«

Margo war seit einigen Jahren geschieden und sorgte im Haus für Gesprächsstoff, da ständig ein neuer Mann bei ihr wohnte, und jeder schien jünger als der Vorhergegangene zu sein. Sie war eine attraktive, zierliche, dunkle Frau mit der Figur einer Tänzerin, die sie ursprünglich auch werden wollte. Doch sie hatte den Durchbruch nie geschafft; aber sie bekam hin und wieder Theaterrollen. Mit Hilfe von drei oder vier Werbespots im Jahr schaffte sie es, am Central Park West zu wohnen. Jedesmal, wenn man erwähnte, einen gesehen zu haben, machte sie ein saures Gesicht, aber sie finanzierten ihre extravagante Garderobe. Heute trug sie einen Missoni-Baumwollpullover, der ein Vermögen gekostet haben mußte. Sie sah blendend aus, wie gewohnt, und Eve kam sich neben ihr hausbacken vor, wie gewohnt.

»Mir?« lachte Margo. »Gut. Mal wieder solo«, und sie zog die Nase kraus. »Aber was ist mit dir los, Eve? Du siehst fantastisch aus.«

Eve lächelte. »Tja, ich bin auch solo.«

»Was? Du – und Ted?«

»Richtig. Ich – und Ted.«

»Was für eine Überraschung! Seit wann? Wie? Aber du mußt nicht darüber sprechen, wenn du nicht willst.«

Sollte das ein Witz sein? Sie sehnte sich danach, mit einem Menschen über ihre Trennung zu sprechen, der sie als Tatsache akzeptierte und keine Urteile über sie fällte. »Ich mach dir einen Vorschlag, Margo. Wenn ich mit dem Einkaufen fertig bin, kommst du zu mir und wir trinken Tee oder Wein oder sonst was.«

»Prima! Ich kaufe ohnehin nur aus Langeweile ein. Ich bin nämlich ständig auf Diät.« Ihr Wagen enthielt drei Flaschen Perrier, einen Stapel Joghurtbecher und Zitronen. »An diesen heißen Tagen, wenn beruflich nichts los ist, werde ich in der Wohnung ruhelos.«

Gemeinsam schlenderten sie durch den Supermarkt. Eve wußte, Margo würde sie verstehen. Plaudernd traten sie, jede eine blau-weiße Plastiktüte in der Hand, in die sengende Hitze von New York.

»O Gott! Da möchte man am liebsten in einen Gin Tonic tauchen.«

»Gute Idee«, sagte Eve. »Ich habe die nötigen Zutaten zu

Hause. Und dann lassen wir uns richtig schön vollaufen ... das heißt ...«

»Was ist los?«

»Ach, nichts Besonderes. Es ist nur ... na ja, ich weiß nicht, wie lange ich Zeit habe ...«

»Kein Problem«, lachte sie. »Männer haben Vorrang.«

Eine Sekunde lang wollte Eve protestieren. Männer waren wichtig, wenn man ein Single war. Aber du *bist* ein Single, dachte sie.

In der Wohnung angekommen, sah sie sofort das Rotlicht am Anrufbeantworter aufleuchten. Gut! Er hatte angerufen, und noch besser, er hatte angerufen, als sie nicht zu Hause war. Sollte er ruhig denken, daß sie viel beschäftigt war – zumindest nicht zu Hause saß und auf seinen Anruf wartete! Sie stellte die Tüte auf dem Tisch ab und spulte die Kassette zurück.

Seine Stimme klang sehr laut und ein wenig fremd. »Eve ... ehm ... es ist etwas dazwischengekommen und ... hm ... wir müssen unsere Pläne ändern. Ich rufe morgen an.«

Es war verblüffend, wie diese wenigen Worte ihr den Magen umdrehten – ihr wurde richtiggehend schlecht –, doch sie wandte sich zu Margo und sagte so locker wie möglich: »Es scheint, als könnten wir die ganze Nacht durchtrinken, Margo. Das war mein ... mein Rendezvous. Soll ich lieber sagen, mein Exrendezvous?« Er hatte nicht einmal gesagt, ›tut mir leid‹, der Schuft.

»Männer!« Margo tat die gesamte Spezies mit einer wegwerfenden Handbewegung ab. »Ich sage dir, Eve, es ist nicht leicht, gute Männer zu finden –!«

Sie gingen in die Küche, und Eve richtete das eingekaufte Essen auf ihrer besten Porzellanplatte an, beinahe trotzig. Zum Teufel mit ihm! Sie und Margo würden sich einen gemütlichen Abend machen. »Wo findet man denn«, fragte sie zögernd, »hm ... gute Männer, Margo? Ich meine alleinstehende Männer? Mein ... Meiner ist nämlich verheiratet. Sehr sogar. Katholisch und verheiratet.«

»Du liebe Güte! Ich hoffe, er ist es wert.« Margo beobachtete Eve, die ein Lächeln nicht verbergen konnte. »Ich verstehe. Er ist es wert. Aber hör zu, ein verheirateter Mann reicht nicht aus. Manchmal reicht nicht mal ein alleinstehender Mann aus. Deshalb bin ich im VS.«

»VS?«

»Vereinigte Singles. Ich bin gleich, nachdem Larry und ich uns trennten, in den Club eingetreten, und es hat mir gutgetan. Da ist beinahe jeden Abend was los. Und wenn du keine Verabredung oder dich gerade von deinem letzten Liebhaber getrennt hast und dir die Decke auf den Kopf fällt, kannst du immer hingehen und triffst eine Menge Gleichgesinnter.«

»Macht es denn einen Unterschied, sich mit Verheirateten oder Singles zu treffen? Ich habe nicht vor, meine Freunde aufzugeben – und die sind alle verheiratet.«

Margo seufzte und tat sich Käse auf einen Cracker. »Ja, ich weiß. Das wollte ich auch. Das Problem war nur, sie wollten nicht. Sehr schnell, Eve, ließen mich meine wundervollen, besten Freundinnen fallen. Es war ein böses Erwachen. Ich will nicht negativ sein und dich nicht deprimieren, aber mach dich lieber auf so etwas gefaßt.«

»Gut, daß du das sagst. Es fängt nämlich schon mit meinen Freunden auf dem Land an. Du kennst doch Ann Driscoll. Ich bin mit ihr seit meiner Collegezeit befreundet. Und ich dachte, es liege an mir, oder ich bilde mir das alles ein.« Während sie sprach, mixte sie zwei sehr große Gin Tonic.

»Glaub mir«, sagte Margo zynisch, »du bildest dir das bestimmt nicht ein, Liebes.«

»Es ist so unterschwellig«, fuhr Eve fort. »Es hat sich nichts Dramatisches verändert, außer die Sonntagabende. Wir sind vier befreundete Paare – einschließlich Ted und mir –, und jeden Sonntagabend sind wir gemeinsam essen gegangen, anschließend wurden die Männer in den Sieben-Uhr-zehn-Zug, den letzten nach New York, verfrachtet.«

Sie machte eine Pause, wurde in der Erinnerung wieder wütend. Und Margo sagte: »Ja? Und?«

»Und plötzlich in diesem Sommer bin ich *persona non grata*. Ich weiß gar nicht, wie wir uns die Jahre vorher verabredet hatten; es gehörte einfach dazu. Also an meinem ersten Wochenende wartete ich darauf, daß jemand mir sagte, wo wir uns treffen, aber es wurde Sonntag nachmittag und nichts geschah und ich rief Ann an.« Sie machte wieder eine Pause und nippte an ihrem Drink. »Ihre Stimme klang irgendwie komisch – ich weiß nicht, überrascht oder verlegen –, doch sie sagte, wir treffen uns wie üblich bei ihnen und gingen anschließend chinesisch essen. Ich kam mir den ganzen Abend irgendwie unerwünscht vor. Aber ich dachte, ich bilde es mir ein. Am nächsten Wochenende wartete ich wieder darauf, daß einer von ihnen das sonntägliche Abendessen erwähnte. Das tat keiner und ich rief nicht an. Das erstemal seit dreizehn Jahren ging ich nicht mit ihnen essen.« Sie nahm schnell einen großen Schluck gegen die Tränen, die ihr plötzlich in die Augen stiegen.

»Ich bin ziemlich stolz auf mich«, fuhr sie fort, »denn anstatt zu schmollen, sprach ich Ann darauf an. Meine gute, alte Freundin Ann. Und sie leugnete es. ›Natürlich haben wir es dir gesagt, da bin ich ganz sicher‹, so was in der Art. Aber dann mußte sie zugeben: ›Mag sein, daß ich es vergessen habe. Meine Schuld, tut mir leid, in Ordnung?‹ Aber ich sagte ihr: ›Nein, Ann, nichts ist in Ordnung. Auch wenn du's vergessen hast, dann muß dir doch aufgefallen sein, daß ich nicht da war!‹ Und weißt du, was sie antwortete? ›Aber Eve, sei doch froh, daß du nicht mehr so früh zu Abend essen mußt. Du brauchst doch niemanden mehr zum Zug bringen.‹«

Margo grinste schief. »Hast du es auch so gerne, wenn deine Freunde anfangen dir zu sagen, was du nicht mehr zu tun brauchst? Dabei meinen sie damit, daß sie *dich* nicht mehr brauchen, weil du nur noch die Hälfte eines Paares bist.«

Beharrlich sagte Eve: »Aber sie waren immer meine Freunde, ebenso wie seine. *Unsere* Freunde. Ich habe das Gefühl, ich mache sie – na ja, nervös. Die letzten drei Wochen habe ich das Gefühl gehabt, sie wissen nicht, was sie mit mir anfangen sollen. Ich meine, du lieber Himmel, ich bin doch dieselbe Person.«

Margo zog die Augenbrauen hoch und sagte lächelnd. »Tja, das bist du eben nicht mehr.«

»Was bin ich nicht mehr?«

»Du bist nicht mehr dieselbe. Das ist mir heute im Supermarkt sofort aufgefallen. Ich habe dich die letzten Jahre oft gesehen, und du warst immer korrekt gekleidet in gedeckten Farben – grau oder beige, hattest die Haare hochgesteckt, und ich erinnere mich nicht, daß du Lippenstift getragen hast. Aber heute – du hast dich völlig verändert. Es ist etwas Strahlendes an dir. Deine Haut wirkt besser durchblutet, rosiger; als habe einer ein Licht in dir angemacht. Du warst immer eine imposante Erscheinung, aber wenn ich dich jetzt beschreiben sollte, würde ich sagen, du bist eine verdammt attraktive Frau!«

Eve fühlte sich geschmeichelt, war sogar ein wenig erstaunt darüber, wie sehr ihr diese Beschreibung schmeichelte. »Ich mixe uns noch einen Drink«, sagte sie im Aufstehen und holte Eiswürfel. »Mir ist plötzlich nach Feiern zumute.« Sie war froh, Margo bei sich zu haben. Mit ihr zu trinken und zu plaudern verhinderte, daß sie über Roy nachdachte. Sie hatte sich so darauf gefreut, ihn zu sehen. Jedesmal, wenn sie daran gedacht hatte, daß er sie heute abend wieder lieben würde, hatte sie diese kribbelige Erregung gespürt. Und plötzlich hatte der Anruf, seine knappe, kühle Stimme ihre Erwartung wie eine Seifenblase zerplatzen lassen. Die Kränkung machte ihr zu schaffen, und sie war heilfroh, daß sie nicht alleine sein mußte, um damit fertig zu werden.

»Hör mal«, sagte Margo, als sie das volle Glas entgegennahm, »ich gehe übrigens heute abend zu einer VS-Party. Da dir wieder ein Mann bewiesen hat, welche Dreckskerle sie alle sind, warum kommst du nicht mit? Du hast Glück, heute ist lediglich geselliges Beisammensein.«

»Was ist denn sonst los?«

»Diskussionen oder Geschäftsberichte oder irgendein Vortrag. Die Diskussionen sind am besten – abgesehen von einem oder zwei Verrückten, die immer dabei sind. Wir sprechen über Themen, die allen Singles am Herzen liegen. ›Was ist so wunderbar, ein Single zu sein?‹ beispielsweise.«

»Ja, was ist daran so wunderbar?«

Margo lachte. »Ich weiß es nicht genau.« Sie nahm noch einen Schluck. »Wir ziehen alle irgendwie aus dem VS unseren Nutzen. Wir gehen zu den Veranstaltungen, wenn wir keinen Partner haben und bleiben weg, wenn Liebesinteressen im Spiel sind. Da ich momentan keine Liebesinteressen habe, werde ich wieder aktives Clubmitglied.«

Margos Stimme klang ein wenig bitter. Machte es ihr etwas aus, ohne Liebesinteressen zu sein? fragte sich Eve. Wird es mir etwas ausmachen? Das Wort Liebesinteressen ließ sie ein wenig frösteln. Wollte sie ihr Leben danach ausrichten?

»Klar. Ich komme gern mit. Was zieht man bei dieser Gelegenheit an?«

Margo warf den Kopf zurück und stieß ein Freudengeheul aus. Schließlich sagte sie: »Der Club hat seine eigene Uniform. Die engsten Designer Jeans, die du besitzt und ein Seidenhemd, aber es muß ein Seidenhemd sein und nicht irgendein glitzernder Polyesterfummel!«

Eve lächelte. »Die Uniform kann ich beschaffen. Jetzt mußt du mich nur noch in die Vereinsregeln einweihen.«

»Es gibt nur eine Regel, liebste Eve. Wir versuchen, einander nie ins Gehege zu kommen.«

Der Versammlungsraum an der Lexington Avenue 865 war stickig, trotz der zwei großen elektrischen Ventilatoren, die auf dem Boden standen und vier offener Fenster. Nur die Hälfte der Deckenbeleuchtung brannte, um eine intime Atmosphäre zu schaffen, vermutete Eve, mit dem trostlosen Effekt tiefer Schatten, die die beigen Wände schmutzig und fleckig erscheinen ließen. Der große Raum hatte eine tief herabgezogene akustische Decke und Steinfliesen. Graue Metallstühle standen im Halbkreis. Auf zusammengeschobenen Metalltischen standen Weinflaschen, Plastikbecher und lasch wirkende Kartoffelchips. Ansonsten war kein Versuch unternommen, den Raum zu schmücken.

Am Eingang hinter einem Tisch saß eine sehr dünne Frau, die für Eves Geschmack viel zu stark geschminkt war und eine Unmenge Goldketten um den Hals trug. Bei ihr bezahlte man den Eintritt, und als sie Margo sah, lächelte sie und sagte gedehnt: »Wieder mal solo, Margo? Gibt es denn in ganz New York keinen Mann, der dich länger als sechs Wochen glücklich machen kann?«

Eve spürte, wie Margo neben ihr sich versteifte, aber ihre Stimme klang mild wie Honigseim. »Ich kann dir nur sagen, Irene, es ist unglaublich aufregend, dies herauszufinden.«

»Und wen haben wir denn da?« Ein säuerliches, kleines Lächeln, flinke Blicke, die sie von oben bis unten musterten.

»Ein potentielles Clubmitglied und Absolventin der Eheschule«, sagte Margo immer noch lächelnd, immer noch freundlich. Eve spürte ihre Anspannung, als wolle sie am liebsten weglaufen. Ich könnte dieser Irene jetzt schon eine knallen, dachte Eve, dabei bin ich ihr noch nicht mal vorgestellt worden.

Nun lächelte Irene wieder. »Ich habe dir doch oft genug gesagt, Margo, wir *brauchen* nicht noch mehr Frauen – schon gar keine gutaussehenden.« Eve wußte nicht, ob sie die Bemerkung als Spitze oder als Kompliment auffassen sollte. Jetzt wünschte sie, sie wäre nicht mitgekommen.

Trotzdem setzte sie ein gewinnendes Lächeln auf, streckte die Hand aus, stellte sich vor und fügte hinzu: »Wieviel kostet der Eintritt?«

»Nein«, sagte Margo, »du bist mein Gast.« Sie gab Irene Geld, und schnell betraten sie den Saal, jede mit einem Schild an der Bluse, auf dem stand: »Hallo, ich bin –« und dann in Irenes großer, verschnörkelter Handschrift ein unleserliches Gekritzel.

»Das kann doch kein Mensch lesen«, murmelte Eve, als sie der Behelfsbar zustrebten.

»Ein alter Trick von Irene. Wenn einer Joe ruft, meint er wahrscheinlich dich.«

Und Eve antwortete: »Richtig Matthew, oder heißt du Eric?«

Sie lachten und nahmen sich einen Becher Weißwein. Eve lehnte sich an den Tisch, überblickte die Szenerie und versuchte ihre Beklommenheit zu überwinden. Schäbig war das richtige Wort. Anwesend waren nur vier Männer. Einer von ihnen sah sogar gut aus. Aber es war etwas Melancholisches an ihnen, wie sie aufgereiht nebeneinander saßen, nicht miteinander sprachen, sich nicht einmal ansahen. Ausdruckslos und schweigend starrten sie vor sich hin.

»Beurteile das Angebot nicht nach dem, was du hier siehst«, sagte Margo leise an ihrem Ohr.

»Sprichst du von den vier apokalyptischen Reitern: Trübsal, Trostlos, Tristesse und Tranfunzel?«

Margo lachte schallend. »Das ist gut. Das muß ich Jim erzählen. Es wird ihm gefallen. Er meckert dauernd, die Kerle hier seien ein Haufen Langweiler.«

»Jim?«

Eine Stimme hinter ihnen sagte: »Höre ich meinen Namen?« Und als Eve den Kopf wandte, blickte sie in ein lustiges Augenpaar, das hinter dicken Brillengläsern blinzelte.

»Sie sind Jim?«

»Ich bin Jim.« Er war sehr mager, hatte schwarzes, lockiges Haar, Bart und sehr weiße Zähne. »Kurzform für Demetrius.«

Er lachte breit über ihre Verblüffung. »Erklär es ihr, Margo.« Und zu Eve gebeugt fügte er hinzu: »Einer meiner Lieblingswitze.«

Margo leierte wie ein Kind in der Schule. »Die griechische Übersetzung für James ist Demetrius. Die Gründe dafür kennen nur die Griechen.«

»Und von James«, sagte der dunkle, lächelnde Mann, »kommt man leicht auf Jim. Aber –« hier verfiel er in starken griechischen Akzent – »wir Griechen müssen etwas richtigstellen. Demetrius ist der ursprüngliche Name; ihr Angelsachsen habt es irgendwie geschafft, ihn in James zu verhunzen. Hallo, mein Liebling.«

Eve erschrak, realisierte aber umgehend, daß er Margo meinte, die mit ausgebreiteten Armen darauf wartete, geküßt zu werden. Wie schön, einen Freund zu haben. Ihre Freunde schienen im Aussterben begriffen zu sein. Tony war unverändert sauer auf sie. Roy – nun, Roy konnte nicht mehr als Freund bezeichnet werden. Und Shirl? Shirl war in Ordnung, aber auch nicht das Wahre. Sie hatte viel Zeit mit ihm am Strand verbracht, mit ihm geplaudert, während Sam ihre unermüdlichen Bahnen im Wasser zog oder in der Stadt ihrer Arbeit nachging. Aber irgendwie konnte sie sich nicht vorstellen, daß Shirl ihr tröstend die Hand hielt. Margo hatte ihr vorher schon von ihrem Freund Jim Paulos erzählt – von ihren nächtelangen Telefonaten und ihren nächtelangen Trinkgelagen, wobei sie sich gegenseitig analysierten und trösteten. »Er ist wunderbar. Wir machen alles zusammen, außer Sex natürlich. Und das ist der Grund, warum unsere Freundschaft so wunderbar ist.«

Margo und Eve standen nebeneinander an der Bar. »Der beste Platz«, sagte Margo. »Laß dich nur nicht abdrängen. Deshalb komm ich immer so frühzeitig.« Von hier konnte man den Eingang überblicken, wie Irene die Mitgliedsausweise prüfte und Geld kassierte. Jetzt stand eine Gruppe Männer an der Tür, sie ließen ihre Blicke durch den Saal schweifen. Eves Herz schlug schneller. Es war Jahre her, seit sie ohne Ted auf irgendeine öffentliche Veranstaltung gegangen war.

»Siehst du?« redete Margo weiter. »Hier können wir die Spreu vom Weizen sortieren. Und außerdem steuern sie alle zuerst die Bar an.« Sie lachte. »Und diejenigen, die sich nicht von der Tür wegbewegen, kannst du gleich in den Wind schießen.«

»Ich weiß gar nicht«, meinte Eve, »wie ich mich verhalten soll. Plötzlich wird mir bewußt, daß ich nie ohne meinen Mann ausgegangen bin. Mein Gott, Margo, ich war ein Kind! Ist dir eigentlich klar, daß ich Ted mit achtzehn kennengelernt habe und jetzt bin ich ...«

Margo schüttelte lachend den Kopf. »Sag das bloß nicht!«

Eve lachte auch. »Ich bin etwas älter geworden. Ich habe nicht die leiseste Ahnung, was ich tun soll. Hilf mir!«

»Stell dir vor, du bist auf einer dieser Mieterversammlungen. Man schlendert herum, sagt ein paar nette Worte, lächelt freundlich. Du mußt wissen, die meisten der Typen haben eine Heidenangst vor jeder gesellschaftlichen Situation und sind glückselig, wenn eine Frau den ersten Schritt tut.«

Warum bin ich eigentlich hier? dachte Eve. Ich bin nicht darauf vorbereitet. Und dann fiel ihr Blick auf einen breitschultrigen, mittelblonden Mann mit getönter Fliegerbrille auf der anderen Seite des Saales. Er sah attraktiv aus – etwas älter als Ted – und ja, er lächelte zu ihr herüber. Er war sogar sehr attraktiv, nicht sehr groß, schlank wie Ted. Er trug gebügelte, frische Leinenhosen und ein kurzärmeliges Madraskarohemd. »Sieh mal dort«, flüsterte sie. »Sieht gut aus.«

»Hmm, niedlich. Er lächelt dich an, Eve. In Ordnung, er gehört dir. Hol ihn dir.« Sie versetzte Eve einen Rippenstoß.

»Margo, nicht doch. Ich weiß nicht ...«

»Eve Soloway, dies ist die Stunde der Wahrheit. Er schaut dich an, du gefällst ihm. Scheint ein Neuer zu sein. Ich kann dir nicht sagen, was dich erwartet. Aber ich sage dir nur so viel: wenn du deinen Hintern nicht dort rüberschiebst und Tag sagst, schnappt ihn dir eine andere weg. Geh rüber, lächle und sage einfach: ›Hallo, ich bin Eve.‹«

Er sah ohne Zweifel zu ihr herüber. Sie könnte es ja mal versuchen. Das Schlimmste, was ihr passieren konnte, war, daß er ein paar höfliche Sätze mit ihr wechselte und sie dann stehenließ. Sie holte tief Atem, griff sich einen zweiten Becher Wein und steuerte auf ihn los. Er wirkte anders als die übrigen Männer, die die Frauen wie ein Stück Fleisch abschätzten. Was hatte er hier zu suchen? Schäm dich, Eve!

»Glas Wein?« fragte sie und lächelte ihn an, als sie in der Mitte des Raumes aufeinandertrafen.

»O danke.« Er hatte einen angenehmen Bariton, wie sie ihn an Ted so gemocht hatte. »Vielen herzlichen Dank, hm . . .« Er äugte auf ihr Namensschild, schüttelte amüsiert den Kopf. »Moment, sagen Sie nichts. Mal sehen, ob ich es rauskriege. Tina? Nein? Sue? Nein? He?« Er lachte; sie mußte auch lachen. Sein Schild war ebenfalls unleserlich. Sah aus wie Roy, konnte wohl kaum sein. Da war der Wunsch der Vater des Gedankens.

»Ich bin Eve«, sagte sie. »Und kann Ihren Namen auch nicht entziffern.«

»Paul. Für mich werden Sie immer Tina Sue sein! Nun, Tina Sue, da wir einander vorgestellt haben, darf ich Sie zu meinem Lieblingsplatz führen, damit wir uns näher kennenlernen können?« Er geleitete sie durch den Saal, sie warf einen Blick zu Margo hinüber, die ihr siegesgewiß zunickte.

Unter einem der offenen Fenster schob Paul zwei Stühle aneinander und bat sie, Platz zu nehmen. »Sie sind neu hier, nicht wahr?« fragte er im Hinsetzen. Er roch gut und hatte ein nettes, warmes Lächeln. Sie fühlte sich wohl in seiner Gegenwart. So schlecht ließ sich das Singledasein gar nicht an.

Sein Name war Paul Clayton, er arbeitete in der Werbung, hatte eine eigene Werbeagentur – »winzig«, schilderte er sie, »aber sie gehört mir ganz allein« –, war seit drei Jahren geschieden, hatte die letzten beiden Jahre mit einer Frau zusammengelebt, fühlte sich einsam, da die Geschichte kürzlich auseinandergegangen war, hatte keine Lust, seine Abende in Bars rumzuhängen. »Und deshalb bin ich hier. Wieder hier. Ich komme zum VS seit sechs Wochen. Sie, Tina Sue, sehe ich zum erstenmal.«

»Ja, ich bin zum erstenmal hier.«

»Aber nicht zum letztenmal – hoffe ich.« Er hatte ein wirklich charmantes Lächeln.

»Wenn alle Mitglieder so nett sind wie Sie, komme ich bestimmt wieder.« Sie horchte beinahe ungläubig auf ihre Stimme. Sie flirtete richtig. Das war etwas völlig Neues für Eve. Hatten Ted und sie je miteinander geflirtet? Nein. Sie hatte Ted während einer Collegetanzerei kennengelernt, und am Ende des Abends hatte er verkündet, daß er sie heiraten werde. Sie hatte ihn ausgelacht, hatte das ganze Jahr über die Idee, ihn zu heiraten, gelacht. Ted war ein hübscher Junge, im Campus wegen seiner Leistungen in Leichtathletik bekannt, und es war nett, mit ihm zusammenzusein. Geflirtet hatten sie jedoch nie. Aber es machte ihr Spaß.

Sie stand auf, insgeheim entzückt über Pauls erschrockenes Gesicht. »Sie gehen doch nicht etwa?«

»Mein Glas ist leer.«

Er sprang auf. »Darf ich? Bitte bleiben Sie hier, und lassen Sie sich von keinem Fremden ansprechen.«

»Sie sind doch auch ein Fremder«, erwiderte sie schelmisch.

»Nicht mehr. Und außerdem werden Sie mich noch besser kennenlernen. Sehr viel besser.« Sie lächelte ihn an. Wie angenehm, begehrt zu werden.

Sobald er in Richtung Bar verschwunden war, tauchte Margo am Arm von zwei Männern auf. Einer war klein, bärtig und blinzelte; der andere groß, schlank, makellos rasiert und trug trotz der Hitze einen weißen Anzug mit Weste, blaues Hemd und blaues Einstecktuch. Er mußte eigentlich fürchterlich schwitzen, doch er wirkte kühl und elegant; sogar seine Augen waren von kühlem Grau, und sein silbrig braunes Haar war sehr kurz geschnitten.

»Endlich erwisch ich dich allein«, sprudelte Margo los. »Keinen Blick hast du mehr für mich übrig!«

Eve lächelte. »Ich habe dich gewarnt. Mit mir kannst du nirgends hingehen.«

»Macht nichts. Ich habe dir zwei nette Jungs mitgebracht, zwei meiner Lieblinge.«

Der Bärtige sagte: »Margo und ich tauchen immer zur selben Zeit im Club auf und verschwinden zur selben Zeit. Wir scheinen die gleiche Wellenlänge zu haben. Unsere Romanzen beginnen und enden zur gleichen Zeit. Vielleicht sollten wir es doch mal miteinander versuchen!«

»Hör mit dem Blödsinn auf, Albie, und sag meiner Freundin Eve Soloway guten Tag. Sei nett zu ihr, sie ist neu im VS.«

Doch der Elegante streckte ihr die Hand entgegen. »John Lorenzo. Sehr erfreut.«

Albie lachte. »Unser korrekter John. Aber er ist okay«, und zu Eve gewandt, fuhr er fort: »Wir sind nicht schwul, obwohl das die meisten hier von uns denken. Ach Margo, schüttle nicht den Kopf. Du hast doch selbst deine Zweifel. Aber mir ist das egal. Ich hatte früher nie eine Männerfreundschaft. So was ist in unserer Gesellschaft ja verpönt. Aber John und ich finden es fantastisch; wir reden über alles, und wenn wir erst eine Affäre hinter uns haben, Jungs . . .!«

Eve lächelte ihn an, dachte flüchtig an Teds Freundschaft mit Tony.

»Ja«, sagte sie zu Albie. »Sie haben Glück. Wir alle könnten einen guten Freund gebrauchen.«

»Wie lange leben Sie getrennt?« Das kam von John.

»Nicht lange«, sagte sie, kam sich etwas seltsam vor. Sie konnte kaum sagen, ›seit sechs Wochen, aber ich bin nicht sicher, daß er es weiß.‹ Je länger sie darüber nachdachte, desto verrückter erschien ihr die Situation. Sie wünschte, sie wäre mit Ted im reinen.

»Klarer Fall. Eine so hübsche Frau wie Sie bleibt nicht lange solo.«

Sie war erstaunt. Dieser Mann wirkte so zurückhaltend und kühl; sie hatte den Eindruck, er habe sie nicht einmal richtig angesehen. Und jetzt forderte er sie zum Tanzen auf. Sie nickte, und erst als er seinen Arm um sie gelegt hatte und sie mit noch größerem Erstaunen feststellte, daß er ein Supertänzer war, fiel ihr wieder ein, daß Paul mit einem Glas Wein für sie unterwegs war. John wirbelte sie auf der kleinen Tanzfläche herum, und sie sah, wie Paul nach ihr Ausschau hielt. Sie hoffte, er würde nicht enttäuscht sein. John war ein wunderbarer Tänzer; aber sie mochte seine kühle Art nicht besonders. Andererseits waren Jahre vergangen, seit ein Mann sie zum Tanzen aufgefordert hatte – sie fühlte sich jung und beschwingt.

John hielt sie in den Armen, als der Tanz zu Ende war, doch sie entschuldigte sich, und er ließ sie los, kühl und unbewegt wie zuvor. Sie ging auf Paul zu und sagte: »Tut mir leid. Es ist so lange her, daß ich getanzt habe. Es ist einfach über mich gekommen.«

»Wenn das so ist. Augenblick!« Sein Lächeln war warm. Er stellte die Gläser ab und breitete die Arme aus. »Tanzen wir?«

Er war ein mittelmäßiger Tänzer; doch sie schmiegte sich gern an ihn. Sie sprachen nicht, bewegten sich langsam im

Rhythmus der Musik. Sie hatte vergessen, wie gern sie tanzte. Na ja, Ted tanzte nie.

Komisch, wie schnell der Abend verging. Komisch, daß der Saal seine Trostlosigkeit verlor, seine Schäbigkeit, während sie reihum mit Margos Freunden tanzte. John war der beste Tänzer, Albie redete am meisten und Jim war der Lustigste. Aber der Sympathischste war Paul. War es möglich, daß sie gleich beim ersten Versuch einen wirklich netten Mann kennengelernt hatte? Roy hätte sie keines Blickes gewürdigt, wenn er jetzt zur Tür hereingekommen wäre. Diese Männer waren okay. Und außerdem, Cullen, waren sie unverheiratet.

Und als der Saal sich gegen halb elf zu leeren begann und Eve sich schon anfing, vor der leeren Wohnung zu graulen, wo sie alleine mit ihren Gedanken sein würde, sagte Jim: »Also, Kinder, wohin gehen wir heute, um den Abend zu beschließen? Zu Miß Effie? In die Crystal Lounge? Oder was?«

Der einzige Wermutstropfen an der Sache war Irene. Sie schien so negativ. Nicht, daß sie wirklich herumnörgelte, es war nur so ein gewisser Unterton in ihrer Stimme; etwa dieser Sarkasmus, mit dem sie Margo begrüßt hatte. Irgendwann war sie neben Eve gestanden und hatte mit einem Blick in die Runde gemurmelt: »Alles Versager. Ich hoffe, Sie sind von den Typen nicht zu sehr enttäuscht.«

Eve hatte erwidert: »Alle, die ich kennengelernt habe, sind sehr nett.«

»Na klar«, hatte Irene gesagt. »Margo sucht sich schon die besten aus.« Und lachend hatte sie hinzugefügt: »Deshalb hänge ich mich ja so gern an sie an.«

Im Grunde war Irene ganz lustig. Sie nahm sich selbst auf die Schippe, ebenso wie die anderen. Und sie schien es gut zu meinen. Als ein zudringlicher, lärmender Mann mit Namen Ray darauf bestanden hatte, Eve solle mit ihm tanzen und sich laut darüber beschwerte, sie habe ihn die ganze Zeit übersehen – »Ja, ja, ihr gutaussehenden Dämchen wollt nur mit solchen Schnöseln wie John Lorenzo tanzen!« –, hatte Irene sie getröstet, nachdem Eve ihn abgewimmelt hatte. »Machen Sie sich keine Gedanken über Ray Levitt. Er benimmt sich zu allen so. Eine gräßliche Nervensäge.« Und irgendwie hatten ihr Irenes Worte gutgetan, obwohl sie bei dem Gedanken an seine feuchten Hände immer noch Ekel empfand. Trotzdem war Irene nicht die Person, mit der sie sich anfreunden würde.

Irene hatte offensichtlich vor, sich anzuschließen, denn sie sagte jetzt: »Ich bin für's Crystal. Da sitzt man wenigstens bequem.« Also zog man gemeinsam los. Paul Clayton war neben ihr, als sie in die schwüle Nacht hinaustraten. Er nahm ihre Hand, wobei sie zu ihrem Erstaunen ein leichtes Kribbeln spürte. Eve, diese kindische Aufregung ist doch läppisch! schalt sie sich. Nun, es war mehr als angenehm, die Hand eines netten Mannes zu halten. Sie blickte verstohlen zu den anderen, ob sie etwas bemerkten. Niemand schien Notiz von ihr oder ihrem Begleiter zu nehmen, alle quatschten munter im Gehen durcheinander.

Eve war glücklich, zu einer Gruppe zu gehören. Ja, sie gehörte bereits irgendwie dazu, denn man lud sie ein. »Eve, machen Sie am Sonntag mit bei unserem großen Abenteuer?« Sie hatte sich große Mühe gegeben, das ablehnende Verhalten ihrer alten Freunde runterzuschlucken. Jetzt wurde ihr bewußt, wie einsam und allein gelassen sie sich dadurch fühlte. Am liebsten hätte sie alle diese netten, freundlichen, wunderbaren Menschen, die sie so vorbehaltlos akzeptierten, umarmt.

Die Bar war altmodisch, plüschig eingerichtet mit intimen Sitznischen. An der langen Mahagonitheke standen nicht mehr allzu jung wirkende Singles in Grüppchen herum. Die Klimaanlage sorgte für angenehme Kühle. Bald saß man in eine Nische gezwängt, Eve und Paul nebeneinander an der Innenseite. Sie war sich atemlos der Berührung seines Schenkels bewußt. Paul war nicht aufdringlich, aber auch nicht abweisend, er zuckte nicht verklemmt bei Körperkontakt zurück. Etwas sehr Schönes geschah mit ihnen. Sie wußte nicht, was, aber es gefiel ihr. Sie trank hastig zwei Gin Tonic – etwas zu schnell, stellte sie leicht benebelt fest, beließ es bei den beiden Drinks, lehnte sich zurück und hörte der Unterhaltung zu. Sie waren offenbar alle – außer Paul – schon seit einigen Jahren beim VS und erzählten einander von ihren letzten Romanzen und politisierten über die Organisation des Clubs.

»Treten Sie dem Verein bei, Eve?« fragte Irene.

»Tja, ich –«

»Gib dem Mädchen etwas Zeit«, sagte Albie.

»Wozu? Sie sieht doch, wie wundervoll wir sind.«

»Hm. Bei dir hat's sechs Monate gedauert, bevor du den großen Scheck unterschrieben hast, wenn ich mich recht erinnere.«

»Ich war schließlich auch deprimiert...«

»Woher weißt du, daß Eve nicht deprimiert ist?«

»Aber ich bin gar nicht deprimiert«, protestierte sie hastig, worauf alle lachten.

»Ich hab' eine gute Idee«, sagte Jim. »Eve soll doch zum Diskussionsabend am nächsten Dienstag kommen.«

Wieder schallendes Gelächter. »Was ist daran so komisch?« fragte Eve.

Margo sagte: »Weil immer dasselbe Thema durchgekaut wird, wie immer sie es auch nennen: Was ist so wunderbar, ein Single zu sein.«

Eve meinte: »Ist das eine Frage oder eine Feststellung?« Noch schallenderes Gelächter und Albie schrie: »Ich bestehe darauf, daß Sie kommen. Wir brauchen unbedingt jemand mit Humor. Es gibt viel zuviel ernste Leute im VS.«

»Ja, Eve, bitte kommen Sie.«

»Ich würde gerne«, sagte sie dankbar über die Wärme, die ihr entgegengebracht wurde. »Wirklich gerne. Aber ich bin normalerweise im Sommer nicht in der Stadt. Ich bin nur heute hier, weil –« sie unterbrach sich, wußte nicht recht, was sie sagen sollte, die Wahrheit wohl kaum. Nicht während der nette Paul Clayton mit dem Daumen über ihren Handrücken strich.

»Weil?«

»– ich zum Anwalt gehe, wegen meiner Scheidung.« Zu ihrem Erstaunen wußte sie, sobald sie es ausgesprochen hatte, daß es die Wahrheit war. Irgendwann an diesem unerwarteten Tag war der Entschluß in ihr gereift. Es war Zeit, Schritte zu unternehmen.

Über das mitfühlende Gemurmel hinweg fuhr sie fort: »Und sobald das erledigt ist, fahre ich zurück nach Huntsfield. Meine Tochter wartet auf mich.«

»Sie Glückliche«, sagte Irene. »Wenn wir also zum tausendsten Mal in einem feuchten Kellerloch über die Freuden des Singledaseins diskutieren, sonnen Sie sich an Ihrem Privatstrand!«

»Ach, Irene!«

»Ich habe von Huntsfield gelesen. Das *New York Magazin* nennt ihn den schönsten Ferienort im Nordosten; und wie ich höre, soll er auch der teuerste sein.«

Paul flüsterte an Eves Ohr: »Diese Dame ist ein Fall für sich. Nehmen Sie es ihr nicht übel. Ihr Exmann hat sie ständig betrogen, und jetzt ist er ständig mit dem Unterhalt für sie und das Kind in Verzug. Sie ist verbittert, weiter nichts.«

Betrogen, he? Eve sah Irene lang an, ihr sorgfältig aufgelegtes Make-up, das gelackte Haar, und plötzlich verstand sie. Reiner Selbstschutz. Sie wußte, wie man sich fühlte, wenn der Ehemann hinter anderen Weibern her war. Arme Irene.

»Ich mach euch einen Vorschlag«, hörte sie sich sagen. »Warum kommt ihr nicht alle am 4. Juli zu mir raus nach Huntsfield?«

»Ich auch?« fragte Paul und drückte ihre Hand.

»Aber klar, Sie auch.«

Die Idee wurde begeistert aufgenommen, und das Gespräch drehte sich sofort um Organisation und Transportmöglichkeiten des Ausflugs. Sie und Paul verließen die Crystal Lounge vor den anderen, er winkte ein Taxi, fragte, wo sie wohne, und sie stiegen ein.

Einen grauenhaften Moment sah sie in sein gleichmäßig lächelndes Gesicht, als habe sie es nie zuvor gesehen. Was wußte sie von diesem Mann eigentlich? Nur, was er ihr gesagt hatte. Daß er siebenundvierzig Jahre alt war, seit drei Jahren geschieden, Vater von drei Teenagern. Sie kannte ihn überhaupt nicht. Wo wohnte er, beispielsweise?

»Eve? Der Fahrer will Ihre Adresse wissen«, sagte er lächelnd. »Sie müssen mir vertrauen. Ich bin nicht Jack the Ripper, ehrlich.«

Wie albern von ihr! Natürlich war er in Ordnung. Er hielt ihre Hand und plauderte, als das Taxi durch das nächtliche Manhattan fuhr. Sie hörte nichts von dem, was er sagte, dachte, ob sie ihn in die Wohnung lassen solle, und wenn, wie sie ihm beibringen sollte, daß sie nicht vorhabe, mit ihm zu schlafen.

Das Taxi hielt, er stieg aus und sagte: »Nein, nein, ich bringe Sie nach Hause«, als sie nervös vorschlug, sie einfach abzusetzen. Er begleitete sie ins Haus, bestieg mit ihr den Lift, ging mit ihr bis zur Wohnungstür und streckte die Hand aus.

»Was?« fragte sie.

»Die Schlüssel. Geben Sie mir die Schlüssel, und ich mache auf.«

»Nein, nicht nötig.«

Er lachte. »Ach, Eve, Sie sind wirklich neu auf diesem Gebiet, stimmt's? Na gut.« Er zog sie einfach an sich, seine Lippen umschlossen ihre in einem wunderbaren, warmen, sinnlichen Kuß.

Als er seine Lippen löste, hielt er ihr Gesicht zwischen seinen Händen, lächelte sie an und sagte: »Eve, du bist eine verdammt attraktive Frau. Ich rufe dich an. Ich habe deine Nummer.«

»Ja«, flüsterte sie.

»Gut.« Er schloß die Tür auf, gab ihr den Schlüssel und war verschwunden, bevor sie Zeit hatte, einen Gedanken zu fassen. Sie lehnte sich nachdenklich an den Türpfosten. Dann betrat sie die Diele, streckte dem blinkenden Rotlicht des Anrufbeantworters die Zunge heraus. Zu schade, Roy! Ich habe noch mehr Eisen im Feuer! Und dann sah sie sich im Spiegel über der Konsole. Erstaunlich. Dieser Abend hatte sie um zehn Jahre verjüngt: sie sah jung und beschwingt aus.

Sie grinste ihr Spiegelbild an. »He, soll ich dir mal was sagen? Du bist eine verdammt attraktive Frau.«

12

»Es laufen nicht viele gute Männer rum.«

Nachdem sie den Hörer nach Pauls Anruf aufgelegt hatte – nette Idee, morgens um acht anzurufen, nur um Hallo zu sagen und: »Ich habe eben an dich gedacht« –, schoß ihr die Idee durch den Kopf: Ich rufe die Scheidungsanwältin an! Heute morgen. Jetzt sofort.

Sie kramte in ihrer Handtasche nach dem abgerissenen

Streichholzmäppchen, auf das Margo die Telefonnummer geschrieben hatte. Die Anwältin hieß Ellen Diamond, und ihr Büro lag am Columbus Circle, so nah, daß sie zu Fuß hingehen konnte. Sie wählte die Nummer, dann lachte sie über sich selbst. Es war acht Uhr zehn. Büros waren gewöhnlich so früh morgens kaum besetzt.

Sie wollte eben wieder auflegen, als sich eine Stimme meldete. »Ellen Diamond.« Einen Augenblick lang war sie so verblüfft, daß sie nicht antwortete. Die Stimme meldete sich wieder, etwas irritiert: »Hallo?« Und dann fing Eve an, sich zu entschuldigen. Aber nein, es sei schon in Ordnung, sie käme oft so früh vor den Sekretärinnen, meinte Miß Diamond. Was könne sie für sie tun? Um zehn habe ein Klient eine Besprechung abgesagt, ob Mrs. Soloway dieser Termin angenehm sei?

Wie benommen legte Eve den Hörer auf. Sie hatte einen Termin beim Scheidungsanwalt. Sie hatte es tatsächlich geschafft! Sie würde sich anhören, was diese Frau zu sagen hatte. Ellen Diamond hatte gemeint: »Es ist ein erster Schritt, denken Sie daran. Sie müssen keine Entscheidungen treffen. Wir untersuchen lediglich Ihre Situation und stellen fest, welche Schritte Sie zu unternehmen wünschen.«

Das Anwaltsbüro war wesentlich größer, als Eve erwartet hatte. Es lag in einem der oberen Stockwerke eines Wolkenkratzers, war sonnendurchflutet und hatte einen weiten Blick über die Dächer bis hinüber auf den Central Park. Irgendwie hatte sie etwas Bescheideneres erwartet, eine düstere, verstaubte Kanzlei; keine hellen Räume, chrom- und glasblitzend mit stahlblauem Auslegeteppich und roten Stühlen. Der Mann am Empfang meldete Eve an, und gleich darauf erschien Ellen Diamond, auch sie eine Überraschung; sie war jung – etwa zehn Jahre jünger als Eve, sehr groß und breitknochig mit rotem Haar und Sommersprossen, ohne eine Spur von Schminke. Ihr Lächeln war offen und ihr Händedruck fest. »Sie sind pünktlich auf die Minute«, begrüßte sie Eve.

Sie wurde in ein geräumiges Büro geführt mit Fenstern, die vom Boden bis zur Decke reichten und moderner Einrichtung aus heller Eiche. Ellen Diamonds Schreibtisch war mit Akten und Papieren beladen in wohlgeordneten Stapeln, mit verschiedenfarbenen Aufklebern beschriftet. Eve sah sich um, wußte nicht, wie sie das Gespräch beginnen sollte, als der Mann vom Empfang ein Tablett mit zwei Bechern dampfendem Kaffee, Sahne und Zucker abstellte, ging, und die Tür hinter sich schloß. Eine Weile beschäftigten Eve und die Anwältin sich mit dem Kaffee, dann lehnten sich beide zurück und sahen sich über den Schreibtisch hinweg an.

»Also«, sagte Ellen Diamond lächelnd, »wir sollten damit beginnen, warum Sie zu mir gekommen sind.«

»Warum? Weil... weil ich die Scheidung einreichen möchte!«

»Ja, ja, natürlich. Schließlich bin ich Scheidungsanwältin. Na, dann erzählen Sie mir mal etwas über Ihre Ehe!«

Eve seufzte und nahm einen Schluck Kaffee. Mehr als zwanzig Jahre in ein paar knappen Sätzen wiederzugeben, war keine leichte Aufgabe.

»An unserer Ehe ist nichts Besonderes«, fing sie an. »Wir haben uns im College kennengelernt, waren ein Jahr befreundet und haben dann geheiratet...« Sie machte eine kleine Pause. »Es war... romantisch, glaube ich. Ted, mein Mann, ist groß, dunkel, gut aussehend. Ich dachte damals, ich hätte das große Los gezogen, ihn zu bekommen. Die ideale amerikanische Collegeromanze, gefolgt von der idealen amerikanischen Ehe.«

Die Anwältin lachte trocken. »Sind Sie sicher, daß Sie bei mir an der richtigen Stelle sind, Mrs. Soloway?«

Einen Moment lang war Eve verdattert; dann lachte auch sie. »Ich verstehe. Klingt gut, nicht wahr? Ich dachte auch, es sei gut. Es war auch gut, eine Weile. Sehr schnell hintereinander kamen zwei Kinder, meine Söhne, und etwas später meine Tochter. Problematisch wurde diese Ehe, als mein Mann anfing, rumzumachen.«

»Rumzumachen? Sie meinen mit anderen Frauen?«

»Ja, mit anderen Frauen.«

»Hat er Ihnen je gesagt, warum?«

»Warum? Nein, nein, das sagte er nie. Das hatte immer etwas zu tun mit einer seiner Lebenskrisen. Ted ist ziemlich dramatisch veranlagt. Alle paar Jahre überfällt ihn eine Existenzkrise, dann weiß er nicht mehr, wohin ihn sein Leben führt. Und immer, wenn er nicht mehr weiß, wo's lang geht, sucht er sich eine neue Freundin.« Ihre Stimme wurde zunehmend lauter. Die Sache machte sie immer noch wütend.

»Haben Sie je einen Eheberater aufgesucht?«

»Nein. Ted war dagegen. So etwas ist unter seiner Würde. Jedesmal, wenn ich von einer neuen Freundin erfuhr, sagte ich ihm, er solle gehen. Er wurde sehr kleinlaut und voller Schuldgefühle und bat mich flehentlich, ihm zu verzeihen. Wir versöhnten uns immer wieder, und jedesmal dachte ich, das sei das letzte Mal gewesen. Ich weiß, das war naiv von mir. Nun bin ich fertig damit. Ich habe es satt, Miß Diamond. Ich habe es satt, mich länger mit seinen Betrügereien rumzuschlagen!«

»Ja, das ist verständlich. Sagen Sie, wo befindet sich Ihr Mann zur Zeit? Leben Sie noch zusammen? Welche Absprachen haben Sie getroffen?«

Bitter sagte Eve: »Soweit ich weiß, ist Ted irgendwo in den Wäldern von Maine wieder einmal um Selbstfindung bemüht. Er behauptet, diesmal sei keine Frau im Spiel. Ich glaube ihm das zwar nicht ganz, aber diesmal ist es mir egal.«

An jenem letzten Tag, jenem Donnerstag, bevor Nina und sie nach Huntsfield gefahren waren, hatte sie darauf gewartet, daß er irgend etwas Definitives sagen oder tun würde. Beide packten sie in verschiedenen Zimmern der Wohnung, trafen Reisevorbereitungen, nickten einander höflich zu, wenn sie sich im Flur begegneten, vermieden es, einander anzusehen. Es war verrückt! Sie hatten einen ganzen Monat getrennt geschlafen, kaum miteinander gesprochen, und nun waren sie beide reisefertig, und er hatte keinen Versuch unternommen, mit ihr über die Situation zu sprechen. Er war entschlossen so zu tun, als sei alles in schönster Ordnung, als habe sich nichts geändert, wenn er nach einem oder zwei Monaten – wie immer es ihm paßte – zurückkam, und sie genau da wieder anfingen, wo sie aufgehört hatten.

Am Donnerstag nachmittag marschierte sie in sein Arbeitszimmer – vollgestopft mit Campingausrüstung, Decken und Angelzeug –, stellte sich in die Tür mit den Händen in den Hüften, starrte ihn an, bis er nicht länger so vorgeben konnte, er sehe sie nicht. »Ach, Eve! Du lieber Gott, ich habe noch so viel zu erledigen. Ins Büro muß ich auch noch. Was für ein

Tag! Ich warte immer noch auf diesen verflixten Vertrag mit der deutschen Fernsehanstalt und...«

»Ted! Ich will weder was von deinen Reisevorbereitungen noch von deinem Bürokram hören. Ich möchte über uns reden.«

»Das möchte ich auch gern... da es seit einiger Zeit kein ›uns‹ gegeben hat und ich das vermisse!« Er grinste sie in einer Weise an, und sie begriff sofort. »Ich hätte gerade jetzt Lust dazu!«

»Nein, Ted!« Sie machte einen Schritt zurück. »Komm mir nicht damit! Ich will *reden!*«

Sein Grinsen wurde breiter in der Überzeugung, sie treibe ein Spielchen mit ihm, und er ging auf sie zu. »Ted!« protestierte sie. Doch er hatte bereits seine Arme um sie geschlungen, seine Leisten preßten sich an sie, seine Lippen berührten ihren Hals. Eine große Schwäche überkam sie, und sie sank in seine Umarmung.

Und dann klingelte das Telefon. Sofort hob er den Kopf, ließ von ihr ab; sein Gesichtsausdruck hatte sich vollkommen verändert. »Ted!«

Abwesend tätschelte er ihren Hintern. »Vergiß nicht, was du sagen wolltest, Schatz.« Und er hielt den Hörer in der Hand, bevor es ein drittes Mal klingeln konnte.

Vergiß nicht, was du sagen wolltest! Sie knirschte mit den Zähnen, Mordlust im Kopf. Dieser Dreckskerl und sein verdammtes Telefon! Das war ihm wichtiger als alles in der Welt – *als alles!* Sie wartete nicht ab, wer am Apparat war, obwohl er sagte: »Hallo, Liebling.« Es war ihr egal, ob es seine neue Freundin, seine alte Freundin, eine Kundin, sein Partner oder die Putzfrau war. Dieses Telefon! Es bedeutete ihm wesentlich mehr als seine Ehe. Sie drehte sich auf dem Absatz um, ignorierte seine heftigen Gebärden, die ihr bedeuteten, sie solle warten, rannte aus dem Zimmer, holte Nina, setzte sich ins Auto und fuhr nach Connecticut.

»Es sind nicht nur die Frauen«, sagte sie jetzt abschließend zu Ellen Diamond, »es ist seine Arbeit. Nein, eigentlich ist es das verfluchte Telefon. Mir wird plötzlich klar, daß das Telefon mein wirklicher Rivale ist!« Sie lachte. »Er benützt seine verdammten lebenswichtigen Telefonate als Waffe. Sie standen immer zwischen uns. Wenn nicht seine Frauen am

Telefon sind, dann ist es seine Arbeit; und wenn es nicht seine Arbeit ist, dann sein Freund Tony; und wenn er es nicht ist, dann wieder seine Frauen ... mit einer Existenzkrise alle paar Jahre, damit die Sache nicht zu monoton wird! Kein Wunder, daß wir nie eine echte Beziehung zueinander finden konnten!«

Ellen Diamond beugte sich vor, streckte den Arm aus und tätschelte Eves Hand. »Das höre ich von Frauen immer wieder. So viele Männer in unserer Gesellschaft scheinen unfähig zu echter Kommunikation und Intimität zu sein...« Sie seufzte. »Es ist eine Schande. Aber es stimmt.

Hören Sie, Eve«, fuhr sie mit leicht veränderter Stimme fort. »Ich will nicht sagen, daß Sie keine berechtigten Schwierigkeiten haben. Ich sage nicht, Sie sollten etwas oder Sie sollten nichts dagegen tun. Aber ich möchte Sie darauf hinweisen, daß Sie möglicherweise keinen Mann finden ... der sehr viel anders wäre, oder sehr viel besser. Es laufen nicht viele gute Männer rum. Diese Worte werden Sie noch oft zu hören bekommen, müssen Sie wissen, denn sie entsprechen der Wahrheit.«

»Das ist mir egal«, beharrte Eve, »je mehr ich darüber nachdenke, desto überzeugter bin ich...«

Ellen Diamond hob die Hand. »Warten Sie«, sagte sie sanft. »Übereilen Sie nichts. Sie haben eine Menge Zeit. Und lassen Sie mich etwas sagen aus meiner langen Berufserfahrung. Ich möchte, daß Sie über unser heutiges Gespräch nachdenken. Und bevor wir irgendwelche Schritte einleiten, möchte ich, daß Sie mir eine Frage aufrichtig beantworten: Wenn Sie wüßten, daß es nie mehr in Ihrem Leben einen Mann geben würde, würden Sie dann die Scheidung *immer* noch wollen?«

13

»Ein ideales Paar.«

»Nun sieh mal an, wer kommt denn da!« Ann schob ihre Sonnenbrille in die Stirn und blinzelte zu Eve hinauf, lächelte herzlich. »Hallo, Fremde! Wo zum Teufel hast du gesteckt?«

Mit einem Gefühl der Erleichterung – sie hatte Ann seit beinahe einer Woche nicht gesehen und wußte nicht, wie sie sie empfangen würde – ließ Eve ihre Badesachen in den Sand fallen.

»Ich hatte eine Menge zu erledigen«, sagte sie, während sie ihr Badetuch mit besonderer Sorgfalt ausbreitete, »und war ein paar Tage in der Stadt.«

»Ich habe mich gewundert, warum du nicht angerufen hast.«

Eve hatte den Satz schon auf den Lippen: ›Das Telefon funktioniert in zwei Richtungen, Ann‹, schluckte ihn jedoch wieder runter. Ann war freundlich – ganz anders als bei ihrem letzten Gespräch über das sonntägliche Dinner – und sie wollte keine Mißstimmung aufkommen lassen. Schließlich war Ann ihre beste Freundin. Seit ihren Collegetagen hatten sie beinahe täglich miteinander telefoniert. Sie streckte sich auf der Decke aus und fing an zu reden. »Weißt du, Nina fand plötzlich, sie brauche neue Sommerkleider, und du kennst Teenager – nichts gefiel ihr, also dauerte die Prozedur zwei Tage; Jason mußte ich ein paar Bücher schicken, dann ging der Heißwasserboiler kaputt und ich wartete auf den Klempner und –« hier machte sie eine kleine Verschnaufpause, vermied es aber, die Freundin anzusehen und fügte gleichgültig hinzu: »Und dann ging ich zum Anwalt.«

Anns Kopf schnellte herum. »Zum Anwalt?« fragte sie gespannt.

»Ja, zum Scheidungsanwalt. Interessanterweise eine *Frau*.«

Nach einer Pause platzte Ann heraus: »Interessant ist wohl nicht das richtige Wort dafür. Um die Wahrheit zu sagen, es ist ... es ist ... traurig! Scheußlich! Ich möchte, daß Ted und du glücklich seid, Eve!«

Eve lächelte dünn. »*Ich* möchte auch, daß Ted und ich glücklich sind, Ann. Aber das ist offenbar nicht möglich.«

»Ihr habt euch doch immer gut verstanden. Für mich seid ihr das ideale Paar. Das habe ich jedem gesagt. Ted und Eve führen eine wunderbare Ehe, das war meine ständige Rede.«

»Soll ich dir was verraten?« sagte Eve scharf. »Du hast dich geirrt.«

»Sag das nicht! Ihr versteht euch. Und ihr könnt miteinander lachen.«

»Ann, sei nicht naiv. Natürlich können wir miteinander lachen, besonders wenn andere Leute dabei sind. Aber miteinander lachen können, heißt noch lange nicht, eine gute Ehe zu führen ...«

Wieder entstand eine Pause. Dann sagte Ann: »Ich bin nicht naiv, aber ich glaube an die Ehe.«

»Das tue ich auch, Ann! Und an Mutterschaft und Apfelkuchen! Aber ich glaube auch an Scheidung, wenn sie unumgänglich ist.«

Sie sahen einander nicht an, saßen nebeneinander, die Arme um die Knie geschlungen, die Blicke auf den See und die Berge dahinter gerichtet.

Eve entfuhr ein Seufzer. Es war das ewig gleiche Lied, wenn man mit Ann versuchte, ein ernsthaftes Gespräch zu führen. Ann haßte die Realität, wenn sie nicht vergoldet und rosa angehaucht war. Manchmal war es ja wohltuend, eine unverbesserliche Optimistin zur Freundin zu haben.

Eve dachte an die erste Zeit ihrer Liebe. Seit über einem Jahr war sie Ted Soloways Freundin; sie hatte ihn gern, war froh, einen festen Freund zu haben, die armen Dinger taten ihr leid, die jeden Abend vorgaben, über ihren Büchern zu brüten, in Wahrheit jedoch verzweifelt und mit pochendem Herzen darauf lauerten, daß das Telefon schrillte und ihr Schwarm endlich anrief. Trotzdem hatte sie das Gefühl, irgend etwas fehle an ihrer Beziehung zu Ted. Ann glühte, wenn sie mit ihrem Tony sprach oder ihn auf dem Campus aus der Ferne sah. Beim Thema Tony Driscoll drehte sie völlig durch; selbst wenn sie über ihn redete, kam sie außer Atem, und seinen Namen sprach sie aus, als sei er heilig. Wenn sie sich zankten, war sie untröstlich, verkroch sich in ihr Bett, die Decke bis über die Ohren gezogen, und weinte, bis er endlich anrief. Danach trat sie im Schlafanzug aus der Telefonzelle in der Halle mit rot geweinten Augen, verquollenem Gesicht, aber mit einem triumphierenden Lächeln, selig vor Glück.

Eve forschte oft in ihrem Inneren nach ähnlichen Gefühlen. Da sie und Ted nie Streit hatten, malte sie sich Auseinandersetzungen aus, in denen sie ihm für immer Lebewohl sagte. Was würde sie dabei empfinden? Sie wußte es nicht. Ihre Beziehung zu Ted war problemlos und glatt.

Am Tag vor ihrer gemeinsamen Verlobungsfeier mit der

Studentenschaft versuchte sie mit Ann darüber zu sprechen. »Ich bin mir über meine Gefühle nicht im klaren, Ann«, erinnerte sie sich gesagt zu haben. »Ich frage mich, ob ich mir nur etwas vormache, um so zu sein wie alle anderen. Ich glaube, ich liebe ihn, aber . . . na ja, ich glaube nicht, daß ich zu solchen Gefühlen fähig bin wie du, zum Beispiel.«

»Das ist doch selbstverständlich«, sagte Ann mit großer Überzeugung. »Jeder Mensch hat andere Gefühle. Mach dir darüber keine Gedanken. Natürlich liebst du ihn. Würdest du ihn nicht lieben, würdest du auch nicht über deine Gefühle nachdenken, verstehst du?« Und sie strahlte beglückt über ihre weise Erkenntnis.

»Ja, Ann, ich denke, ich liebe ihn. Aber warum . . . warum streiten wir nie wie andere Leute?«

Ann kriegte sich vor Lachen kaum mehr ein. »Das ist mal wieder typisch Eve. Jeder andere Mensch macht sich Gedanken, wie er Streit vermeidet, und du grübelst, warum ihr beiden nicht streitet. Du bist schon ein verrücktes Huhn!«

»Moment mal. Du verstehst mich nicht.«

»Natürlich verstehe ich dich, Evie.« Ann wischte ihre Zweifel einfach beiseite. »Tony und ich sprechen oft über euch. Gott, wären wir glücklich, wenn wir eine so vernünftige Beziehung hätten wie du und Ted. Manchmal wünschte ich, Tony wäre lustiger. Ihr zwei habt ständig was zu lachen. Habt ihr ein Glück!«

Schweigend dachte Eve nach. Und warum fühle ich mich dann nicht glücklich? Natürlich liebte sie ihn. Ted war der Schwarm ihres gesamten Semesters; groß und gutaussehend, beliebt, ein hervorragender Sportler. Und er war Jude, ein sehr wichtiger Aspekt für ihre Familie. Der ideale Mann; darüber gab es keinen Zweifel. Es war nur ihre Nervosität vor der Verlobung.

»Sollte ich nicht . . . aufgeregter sein!« fragte sie bang. »Vielleicht wäre es besser, wenn nur ihr beide euch verloben würdet.«

»Aber Eve! Nein! Verdirb uns nicht alles! Denk doch nur – Jahre später werden wir an unsere Doppelverlobung denken und an die wunderschönen Erinnerungen. Es ist so wundervoll. Bitte, mach dich nicht verrückt. Du und Ted, ihr seid ein ideales Paar, das sagen alle!«

Und hier saßen sie, fünfundzwanzig Jahre später – *fünfundzwanzig Jahre*, unglaublich! – Und Ann versuchte immer noch, sie davon zu überzeugen, daß alles wunderbar sei.

Eve lachte, und Ann wandte erschrocken den Kopf. »Worüber lachst du? Eine Scheidung ist nicht zum Lachen.«

»Ich lache nicht über die Scheidung. Ich lache, weil ich eben an den Abend vor unserer Verlobung denken mußte. Erinnerst du dich?«

»Erinnern? Woran?«

»Damals sagtest du mir, Ted und ich seien das ideale Paar, als ich meine Zweifel hatte. Und ein Vierteljahrhundert später erzählst du mir immer noch die gleiche Geschichte. Aber diesmal kaufe ich sie dir nicht mehr ab. Ich kann nicht, Ann. Ich wollte, ich könnte. Es handelt sich nicht mehr darum, einen ständigen Freund zu haben oder meiner Mutter einen Gefallen zu tun, wenn ich ihr einen hübschen, jüdischen Jungen nach Hause bringe. Diesmal handelt es sich um die Realität.«

»O Eve!« Anns Stimme klang brüchig. »Bitte, sag so etwas nicht. Wie furchtbar! Solche Gefühle hattest du damals nicht. Es ging nicht nur um deine Mutter. Du warst verliebt. Wir waren beide verliebt. Ich erinnere mich genau.«

Auch Eve erinnerte sich. Je mehr sie darüber nachdachte, je mehr sich ihre Gedanken mit der Vergangenheit beschäftigten, desto klarer wurde ihr die Wahrheit. Erstaunlich, wie man es im Lauf der Jahre verstand, die Dinge zu beschönigen und zu vertuschen. Das, was das hübsche Bild stören könnte, vergaß man einfach.

»Annie«, sagte sie weich. »Erinnerst du dich wirklich nicht mehr daran, wie unsicher ich war? Ich muß gestehen, ich hätte es selbst fast vergessen. Aber jetzt fällt mir alles wieder ein.«

Hitzig unterbrach Ann: »Nein, ich erinnere mich nicht! Und außerdem, Eve Soloway, glaube ich dir nicht. Ich glaube, du reimst dir das alles jetzt zusammen, um dich zu rechtfertigen. Sam sagt, du gehst augenblicklich eine Phase der Trauer und Verweigerung durch und deshalb bist du so – ach, Liebes!« Sie preßte die Lippen aufeinander.

Eve umklammerte ihre Beine, daß die Muskeln in Armen und Beinen schmerzten, so sehr kämpfte sie gegen die helle Wut an, die in ihr hochstieg. Hastig stand sie auf.

»Aha, wie interessant. Ihr sitzt also rum ... und ... analysiert mich? Man lädt mich nicht mehr zum Sonntagabenddinner ein, damit man ungestört über mich herziehen kann! Ich muß sagen, ich finde das« – sie suchte nach einem passenden Wort –, »ich finde das ekelerregend.«

An Anns Erröten spürte sie, daß sie ins Schwarze getroffen hatte. Dieses Pack! Das wollten ihre Freunde sein? Sie starrte auf Ann hinunter. »Verteidigst du mich wenigstens, Ann?«

Auch Ann sprang jetzt auf die Füße. »Ja, das tue ich. Ich verteidige dich. Aber ich muß leider sagen, Eve, daß du dich sehr verändert hast. Du bist nicht mehr du selbst!«

»Ich bin wohl nicht mehr die kühle, ruhige, überlegene Eve, die jeder erwartet. Es ist nicht so einfach, mit dem Ende einer Ehe fertig zu werden, mußt du wissen. Und außerdem war es nicht ganz einfach, all die Jahre, so zu tun, als sei alles in bester Ordnung.« Auf das Stirnrunzeln ihrer Freundin fügte sie hinzu: »Nein, ich behaupte nicht, daß diese Ehe ausschließlich ein Greuel war. Natürlich nicht. Und ich habe auch nicht ausschließlich Theater gespielt, nicht die ganze Zeit. Aber sehr oft, Ann, und sehr oft habe ich nach außen gelächelt und war innerlich tiefunglücklich. Verstehst du denn nicht, Ann?« seufzte sie. »Die Eve, die du bewunderst, die Eve, von der du glaubst, sie sei die echte Eve – sie war ein Schwindel! Und zu oft unglücklich!«

»*Du* bist unglücklich!« Anns Stimme klang beißend. »Und was ist mit deinen Kindern? He? Was ist mit *ihnen?* Mein Gott, Eve, du bist so ... so ... egoistisch geworden! Du denkst nur noch an dich – ja, tut mir leid, aber so ist es. Ich habe erst vor ein paar Tagen zu Tony gesagt, es ist, als ob deine Augen nur nach innen gerichtet sind. Sieh mich nicht so an! So benimmst du dich. Das ist dein Problem! Kapierst du das nicht? Eines schönen Tages beschließt du, daß du mit deiner Ehe Schluß machst ...«

»Ann! Hältst du das wirklich für so einfach?«

»Den Eindruck machst du jedenfalls. Machst einfach Schluß mit deiner Ehe, und was ist mit den Kindern? Es sind doch die Kinder, die am meisten darunter leiden!«

Das traf Eve wie ein Schlag. Litten die Kinder? Auf alle Fälle waren sie wütend auf sie. Aber litten sie? »Also wirklich, Ann. Ist das dein Argument? Ein Klischee? Meine sogenannte beste

Freundin kommt mir mit einem abgeschmackten, alten Klischee? Benehmen sich meine Kinder, als würden sie leiden? Jason und Richie gehen ihre eigenen Wege – nachdem sie mich mit Vorwürfen überschüttet haben –, und was Nina betrifft ...«

»Ich spreche nicht von den Jungs; sie sind beinahe erwachsen. Aber Nina – jeder, der Augen im Kopf hat, sieht, daß sie nicht mehr das unbeschwerte Kind vom letzten Sommer ist.«

Eve preßte die Zähne zusammen und versuchte mit aller Gewalt, ihre Stimme zu beherrschen. »Sie ist sechzehn, Ann, und mit sechzehn ist man nun mal kein unbeschwertes Kind mehr. Ich weiß das, weil ich es zweimal mitgemacht habe.«

»Das meine ich nicht. Es ist so etwas ... Trauriges an ihr.«

»Sie spielt die Beleidigte, willst du sagen.«

»Nein, ich meine traurig«, sagte Ann beharrlich. »Eve, bitte, verstehst du denn nicht? Ich *bin* deine beste Freundin, nicht deine *sogenannte* beste Freundin ...«

»Ach Scheiße, Ann, tut mir leid. Ich weiß, du meinst es gut.«

»Ich meine es nicht nur gut, ich habe *recht*.«

»Gut, sagen wir mal, Nina ist traurig. Na und? Ich erinnere mich, als junges Mädchen zu neunzig Prozent traurig gewesen zu sein. Komm schon. Hör zu, Ann, es tut mir leid, daß dir das Ende meiner Ehe so nahegeht. Ehrlich. Es tut mir auch leid, daß es Nina nahegeht. Aber glaube mir, Nina holt aus der Situation die ganze Dramatik, die ihr in den Kram paßt. Ich kenne meine Tochter. Ich wüßte, wenn etwas Ernsthaftes mit ihr nicht in Ordnung wäre. Aber weder dein Unglücklichsein, noch Ninas, sind für mich Gründe genug, eine Ehe aufrechtzuerhalten, die mich jahrelang unglücklich gemacht hat.«

»Nein, das akzeptiere ich nicht!« Zu Eves Entsetzen quollen Tränen aus Anns Augen und rollten ihr Gesicht hinunter. »Ich habe sehr viel Glück in deiner Ehe gesehen. Du hast kein Recht, Ted einfach auf den Müll zu werfen, nur weil dir danach ist.«

»Scheiße, Ann, hör auf zu weinen.« Plötzlich war ihr Zorn verraucht. Es hatte keinen Sinn, mit ihren Freunden sprechen zu wollen. Sie wollten helfen, aber sie konnten nicht helfen.

»Ich kann nichts dafür, Eve! Entschuldige, aber ich kann nichts dafür! Ich möchte nur, daß du glücklich bist!«

Ann wollte nur ihr Glück. Als könne man Glück bestellen

wie einen Thunfischsalat. Ann würde sie nie wirklich verstehen. Resigniert lächelte sie, klopfte Ann auf die Schulter und sagte müde: »Mach dir keine Sorgen, Ann, es kommt schon alles in Ordnung.«

14

»Eine kirchliche Trauung bindet zwei Menschen für immer aneinander.«

Roy Cullen trabte leichtfüßig die Straße entlang, die Arme locker angewinkelt, ein Lächeln auf den Lippen. Drei Wochen waren seit dem ersten Mal vergangen, und es war, weiß Gott, sogar noch besser, als er es in Erinnerung hatte. Diese Eve zu lieben war mit nichts, was er bisher erlebt hatte, zu vergleichen. Sie *liebte* es! Sie bewegte sich leidenschaftlich, stöhnte lustvoll, warf sich an ihn, drängte ihn noch tiefer in sich. Mann, war sie geil! Bei ihr kam er sich vor wie Superman! Er lachte in sich hinein, bog in die Hauptstraße ein, hielt das Gesicht in die Sonne.

Ein herrlicher Tag! Er hatte zwei Stunden Sex hinter sich, und zwei Stunden mit Eve waren wie zwei Tage mit irgendeiner anderen. Er lachte laut. Oder zwei Jahre mit Marybeth. Er war in einer gewaltigen Explosion gekommen, als würden alle Säfte aus seinem Körper in sie fließen. Wieder lachte er. Ein schöner Fick ließ einen Mann sich wieder so richtig als Mann fühlen! Diese Kleine am Empfang – wie hieß sie noch? –, mit der er damals ins Bett steigen wollte, als er die Verabredung mit Eve in der Stadt hatte sausen lassen, war gar nicht mal schlecht; ganz eifrig bei der Sache, aber dann, als er sie lecken wollte, entwand sie sich ihm und meinte, dazu würde sie ihn nicht gut genug kennen! Nicht gut genug kennen! So ein Quatsch! Wenn man nackt zusammen im Bett lag, reichte das doch. Mann, wer machte es denn heute noch ohne oralen Sex? Katholische Mädchen ausgenommen, natürlich. Aber katholische Mädchen machten ja *überhaupt* nichts.

Er war ein Idiot gewesen, diese herrliche Schlange Eve für eine dumme, kleine Fotze einzutauschen. Aber nachdem er die Kleine endlich überredet hatte, mit ihm auszugehen, wollte er sie sich nicht entgehen lassen. Schon nach einer halben Stunde hatte sie ihn zu Tode gelangweilt, und nachdem er sie ins Taxi gesetzt hatte, hatte sie ihm ein Küßchen zugehaucht wie in irgendeinem Kitschfilm und gesagt: »Ruf mich bald an! Ich warte auf dich!« Die konnte warten, bis sie schwarz wurde. New York war voller Frauen, die danach lechzten, gebumst zu werden. Ruf mich bald an!

Eve dagegen! Sie war verdammt gut im Bett! Sie fühlte sich wunderbar an. Weich, hingebungsvoll, warm, pulsierend. Und ihr süßer Duft machte ihn wahnsinnig! So wahnsinnig, daß er seinen Kopf für immer zwischen ihre Schenkel vergraben und den Geruch, den Anblick und den Geschmack ihrer süßen Muschi austrinken wollte. Und wenn er in ihr war ... Er schauderte ein wenig und schüttelte den Kopf. Man konnte nicht joggen und gleichzeitig an Sex denken. Eigentlich anzunehmen, daß er nach zwei Stunden völlig erschöpft sein müßte, oder? Falsch. Am liebsten wäre er umgedreht und zu ihr zurückgelaufen, hätte alle Türen verriegelt und sie so lange gefickt, bis sie um Gnade winselte!

Er beschleunigte das Tempo – er mußte sich beeilen, sonst würde Marybeth Fragen stellen. Er fragte sich, was in aller Welt mit Ted Soloway nicht in Ordnung war, eine solche Frau aufzugeben. Hatte sie nicht gesagt, daß er sich mit anderen Weibern herumtrieb? Wie konnte er nur, wenn er mit dieser Frau verheiratet war?

In seiner Ehe lag der Fall anders. Nicht einmal der Papst würde von ihm erwarten, sich sein ganzes Leben damit zu begnügen, was Marybeth zu bieten hatte. Sie war vermutlich die einzige Frau auf der ganzen Welt, die glaubte, wenn man sich drei Kinder wünschte, mußte man es dreimal im Leben tun. Er *mußte* sich anderswo Befriedigung suchen, denn er hatte nicht die Absicht, wie ein dummer Junge zu onanieren.

Was für ein herrlicher Morgen! Er sog den Geruch nach frisch gemähtem Gras tief in seine Lungen. Geile Vorstellung, ein Mädchen im frisch gemähten Gras zu vögeln, sich darin zu wälzen, wenn sie naß wurde und ihre Beine eng um ihn schlang, wie Eve. Er mußte aufhören, an sie zu denken; er war schon beinahe zu Hause. Wenn er zur Hintertür hineinlief, mußte sie eine verschwommene, blasse Erinnerung sein. Ehe war ein Sakrament, ein Versprechen. Mit dem ehelichen Eid vor Pater Callahan hatte er ein lebenslanges Versprechen abgegeben. Ebenso wie Marybeth. Sie waren einander versprochen in allen wichtigen Dingen des Lebens. Eine kirchliche Trauung bindet zwei Menschen für immer aneinander. Ja, beschloß er, und setzte zum Endspurt an, als er sich der Auffahrt seines Hauses näherte: Ehe ist ewig, ficken ist eine vorübergehende Sache.

Aber eine herrliche Sache! Grinsend ließ er die Fliegengittertür zuklappen und betrat keuchend die Küche, wo Marybeth geschäftig die Spülmaschine einräumte. Sie schreckte ein wenig hoch, als die Tür knallte und hob den Kopf. »Ach, du bist es!«

»Gib mir einen Gutenmorgenkuß, Kleine, diesem schönen Tag zu Ehren«, er streckte die Arme nach ihr aus.

Doch sie duckte sich geschickt unter ihm durch, klopfte ihm auf die Schulter und sagte leichthin: »Du bist verschwitzt, Schatz. Später bekommst du deinen Kuß, wenn du wieder hübsch sauber bist.« Mit geübtem Schwung holte sie ihren Tennisschläger, formte die Lippen zu einem Kuß und sagte: »Das Picknick ist fertig. Wir treffen uns um eins am Strand. Kerry ist mit ihren Freunden irgendwo im Wald. Brülle, wenn du was von ihr willst. Im Kühlschrank ist ein Sechser-Pack Rheingoldbier. Ach und vergiß nicht, deine Ma anzurufen, das ist seit drei Wochen fällig. Tut mir leid, ich muß mich beeilen. Du bist spät dran. Ich habe dich schon seit einer Stunde erwartet.« Und die Tür schlug wieder.

Roy stand in der Mitte der nagelneuen, gelbglänzenden Küche. Hübsch und blitzblank wie immer. Das war seine Marybeth. Er schlenderte zum Spülbecken, schaute aus dem neuen Thermopanfenster auf den festen, kleinen Hintern seiner Frau, wie sie in ihre silbergraue Chevette stieg, den Schläger auf den Rücksitz werfend. Vermutlich würde sie gewinnen. Sie gewann meistens. Sie war eine gute Spielerin. Es war ungerecht, aber er wünschte, sie würde ein wenig ihrer Tennisbegeisterung für ihn übrighaben.

Ach, zum Teufel, ihre Ehe war besser als viele andere. Sie zankten sich nie. Er riß die Tür des Kühlschranks auf, schaute, ob ihm etwas zusagte, aber er war nicht hungrig und griff sich ein Bier. Verflucht! Sie konnte nichts dafür, so war sie eben. Es war besser, nicht darüber nachzudenken. Dabei fühlte er sich jedesmal nur beschissen.

15

»Der Strand ist mir heute zu voll.«

»Ich kann es gar nicht fassen, wie gut du heute aussiehst«, stellte Irene zum drittenmal fest. Den bewundernden Worten schien der unausgesprochene Nachsatz anzuhängen »ausnahmsweise«. Eve fühlte einen gekränkten Stich, gleichzeitig unterdrückte sie ein Kichern. Diese Frau war unmöglich! Sie konnte kein Kompliment ohne Seitenhieb aussprechen.

»Wenn du dich wieder beruhigst, Irene«, sagte Jim leichthin, »können wir das Thema wechseln.«

»Laß sie doch, Jim«, meinte Paul, »Eve sieht wirklich fabelhaft aus.«

»O danke, der Herr.« Eve verneigte sich galant. Er war ein netter Kerl. Wann hatte Ted ihr je gesagt, daß sie gut aussehe? Sie konnte sich nicht erinnern.

»Wo bleiben nur Albie und John?« fragte sie. »Wenn sie nicht bald kommen, können wir unser Picknick hier auf der Küchenveranda auspacken.« Sie standen herum mit Badesachen, Picknickkörben und Kühltaschen beladen, die sie alle mitgebracht hatten – Unmengen zu essen und zu trinken. Paul hatte sechs Flaschen Wein mitgebracht und Jim eine große Thermosflasche mit Sangria und eine zweite mit Retsina. Aus der Ferne erscholl nun eine anhaltende Dreiklanghupe, kam näher, und dann brauste ein riesiges, altes grünes Kabriolett die Zufahrt heran und stoppte mit quietschenden Reifen knapp hinter Pauls seriösem Chevy.

Albie und John stiegen aus, beide in Bermudashorts und Polohemden, jeder eine Tüte in der Hand, die ohne Zweifel weitere Flaschen enthielten. Im Näherkommen rief Eve ihnen zu: »Der Traum meiner Jugend, Kinder! Ich stehe am Wochenende des 4. Juli auf der Veranda, und ein schickes Kabrio mit zwei hübschen Jungs rast die Auffahrt heran.«

Margo lachte: »Und was passiert als nächstes in dieser

Filmszene, Eve? Dein Vater untersagt dir strikt jeglichen Umgang mit den beiden Taugenichtsen!«

Alle lachten. In Eve stieg ein beschwingtes Gefühl auf. Der Tag versprach nett zu werden. Letzte Nacht hatte sie sich schlaflos im Bett gewälzt, die Kissen aufgeschüttelt und sich Gedanken gemacht. Sie wußte kaum noch, wie die Typen alle aussahen – und morgen kamen sie hier an – und was dann? Warum in aller Welt hatte sie diese fremden Menschen eingeladen, den ganzen Tag rauszukommen? Eine abendliche Grillparty hätte genügt. Von halb elf vormittags würde sie sie am Hals haben, bis weiß Gott wann. Sie drehte sich auf den Rücken und wieder auf den Bauch und seufzte: »Warum nur? Wieso mußte ich das tun?«

Doch nun waren sie da, und es würde gar nicht so schrecklich werden. Alle waren gut gelaunt – abgesehen von Irenes Stichelei –, es gab genug zu essen und weiß der Geier, genug zu trinken – und der vorhergesagte Regen stellte sich auch nicht ein. Der Himmel war etwas diesig, aber die Sonne würde den Dunst bald vertreiben.

»Na, dann wollen wir mal, jetzt wo alle da sind.«

Alles redete durcheinander. »Kann man sich am Strand umziehen?« – »Haben die auch nichts dagegen, wenn wir trinken?« – »Wo sind die Eiswürfel?« – »Mit welchem Wagen fahren wir?« Schließlich verstauten sie Körbe, Badetaschen, Kühltaschen, Körbe, Handtücher und Decken in Albies Kabriolett, das beim näheren Hinsehen mit roten Flammen und Goldornamenten bemalt war. Stolz verkündete er: »Mein Fünfziger-Jahre Oldtimer. Macht es euch bequem, Freunde!« Und mit viel Lärm und Gelächter taten sie das auch. Eve wurde der Vordersitz zugewiesen, wie es sich für die Gastgeberin geziemte, und sie freute sich insgeheim, daß Paul darauf bestand, neben ihr zu sitzen und John vertrieb. Schmeichelhaft, daß man sich darum zankte, wer neben ihr sitzen durfte.

Mit kreischenden Reifen setzte Albie zurück, und mit kreischenden Reifen bog er in die Zufahrt ein, daß der Kies an beiden Seiten hochspritzte. Eve dirigierte ihn. Er fuhr rasant, und sie hatte Spaß daran, wie der Wind ihr ins Gesicht blies und die Haare nach hinten wehte, die sie nur mit Mühe festhalten konnte. »Hör mal, Albie«, brüllte sie, »im Ort würde ich etwas langsamer fahren. Der hiesige Polizist liebt seinen

Job, und die Gemeinde braucht dringend Kleingeld.« Albie lachte, scherte statt einer Antwort seitlich aus, um einen langsamen, braunen Caravan zu überholen, dabei setzte er wieder seine schändliche Dreiklanghupe in Gang.

Von dem gellenden Hupkonzert erschreckt, fuhren die Köpfe der beiden Insassen herum und starrten sie empört an. Wie in einem Traum traf Eves Blick eine Sekunde lang die Augen Anns. Ann fiel augenblicklich der Unterkiefer herunter. Eve drehte sich herum, schaute zurück, winkte und lächelte. Die Driscolls gafften. Haben sie mich erkannt? fragte sie sich. Natürlich. Und dann dachte sie, wie die Gruppe auf Ann und Tony wirken mußte – lärmend, grölend, wie eine Horde alberner Teenager in ihrem offenen Wagen, sich angeberisch in Szene setzend. Einen kurzen Moment schämte sie sich, und Paul beugte sich zu ihr und sagte: »Was ist los? Hast du was?«

Beim Einbiegen in den Parkplatz wünschte sie die Driscolls und ihre Meinung bereits zum Teufel. Sie benahmen sich auffällig. Na und? Trotzdem war sie froh, daß Nina nicht hier war. Sie machte mit Kerry und ihren Freunden eine Radtour in den Appalachians, sie übernachteten unterwegs und wollten erst morgen zur eigentlichen Feier des 4. Juli zurück sein, bestehend aus einem Dinner bei Ann und Tony mit anschließendem Feuerwerk auf dem Brickyard Hill.

Amüsiert dachte sie an Anns Einladung zur Dinnerparty. Im Lafferty Supermarkt war sie auf Eve zugegangen und hatte gesagt: »Es ist zwar noch ein paar Wochen hin, aber ich möchte sichergehen, daß du keine anderen Pläne hast.« Eves Herz hatte einen Freudensprung gemacht. Wegen dieser Lappalie: einer Einladung zum Dinner! Und doch, es *war* wichtig; verdammt wichtig. Daß ihre ältesten Freunde sich von ihr abwandten, hatte sie mehr gekränkt, als sie sich eingestehen wollte. Am liebsten wäre sie Ann auf der Stelle um den Hals gefallen. Doch statt dessen hatte sie erwachsen und kühl reagiert. »Andere Pläne? Am vierten? Nie!« Sie konnte es sich nicht verkneifen, hinzuzufügen: »Am Tag zuvor habe ich zwar Gäste. Aber nicht am vierten, nein!« Sie hatte ein schönes Wochenende vor sich, dachte sie, als sie half, den Wagen zu entladen.

Und als Paul Claytons Hand die ihre beim Zureichen eines Korbes berührte, durchzuckte sie ein erwartungsvoller Kitzel.

Albie und John wollten sich in der Kabine umziehen, und man wartete auf sie. Seltsam, sie sah weder Anns und Tonys Ankommen, noch daß sie an ihnen vorbeigegangen wären, doch als die Gruppe die Picknicksachen auf einem der Holztische in der Nähe ihres Liegeplatzes abstellte, sah sie die Driscolls bereits auf ihrem Platz liegen.

»Seht ihr das gutaussehende Paar da drüben?« sagte sie, »den schlanken Mann mit der roten Badehose und die schöne Blondine? Dort ist der Stammplatz meiner Freunde«, erklärte sie. »Die New Yorker kommen seit einer Ewigkeit hierher. Und Einheimische wie New Yorker, jede Gruppe hat ihren festen Platz, der sich nie ändert. Setzt euch also nur dahin, wo ich es euch zeige, sonst kommt ihr in Schwierigkeiten.« Sie lachte. »Man möchte nicht meinen, daß dies ein öffentlicher Badestrand ist.« Sie winkte zu den Driscolls hinüber, die zurückwinkten.

Dann breiteten sie Tücher und Decken neben Ann und Tony aus, die die Vorgänge kommentarlos mit ausdruckslosen Mienen verfolgten. Eve fragte sich, ob sie bemerkten, wie Paul sich um sie bemühte, und was sie von ihm hielten. Sie warf ihm verstohlene Seitenblicke zu, als er sein Hemd abstreifte. Er hatte eine durchtrainierte Figur, und wieder spürte sie diesen winzigen Kitzel. Ja, er sah gut aus, trotz Brille. Und wenn sie keine Absätze trug, war er ein gutes Stück größer als sie. Er bemerkte ihren Blick und zwinkerte ihr zu, daß ihr Herz einen Satz machte. Sie schenkte ihm ein breites Lächeln und sagte laut: »Ich möchte euch meine ältesten Freunde vorstellen. Damit meine ich nicht, daß sie alt sind. Ich meine, ich kenne sie eine Ewigkeit, seit dem College, und wenn einer fragen sollte, wie lange das her ist, dann ab mit ihm.« Und sie deutete mit dem Daumen zum See. »Also, dieses schöne Paar hier sind Ann und Tony Driscoll. Ann, Tony, ich möchte euch Paul vorstellen. Margo kennt ihr. Das ist Albie und John... Irene... und Demetrius, besser bekannt als Jim.«

Alle lächelten, alle sagten Hallo und sahen einander an. Es entstand ein Moment leicht betretenen Schweigens, und dann machte man es sich bequem. Eve schlüpfte aus ihrem langen Frottee-Strandkleid. Albie ließ einen anhaltenden Pfiff hören.

»Seht euch das an, Jungs!« staunte er. »Jetzt weiß ich, wir sind am richtigen Platz mit den richtigen Hasen gelandet.«

»Stimmt«, fiel Jim ein. »Kommt, Mädels, zeigt, was ihr zu bieten habt.«

Und Jim intonierte etwas daneben einen Varietésong, und Margo begann auf der Decke einige Tanzbewegungen; mit betörenden Blicken in die Männerrunde entfernte sie imaginäre Haarklammern, streifte lange Handschuhe ab. Die Männer pfiffen und feuerten sie johlend an. Margo legte eine gute Show hin, schließlich war sie Tänzerin. Man sah förmlich ihr gebleichtes Haar, die grelle Nachtclubschminke und die Federboa, mit der sie spielte. Margo tänzelte auf Jim zu, ließ ihr schmales Becken kreisen und versetzte ihm einen aufreizenden Hüftstoß. Wie vom Schlag getroffen, fiel er der Länge nach in den Sand. Die Szene wurde von den umliegenden Badegästen beklatscht. Eve wandte sich lächelnd an Tony und Ann. »Diese Margo!« Beide saßen mit verächtlichen Mienen, voller Abscheu da. Sie wußte, warum sie so dreinschauten. Hätte sich letztes Jahr eine Gruppe Fremder neben sie und Ted gesetzt, hätte sich so aufgeführt, gelacht und Blödsinn gemacht, sie hätte nicht anders reagiert. Sie schämte sich ein wenig.

»Wenn man wieder Single ist«, sagte sie schnippisch, »wird man plötzlich wieder jung«, und lachte.

Anns Lächeln fiel etwas säuerlich aus. Tonys Lippen waren schmal, und er sagte höhnisch: »Soweit ich weiß, bist du immer noch verheiratet.«

Er hatte natürlich recht, aber dann auch wieder nicht. Je weiter dieser Sommer fortschritt, desto überzeugter war sie, daß ihre Ehe zu Ende war. Letzte Woche hatte sie Ellen Diamond angerufen und ihr gesagt: »Ich habe darüber nachgedacht, über Ihre Frage. Ja, auch wenn es nie mehr einen Mann in meinem Leben geben sollte, möchte ich trotzdem geschieden werden.« In der Sekunde, als sie die Worte ausgesprochen hatte, überfielen sie alle möglichen Zweifel. Selbst jetzt war sie nicht sicher, ob es ihre echte Überzeugung war; sie wußte auch nicht, ob dies der richtige Maßstab für sie war. Aber eines wurde ihr sehr klar: ohne Ted fühlte sie sich ausgesprochen wohl. Sogar in unglücklichen Momenten erkannte sie, daß sie ohne ihn weniger unglücklich war.

Sie wandte sich von Ann und Tony ab – sie waren doch nur eifersüchtig auf ihre neuen Freunde – und wurde beinahe von Paul und Jim umgerannt, die Margo in ihrer Mitte trugen. Sie zappelte und zeterte: »Wartet! Nein! Meine Haare!« Aber sie lachten nur und schwangen sie, am Wasser angelangt, hin und her, dabei laut zählend und warfen sie dann in hohem Bogen hinein. Alle drei fanden das wahnsinnig komisch – jetzt flüsterten Irene und John miteinander und stürzten sich auf Albie, versuchten ihn zum Wasser zu schleppen, brachen lachend in einem Knäuel aus Armen und Beinen direkt neben den Driscolls zusammen. Eve sah amüsiert, daß Tony wie vor einer Spinne zurückwich, dann auf die Beine sprang und ostentativ den Sand von seinem Handtuch schüttelte.

»Komm, Ann«, sagte er laut, damit Eve es nicht überhören konnte, »das ist mir zu dumm! Wir gehen lieber segeln. Der Strand ist mir heute zu voll.«

Eve stellte dankbar fest, daß Ann ihr einen um Verständnis und Geduld bittenden Blick zuwarf; einen jener Blicke, die sie füreinander hatten, wenn die Kinder ungezogen waren. Aber sie begleitete ihn ohne Widerrede. Eve erwartete, daß einer der anderen irgendwann sagen würde: »Was ist denn mit Ihren Freunden los? Sie sind so plötzlich verschwunden.« Aber sie schienen es gar nicht zu bemerken. Warum auch? Ann und Tony waren ja nicht ihre Freunde. Und dann hörte sie ihren Namen rufen. Es war Paul, der im seichten Wasser stand und ihr zuwinkte. »Komm, das Wasser ist herrlich!« Sie holte tief Luft. Sie wollte den Tag genießen! Freudig winkte sie Paul zu und lief zu ihm.

Er hielt sie im Wasser, wie die Jungs sie gehalten hatten, als sie ein Teenager war, scheu umfangen, und lächelte ihr in die Augen. »Leicht wie ein Fisch im Wasser«, sagte er. Und beide kicherten. Er hatte eine gute Figur, sogar sein Magen war muskulös, doch sie wollte nicht sexuell an ihn denken, noch nicht. Seine Berührung war ihr angenehm, es machte Spaß, im Wasser wie die Kinder herumzutollen. Es schmeichelte ihr, daß sie diesem gutaussehenden Mann gefiel. Obwohl sie sich kindisch dabei vorkam, war sie sich der Blicke der Leute, die sie kannten, bewußt und malte sich aus, was sie wohl sagten: »Seht euch Eve Soloway an. Keine zwei Monate getrennt und schon hat sie was Neues an der Angel.« – »Überlaß das nur

Eve, die hat einen guten Geschmack.« – »Na ja, meine Liebe, schließlich ist sie auch schon über vierzig.« – »Wirkt aber keinen Tag älter als fünfunddreißig. Sie sieht fantastisch aus!« – »Der Kerl hat Glück.«

Wie konnte sie nur so viel darauf geben, was andere Leute dachten, schalt sie sich innerlich. Lag ihr tatsächlich etwas an diesem Mann? Oder suchte sie nur Bestätigung? Sie fröstelte ein wenig, und Paul festigte den Griff um ihre Hüften. »Ist dir kalt? Sollen wir rausgehen?«

Er war wirklich süß, aufmerksam und angenehm. Sie hatte Glück. Andere geschiedene Frauen verbrachten jahrelang in trostloser Einsamkeit, ohne einen netten Mann zu finden. Was hatte die Anwältin gesagt? »Es laufen nicht viele gute Männer rum.« Hatte das Ellen Diamond gesagt? Ja, Ellen und jede andere Frau, mit der sie in letzter Zeit gesprochen hatte!

Die anderen johlten am Strand, kreischten und winkten. Sie *waren* entsetzlich laut. Der Huntsfield Strand war ein stiller Familienstrand, weit entfernt von den jungen Leuten, die sich am anderen Ende vergnügten. Es war nicht der Platz, der Alleinstehende anzog. Gelegentlich gab es eine ›alte Jungfer‹ und ein paar Junggesellen, über die man im allgemeinen die Stirn runzelte. Eine lachende, flirtende Clique mußte unangenehm auffallen.

Man aß mit großem Appetit – Leberpastete und dünne Scheiben Schwarzbrot, Räucherlachs, Truthahn, geräucherte Forellenfilets und sechs verschiedene Sorten Ziegenkäse, einen großen Topf Ratatouille, Roggenbrot, Sauerteigbrötchen und französisches Weißbrot. Jede neu hervorgezauberte Delikatesse wurde von Eve mit großem Lob bedacht. »Ich sage euch, Kinder, euch lade ich immer wieder gern ein. Denn wenn ihr sagt, ihr bringt was zu essen mit, dann sind das keine leeren Versprechungen. Es ist himmlisch. Ich kann mir nicht denken, wie einer, wenn wir das alles vernichtet haben, meinen armseligen Lammschlegel zum Abendessen anrühren soll.« Allgemeines Protestgeschrei. Man aß und trank und plauderte und lachte. Mit Erstaunen stellte Eve fest, daß sieben leere Weinflaschen am Ende des langen Picknicktisches aufgereiht standen, als sie beim frischen Obst anlangten, das Eve beigetragen hatte.

Beim Abräumen stöhnte Albie. »Ich habe mich total überfressen. Zeit für mein Mittagsschläfchen.« Alle stimmten zu. Die aufgekratzte Heiterkeit hatte sich gelegt, und satt und matt warf man sich in den Sand und aalte sich in der Sonne. Eve machte es sich im Liegestuhl bequem. Paul legte sich neben sie, nahm ihre Hand mit seinen beiden, legte sie auf seine Brust und döste. Sie spürte seinen Herzschlag und das gleichmäßige Heben und Senken seiner Brust. Der Gedanke durchfuhr sie, daß sie später am Abend mit diesem Mann im Bett liegen und seinen Herzschlag an ihrer Brust spüren würde. Er hatte sie bereits gefragt, ob er »noch ein wenig bleiben könne«, wenn die anderen gegangen waren, und sie hatte genickt. Heute abend würde sie den neuen Kaftan anziehen, unter dem sie keinen Büstenhalter trug; sie würde den Pferdeschwanz lösen und nach ihrem neuen Parfüm duften. Und wenn die anderen weg wären, würde sie ihn zum Teich führen, und sie würden eine Flasche von dem schönen Blanc de Blancs trinken, den Ted für besondere Anlässe aufgehoben hatte – ätsch, du Mistkerl! Sie würde sich im Stuhl zurücklehnen, ihr Haar locker in den Nacken werfen, er würde sich über sie beugen und seine Lippen auf ihren Hals legen und ...

»Hallo, Eve! Du hast aber 'ne Menge Leute mitgebracht. Wie nett!«

Eve war nicht gefaßt auf das plötzliche nervöse Hämmern ihres Pulses beim Klang von Marybeths wohlbekannter Stimme. Erschrocken schlug sie die Augen auf, blickte nicht wie erwartet in Marybeths rundes Puppengesicht, sondern in die tiefblauen Augen und das müde Lächeln, das sie in ihren Träumen verfolgte. Blitzartig entzog sie Paul ihre Hand, richtete sich kerzengerade auf, verwirrt und verlegen. Sie mußte Roys amüsiertem Blick standhalten – ja, amüsiert! –, aber sie schaffte es nicht, ihn anzusehen. Ihr Mund war ausgetrocknet, sie fuhr sich mit der Zunge über die Lippen, fühlte, wie ihr die Röte ins Gesicht stieg. Sie stellte Paul vor, plapperte nervös und ohne nachzudenken drauflos. Irene räkelte sich und öffnete die Augen. Eve beobachtete sie und fand es komisch, wie Irene die Roy-Cullen-Nummer abzog. Irene zwinkerte und schluckte bei seinem Anblick, fummelte am Oberteil ihres Badeanzuges herum, sah ihn unter langen Wimpern mit albernem Unschuldsblick an. »Stellst du mich vor, Eve?« gurrte sie verführerisch.

»Irene Hoffmann... Roy Cullen.« Und schnell fügte sie hinzu, bevor Irene sich tatsächlich lächerlich machte: »Und seine Frau Marybeth.« Sofort verrieten Irenes Augen tiefe Enttäuschung: *Verheiratet? Ach, Scheiße.*

Marybeth, die wie üblich kein Gespür für die Wirkung ihres Mannes auf andere Frauen hatte, klatschte ihren Liegestuhl neben Irene, begrüßte sie mit einem strahlenden: »Tag, nett, Sie kennenzulernen.« Und nach einer Minute schnatterten die beiden drauflos über Handarbeiten, Petit-point und Gros-point und weiß Gott was alles.

Eve wußte, daß Paul erstaunt war darüber, daß sie sich ihm so hastig entzogen hatte, und es tat ihr leid. Aber sie hätte lieber einen Kopfstand gemacht, als ihm ihre Hand wiederzugeben. Ja, es war vorbei mit ihrer Ehe und in mancher Hinsicht doch auch wieder nicht. Es war wie ein Spinnennetz, in dem verwirrende Fäden sich in einem unüberschaubaren Muster verwebten. Sie war mit Ted fertig. Aber seltsamerweise war sie nicht fertig mit der Haltung seiner Freunde ihr als seiner Ehefrau gegenüber.

Natürlich hatte sie sich Paul entzogen, weil Roy erschienen war; ein unwillkürlicher Reflex. Man hält nicht Händchen mit einem anderen Mann, wenn der Liebhaber die Szene betritt, und sei er noch so verheiratet. Aber der Grund, warum sie sich Paul nicht mehr näherte, war ein anderer. Er hatte etwas mit ihr als Mrs. Ted Soloway zu tun. Sie wollte nicht, daß man über sie klatschte, nicht bevor sie ernsthaft engagiert war. Was immer das bedeutete. Sie saß ganz still am Strand von Huntsfield, einem Ort, den sie seit Jahren kannte, der ihr so vertraut war und fühlte sich als Fremde.

Sie saßen jetzt allein, wirkten leicht verwirrt, zerknittert und verschlafen. Alle außer Margo. Sie war hellwach und sah fantastisch aus. »Du bist ein Affront für uns andere Frauen, Margo«, sagte Eve.

»He? Warum? Was hab' ich getan?«

»Du wachst auf und siehst toll aus. Und der Rest von uns...«

»Sprich nicht weiter, sprich nicht weiter«, tönte Albie affektiert. »Ich weiß, mein Haar ist gräßlich in Unordnung«, und er gackerte weiter, »John, dein Lippenstift!«

»Ach Albie...« Sie warf ihm eine Weintraube zu, er fing sie

und verzehrte sie. Roy beobachtete sie. War das albern, ihm die Weintraube zuzuwerfen? Verflucht noch mal, was sollte das? Warum stellte sie alles, was sie tat, in Frage? Lächerlich. Es sollte ein fröhlicher Tag werden. Sie wünschte nur, sie könnte fröhlich sein. Sie wünschte, er würde aufstehen und lässig sagen: »Eve, kommst du mit ins Wasser?«

Als lese er ihre Gedanken, stand er auf, streifte sein Hemd ab, setzte das berühmte Roy-Cullen-Grinsen auf und sagte: »Wer kommt mit schwimmen?«

Eve wünschte verzweifelt, supercool zu sein, aufzuspringen und munter zu schmettern: »Wer zuerst im Wasser ist, ist Sieger!«, als hätte sie nie mit ihm geschlafen. Nein, sie konnte nicht, denn Margo stand auf, während alle anderen brummten, sie hätten die Bäuche noch zu voll. Margo schenkte Roy ein müdes Lächeln und sagte: »Klingt nicht schlecht. Mir ist wahnsinnig heiß.« Margo lief neben ihm zum Wasser. Und um Margos Hüfte legte er seine große Hand. Während Marybeth friedlich an der Hülle eines Tennisschlägers stickte, dessen Motiv ein schwungvolles ROY in einem Herz war. War sie eigentlich blöde?

Eve gestand sich gleichmütig ein, daß sie sich miserabel und lausig fühlte und so eifersüchtig, daß sie sich über Paul beugte und ihm einen zarten Kuß auf die Wange hauchte. »Hm, wie hübsch«, raunte er. Sie lächelte ihn an. Es gab eine Menge Männer auf dieser Welt, und sie war eine verdammt attraktive Frau. Sie ergriff seine Hand – plötzlich ohne Hemmungen –, drückte sie zärtlich und war dankbar, als er ihren Druck erwiderte. Paul Clayton war genau das, was der Doktor ihr verschrieben hatte. Und heute nacht, später, wenn die Party zu Ende war, würden sie herausfinden, was ihnen beiden guttat.

Die Nacht war lau und warm, eine sanfte Brise flüsterte in den hohen Fichten. Der Teich kräuselte sich in silbrigen Wellen, man hörte das Plätschern des Wasserfalls. Eve hatte die Fackeln angezündet, und der Widerschein ihrer flackernden Flammen tanzte in den Bäumen. Eine herrliche Sommernacht. Und hier lagen sie und Paul nebeneinander auf der breiten Liege, die nicht wirklich breit genug war für zwei, was die Sache nur interessanter machte. Er hielt ihre Hand. Auf einem kleinen Tisch neben Paul stand eine eisgekühlte Flasche Wein, ein Krug mit Eiswürfel und Jasons kleines Transistorradio, aus dem Charly Simon oder irgendein anderer klagende Liebeslieder schluchzte. Alles war friedlich und heiter und entspannt. Eve hielt ihr beinahe leeres Glas hoch und sagte: »Bitte nachfüllen.« Der Wein schmeckte besonders vorzüglich heute abend; vielleicht lag das an ihrer aufgekratzten Stimmung. Sie war voller Erwartung. Nicht wie bei Roy, zittrig und ungeduldig. Sie genoß ihre Erwartung.

Sie waren zum Haus zurückgekommen, wohlig entspannt und müde. Es machte Spaß, im Freien zu kochen, von der Sonne durchglüht, geduscht, mit duftendem, frischgewaschenem Haar. Die etwas kühlere Abendluft war mit den Gewürzen des brutzelnden Lammschlegels geschwängert; die Kartoffeln schmorten in der Silberfolie; die Sonne senkte sich mit warmem, rotem Schimmer. Sie waren alle aufgetankt mit Sonne und angenehm erschöpft, aßen und tranken, machten müde Scherze. Paul holte sich eine Schürze aus der Küche, nahm seinen Platz am Grill ein, erteilte Albie und Jim Anordnungen, wie sie die Drinks zu mixen hatten – geradeso, als sei er der Hausherr.

»Du nistest dich hier schon richtig ein, nicht wahr?« platzte Irene heraus. »Halt ihn dir warm, Eve! Er ist eine Rarität!« Und sie lachte begeistert über ihren Witz. Sie flirtete offen mit John, der – zu Eves Erstaunen – nichts dagegen zu haben schien. Einmal küßte er sie sogar auf die Wange. Als Irene ihre Stichelei über Paul anbrachte, lachte er nur, doch Eve fing an, ärgerlich zu werden. *Halt ihn dir warm.* Irene klang wie ihre Mutter. Und außerdem fand sie die Äußerung geschmacklos. Irene wußte genau, daß sie ihn erst neulich kennengelernt hatte. Vielleicht war er in diesem Punkt empfindlich. Vielleicht versuchte sie auch nur, Eve den Spaß zu verderben. Eines Tages, wenn sie weiter beim VS bleiben sollte, würde sie Irene sagen, was sie von ihren kleinen Bosheiten hielt. Aber heute sollte ihr das egal sein. Paul lächelte sie an, sobald Irene sich wieder John zugewandt hatte, und sie lächelte zurück. Teilweise hatte Irene ja recht, es war wundervoll, jemanden zu haben, der sich bereit erklärte, am heißen, rauchigen Grill zu stehen, während sie sich entspannt ihren Gästen widmen konnte.

Der Abend war nicht wie die Abende mit ihren verheirateten Freunden. Vielleicht weil alle irgendwie miteinander flirteten. Margo und Jim tanzten Wange an Wange zu Musik aus dem Transistorradio, dann tanzten Irene und John; Jim forderte Eve auf, und Albie gab mit Margo eine Rudolph-Valentino-Tango-Einlage zum Besten. Tanzen! Mit einemmal fiel Eve auf, daß ihre verheirateten Freunde nie tanzten, außer an Hochzeiten. Doch auch da mußte man sein Ehegespann auf die Tanzfläche zerren unter der Androhung, ein Solo hinzulegen. Und sie tanzte so gern. Mit Paul konnte sie nicht tanzen, weil er nicht vom Grill abkömmlich war. Schließlich meinte sie: »Schluß jetzt, Jungs, ich bin müde«, und setzte sich mit einem großen Gin Tonic zu ihm.

Gegen zehn Uhr abends wurde sie etwas unruhig. Er hatte sie nicht einmal geküßt und würde es nicht tun, wenn die anderen nicht endlich verschwanden. Mit Roy Cullen würde er wohl nicht zu vergleichen sein – welcher Mann schaffte das schon? – Aber sie wollte mit ihm vorankommen, wollte wissen, was geschah. Und dann sagte sie sich, nun sieh dir das an, noch nicht geschieden, nicht einmal gesetzlich getrennt, und schon vergleichst du einen Liebhaber mit dem anderen. Was würden wohl die Leute denken, wenn sie das wüßten? Sie wußte genau, was ihre Mutter dazu sagen würde. »Nymphoman!« – Den Stempel würde sie ihr aufdrücken. Sie fühlte sich nicht nymphoman oder nuttig oder betrügerisch oder schlecht oder irgend etwas in der Art, lediglich interessiert, sexy, erregt, ungeduldig. Und verdammt neugierig.

Es dauerte bis elf, bis alle ihre Sachen beisammen hatten, ein letztes Mal zur Toilette gegangen waren, ihr überschwenglich mit Umarmungen und Küßchen gedankt hatten und endlich losfuhren. Sie erwartete beinahe, daß Paul sie leidenschaftlich in die Arme reißen und sie eilig nach oben tragen würde.

Das tat er glücklicherweise nicht. Lächelnd nahm er ihre Hand und sagte: »Trinken wir noch ein schönes Glas Wein am Teich.« Und da lagen sie nun gemütlich und bequem. Zum Teufel, das letzte, was sie wollte, war gemütlich und bequem dazuliegen. Der Mann hatte sie noch nicht wirklich geküßt, und sie lagen bereits nebeneinander wie ein altes Ehepaar! Genug davon! Etwas entspannte, gelassene Erwartung der schönen Dinge, die da kommen sollten, war ja in Ordnung, aber das hier wurde allmählich lächerlich.

Sie traf eine Entscheidung, und als er ihr das volle Weinglas reichen wollte, schaute sie ihm in die Augen und sagte: »Stell es ab!«

»Abstellen?«

»Richtig, Paul. Stell es ab. Ich möchte jetzt keinen Wein.«

Sie konnte sein Gesicht nicht deutlich sehen, hatte jedoch das Gefühl, als erröte er. Vorsichtig stellte er das Glas auf den Tisch und wandte sich ihr zu. Sein Arm schlüpfte unter ihren Rücken, der andere umfing sie, drückte sie an sich, so daß ihre Körper sich eng aneinanderschmiegten, und dann legte er seinen Mund auf ihre Lippen; sie waren warm und weich, und als er sie mit der Zungenspitze berührte, schmeckte sie nach Wein und Sonne. Sein Kuß hüllte sie ein, sinnlich und zärtlich. Er leckte ihre Lippen, stieß seine Zunge in ihren Mund, suchte und spielte in allen Vertiefungen, zog sie wieder zurück, knabberte zart an ihren Lippen, saugte an ihnen, biß sie liebevoll. Seine Hände umschlossen ihren Kopf, die Finger spielten in ihrem Haar. Sie schmiegte sich an ihn, genoß die zärtliche Wärme seiner Hände und die Sinnlichkeit seines Mundes. Sie schwebte – der Kuß hätte ewig fortdauern können, es war, als gäbe es nur diese Lippen, diese Hände, diese Wärme seines Körpers und ihre wachsende Erregung. Von irgendwoher erklang Musik. Sie wartete, daß seine Küsse dringender wurden, begieriger, wartete darauf, daß sein Körper sich voll Verlangen an den ihren drängte.

Schließlich hielt sie es nicht länger aus, entwand sich ihm und flüsterte: »Wollen wir es uns bequemer machen?«

Wortlos schüttelte er den Kopf und beugte sich erneut über ihre Lippen. Nach einem weiteren langen, tiefen Kuß hob er den Kopf und lächelte sie an. »Seit Monaten habe ich keine Frau mehr so geküßt.« Er seufzte, umarmte sie fester und fügte hinzu: »Es tut so gut. Du fühlst dich so gut an, du schmeckst so gut, und du duftest so gut.«

»Das sind erst drei gute Dinge. Möchtest du ein viertes ausprobieren?« Eve verbarg kichernd ihr Gesicht an seiner Schulter.

»Was meinst du?« fragte er. Seine Stimme klang beiläufig, doch sie spürte, wie sein Körper sich spannte.

»Möchtest du ins Haus gehen?«

»Nein! Das heißt... nein. Es ist schön hier. Ich könnte die ganze Nacht hier liegen.«

Eve lag still, doch ihre Gedanken rasten wild durcheinander. Er war beunruhigt, nervös, etwas stimmte nicht. War sie zu weit gegangen? Hatte sie ihn überrumpelt? Hatte sie ihn mißverstanden? Den ganzen Tag hatte er sich um sie bemüht, sie berührt, als wolle er sagen: »Laß uns zusammen ins Bett gehen.« Sie wußte nicht, ob sie wirklich interessiert an ihm war, aber Roys Flirt mit Margo am Nachmittag war ihr auf die Nerven gegangen. Sie wollte sich zeigen, daß sie ihn nicht brauchte. Zum Henker mit ihm! Ein anderer attraktiver Mann fand sie begehrenswert, und sie war entschlossen, ihm zu beweisen, daß er recht hatte. Sie hatte gerade so viel Wein getrunken, um völlig entspannt und bereit für alles zu sein. Und was geschah? Dieser Mann machte einen Rückzieher, spielte mit einemmal den Schüchternen.

»Eve?« fragte er. »Eve?«

»Ja.«

»Bist du böse?«

»Böse? Warum sollte ich?« lachte sie. »Wenn du mich so küßt, dann sehne ich mich nach mehr.«

»Das macht mich glücklich, Eve. Wirklich glücklich. Ich küsse dich gern. Es ist nur...«

»Ja?«

»Es ist nur, daß... ach, verdammt! Ich habe etwas zu viel getrunken. Ich...« Er rutschte verlegen hin und her. »Vielleicht hast du recht. Vielleicht sollten wir reingehen.«

Engumschlungen schlenderten sie die Anhöhe hinauf, doch die Stimmung war dahin, für sie zumindest. Sie tat so, als fühle sie sich immer noch zärtlich, aber irgendwo in ihr war ein Frösteln. Er plauderte nett und freundlich. Sie mußte nur ein gelegentliches ›hmmmmm‹ und ›jaaa‹ von sich geben. Was sollte sie tun, wenn sie nach oben gingen – wollte sie, daß dieser Mann sie liebte? Plötzlich war sie stocknüchtern – kein Alkoholschleier mehr – und sie fragte sich, wie sie sich in diese Situation hatte bringen können. Sie kannte diesen Mann doch kaum! Hatte sie ihn wirklich noch vor ein paar Minuten leidenschaftlich geküßt? Es schien ihr unglaublich.

Sie betraten das Haus, Eves Unbehagen wuchs mit jedem

Schritt. An der Treppe blieb er stehen, beugte sich über sie und begann jeden Zentimeter ihres Gesichts zu küssen, sanft und zärtlich, angefangen vom Hals, zum Ohr über die Wangen, küßte ihre Augenlider, ihre Stirn – seine Lippen waren weich und doch fest. Ihre Lippen suchten seine. Und als sich ihre Lippen diesmal berührten, spürte sie etwas wie ein elektrisierendes Beben in ihrem Herzen. Ihre Arme schlangen sich um seinen Hals, und sie schmiegte sich an ihn, leidenschaftlich, wollüstig und naß. Was war los? dachte sie, drängte ihre Hüften noch dichter an ihn. Was war das? Sie fühlte nichts, nicht die harte Wölbung. Was war los?

Und dann schob sie den Gedanken beiseite, als er sie sanft die Treppe hinaufschob, seinen Arm um ihre Taille. In der Schlafzimmertür blieb er wieder stehen, küßte sie, streichelte ihre Brüste, anfangs durch die Seide ihres Kaftans, dann hob er die Stoffülle hoch, streifte ihr das Ding über den Kopf und ließ es zu Boden fallen. Er atmete schwer, als er sie im Halbdunkel betrachtete und flüsterte rauh: »Schön.« Dann beugte er sich über ihre Brüste, küßte und streichelte sie. Sie fand zwar nicht viel Geschmack an dieser Art des Vorspiels, aber das konnte er nicht wissen, und es schien ihm zu gefallen. Also hielt sie seinen Kopf, stöhnte pflichtgemäß leise und fragte sich, wie sie ihn wohl zum Bett befördern sollte. Was war denn los mit ihm? Machte er Ausflüchte? Hinhaltemanöver?

Als lese er ihre Gedanken, strebte er nun zu dem Bett, und er streifte seine Hosen ab. Eve bettete ihren Kopf auf ein paar Kissen, die Beine etwas geöffnet, wartete darauf, sich an seiner Nacktheit zu weiden. Er hatte ihr halb den Rücken zugewandt, und sobald er aus den Kleidern war, sprang er schnell ins Bett, schmiegte sich an sie, streichelte sie und küßte sie wieder.

Sie fing an zu begreifen, daß wirklich etwas mit ihm nicht in Ordnung war. Da lagen sie, bereit, einander zu lieben, aber er war sorgsam darauf bedacht, ihr seinen Unterleib nicht zu nahe zu bringen. Soll ich? dachte sie. Wage ich es? Und dann holte sie tief Luft, und ihre Hand strich über seinen Bauch hinunter zu seinen Leisten.

Er ließ von ihr ab, rollte sich auf den Rücken. Es entstand ein langes Schweigen. Sie brachte es kaum über sich, ihn anzusehen, aber sie mußte es tun. Er hatte keine Erektion. Was sollte sie einem Mann sagen, der nackt neben ihr im Bett lag, sie auf Sex vorbereitet hatte, und der nicht konnte? Was sagte man in so einem Fall? So etwas war ihr mit Ted nie passiert. Auch wenn er – was selten genug vorkam – meinte, er sei zu müde, hatte sie ihn immer erregen können, wenn sie es nur wollte. Aber etwas in ihr rebellierte bei dem Gedanken, diesen Mann zu stimulieren. Sie empfand lediglich leichte Übelkeit.

»Tut mir leid«, sagte Paul leise.

»Das sollte es dir auch!« Eve staunte über ihre Worte. Sie dachte nicht, daß sie ihre Gedanken laut aussprechen würde. Als sie sah, daß er zusammenzuckte, tat er ihr leid. »Ich meine –« fuhr sie fort, »ich meine, ich verstehe das nicht, Paul. Wenn du keine Lust hast... mit mir zu schlafen, warum küßt du mich dann und alles? Es... es kommt mir komisch vor, das ist alles.«

Er lag reglos, nur wenige Zentimeter von ihr entfernt. Jetzt drehte er sich halb zu ihr, sein Körper starr vor Spannung. Ein nackter Fremder in ihrem Bett – *in ihrem Bett!* –, sie wünschte, er würde sich anziehen und verschwinden.

»Hör zu«, sagte er gedämpft. »Ich – es ist mir wirklich peinlich, Eve. Das passiert nicht immer. Ich verspreche es. Vielleicht hatte ich zu viel getrunken... oder so.«

Sie hatte Mitleid mit ihm. Trotzdem... »Aber es ist das erstemal mit uns!« platzte sie heraus.

»Ich weiß, ich weiß. Verzeih! Es hat nichts mit meinen Gefühlen zu dir zu tun. Es... na ja, es passiert manchmal. Und... ehm... um die Wahrheit zu sagen, Eve, vielleicht hat mich die Trennung von der Frau, mit der ich zusammengelebt habe, mehr getroffen, als ich wahrhaben will. Ich habe dir von ihr erzählt – von Carol. Sie hatte mit einem anderen Mann ein Verhältnis, während wir zusammenlebten.« Es entstand wieder eine lange Pause. Dann sagte er: »Meine Frau, meine Exfrau hat das gleiche gemacht.«

»Oh, Paul! Wie furchtbar.«

»Ja, es war furchtbar. Daß Carol das gleiche Spiel mit mir getrieben hat wie meine Frau, das hat mich völlig fertiggemacht, mehr, als ich anfangs glaubte. Mein Gott, Eve, als ich dich traf... du gefielst mir so gut. Ich dachte –« Er sah sie jetzt direkt an, »ich dachte, mit dieser Frau kann ich keine Probleme haben. Scheiße!«

»O Gott«, sie war kein rechter Trost, das war ihr klar, aber ihr fiel nichts ein, was sie hätte sagen können. Er tat ihr leid, aber im Grunde genommen wollte sie sich nicht mit seinen Problemen belasten. Sie wollte nur, daß er aufstand, sich anzog und ging. Es war ihr unangenehm, als sei etwas mit *ihr* nicht in Ordnung.

Nach ein paar Minuten des Schweigens erhob er sich. »Ich will dich immer noch haben, Eve.«

Sie sah ihn nicht direkt an, blickte über seine rechte Schulter; ihm in die Augen zu sehen, war ihr unmöglich. »Ich wünschte, du würdest das nicht sagen. Es – ich möchte nicht mehr darüber reden. Okay, Paul? Ich bin sehr müde und offen gesagt, so etwas ist mir noch nie passiert und ...«

»Okay, okay. Sprich nicht weiter.« Er fing an, sich anzuziehen. Eve fröstelte, und sie holte sich die Decke vom Fußende des Bettes und zog sie bis zu den Schultern hoch. Schweigend kleidete er sich an, schweigend lag sie da mit geschlossenen Augen.

Als sie seine Lippen spürte, erschrak sie beinahe; sie hatte nicht bemerkt, wie er sich über sie beugte. Es war ein zärtlicher, süßer Kuß, seine Lippen, weich, warm und fest. Ein Kuß, der Bände sprach. Und sie war versucht zu sagen: »Bleib. Wir versuchen es noch einmal.« Aber sie hatte kein Gefühl mehr für ihn. Sie empfand Mitleid, sie fühlte sich miserabel, doch sie wollte, daß er ging.

Eine Minute später war er weg. Ohne ein weiteres Wort.

16

»Ich weiß genau, was du treibst, wenn ich nicht zu Hause bin!«

Eve schlug die Augen auf und wußte, es war spät – nach zehn. Sie erkannte es am Sonneneinfall in den Baumwipfeln draußen vor dem Fenster. In der nächsten Sekunde fiel ihr alles wieder ein: das Fiasko mit Paul, sein schweigendes Gehen und das laute Schluchzen, das ihren Körper geschüttelt hatte, als sie hörte, wie der Wagen sich knirschend über den Kies entfernte. Die Tränenflut überraschte sie; die Szene hatte ihr zwar nicht gefallen, aber sie ahnte nicht, daß sie so stark davon berührt war. Sie konnte sich ihre heftige Reaktion immer noch nicht erklären. Der arme Kerl – er mußte schrecklich leiden.

Sie hätte netter zu ihm sein müssen! Nun saß sie aufrecht im Bett. Warum war sie so unerbittlich hart, so voll schweigendem Vorwurf? Sie hätte ihn die Nacht hier lassen sollen. Was wäre schon dabei gewesen, wenn er neben ihr gelegen hätte? Sie hätte ihm noch eine Chance geben müssen. Vielleicht hätte es geklappt. Und wenn auch nicht, warum verweigerte sie ihm ein bißchen Wärme, ein bißchen Trost? Auf eine sonderbare und unangenehme Weise war sein Versagen intimer als jede Bumserei; sie wußte jetzt mehr von ihm, als sie eigentlich wissen wollte. Vielleicht sollte sie ihn anrufen. Nein, dann dachte er, sie rufe nur aus Mitleid an. Ob er heil nach Hause gekommen war? Sie hätte ihn nicht weggehen lassen dürfen, mitten in der Nacht... Sie hatte sich gräßlich benommen und mußte es wiedergutmachen. Ja, sie würde ihn anrufen, jetzt gleich.

Sie holte den Apparat vom Nachttisch, fragte die Auskunft nach seiner Nummer und wählte entschlossen. Als sie das Freizeichen vernahm, klopfte ihr Herz ängstlich. Nach dem dritten Klingelzeichen ertönte eine Tonbandstimme: »Hier spricht Paul Clayton. Ich bin im Moment leider nicht zu erreichen...« Ärgerlich knallte sie den Hörer auf die Gabel. Dann lachte sie bei der Vorstellung, was sie gesagt haben würde: ›Hallo, Paul, hier spricht Eve. Tut mir leid, daß es heute nacht mit uns nicht geklappt hat, aber...‹ Nein, es war zu dumm.

»Was gibt's denn zu lachen?«

Völlig verdutzt fuhr Eve herum. Reflexartig bedeckte sie ihre nackten Brüste, noch bevor sie registrierte, daß Nina es war, die verdreckt und übernächtigt in der Tür stand.

»Nina! Wieso bist du jetzt schon da?«

»Wieso? Hast du einen Kerl unter der Bettdecke versteckt?«

»Nina!«

Nina grinste höhnisch. Und dann sagte sie überheblich:

»Ich weiß genau, was du hier treibst, wenn ich nicht zu Hause bin.«

Eve erstarrte. »Wovon sprichst du? Was soll ich denn treiben?«

»Ach Mama, ehrlich! Beispielsweise trägst du *immer* ein Nachthemd, also, wieso liegst du nackt im Bett?«

»Was geht dich das eigentlich an?«

»Du hast mich doch gefragt!« Nina warf die Arme beschwörend gen Himmel.

»Deine Hände sind schmutzig«, entgegnete Eve. »Und ist das etwa Blut, was ich da sehe?«

»Deshalb bin ich schon hier. Zwei Platten am frühen Morgen und ich hatte nur einen Reserveschlauch. Ich mußte den halben Weg zu Fuß latschen! Mit dem holprigen Scheißfahrrad. Deshalb hat mich auch keiner mitgenommen. Ich bin fast gestorben, bis endlich einer anhielt!«

»Warum hast du mich nicht angerufen? Ich hätte dich doch geholt!«

Nina feixte. »Ach, wirklich?«

Ärger kroch in Eve hoch. Was sollte dieses hinterhältige, kleine Lächeln? Wie oft – Dutzende von Malen – war sie aus dem Bett gekrochen, um Nina mitten in der Nacht von einer Party abzuholen oder ihre Freunde zum Bus zu bringen und tausend andere Dinge!

»Ja, wirklich. Tu nicht so erstaunt. Was habe ich dich und deine kleinen Freunde schon mitten in der Nacht rumkutschiert.«

»Na ja, das hat sich ja jetzt geändert. Ich wollte dich nicht stören an diesem Wochenende, wo du doch all deine neuen *Freunde* zu Besuch hast.«

»Sie sind gestern abend abgefahren.« Ihre Stimme war gepreßt, ihre Lippen fühlten sich taub an.

»Woher sollte ich das wissen? Du wolltest mich so dringend aus dem Haus haben, da dachte ich ... na ja, ich dachte, alle Betten sind belegt.«

»Nina!« Ihre Stimme überschlug sich schrill; sie sprang aus dem Bett, lief zum Schrank, um sich den Morgenrock überzuziehen. Dieses Kind! Ihre Gegenwart machte sie wegen ihrer Nacktheit befangen. Dabei hatte sie sich nie vorher etwas dabei gedacht. »Verflucht noch mal!« sagte sie und wandte sich ihrer Tochter zu, die immer noch an der Tür gelehnt stand und ihre Schürfwunde an der Hand leckte, den Blick der Mutter vermeidend. »Wer gibt dir das Recht, so mit mir zu sprechen!«

»Es war doch klar, daß du mich loshaben wolltest. Das hatte ich im Gefühl. Ich bin nicht von gestern, Mama. Und ich bin auch nicht ganz doof. Ich weiß warum. Es ist ein Wort mit drei Buchstaben: S – E – X.«

Eve zurrte den Gürtel ihres Morgenmantels so fest, daß ihr die Luft wegblieb und starrte ihre Tochter an. Sie wußte, sie war glutrot im Gesicht, spürte die Hitze in ihren Wangen. Ganz ruhig! Man durfte sich von diesen Teenagern nicht aus der Fassung bringen lassen; sie hatte dieses altkluge Stadium mit den Buben hinter sich gebracht, hatte es überstanden, obwohl es in Jasons Fall noch nicht ganz ausgestanden schien.

Und dann wurde ihr klar: als die Buben die Pubertät durchmachten, war Ted da. Sex war damals kein Thema, als es noch Mami und Daddy gab. Und mit einemmal wurde ihr bewußt, daß zum erstenmal in ihrem Leben als erwachsene Frau jede Andeutung einer sexbezogenen Aktivität notiert, beobachtet, besprochen und kritisiert werden würde. Sie hatte keine Intimsphäre mehr, nicht als alleinstehende Frau.

Sie holte dreimal tief Atem und zwang sich zur Ruhe. Es würde nichts bringen, wenn sie Nina eine Ohrfeige gab – obwohl sie diese ihrer Meinung nach verdiente. Sie, Eve, hätte im Leben nicht gewagt, mit ihrer Mutter in diesem Ton zu sprechen! Aber die Zeiten änderten sich. Also ...

»Nina«, sagte sie geduldig. »Ich weiß, es ist nicht leicht für dich. Es fällt dir schwer, mich mit anderen Männern als Daddy zu sehen ...«

»Du bist nicht geschieden. Du lebst nicht einmal gesetzlich getrennt von ihm.«

Aha, clever. Wer von ihren guten Freunden hatte ihr das wohl beigebracht? Vermutlich Ann. Sie war die Konservativste und würde am ehesten einen Unterschied machen zwischen einer gesetzlichen Trennung und Teds Flucht in die Wälder.

»Das ist bereits in die Wege geleitet«, sagte sie. »Ich war zweimal beim Anwalt.«

Nina starrte sie nur an und murmelte etwas von »unfair« und »Daddy« und »Wenigstens mit ihm sprechen.«

»Nina, darüber haben wir bereits diskutiert. Ich habe vor, mit deinem Vater zu sprechen, wenn er sich entscheidet, wieder in die Zivilisation zurückzukehren. Offen gestanden begreife ich nicht, wie er es so lange ohne Telefon aushält.«

»Ach Mama! Du bist unfair!« Eve sah mit Schmerzen Tränen aus Ninas Augen quellen, die helle Spuren auf ihrem schmutzigen Gesicht hinterließen. »In Daddys Beruf ist das Telefon nun mal wichtig, und seit ich mich erinnern kann, regst du dich darüber auf.«

Warnend sagte Eve: »Nina! Jetzt reicht's!«

»Das sagst du immer, wenn ich die Wahrheit beim Namen nenne.«

»Wenn du schon von Unfairneß sprichst, Nina, warum siehst du nicht auch mal meine Seite? Du liebe Güte, wenn du mal groß bist, wirst du eine Frau sein wie ich!«

»Das hoffe ich nicht!« kam die trotzige Antwort.

»Ich warne dich. Treib mich nicht zum Äußersten. Ich versuche vernünftig mit dir zu reden. Und alles, was dabei rauskommt ist, daß du mir ständig nachmaulst.«

»Was kümmert's dich denn eigentlich?«

»Was heißt das, was kümmert's mich? Du bist mein Kind. Ich mache mir Sorgen um dich.«

»Davon merke ich nichts. Du bist ja kaum noch zu Hause!«

»Das ist einfach nicht wahr. Gut, ich bin ein paarmal in die Stadt gefahren, aber das habe ich früher auch getan, ohne daß du mir Vorwürfe gemacht hast. Und jetzt nimmst du mir das plötzlich übel?«

Nina starrte sie finster an und sagte: »Weißt du, wie lange es her ist, daß du mir einen Gutenachtkuß gegeben hast?«

Eve blieb der Mund offenstehen. Sie hatte aufgehört, Nina regelmäßig Gutenachtküsse zu geben, seit sie zwölf war und abends vor dem Schlafengehen ihre Hausaufgaben machte. Und nun beschwerte sie sich darüber. Ihr war jedes Argument recht, um ihr ein schlechtes Gewissen einzujagen.

»Also Nina, verschone mich bitte damit! Du bist doch gewöhnlich abends mit deinen Freundinnen unterwegs, und wenn du heimkommst, schlafe ich meistens schon. Ich glaube nicht, daß es dir etwas ausmacht, ob ich dir einen Gutenachtkuß gebe oder nicht. Du suchst nur Streit mit mir, um jeden Preis.«

»Aha, so nennst du das!«

Eve holte wieder tief Luft. »Hör zu, Nina, das führt zu nichts. Warum gehst du nicht unter die Dusche, und ich mache dir ein schönes Frühstück, dann gehst du schlafen und ich wecke dich, wenn es Zeit ist, zu den Driscolls rüberzugehen.«

»Ich gehe nicht zu den Driscolls!«

»Natürlich gehst du mit. Es ist ihr großes Familienfest wie jedes Jahr.«

»Nennst du das etwa Familie?«

Eve trat auf ihre Tochter zu, Zorn stieg wie bittere Galle in ihr hoch. »Hör bitte auf damit«, warnte sie, »sonst werde ich sehr wütend. Tu mir den Gefallen und geh unter die Dusche, und dann kommst du zum Frühstück runter.«

»Ich komme nicht mit.«

»Du kommst mit, Nina. Hör mit dem Unsinn auf.«

»Du kannst mich nicht zwingen. Ohne Daddy komme ich nicht mit. Nein, ich komme nicht mit!«

Eve war nun wirklich wütend. »Nun, mein Fräulein, du solltest dich besser daran gewöhnen, ohne Daddy fortzugehen, weil ich Daddy nicht mehr zurückhaben will! Das ist vorbei. Also gewöhne dich daran.«

»Ja, ich soll mich daran gewöhnen! So wie ich mich an deine Männerbekanntschaften gewöhnen soll!«

»Meine Männerbekanntschaften! Nina, das ist ja zum Lachen.«

»Ich bin dir doch völlig egal! Ich hör doch, wie du am Telefon mit dieser Margo redest! Und diese neuen Fummel, die du gekauft hast, weil du glaubst, sie sind sexy! Und die fremden Leute, die sich hier breitmachen, und du mich deswegen aus dem Weg haben willst! Ich bin dir egal und Jase und Rich auch!« Das Gesicht des Mädchens verzerrte sich, und die Tränen rollten über ihre schmutzigen Wangen. Sie sah aus wie ein verlottertes Gassenkind, und Eve spürte eine Welle der Liebe für sie. Sie breitete die Arme aus. Und dann schrie Nina: »Deine einzige Sorge ist doch nur noch, wie du was zum Bumsen bekommst!«

Ohne nachzudenken, und ohne es zu wollen, schlug Eve hart zu.

17

»Nichts vor, heute abend?«

»Es stach mir sofort in die Augen, als ich aus der Subway kam. Stell dir vor, Tony, im spiegelblanken Schaufenster eine schicke, geschmackvolle Dekoration vor dem Hintergrund eines großen Farbfotos der nächtlichen Skyline von Manhattan und darüber die ausladende Schrift: ›NICHTS VOR, HEUTE ABEND?‹ Wer könnte da widerstehen? Ich war einfach neugierig.« Eve lachte mit zurückgeworfenem Kopf, und Tony dachte, sie hat doch sonst keine solch dramatischen Gebärden. Auch ihre Stimme behagte ihm nicht. War sie nicht zu laut? Ihr Lachen ganz gewiß. Doch er lächelte höflich, das Ende dieser nicht enden wollenden Geschichte abwartend. »Und dann, Tony, als ich vor dem Schaufenster stand, war ich schockiert bis ins Mark. Vibratoren! Dutzende von Vibratoren!« Sie kicherte. »In allen Größen, Tony. Stell dir das mal vor, all diese Vibratoren und darüber die riesige Schrift: ›NICHTS VOR, HEUTE ABEND?‹«

Tony sah sich im Lokal um. Vermutlich hörten bereits alle Gäste zu. Was war los mit dieser Frau? War sie von Sinnen? Schon dieses Kleid, das sie trug! Knallrosa mit großem Blumenmuster und *trägerlos*! Eine Dame trug so was nicht in Manhattan mitten am Tage. Es sah hurenhaft aus. Sollte er ihr das sagen?

Sie saßen einander gegenüber in der Nische an seinem üblichen Tisch. Er mochte dieses Restaurant: französisch, nicht zu aufgemotzt, prompter Service, reichlich und gutes Essen, und die Drinks nicht zu knapp bemessen. Er winkte dem Kellner mit seinem leeren Glas. »Eve? Du auch noch einen?«

»Himmel, nein, Tony. Ich habe so viel geredet, daß ich kaum einen Schluck getrunken habe.« Das holte sie jetzt nach. »Und außerdem, du weißt, mittags trinke ich kaum!«

»Hab' ich vergessen. Früher jedenfalls nicht.«

Ihre Augen verengten sich. »Was meinst du, früher nicht? Ich habe meine Gewohnheiten nicht geändert.«

»Doch, du hast dich verändert. Auf unserer Grillparty hast du mehr getrunken, als ich je an dir gesehen habe – und dabei kaum was gegessen.«

»Ich war nicht betrunken, wenn du das meinst.«

»Ach, Eve, laß diesen gereizten Ton. Ich meine gar nichts damit. Es ist mir nur aufgefallen.« Er schwieg, als der Kellner den frischen Drink brachte und nahm einen tiefen Schluck. Er wünschte, Ann hätte nicht diese sogenannte gute Idee gehabt; er hätte sich nicht von ihr dazu überreden lassen. »Hör zu, Tony, du bist der einzige von uns, der die Autorität und die Überzeugungskraft besitzt, die beiden wieder zusammenzubringen.« Und sie hatte sich an ihn geschmiegt, was ihn immer anmachte, ihre Arme um seinen Hals gelegt und gewisse Worte in sein Ohr geflüstert, und er hatte nachgegeben. Sie wußte genau, daß er allem zustimmte, wenn er einen Steifen hatte.

Es würde nicht einfach sein, das sah er jetzt ein. Es war etwas Fremdes an Eve! Es wurde gewiß kein Gespräch mit einer guten, alten Freundin. Merkwürdig, wie anders sie war, ohne Ted. War er eigentlich je alleine mit ihr gewesen? Sie hatte seltsam glitzernde Augen, beinahe fiebrig. Er fühlte sich nicht wohl in ihrer Gegenwart, wie sie ihm gegenübersaß, mit ihren Brüsten, die ihr beinahe aus dem Kleid hingen – warum trug sie keine Jacke oder irgendwas drüber? –, und diese falschen Wimpern, oder was immer sie mit ihren Augen anstellte. Ihr Haar machte ihn auch nervös. Nein, wirklich, fragte er sich, als er ihre nackten, braunen Schultern betrachtete, die Augen mit dem grünen Lidschatten und die lange Haarmähne, sah so eine Frau von dreiundvierzig aus, die Mutter von drei Kindern – von zwei erwachsenen Männern? Nein. Er war damit nicht einverstanden. Eine Frau sollte ihrem Alter entsprechend aussehen.

»Nina war sehr bedrückt bei der Grillparty«, sagte er. »Sie ist nicht wie sonst.«

»Ach, Tony. Das hab' ich dir doch schon erklärt. Sie hatte eine Fahrradpanne und mußte nach Hause trampen.«

Er trank wieder. Diese Ann mit ihren kleinen Tricks. »Davon spreche ich nicht. Die ganze Situation belastet sie.«

»Tony, bei allem Respekt«, sie lächelte ihn an in einer Weise, die er haßte. »Ich bin Ninas Mutter, klar? Ich weiß genau, was sie durchmacht. Ich weiß, es ist schwer für sie, damit fertig zu werden...«

»Womit soll sie denn fertig werden?« fragte er gereizt.

»Tony«, wieder dieser arrogante Ton. Gott, haßte er Frauen,

wenn sie die Überlegene spielten. »Du und Ann, ihr sprecht doch darüber; dann weißt du auch, daß ich bereits zweimal beim Anwalt war. Aber du weißt nicht, daß Ellen – meine Anwältin – möchte, daß ich mit Ted spreche. Das habe ich vor, sobald er aus seiner Höhle kriecht. Du weißt also, was los ist.«

»Sicher weiß ich, was los ist.« Er winkte nach noch einem Drink, obwohl er sich bereits leicht benebelt fühlte. Frauen! Man brauchte drei Drinks, um sich vernünftig mit einer unterhalten zu können! »Du machst eine Midlife-Crisis durch und läßt den armen Ted dafür büßen.«

»Meine Midlife-Crisis?« Ihr Gesicht war alarmierend rot, und sie zischte: »Und der arme Ted, der *mich* verlassen hat!«

»Aber, Eve, nun mach mal 'nen Punkt. Ober, noch einen Gin Tonic! Kein Grund, dich so aufzuregen. Hör zu, Eve, und beruhige dich bitte, denn ich möchte dir etwas sagen.«

Sie hatte nichts gegen ein weiteres Glas einzuwenden und nahm einen kräftigen Schluck. Hoffentlich trank sie nicht zu viel, dachte er. Sie war nicht daran gewöhnt. Scheiße! Es lief nicht so, wie er und Ann es geplant hatten. Sie sollte hier sein. Er war zu geradeheraus. Frauen mußte man mit Samthandschuhen anfassen. Er war gezwungen, diese Gefühlsduselei abzulassen, damit sie ihm überhaupt zuhörte.

»Bitte, hör mich an. Also, Ted hat sich mit mir in Verbindung gesetzt...«

»Dann bekommst du also auch eine wöchentliche Ansichtskarte?«

Er war verdutzt. »Du hast von ihm gehört? Was soll dann das Gerede, daß er einfach verschwunden ist?«

Sie seufzte. »Wenn du Sätze wie: ›Ich werde mir über alles allmählich im klaren‹ als Entschuldigung für sein Verhalten nimmst und als Versuch einer Versöhnung, dann schlage ich vor, Tony, heirate *du* ihn und lebe mit ihm zusammen!«

»Was ist denn daran nicht in Ordnung? Er meldet sich doch.«

»Nein, Tony, nichts ist in Ordnung. Ich habe sechs oder sieben Postkarten von Ted bekommen, seit er abgehauen ist. Und auf jeder schreibt er, was *er* möchte, was *er* braucht. Und mir wird immer klarer, daß unsere ganze Ehe daraus bestand, daß ich mich vollkommen nach seinen Ansprüchen gerichtet habe.«

»Mensch, Eve, das ist ungerecht! Der Mann legt dir sein Herz zu Füßen.«

»Er legt mir sein *Herz* zu Füßen? Daß ich nicht lache! Wolltest du nicht, daß ich dich ernst nehme?«

Scheiße, Ann hatte gemeint, er solle diesen Satz sagen. So etwas würde Eve berühren. Sie lachte. Lachte wie eine Verrückte, und alle Köpfe im Lokal drehten sich nach ihnen um.

Er sprach in ihr Lachen hinein. »Wie dem auch sei, Eve. Du solltest wissen, daß Ted mich vorgestern anrief.«

»Interessant. Seine Familie anzurufen, findet er nicht der Mühe wert.«

»Du bist schon wieder ungerecht! Er weiß, daß du wütend auf ihn bist. Wie kann er dich da anrufen?«

Sie beugte sich über den Tisch mit diesem ekelhaften, höhnischen Gesichtsausdruck. Sie war viel zu stark geschminkt. »Findest du, lieber Tony? Und was ist mit seiner Tochter? Sie leidet doch so schrecklich. Ted scheint sich darüber keine Gedanken zu machen.«

Es war schlimmer, als er sich vorgestellt hatte. Er mußte ihren Sarkasmus einfach überhören. Vielleicht war ihr Zorn in gewisser Weise berechtigt, aber einen Mann wie Ted warf man nicht einfach weg. Man warf all die guten Jahre nicht einfach weg!

»Er weiß, daß er dich unglücklich gemacht hat, Eve. Er will doch nur, daß du ihm zuhörst. Aber du mußt ja gleich zum Anwalt rennen. Mensch, Eve, als ich Ted das gesagt habe, traf es ihn wie ein Schock! Wirklich. Er konnte es kaum glauben. Du hättest ihn hören sollen!«

»Ja, richtig, das hätte ich wohl.«

»Sei nicht so zynisch, Eve. Ich meine es ernst.«

Sie senkte die Augen und trank, er konnte ihren Gesichtsausdruck nicht erkennen. »Also, was ich dir sagen möchte, ist, daß Ted kommt...«

»Ach, tatsächlich? Wann?«

»Zu unserem Ausflug! Du weißt doch...«

Sie grinste ihn einfältig an. »Nein. Welcher Ausflug?«

»Die ganze Clique... am letzten Sonntag im Juli machen

wir eine Wanderung mit Picknick.« Er lachte, erwartete, daß sie einstimmte. »Shirls Idee. Du kennst ihn ja.«

Sie preßte die Lippen aufeinander. »Ich finde es nicht komisch, daß alle von diesem Ausflug wissen, nur ich nicht.«

»Hat Ann dir das nicht gesagt?«

»Nein, hat sie nicht.«

»Vielleicht hat sie – vielleicht bist du... na ja, Mensch, Eve, du bist ja auch ständig mit deinen neuen Freunden unterwegs.«

»Laß meine Freunde aus dem Spiel. Wir sprechen von euch.«

»Ist das ein Vorwurf?«

»Nimm es, wie du willst, mein lieber Tony.«

»Ich bin nicht hier, um mit dir zu streiten. Ich bin hier, um dir zu sagen, daß Ted dich unbedingt sehen und mit dir sprechen möchte. Und ich will dir auch sagen, daß er aufrichtig vorhat, sich mit dir zu versöhnen.«

»Dann sag ihm, ich bin bereit, ihn zu sehen, mit ihm zu sprechen, ja sogar ihm zuzuhören. Aber er soll nicht damit rechnen, daß er bei mir übernachten kann. Und er soll nicht damit rechnen, daß wir uns versöhnen, weil ich fertig bin mit ihm, Tony. Ich weiß, das hörst du nicht gern. Aber die Soloway-Ehe ist finito!«

Störrische Ziege! Er hatte Ann gewarnt, sie würde nicht zuhören. Es machte ihr Spaß, den Swinging Single zu spielen. In ihrem Alter!

»So ist das also«, knirschte er sie an. Nun war er wütend. Ihr ganzer Ton war eine Beleidigung. Diese Frau hatte Nerven! »Ich darf dich vielleicht daran erinnern«, fuhr er sie an, »daß das Haus in Huntsfield Ted gehört.«

»Die Hälfte! Nur die Hälfte, Tony!«

»Okay, dann nur die Hälfte. Dann laß gefälligst deine lausigen Männerfreunde aus seiner Hälfte des Hauses heraus!«

Abrupt stand sie auf, griff nach ihrem Glas, er duckte sich automatisch. Mordlust stand in ihren Augen, und er war sicher, sie würde ihm das Glas ins Gesicht schleudern. Aber sie tat es nicht. Sehr vorsichtig stellte sie es ab, und sehr ruhig lächelte sie ihn an.

»Weißt du was, Tony?« sagte sie und drehte sich auf dem Absatz um. »Leck mich am Arsch!«

18

»Ich will meiner Frau nicht irgendeine Krankheit anhängen.«

Beide waren jung und blond, mit den unschuldigen Gesichtern von Schulkindern. Sie lagen unter einem Baum in einer sonnigen Lichtung, inmitten blühender Blumen und Vogelgezwitscher. Auf ihren nackten Körpern spielten Lichtkringel, sie lagen eng umschlungen, kaum atmend, nur ihre Hüften bewegten sich rhythmisch voneinander weg, zueinander, voneinander weg. Die Bewegung war absichtsvoll langsam, hypnotisch; der Junge riesig erigiert, schien es nicht eilig zu haben, als er seinen Penis tief in das Mädchen schob, ihn herauszog. Im Verlauf der gleichmäßigen hypnotischen Bewegungen, rein und raus, rein und raus, wölbte sich der Rücken des Mädchens, ihre Arme schlangen sich fester um den breiten Rücken des Jungen. Die Muskeln seines Gesäßes spannten sich, er atmete schneller, pumpte heftiger in sie. Das Mädchen reagierte mit Stöhnen und hob ihm ihr Becken entgegen. Ihr Kopf rollte von einer Seite auf die andere, ein Lächeln umspielte ihre Lippen.

»Weiter! Weiter!« spornte Roy sie an. Seine Stimme klang rauh, sein Arm um Eves Rücken festigte sich, er zog sie näher zu sich. »Sieh dir das an! Wie lang geht das nun schon? Eine Viertelstunde?«

Eve sah ihn von der Seite an, amüsiert. Er leckte sich tatsächlich die Lippen. Männer waren wirklich manchmal wie Kinder! »Roy, Roy, es ist doch nur ein Film. Die können doch zehn Sekunden ständig wiederholen.«

»Mach keine Witze.«

»Ich weiß nicht, ob das ein Witz ist. Ich bin kein Pornofachmann.«

»Jaaah!« brummte Roy und küßte ihren Nacken. »Meine einzigartige Jungfrau! Kommst du da nicht auf Ideen?«

»Wenn du damit neue Ideen meinst, glaube ich kaum. Ich kann nichts wirklich Neues entdecken. Du etwa?«

»Bei diesem Streifen nicht. Sie machen es ganz normal.« Sie lagen beide bäuchlings auf dem großen Bett und blickten in den Fernsehapparat auf der Kommode. Die Vorhänge waren gegen das helle Tageslicht zugezogen.

Eve entwand sich aus seiner Umarmung und rollte auf die Seite. Seit einer Stunde befanden sie sich in diesem Zimmer, und sie hatte sich noch nicht richtig umgesehen. Es war wie jedes Motelzimmer: gemusterte Vorhänge, passender Bettüberwurf. Große, ›moderne‹ Kommode, breites französisches Bett, hochfloriger Auslegeteppich, an der Wand zwei schauderhafte Drucke in holzimitierten Plastikrahmen. Eine farblich abgestimmte Einrichtung, die man sofort vergaß, sobald man die Tür hinter sich zumachte. Schade, dachte sie, in einem Motel mit Pornofilmen, wo keiner nach Gepäck fragte, sollte die Einrichtung aus pinkfarbenen Samtvorhängen, herzförmigem Bett, Dschungeltapeten und zahlreichen Spiegeln bestehen. Das erzählte sie Roy, der brummend antwortete: »Wen interessiert schon die blöde Einrichtung?« Und dann dröhnte er: »Du solltest dir lieber die Fickerei ansehen.«

Nun vernahm man Stöhnen und Ächzen vom Geschehen im Fernseher, und Eve rollte wieder auf den Bauch, um weiter zuzusehen. Sie mußte lachen. Das schöne, junge Paar hatte Gesellschaft von zwei weiteren Paaren der verschiedensten Hautfarbe bekommen, die sich in den verschiedensten Stadien der Entkleidung befanden. Die sechs jungen Leute lernten sich sehr schnell, sehr viel besser kennen. Eve konnte nichts dafür. Es erheiterte sie. Und es machte sie auch an. Nicht, daß sie es nötig gehabt hätte. Beim Liebesspiel mit Roy Cullen brauchte man keine Stimulation von außen.

Seine Hand liebkoste ihren Rücken, strich langsam ihre Wirbelsäule entlang; erregende Schauer flogen durch ihren Körper. Es war unglaublich: ob seine Hände, seine Wange, sein Mund sie berührten, es entstand eine elektrisierende Spannung in ihr, die sie früher nicht gekannt hatte. Sie schlängelte sich näher an ihn, versuchte, ihre Hüfte unter seine zu schieben. Nun knabberte und biß er ihre Schultern, ihren Rücken, und wahre Lustschauer durchrieselten sie.

Er war ein wunderbarer Liebhaber! Sie schloß die Augen in

Erwartung dessen, was kam; was immer es war, es würde wundervoll werden. Er rollte sie auf den Rücken und fuhr fort mit seinen Liebesbissen, seine Hände streichelten sie zärtlich, bis sie sich schreien hörte, spürte, wie sie in wilden Zuckungen explodierte, und er küßte sie stöhnend vor Lust und Zufriedenheit.

Es war so gut! Er gab so viel! Sie nahm seine Zunge in ihren Mund, preßte ihr Gesicht noch näher an ihn, schlang ihre Arme eng um seinen breiten Rücken. Er war so voller Saft und Kraft. Sie wollte ihn beißen und küssen und ihn schmecken. Sie wollte es jetzt.

Sie befreite sich und schlängelte sich nach unten. Sie liebte diesen fleischigen Schwanz; er machte so schöne Dinge mit ihr. Nun redete Roy auf sie ein, umfing ihr Gesicht, drängte sie, weiterzumachen. »Ja, ja, ja« – und schob seinen Rumpf hoch, daß sie ihn tiefer in ihrer Mundhöhle hatte. Er war herrlich, warm, hart, süß, und es tat so gut zu spüren, wie er sich vor Lust wand, wie sein Schwanz sich versteifte und wuchs; es tat so gut zu hören, wie er ihren Namen immer wieder schrie. »Jetzt... gleich... jetzt, weiter, weiter... halt dich still. Ich komme gleich. Ich...« Und dann schwoll er. In seinem schweren Keuchen entstand eine winzige Pause; und ein Erguß warmer Flüssigkeit quoll aus ihm, salzig, wie Stärke. Gierig schluckte sie seinen Samen. Ted hatte das nie zugelassen! Er hatte sich ihr immer entzogen und gemeint: »Ich will nicht, daß du das tust. Frauen mögen das nicht. Ich mag es nicht.« Der Narr! Nein, sie war die Närrin! Warum hatte sie ihm all die Jahre geglaubt?

Sie konnte nicht genug davon bekommen und leckte ihn wieder, genoß diese neuen Gefühle, während Roy seine Finger in ihrem Haar vergrub und keuchte: »O tut das gut! Du bist so gut. Du bist wundervoll. Du bist herrlich. Du bist die Beste.«

Nun wand sie sich wieder an ihm hoch, schmiegte sich an ihn, bettete ihren Kopf an seine behaarte Brust, horchte auf den schnellen Trommelschlag seines Herzens. Er schwitzte; normalerweise tat er das nicht. Sie hatte natürlich erst – wie oft? – fünfmal mit ihm geschlafen. Zweimal auf dem Land und zweimal in der Stadt nach dem Büro und jetzt mitten am Tag im Motel ›Arabische Nächte‹.

Sie unterdrückte ein Kichern, als sie über sich selbst nachdachte. Eve Soloway, die Supermutter, die Superfrau, die Makellose, wälzte sich mitten am Tag lüstern im Bett mit einem verheirateten Mann, dem Ehemann einer Freundin, schaute sich Pornofilme an und fickte sich das Hirn aus dem Kopf.

Was ist nur aus mir geworden, fragte sie sich, in den paar Wochen, in denen ich mich als von Ted getrennt betrachte. Vor ein paar Wochen hätte ich nie gesagt – nicht einmal gedacht – ›sich das Hirn aus dem Kopf ficken‹. Die Idee, sich das Hirn aus dem Kopf zu ficken, wäre ihr nie gekommen. Sie und Ted fickten nicht. Sie gingen zusammen ins Bett, sie liebten sich, oder in wilderen Momenten, hatten sie Sex miteinander. Aber Ficken war ein Wort, das nicht laut ausgesprochen wurde; es gehörte zu einem Vokabular, das man höchstens dachte.

Es war zu lächerlich. Nach all den Ehejahren gingen sie immer noch so befangen miteinander um! Das Seltsame daran war, daß ihr dies nie zuvor zum Bewußtsein gekommen war. Nun, sie war auch nie zuvor mit Roy Cullen im Bett gelegen, hatte nie ein Verhältnis mit einem anderen gehabt. Ted war der einzige Mann in ihrem Leben. Was wußte sie schon? Sie war sehr naiv, glaubte das, was in den Büchern über Ehe und Mutterschaft stand. Sie hatte sie alle gelesen, kannte alle Regeln und Kniffe, angefangen von ›Wie gestalte ich Sex für Ihn zum Vergnügen?‹ bis zu den Raffinessen des Tischdekkens einer hawaiianischen Dinnerparty oder der richtigen Wahl des richtigen Kindergartens für die Kleinen. Sie war auf alles vorbereitet, was das Leben zu bieten hatte. O ja. Außer, daß sie keine Ahnung hatte von Dingen, die etwas außerhalb der Norm lagen.

Vor langer Zeit hatte sie beschlossen, ihr Leben so zu führen, wie Männer ihre Karriere in die Hand nahmen. Keine Nachlässigkeiten, keine Halbheiten, kein Pfusch. In ihrem Haushalt lief alles perfekt. Die Wohnung war immer makellos in Ordnung. Natürlich kam zweimal in der Woche die Putzfrau, aber Eve war es, die die Anweisungen gab. Maria putzte nach einem festen Plan: die hinteren Schlafzimmer und die Küche am Dienstag, die vorderen Zimmer und die Bäder am Freitag. Alle vierzehn Tage große Wäsche, Freitag Bügeltag.

Die Einkäufe besorgte Eve selbst, das wollte sie niemandem sonst überlassen, schon weil sie die Zeitungen nach Sonderangeboten durchforschte. Sie hatte Jahre darauf verwandt, das Wohnzimmer perfekt einzurichten. Sie hatte drei verschiedene Feinschmecker-Kochkurse besucht: Chinesische und französische Küche und Feingebäck. Sie hatte in der New School verschiedene Abendkurse belegt. Sie opferte dem Verein ›Familienplanung‹ viel Zeit. Sie lernte jede Handarbeit, die populär wurde: Töpfern, batiken, stricken und sticken, ja sogar weben. Und natürlich besorgte sie die Theaterkarten, brachte die Sachen zur Reinigung und holte sie wieder ab, die Schuhe zum Schuster. Und es war eine Selbstverständlichkeit, daß ihre Kinder immer hübsch angezogen, gebadet und frisiert waren, mit Hemden passend zu den Hosen, nichts Schlampiges – auch nicht, wenn sie nur mit ihnen täglich zum Kinderspielplatz marschierte, wo sie sich gegenseitig mit Dreck bewarfen.

Roy seufzte genüßlich und zog sie enger an sich. Zärtlich streichelte er ihren Rücken, dann fing er an, mit dem Fingernagel etwas auf ihren Rücken zu malen, bis hinunter zu den Pobacken.

»Hmmmm ... was machst du da?«

»Ich tätowiere dich ...«

»Was kritzelst du?« Sie wurde kurzatmig.

»Was wohl? Meinen Namen und eine kleine Zeile hier«, er deckte seine Handfläche über ihren Hintern. – »Eigentum von ...«

»Aber nein!« protestierte Eve. »Nicht dein Eigentum, Roy. Ich bin eben dabei, mich aus einem Besitzverhältnis zu befreien.«

»Ich dachte, du findest es romantisch.« Er klang ein wenig gekränkt.

»Sei nicht böse, Roy. Es ist ja sehr süß«, lachte sie, »solange deine Tätowierung bis morgen verschwindet.«

Er zog sich zurück. »Wieso? Was ist denn morgen?«

»Nichts Besonderes. Aber ich gehe mit anderen Männern aus, weißt du.«

Jetzt rollte er weg von ihr, runzelte die Stirn und bekam schmale Lippen. »Ich hoffe, du warst kürzlich nicht mit einem anderen Mann zusammen«, sagte er.

Sie starrte ihn an. Wollte er tatsächlich wissen, ob sie mit einem anderen Mann etwas gehabt hatte? Welche Antwort erwartete er darauf? »Na ja, ich ... ich ...«

»Ich möchte nämlich meiner Frau nicht irgendeine Krankheit anhängen!«

Ungläubig, mit offenem Mund starrte sie ihn an. Die Worte hallten in ihrem Kopf nach. Er hatte sie tatsächlich ausgesprochen! Sie schüttelte sprachlos den Kopf, wütend, mit einem Gefühl der Übelkeit im Magen. Sein Gesichtsausdruck war hart. Wie hatte sie dieses schwere, fleischige Gesicht je hübsch nennen können? Seine Arme waren kampflustig über der Brust verschränkt.

»Ich bin schließlich ein verheirateter Mann«, meinte er vorwurfsvoll.

»Dessen bin ich mir wohl bewußt«, sagte sie mit frostiger Stimme. Sie blickte von ihm fort und starrte auf die Szene im Fernsehgerät, wo eine junge Frau sich an einem erigierten Penis zu schaffen machte, dabei zärtliche Worte flüsternd. Der Mann stöhnte theatralisch.

Mit einemmal wurde ihr speiübel.

Sie sprang aus dem Bett und knipste den Apparat aus. Das Bild schrumpfte, flackerte und erstarb, hinterließ einen kleinen Lichtpunkt, auf den sie starrte und überlegte, was sie tun sollte. Vielleicht war es die Sache nicht wert, mit ihm zu streiten, oder ihm zu sagen, wie ekelhaft sie seine Worte fand, wie sehr er sie damit verletzt hatte.

Offenbar wußte er es. »Jetzt bist du beleidigt«, sagte er. »Es gefällt dir wohl nicht.«

»Ganz recht. Es gefällt mir keineswegs.«

»Versteh das doch, Eve. Ich muß doch sagen können, wie ich die Situation sehe, oder? Wenn ich Marybeth was anhänge, weiß sie sofort, daß ich herumvögle! Deshalb muß ich aufpassen.«

»Ich weiß, daß du aufpassen mußt, Roy. Ich begreife nur nicht, warum du mir das sagen mußt.«

Während sie sprach, sammelte sie ihre Kleider vom Teppich auf, wo sie sie hatte fallen gelassen; vor einer Ewigkeit schien ihr.

»Was machst du denn da?« fragte er, als sie anfing, sich anzuziehen.

»Das siehst du doch, Roy. Ich ziehe mich an. Als wir reinkamen, habe ich mich ausgezogen, jetzt, da wir gehen, ziehe ich mich wieder an.«

»He! Wer sagt denn, daß wir gehen? Komm, Eve. Wir haben mindestens noch zwei Stunden für uns, bevor ich zu Hause sein muß.«

Sie holte tief Luft. Für wen hielt er sie eigentlich?

»Tja, ich muß jetzt schon nach Hause, verstanden?« Ihre Lippen fühlten sich kalt an, und ihre Stimme klang gepreßt.

Er rollte vom Bett, stellte sich hin und räkelte sich ostentativ. Sie sah ihn leidenschaftslos an. Er hatte eine gute Figur und kein schlechtes Gehänge, alles, was eine Frau sich wünschte. Aber es interessierte sie nicht mehr. All die heiße Erregung, mit der sie einander vor ein paar Stunden in die Arme gesunken waren, war verflogen. Verpufft!

Er sah sie lange und ruhig an. »Bist du sicher?«

Sie starrte in seine blauen Augen. »Ganz sicher.« Nach einer Pause fügte sie hinzu: »Nachdem du so vorsichtig sein mußt, Roy, halte ich es für das beste, wir lassen die Sache ganz.«

»Das ist nicht dein Ernst.«

»Doch, es ist mein Ernst.«

Schweigend starrte er sie an und dann lächelte er. »Okay, Eve«, sagte er gespielt heiter. »Wie du willst. Aber ich sage dir, was ich tun werde. Ich gebe dir eine Chance, deine Meinung zu ändern.« Er hob die flache Hand, als sie protestieren wollte. »Nein, nein, jeder Mensch soll die Chance haben, seine Meinung zu ändern. Ich gebe dir ein paar Tage; dann kannst du mich anrufen und mir sagen, wozu du dich entschlossen hast.«

»Verlaß dich nur nicht zu sehr darauf!« warnte sie ihn.

Er ging an ihr vorbei, immer noch nackt und streichelte ihren Po. »Frauen!« sagte er.

Eve stand völlig reglos, hoffte, er merke nicht, was durch seine Berührung in ihr vorging. Innerlich erbebte sie, bereit, gierig, lüstern, wünschte, er würde sich umdrehen und zu ihr zurückkommen und sie aufs Bett werfen.

Ob er ihre Gedanken lesen konnte? In der Tür zum Badezimmer drehte er sich um, zwinkerte ihr zu und fing an zu lachen.

19

»Es ist zehn Uhr abends. Weißt du, wo dein Kind steckt?«

Die antike Standuhr schlug zehn melodische Schläge, die in Eves Kopf nachhallten. Sie lag auf der Couch, den Rücken an ein paar Kissen gebettet und nippte an dem lauwarmen Gin aus einem Weinglas. Dieser Mistkerl! Seiner Frau eine Krankheit anhängen! Sie und ihm etwas anhängen! Wie gräßlich, so etwas zu sagen. Sofort, als sie vor etwa einer Stunde das Zimmer betrat, hatte sie die Hausbar angesteuert. Während der ganzen Fahrt zurück nach Huntsfield hatte sie nach einem Schnaps gelechzt, war schnell gefahren, das Radio auf volle Lautstärke, das Songs aus den fünfziger Jahren plärrte, um sich abzulenken.

Das war also das Leben einer alleinstehenden Frau – Enttäuschungen von verschiedenen Männern, anstatt die altbekannten Enttäuschungen vom altbekannten Kerl. Roys gedankenlose Worte hatten einen schalen Geschmack in ihrem Mund hinterlassen; sie würde nie mehr mit ihm schlafen können, jetzt nicht mehr! Sie war sich schmierig und . . . wie eine Nutte vorgekommen. So etwas war sie nicht gewöhnt. Doch nun wollte sie es vergessen. Die Flasche Gordons auf dem Teppich neben der Couch leerte sich allmählich, je öfter sie vom Glas nippte, sich dem Nebel in ihrem Kopf hingab, der ihre Verletzung einlullte.

Wo stand sie eigentlich? Sie spielte mit dem Gedanken an Scheidung, war jedoch noch nicht einmal gesetzlich getrennt. Da saß sie allein, und doch nicht ganz allein. Unabhängig. Schrecklicher Gedanke, unabhängig zu sein. Sie war ein ordentlicher Mensch! Diese unvorhergesehenen Strömungen in ihrem Leben behagten ihr nicht. Unabhängig. Keine Bindung. Sogar ihre Freunde hatten sich von ihr gelöst. Hin und wieder probierten sie es mit ihr und luden sie ein. Aber sie roch förmlich ihr Mißfallen, es waren keine angenehmen Abende. Also sah sie sie immer seltener. Sie erinnerte sich nur zu gut an frühere Gespräche über geschiedene Frauen – Margo war eine davon. Sie erinnerte sich deutlich, daß Ann gesagt hatte: »Jetzt, wo Margo wieder allein ist, hat sie keine Verwendung mehr für ihre verheirateten Freunde.« Alleinstehende Leute fanden verheiratete Paare langweilig und doof. Pah! Alles gelogen. Die Verheirateten waren es, die sich zurückzogen. Sie nahm wieder einen tiefen Schluck und verzog das Gesicht. Gin schmeckte widerlich. Aber es war egal. Wichtig war allein die Wirkung.

Wo stand sie also? Ohne Ehemann und im Abseits. Mit Roy war es vorbei, das war klar. Der Schuft! Sie hätte ihm eine kleben sollen. Aber selbst jetzt, wenn sie an seine gierigen Lippen dachte, sein Luststöhnen, seine Hände, die sie berührten, seinen... nein, sie durfte nicht. Bereits die Gedanken an ihn machten sie geil, sie durfte nicht. Verflucht sollte er sein, sie anzumachen und dann so zu kränken. Sollte er sich zum Teufel scheren! Er war nicht der einzige Mann auf der Welt und außerdem, wie lange hätte die Affäre denn noch gedauert mit Marybeths Ehemann? Das Ende war vorhersehbar. Also kam das Ende heute und nicht eine Woche später. Da war immer noch Paul. Paul mochte sie. Sie war zu hart mit ihm gewesen. Der arme Kerl war wirklich nett. Sie würde es noch mal mit ihm versuchen. Sie würde ihn anrufen. Ja. Heutzutage konnte eine Dame einen Herrn anrufen und ihm einen Antrag machen. Es war überhaupt nichts dabei.

Kichernd kam sie auf die Beine. Hoppla, der Gin stieg ihr wirklich zu Kopf. Sie mußte augenblicklich aufhören zu trinken, sonst schaffte sie es nicht bis zum Küchentelefon. Benommen achtete sie sorgfältig auf ihre Schritte, höchst amüsiert über sich und ihren Zustand.

Sie fummelte zwischen den Papieren auf dem Telefontisch, versuchte sich zu erinnern, wo zum Teufel sie die Nummer hingeschrieben hatte. Nach fünf oder zehn Minuten entdeckte sie sie direkt vor ihrer Nase an der Pinnwand, mit rotem Filzstift von ihr hingekritzelt. Sie wählte, bei der sechsten Nummer rutschte ihr Finger von der Scheibe, und sie mußte von vorne anfangen. Endlich hörte sie das Tuten, und ihr Herz pochte in nervöser Erwartung. Sie entdeckte ihr Spiegelbild in der Glastür und streckte ihm die Zunge heraus. Frauen waren doch lächerliche Geschöpfe! Die Welt konnte aufhören sich zu drehen, Bomben konnten fallen, aber ihr Herz schlug schneller bei dem Gedanken an einen *Mann.*

Das Telefon schrillte und schrillte... komm schon, Paulchen. Du bekommst deine Chance! Und das Telefon schrillte weiter. Schließlich hängte sie ein. Der undankbare Kerl! Sie wollte ihm die Chance seines Lebens geben, sich in seine begehrlichen Arme stürzen, und er besaß die Frechheit, nicht zu Hause zu sein! Sie lachte – das war doch alles kindisch und hysterisch; sie benahm sich wie ein Schulmädchen –, und plötzlich, als sie Luft holte, entfuhr ihr ein Schluchzen, sie vergrub das Gesicht in den Armen und weinte hemmungslos. Lächerlich! Und dumm! Es gab gar keinen Grund zu weinen, nicht den geringsten. Es lag nur am Gin. Sie war nicht daran gewöhnt, soviel zu trinken. Sie mußte fürchterlich aussehen. Sie richtete sich auf, holte sich ein Papiertuch und wischte sich das Gesicht.

Paul konnte ihr den Buckel runterrutschen! Irgendwann würde sie ihn anrufen – *falls* ihr danach zumute war. Jetzt war es Zeit für ein winziges Schlückchen Gin. Sie zog die Flasche unter der Couch hervor und schwappte ihr Glas voll. Nur ein kleiner Schluck. Dann klatschte sie sich wieder neben das Telefon in der Küche. Sie konnten ihr alle den Buckel runterrutschen! Paul und Roy und Ted. Alle. Sie würde Doug, den Bademeister, anrufen. Er dachte wohl, sie bemerke seine Blicke am Strand nicht. Und ob sie die bemerkte. Und wenn er sie mit dieser winzigen Extrabetonung begrüßte, bemerkte sie das auch. *Ihm* wollte sie eine Chance geben. Der Mund würde ihm herunterfallen, wenn er ihre Stimme hörte. Aber sie wußte ja nicht, wie er mit Familiennamen hieß. Scheiße! Nicht einmal ihn konnte sie anrufen. Aber sie mußte unbedingt mit ihm sprechen.

Und dann kam ihr die Idee. Bei Rinaldi erreichte sie ihn sicher. Die jungen Burschen hingen alle bei Rinaldi herum, aßen Pizza und tranken Bier und spielten dieses idiotische Computerspiel PAC-MAN. Sie kam selten in dieses Lokal. Kein vernünftiger Erwachsener hatte Lust, in dem Radau und dem Zigarettenqualm zu sitzen. Nein, diese Kinder! Rauchten wie die Schlote! Anstatt daß sie aus der Erfahrung der Eltern lernten.

Rinaldi stand ganz oben auf dem Verzeichnis wichtiger Telefonnummern, das die Kinder vor fünf oder sechs Jahren einmal verfaßt hatten. Sie wählte die Nummer. Beinahe sofort wurde der Hörer am anderen Ende abgenommen, und Klangfetzen von ›Ebony and Ivory‹ quäkten an ihr Ohr. Dann sagte eine junge Männerstimme »Hallo?«

»Ist da Rinaldi?«

»Ja.«

Um ein Haar hätte sie wieder aufgelegt. Ach was!

»Hm . . . Doug bitte. Ist Doug da?«

»Welchen Doug wünschen Sie, Verehrteste?«

»Den Bademeister.«

Der junge Mann brach in schallendes Gelächter aus. »Sekunde mal.« Sie hörte jedes Wort: er machte sich nicht die Mühe, die Sprechmuschel zu verdecken und brüllte über die Musik und den Kneipenlärm hinweg.

»Hanson! He! Ist Hanson da?« So hieß er also. Es gab eine Menge Hansons in der Gegend. »He, Doug! Telefon für dich!«

»Er ist nicht da! Ging vor zehn Minuten oder so! Wer ist denn dran?«

Eve glaubte die Stimme zu erkennen. War das nicht Johnny Malone?

»Null Ahnung! Könnte deine Mutter sein, Nina!« Eves Herz hörte auf zu schlagen. Der junge Mann lachte. »Klingt wie sie! Mach ja nur Spaß . . . mach ja nur Spaß . . .«

Jemand brüllte eine Frage, die sie nicht verstand, und der Junge lachte wieder. »Nur eine seiner geilen, alten Nutten!«

Ohne zu denken, hängte Eve ein. Sie schwitzte. Wie entsetzlich! War sie das? Nur eine geile, alte Nutte des Bademeisters?

Das Schlimmste daran war, daß Nina das alles mitgehört hatte. Sie hatte gehört, wie der Bursche sagte, die Stimme klinge wie die ihrer Mutter. Hatte Doug seinen Kumpanen erzählt, daß er es eines Spätnachmittags unter den Bäumen mit ihr getrieben hatte? War sie der pikante Gesprächsstoff dieses Sommers? O Gott! Sie stöhnte laut und verbarg das Gesicht in den Händen.

War *das* ihre Zukunft? Sich alleine zu betrinken und dann Männer anzurufen, die nichts von ihr wissen wollten? »O Gott!« stöhnte sie laut. »Nein, bitte, nein.«

Wann hatte es denn angefangen, schiefzulaufen? Kaum hatte sie ihr neues Leben begonnen, und alles ging bereits in die Binsen. Tränen liefen ihr aus den Augen, so sehr sie sie zu unterdrücken versuchte. Was hatte Ellen Diamond gesagt?

»Sie müssen sich die Frage stellen, ob Sie den Gedanken ertragen würden, den Rest Ihres Lebens ohne Mann zu verbringen.« Aber Ellen Diamond hatte sie *nicht* davor gewarnt, was es bedeutete, zurückgewiesen zu werden. Allein sein war einfach verglichen mit diesem Gefühl der Verzweiflung und des Elends. Das Leben mit Ted war dagegen ein Honiglecken. Zumindest war sie sich sicher, daß er sie liebte!

Oder etwa nicht?

Nina kuschelte sich an Johnnys Schulter, suchte unter dem Tisch seine Hand. Es war wunderschön bei Rinaldi. Sie liebte die Kneipe. Das schummrige Licht war so romantisch, und hier gab es die heißeste Musik in der ganzen Stadt. Und die Pizza war eine Schau, und alle Kids hingen hier rum, ständig kam einer an ihrer Nische vorbei und quatschte mit ihnen.

Das Schärfste war natürlich, daß sie mit Johnny hier saß, und Johnny war ihre einzige, wahre Liebe. Es gab sonst niemand auf der ganzen Welt. Er war größer als sie und sah spitze aus – das sagte jeder –, und er war der beliebteste Junge in der ganzen Gegend um Huntsfield. Sie schaute ihn von der Seite an. Wie liebte sie sein Gesicht! Daddy hatte mal zu Mami gesagt, er sehe aus wie der junge Marlon Brando. Daraufhin hatte sie sich Bilder von Marlon Brando aus den fünfziger Jahren angesehen. Es stimmte, nur daß Johnny viel hübscher war. Er spielte Basketball und hatte tolle Muskeln. Sie wünschte, er würde aufs College gehen, wie all ihre Freunde in der Stadt, aber er lachte nur. »Woher soll ein armer Schlucker wie ich die Kohle nehmen, um aufs College zu gehen?« Er sparte nicht mal Geld dafür; er sagte, in seinen Schädel ginge nichts rein. »Das würde ich nie schaffen.« Nein, er sparte lieber für einen heißen Flitzer, einen Chevy Monza oder einen Dodge Dart.

Er hatte einen guten Job – mit Zukunft, sagte er – in Carmichaels Sägewerk. Er sagte, der Job sei sehr interessant. Er hatte nach der Schule, an Samstagen und in den Ferien dort angefangen, hatte die riesigen Baumstämme rumgeschleppt, Holz aufgeschichtet und die Lastwagen der Kunden mit Brettern beladen. Aber er war so tüchtig, daß Mr. Carmichael ihn ins Büro geholt hatte, nach seinem Schulabschluß. Jetzt redete er mit den Kunden darüber, was sie brauchten, rechnete die Abmessungen der Bretter aus und kümmerte sich auch um den Einkauf. Es war ein guter Job, sagte er, ein Job mit Zukunft. Es war gut, das zu wissen, denn sobald sie mit der Schule fertig war, wollten sie heiraten. Sie hatte sich alles schon ausgedacht. Sie würden eine hübsche, kleine Wohnung in der Nähe von Huntsfield mieten – nicht in Huntsfield selbst, weil Huntsfield nur was für die Reichen war, meinte Johnny.

Manchmal hatte sie ein komisches Gefühl, wenn er so über ihre Eltern und deren Freunde redete – nannte sie reiche Leute und so. Es waren doch nur Ann und Tony und Mami und Daddy und so – normale Leute. Doch Johnny fand sie nicht normal. Ardith Campbell war normal, sagte er. »Sie geht zur Arbeit. Normale Leute müssen arbeiten.« Daddy arbeitete doch auch. Alle Männer, sogar Sam Detweiler arbeitete, aber Johnny sagte: »Also für mich ist jeder, der sich zwei Häuser leisten kann, reich!« Und das war das Ende des Gesprächs.

Nun rutschte Danny Ianello auf die Bank ihnen gegenüber mit einem Bier in der Hand. »Also ehrlich, Nina, die Stimme klang wie die deiner Mutter. Is aber wohl 'n Irrtum.«

Nina gähnte ausführlich und meinte gedehnt: »Ach, meinst du? Hätte sie aber sein können.« Und es gefiel ihr, wie Dannys Unterkiefer vor Schreck herunterklappte. »Aber ja«, fuhr sie fort, »Mami und Dad leben nämlich *getrennt*, und meine Mutter *trifft* sich mit Männern.« In ihren Worten lag schneidender Sarkasmus. »Also wer weiß, Ianello? Vielleicht war sie es. Hast du sie gefragt?«

»Mensch, Nina! Sprich nicht so von deiner *Mutter!*«

»Das sage ich ihr andauernd«, sagte Johnny. »Sie läßt kein gutes Haar an ihrer Mutter.« Aber er drückte ihre Hand unter dem Tisch, um ihr zu beweisen, daß er sie nicht kritisierte, lediglich eine Feststellung traf.

»Und ich sage dir andauernd«, meinte Nina kühl, »daß du keine Ahnung hast, weil du nicht mit ihr zusammenlebst.«

»Deine Alte ist in Ordnung, Nina. Sie ist immer höflich und freundlich und nicht so von oben herab wie manche von denen da.«

Wieder spürte Nina diesen komischen Stich. »Manche von denen da«, sagte er, meinte aber ihren Daddy und ihre Mami genauso wie ihre Freunde und alle, die sie aus der Stadt kannte. Sie mochte nicht, daß er von ihrer Familie als ›von denen da‹ sprach.

»Sie war ganz in Ordnung«, sagte Nina. »Aber seit sie meinen Vater vor die Tür gesetzt hat, ist sie *unmöglich.*«

Dannys Augen wurden groß und gierig. Alle redeten so gern darüber, wie schrecklich ihre Eltern waren. Wieder spürte sie einen kleinen Stich. Ihre Eltern waren nicht wirklich schrecklich. Aber ihre Mutter benahm sich dämlich. »Sie trifft komische Verabredungen, und das Haus ist voll mit ihren unverheirateten Freunden – alles Schleimer –, ich kenne sie nicht. Andauernd will sie mich aus dem Weg haben. Du weißt es, Johnny; du hast es selbst erlebt ...« Sie unterbrach sich. Zorn auf ihre Mutter war eine Sache, aber sich böse über sie das Maul zerreißen?

»Nun komm schon, Nina. Sie versucht nicht immer, dich loszuwerden. Du bist doch diejenige, die woanders schlafen will.«

»Johnny! Das ist nicht wahr!«

Er lachte und legte einen Arm um ihre Schultern. Seine Hand war warm. Sie war glücklich, wenn sie sich an ihn kuscheln konnte. Sie gehörte zu ihm. »O doch. Es ist wahr. Deine Mama fragt immer: ›Wohin willst du, Nina?‹ und du sagst es ihr nie. Und immer versuchst du Kerry zu überreden, eine Lüge zu erfinden.«

Sie versetzte ihm einen Stoß unter dem Tisch. Vor Danny Ianello, der alten blöden Klatschbase, mußte man sich hüten. Logisch, daß er von einem Ohr zum anderen grinste. »Ach, die brave, tugendhafte Kerry soll für dich lügen, he? Das tut die doch nie! Weil sie das sonst beichten müßte. Und überhaupt, wo treibst du dich denn rum, he?«

»Sie ist meine feste Freundin«, sagte Johnny, stupste sie an, damit sie ihren Mund halte. »Also, laß sie in Ruhe, kapiert?«

»Schon gut, schon gut. Daß ich nicht lache, einer Freundin zu sagen, sie soll für dich lügen ...«

»Laß sie in Ruhe, hab' ich gesagt.«

»Okay, okay. Ich sag ja gar nichts mehr. Wen interessiert das schon?« Er saugte lange an seiner Bierflasche und schob ab. »Kinderkram!«

»Arschloch!« murmelte Nina hinter ihm her.

»Nina, du weißt, ich mag nicht, wenn du so daherredest.«

Trotzig sagte Nina: »In meiner Schule reden alle so.«

»Mir egal, was die in den schicken Privatschulen tun. Hier redet ein nettes Mädchen nicht so.«

»Vielleicht bin ich kein nettes Mädchen.«

Er liebkoste ihre Wange mit der Nase. »Du bist das netteste«, sagte er leise. »Das netteste von allen. Also sag nicht solche Sachen, wenn du mit mir zusammen bist.« Er lachte, aber sie wußte, daß er es ernst meinte, und sie spürte einen kleinen, kalten Klumpen im Magen.

»Ach Johnny, ich liebe dich. Es ist nur, weil dieser Danny so ekelhaft ist und mich wütend macht. Tut mir leid, ich weiß, du magst es nicht. Verzeihst du mir?« Sie legte ihre Hand auf seinen Schenkel. Sie wußte, daß er das liebte, daß es ihn erregte. Er hielt den Atem an und umarmte sie fest.

»Ich liebe dich, Nina. Ich liebe dich sehr.«

Es war wundervoll, wenn er das sagte, und sie liebte ihn auch. Sie liebte ihn mehr als irgend jemand sonst. Sie wollte ihn ganz lieben, wie eine richtige Frau, nicht wie ein dummes, kleines Mädchen. Heute war die Nacht, sagte sie sich, hob ihm ihre Lippen für einen Kuß entgegen. Er küßte sie hart, dann entzog er sich und sagte: »Nicht hier.«

»Laß uns in den Wald gehen«, wisperte sie mit klopfendem Herzen. »Zu der alten Hütte, von der du mir erzählt hast.«

Johnny sah sie sehr lang und ernst an: »Weißt du, was du sagst?«

»Ja, ja, Johnny. Ich möchte dich wirklich lieben. Ich will es schon lange!«

Er keuchte und hielt sie fester umschlungen. »Ich weiß nicht, Nina.«

»Aber ich. O Johnny, ich weiß genau, was ich will. Ich will dich, und du willst mich auch, nicht wahr? Nicht wahr?«

»Ich liebe dich!«

»Dann gehen wir«, sagte Nina. Ihr Mund war ausgetrocknet, und sie fühlte ihren Puls nervös in ihrer Kehle flattern. Heute nacht war die Nacht, in der sie ihm ihre Liebe beweisen wollte. Sie würden eins werden. Sie würde nie mehr dieses einsame Gefühl haben müssen, dieses Gefühl, als würde sie von einer Felsklippe in die Tiefe stürzen. Sie würde sich nie mehr Gedanken darüber machen müssen, ob auch ihre Mutter sie verlassen würde. Sie würde sich um nichts mehr Sorgen machen müssen.

Er stupste sie sanft – seine Wangen waren gerötet, und sie wußte, auch er war voller Erwartung. Sich an den Händen haltend, verließen sie die Nische. Ninas Herz taumelte in ihrer Brust, als sie ihren Freunden zum Abschied zuwinkte. Wie wenig sie wußten! Aber sie wußte, sie wußte! Sie wußte ganz sicher, daß er sie liebte.

Oder etwa nicht?!

20

»Ich fürchte, sie macht einen schrecklichen Fehler.«

Jedesmal, wenn ein Motorboot irgendwo in der Nähe vorbeiraste, schlingerte das Floß leicht, wiegte sich träge schwappend ein paarmal hin und her. Die drei in der Sonne liegenden Frauen waren wie eine Studie dreier verschiedener Frauenkörper. Die weiche, mollige Sam in einem Lane Bryant Batik-Badeanzug; Marybeth, fest und zierlich, an Armen und Beinen tiefbraun vom Tennisspielen in einem konservativen zweiteiligen hellgrünen Badeanzug mit pinkfarbenem Passepoil; und in der Mitte Ann, hochgewachsen, wohlgeformt, blond, gleichmäßig braun in ihrem türkisen trägerlosen Badeanzug. Die drei verschiedenen Figuren hatten die gleiche Stellung eingenommen – ausgestreckt auf dem Rücken liegend, die Arme an den Seiten, die Gesichter der Sonne zugewandt, die Augen geschlossen und ein entspanntes Lächeln auf den Lippen.

»Es ist wundervoll!« sagte Ann Driscoll. »Herrlich! Himmlisch!«

»Genug!« grunzte Sam, doch beide lachten gleichzeitig. »Du hast recht. Ich weiß gar nicht, wann ich mir das letztemal einen Tag freigenommen habe. Ein Gefühl wie die Freiheit nach dem Gefängnis!«

»Ich weiß, was du meinst«, sagte Ann. »Bloß ist es bei mir

die Freiheit vom Mutterdasein. Hier mitten auf dem See, mitten in der Woche – und keiner brüllt ›Mama!‹ oder will wissen, wo der zweite rotgestreifte Socken ist. Himmlisch!«

»Erinnerst du dich«, flötete Marybeth, »daß ich dich gewarnt habe, wie fürchterlich es werden wird, sobald die Kinder sich zu erwachsen fürs Ferienlager vorkamen. Früher haben wir das oft gemacht, wenn sie alle den Sommer über weg waren. Weißt du noch? Jetzt muß ich ständig daran denken, wo Kerry steckt. Und jedesmal, wenn ich Tennisspielen gehe, muß ich Zettel schreiben, wann ich wieder zurück bin. Uff! Wie lästig.«

»Ja«, stimmte Ann zu, »diesen Sommer habe ich es nur mit einem Kind zu tun. Ich dachte, eines wäre ein Klacks, wenn man vier um sich gehabt hat.« Sie lachte kurz. »Nun frage ich mich, warum in aller Welt ich dieses vierte Kind haben mußte. Ich könnte jetzt schon meine Freiheit genießen!«

»Sind die drei zusammen in diesem Sommer?«

»Aber nein! Das wäre viel zu einfach. Trey arbeitet in Nevada beim Brückenbau; Spence radelt durch Irland, und Grammy verrichtet Sklavendienste in einer Reederei in Maine. Gott sei Dank sind sie alle untergebracht und hängen nicht zu Hause rum und machen mich wahnsinnig, weil sie jede Stunde was zu essen wollen.«

»Vier«, haderte Marybeth. »Schon der Gedanke daran macht mir Angst. Ich glaube, das kommt daher, weil ich mit vier Geschwistern aufgewachsen bin. Wir mußten vor dem Badezimmer Schlange stehen! Es ist mir ein Rätsel, wieso du die Idee, vier Kinder zu haben, so toll fandest.«

Sam lachte. »Weißt du nicht mehr, M. B.? Eve war mit Nina schwanger, deshalb fand Ann die Idee prima.«

Nun lachte auch Ann. »Das stimmt. Ich mußte es ihr unbedingt nachmachen. Eve war für mich die klügste und vernünftigste Frau der Welt. In unserer Nachbarschaft war sie als Supermutter berühmt. Und das aus gutem Grund. Alles an ihr war perfekt organisiert und proper! Und dabei war sie immer entspannt und gut gelaunt. Wenn sie sich also für ein spätes Kind entschied...«

Listig, verstohlen warf Marybeth ein: »Ann, sag mal. Daß Eve sich jetzt scheiden läßt...«

»Gräßlicher Gedanke! Aber noch sind sie nicht geschieden!

Und mit etwas Glück versöhnen sie sich wieder, wenn Ted nächste Woche kommt.«

Marybeth und Sam richteten sich gleichzeitig auf, starrten auf Ann hinunter, deren Lippen ein Lächeln umspielte, das nicht anders als selbstgefällig bezeichnet werden konnte.

»Was? Er kommt? Seit wann weißt du das?«

Ann lachte. »Dachte ich mir, daß euch das interessiert. Ted hat ein paarmal an Tony geschrieben. Tony rief ihn diese Woche an, bat ihn zu kommen, und er sagte zu.«

»Weiß Eve die Neuigkeit schon?«

»Ja. Tony sagte es ihr. Sie schien nicht gerade begeistert.«

Marybeth hielt sich japsend die Hand vor den Mund. »Was wird sie *tun?* Was wird *er* tun? Stellt euch vor, sie beachtet ihn gar nicht, oder so. Was werden *wir* tun?«

»Aber M. B.«, schnaubte Sam. »Wir sind doch momentan nicht wichtig. Ich vermute, Eve tut gar nichts und wartet, daß er zu Kreuze kriecht.«

»Oh!« Marybeths Augen waren kugelrund. »Du glaubst also, sie will ihn wiederhaben. Den Eindruck habe ich aber gar nicht.«

»Pah! Laß dich nicht von ihren neuen Freunden ins Bockshorn jagen.« Anns Stimme triumphierte vor Gewißheit. »Glaubt mir, Eve möchte, daß ihre Ehe wieder in Ordnung kommt. Das hat sie mir kürzlich gesagt. Sie sagte: ›Ich möchte, daß Ted und ich glücklich sind, Ann.‹«

Marybeth runzelte die Stirn. »Dann verstehe ich nicht... warum trifft sie sich dann mit anderen Männern und so?«

»Sie trifft sich nicht mit anderen Männern!« sagte Ann scharf.

Sam lachte und legte sich wieder zurück. »Ann, hör auf, in deiner Traumwelt zu leben.«

»Sie tut es nicht! Sie versucht lediglich, sich zu beweisen, daß sie noch attraktiv ist. Und das auch nur, Sam, weil Ted sie jahrelang vernachlässigt hat und eine Frau ihm nicht genug war. Also, wenn ich je feststellen sollte, daß Tony mit anderen Frauen herummacht –!«

»Genau, Ann«, warf Marybeth ein. »Für mich wäre das das absolute Ende. Roy hat alle Freiheiten. Aber keine andere Frau. Nie!«

Wieder lachte Sam. »Ihr kommt mir vor wie zwei naive

Kinder. Ann, willst du mir weismachen, daß du nie die Nase voll hattest von deiner Ehe? Nicht einmal für ein paar Tage? Wolltest du deinen Tony nie in die Wüste schicken?« Sie dämpfte ihre Stimme ein wenig. »Hattest du nie Lust, eine kleine, nette, anonyme Affäre zu haben?«

»Nie!«

»Na komm, Ann, das ist unmöglich.«

»Wir führen eine gute Ehe. Warum sollte ich eine ... Affäre haben wollen, wie du es nennst?«

»Der Sünde wegen, Ann Driscoll, weshalb sonst? Zum *Spaß!* Zur Abwechslung! Aus den gleichen Gründen, warum Eve es tut. Um dir zu beweisen, daß du noch attraktiv bist!«

»Dieses Bedürfnis habe ich nie gehabt.«

Es entstand ein Moment des Schweigens. Dann sagte Sam: »Weißt du, was dein Problem ist, Ann? Du *hattest* nie ein echtes Problem – nein, ich meine ein *echtes* Problem, weder in deiner Ehe, noch mit deinen Kindern, soweit ich weiß, noch sonstwie. Dir fehlt die bedeutsame Erfahrung einer Niederlage. Du bist schön, klug, offenbar glücklich verheiratet. Du hast alles. Kein Wunder, daß du nur die guten Seiten siehst! Kein Wunder, daß du dich nie in Frage gestellt hast, wie andere.« Wieder entstand eine Pause, und dann ließ Sam ein kleines, amüsiertes Bellen hören. »Natürlich muß ich mir bei Shirl keine Gedanken wegen einer Treulosigkeit machen.«

»Stimmt«, gab Ann zu, »ich habe Glück. Aber Eve ist meine älteste Freundin, und ich hasse es, wie sie ihr Leben ruiniert wegen ... einer vorübergehenden Verirrung von Ted. Sie macht eine Mücke zum Elefanten.«

Sams Stimme troff geradezu vor Duldsamkeit. »Aber du gibst doch selbst zu, Ann, daß dein Ehemann dir nicht jahrelang untreu war. Ich glaube nicht, daß Eve ihr Leben ruiniert oder sich irgendwie unglücklich macht. Sie wirkt doch keineswegs unglücklich. Sie wirkt eher wie eine Frau, die für ihre eigenen Bedürfnisse kämpft.«

Marybeth schniefte. »Und während sie sich so sehr mit sich beschäftigt, vergißt sie, daß sie eine Tochter hat.«

»Wieso? Was meinst du damit?«

»Na ja, Eve amüsiert sich in der Stadt, wann immer es ihr in den Kram paßt, und Nina wird jedesmal bei mir abgeladen. Es macht mir nichts aus, sie bei mir zu haben, aber – nicht, daß ich etwas Schlechtes über das Kind einer Freundin sagen will –, aber sie ist unfolgsam und treibt sich mit diesem Malone-Bürschchen rum. Was weiß denn ich, wie sie sich die Nächte um die Ohren schlagen.« Ihre Lippen wurden schmal. »Ich weiß nur, daß sie kürzlich um drei Uhr nachts heimkam und völlig zerzaust aussah. Und sie kennt meine Regel: Punkt Mitternacht haben die Kinder zu Hause zu sein. Und als ich runterkam – ihr könnt mir glauben, ich war drauf und dran, die Polizei anzurufen – und sie zur Rede stellte, sah sie mich nur ausdruckslos an und sagte: ›Tut mir Leid, M. B. Meine Uhr muß stehengeblieben sein ... schau! Die Zeiger stehen auf halb zwölf.‹ Eine dreiste Lüge. Aber ich bin nicht drauf reingefallen. Wenn sie so weitermacht, gerät sie in Schwierigkeiten!«

Beherzt sagte Ann: »Aber, Marybeth, das sagen die Leute von Nina Soloway, seit sie die ersten Schritte machte! Sie ist ein kleiner Teufel, das weißt du doch. Vermutlich hat es ihr auf irgendeiner Party gefallen und sie ließ es drauf ankommen.«

»Typisch«, meinte Marybeth, »so spricht eine Mutter von Söhnen.« Wieder wurden ihre Lippen schmal.

»Unsinn. Ich mache mir um meine Söhne auch Sorgen.«

»Wie dem auch sei, um Töchter macht man sich mehr Sorgen ... Ja, Ann. Und außerdem, mein Problem ist jetzt – was soll ich tun? Soll ich es Eve sagen?«

»Natürlich mußt du das der Mutter sagen«, warf Sam ein. »In solchen Fällen ist es immer am besten, die Familie mit einzubeziehen.«

Ann wischte den Gedanken mit einer Handbewegung weg. »Darum geht es jetzt doch gar nicht, Sam, sondern um Eve. Als *ich* versuchte, Eve klarzumachen, daß Nina deprimiert ist, hörte sie mir gar nicht zu, leugnete alles und meinte, ich solle sie in Ruhe lassen. Aber Tony und ich sehen doch, daß Nina ihren Vater vermißt. Und Eve kümmert sich einfach nicht genug um sie. Sie amüsiert sich irgendwo. Ich glaube, auch das belastet Nina.«

»Vielleicht tut es Nina gut, ihren Vater zu sehen«, sagte Sam. Und in leicht erstauntem Ton fuhr sie fort: »*Weiß* Nina eigentlich, daß er zu unserem Camp Visiting-Tag kommt?«

Ann zog die Stirn kraus. »Seltsam«, grübelte sie, »ich bin nicht sicher. Vermutlich hat Eve es ihr gesagt. Die Situation kann unangenehm werden, wenn ich es mir so überlege. Du lieber Himmel!«

»Was ist los?« fragte Marybeth.

»Zu dumm. Ich hab' gar nicht daran gedacht. Ted wird bei *uns* übernachten.«

»Wie kompliziert!«

Ann zog eine kleine Grimasse, setzte sich auf, zog die Beine an und schlang die Arme um die Knie. »Weiß Gott! Aber Eve sagte zu Tony, daß sie Ted nicht daran hindern könne, nach Huntsfield zu kommen, er sich aber nicht einbilden soll, bei *ihr* zu übernachten!«

»Was ich ihr nicht übelnehmen kann«, sagte Marybeth streng. »Nachdem er sie jahrelang betrogen hat.«

»Nun ja«, meinte Sam, »wir kennen die Mechanismen ihrer Ehe nicht, oder? Wir wissen nicht, was hinter verschlossenen Türen vor sich gegangen ist.« Sie übersah die beiden schokkierten Augenpaare. »Manche Frauen sind eben nicht an Sexualität interessiert.«

»Wir sprechen nicht von irgendwelchen Frauen, wir sprechen von Eve.«

»Na gut«, sagte Sam streitlustig, »sprechen wir von Eve. Ich habe sie beobachtet. Wer, in Gottes Namen, kommt schon im heißesten Sommer seit zehn Jahren auf die Idee, die Haare offen runterhängen zu lassen. Und ich sehe noch was ...«

»Mir fällt auf«, warf Marybeth ein, »daß sie immer irgendwie im Laufen begriffen zu sein scheint. Ich weiß nicht, ob sie fortläuft oder hinter etwas herläuft. Aber das ist mein Gefühl. Sie scheint immer irgendwie auf dem Sprung zu sein. Ist das nicht merkwürdig?« Sie lachte nervös, stand abrupt auf und hüpfte ins Wasser.

»Seltsam«, meinte Ann. »Auf mich macht sie eher einen entschlossenen Eindruck, so als ob sie ihr Leben um jeden Preis auskosten will. Ich bin nicht einverstanden damit, wie sie es tut. Ich fürchte, sie macht einen *schrecklichen* Fehler.«

Sam erwiderte: »Wie lange soll sie es denn noch hinnehmen, Ann? Bevor sie den Schlußstrich zieht? Er hat sie doch offenbar immer wieder betrogen, und sie hat ihm immer wieder verziehen. Findest du nicht, daß sie das Recht hat, jetzt an sich zu denken?«

Ann lachte hart. »Was sie für sich selbst tut, ist kindisch!«

»Es gehört nun mal dazu, Ann. Geschiedene Leute gehen in der Zeit zurück und werden wieder jung. Das vergeht wieder. Du wirst sehen.«

»Was *ich* sehen möchte, Sam, ist, daß Eve und Ted sich wieder versöhnen, wie es sich gehört.«

Sam gab ein unwirsches Grunzen von sich. »Du bist wirklich naiv, Ann.« Dann machte sie eine versöhnliche Geste. »Aber wer weiß? Vielleicht hast du durchaus recht. Vielleicht müssen sie einander nur sehen. Vielleicht genügt ein Blick, und sie fallen sich in die Arme. So etwas habe ich oft genug erlebt, glaub mir! Ein Kerl kann seine Frau verprügeln, den ganzen Lohn versaufen und in der Sekunde, in der sie ihn sieht, verwandelt sie sich in ein Häufchen ... ich weiß nicht, was es ist, Abhängigkeit? Hörigkeit? Liebe? Keine Ahnung.«

»Ich bin sicher, daß so etwas mit ihnen geschieht. Tony und ich sorgen jedenfalls dafür, damit sie am Camp Visiting-Tag alleine sein können.«

»Vielleicht hast du recht, Ann. Du kennst sie besser als ich.«

»Ja, dieser Ausflug ist die beste Gelegenheit. Eine glänzende Idee! Shirl ist ein kluger Bursche!«

Sam lachte. »Das ist er.«

»Ein lustiger Vorschlag – Camp Visiting-Tag ohne Camp.«

»Und ohne ermüdende Autofahrt«, fügte Sam hinzu. »Wir machen es eigentlich nur für uns, weißt du. Da wir ja nie das zweifelhafte Vergnügen hatten, Kinder am Camp Visiting-Tag im Ferienlager zu besuchen. Wir wurden nie von Mücken zerstochen, haben uns nie mit Insektenspray vergiftet, kein Sonnenbrand, kein Verkehrsstau.« Sie lachte.

Marybeth kletterte wieder aufs Floß, schüttelte sich das Wasser aus den Haaren und fragte: »Was gibt's denn zu lachen?«

»Wir reden grade über unseren Camp Visiting-Tag.«

»Ja, ich finde die Idee super. Und Shirl sagt, es gibt eine Fahnenparade und ein großes Lagerfeuer?«

»Am Camp Visiting-Tag gibt's keine Fahnenparade«, widersprach Ann.

Wieder lachte Sam. »Mein kleiner Shirley macht keine halben Sachen. Er war ein unterprivilegiertes Kind! Er durfte nie in ein Feriencamp. Wenn wir schon Camp Visiting-Tag feiern, dann machen wir auch ein richtiges Camp. So sieht er die Sache.«

»Toll. Es wird ein wunderbarer Spaß.«
»Ja. Ein toller Spaß.«

21

»Um mit Sigmund Freud zu sprechen: Was wollen die Frauen eigentlich?«

Keiner ihrer Freunde lag an dem gewohnten Strandplatz, und einen Augenblick lang fühlte Eve sich ausgeschlossen, so wie sie sich den ganzen Sommer über ausgeschlossen fühlte. Sie war zum Strand gekommen, weil sie Gesellschaft brauchte. Was hatten sie diesmal ohne sie unternommen?

Und dann sah sie ihre Sachen – Anns alte, karierte Decke und Marybeths Liegestuhl und Sams Tatami-Matte – und sie schalt sich: Eve, werde erwachsen! Versuch's mal mit Vernunft. Sie haben sich nicht heimlich verabredet und gesagt: »Los, wir gehen an den Strand, aber Eve sagen wir nichts davon.« Wo waren sie? Sie blickte hinüber zu den Handballplätzen, aber dort spielten nur Kinder. Auf dem Rasen waren sie auch nicht.

Na gut. Sie stellte ihre Sachen ab und breitete die Decke aus. Sam schwamm vielleicht ihre Drei-Stunden-Marathon-Runden, und Marybeth spielte womöglich Tennis, nein, nicht in der Mittagshitze. Eve band ihr Haar zu einem Pferdeschwanz hoch, Gott, war das heiß. Das Wasser mußte herrlich sein. Warum Nina nicht mitkommen wollte? Sie sagte, am Strand sei es ihr zu langweilig, sie würde lieber im Teich schwimmen. Erst letzten Sommer hatte dieselbe Nina den Teich als schmutzigen, stinkenden Tümpel bezeichnet, in dem man nicht schwimmen konnte. Und dieselbe Nina war so lange am Strand geblieben, daß Eve sie bei Einbruch der Dunkelheit mit dem Wagen abholen mußte.

Eve ließ einen tiefen Seufzer hören. Ein Jahr im Leben eines heranwachsenden Kindes bedeutete eine völlige Persönlichkeitsveränderung. Das müßte sie jetzt allmählich wissen. Doch die Buben hatten sie nicht genügend auf die Kapriolen eines sechzehnjährigen Mädchens vorbereitet. Um mit Sigmund Freud zu sprechen: Was wollen die Frauen eigentlich? Von denen in Ninas Alter hatte sie keine Ahnung. Beispielsweise war anzunehmen, daß sie nach all dem Nörgeln und den Sticheleien darüber, daß ihre Mutter ihren Vater vor die Tür gesetzt hatte, vor Freude aus dem Häuschen sein würde über seinen unvorhergesehenen Besuch am kommenden Wochenende. Doch Nina hatte lediglich gebrummt und ihr einen verschleierten, leeren Blick zugeworfen. »Freust du dich nicht?« hatte Eve einigermaßen enttäuscht gefragt.

»Natürlich freue ich mich«, hatte Nina geantwortet, aber nicht danach ausgesehen. Es war nicht Eves Problem, wenn Nina sich entschlossen hatte, ihrem Vater kühl zu begegnen; damit sollte er sich auseinandersetzen.

Ted. Weil sie an Probleme dachte! Er war das größte von allen. Was sollte sie tun? Wie würde sie mit ihm fertig werden? Allein bei der Vorstellung, einen ganzen Tag mit der Clique zu verbringen, lustig und guter Dinge zu sein, während er da war, mehr Gegenwart als Person, spürte sie einen Knoten im Magen. Er war erst einen Monat weg, aber ihr Leben hatte sich so drastisch verändert, daß sie gar nicht mehr recht wußte, wie er aussah.

Es schien, als sei sie tatsächlich fertig mit ihm, und dieser Gedanke verschlug ihr den Atem. Fertig. Was für ein kaltes Wort. Es war kaum zu glauben, wenn sie jetzt darüber nachdachte. Offenbar hatte sie es geschafft, ihn aus ihrer Emotionswelt auszuschalten, und wie leicht ihr dies gefallen war! Hätte sie vor Jahren gewußt, daß sie so stark sein würde – na ja, wie konnte sie das wissen? *Er* war ja da und ließ sie unentwegt spüren, wie minderwertig sie war, wie wenig sie zählte, wie unattraktiv sie für ihn war. Ja, gut, *jetzt* realisierte sie, wie destruktiv in mancher Hinsicht Ted immer gewesen war. Die meisten ihrer Ehejahre hatte sie darauf reagiert, indem sie sich selbst in Frage stellte. Wäre sie nur etwas klüger gewesen, vielleicht hätten sie dann ihre Probleme bewältigen können. Sex stand immer im Vordergrund. Jetzt, da sie zu einer aufrichtigen Betrachtungsweise fähig war, schien es der Sex gewesen zu sein, der ihre Ehe jahrelang aufrechterhalten hatte.

Sie wollte ins Wasser. Sie wollte nicht länger über Ted nachdenken, verflucht noch mal! Sie freute sich nicht darauf, ihn wiederzusehen. Sie freute sich auch nicht auf den kindischen Ausflug, den Shirl vorgeschlagen hatte, diesen Camptag oder was immer es war. Sie würden höchstens zu viel trinken, spät nachts von Mücken zerstochen nach Hause kommen. Ach, zum Teufel! Sie hatte zugesagt und würde keinen Rückzieher machen.

Im seichten Wasser stehend, sah sie die drei auf dem Floß – Sam lag auf dem Rücken, Ann in ihrer üblichen Sitzposition, die Arme um die Beine geschlungen, Marybeth stand tropfnaß vor ihnen und schüttelte das Wasser aus ihrem Haar. Da waren sie also – einfach draußen auf dem Floß. Sie sah nachdenklich hinüber, die Szene war symbolisch für den ganzen Sommer. Dort standen sie beieinander, durch eine weite Wasserfläche getrennt von ihr, unerreichbar, entfernt. Und dann lachte sie sich aus. Also wirklich, Eve, jetzt reicht's! Als nächstes würde sie bittersüße Lyrik verfassen über die Isolation des Individuums!

Alles, was sich abgespielt hatte, war, daß ihre Freundinnen vor ihr zum Strand gekommen und zum Floß hinausgeschwommen waren. Und sie brauchte nur diese »weite Wasserfläche« zu durchschwimmen.

Ann entdeckte sie, winkte und johlte ihr etwas zu. Vielleicht schrie sie »Komm rüber!« Eves Herz wurde leicht – es tat gut, Ann wieder nahe zu wissen –, aber zu ihrem Erstaunen war ihr jetzt nicht mehr danach zumute, mit ihnen zusammen zu sein. Sie hatte keine Lust, sich zu unterhalten.

Leider gab es kein Zurück mehr. Sie hatten sie entdeckt. Wenn sie anfingen, Fragen zu stellen, würde sie sagen: »Ich möchte wirklich jetzt nicht über Ted diskutieren. Ich möchte damit warten, bis ich ihn gesehen habe.«

Der Gedanke erleichterte sie, als wäre sie zu einer wichtigen Entscheidung gelangt, und jetzt tauchte sie unter, schwamm hinaus, beinahe froh, ihre Freundinnen zu treffen.

22

»Wie der sprichwörtlich streunende Kater bin ich nach Hause gekommen . . .«

Die Vordertür des Driscoll Hauses stand offen, und ein Lichtstrahl fiel durch das Fliegengitter auf die Veranda. Eve ging wie gewohnt hinein, rief »Hallo!« und setzte ihren Weg fort, in Richtung Wohnzimmer.

Seltsam still. Als Ann und Tony sie baten, gegen acht auf einen Drink rüberzukommen, dachte sie, alle seien eingeladen. Vielleicht saßen sie draußen im Garten.

Sie streckte den Kopf zur Wohnzimmertür hinein.

»Tag, Schatz.«

»O Gott! Ted! Was tust du denn hier?«

»Wie der sprichwörtlich streunende Kater bin ich nach Hause gekommen . . . Liebling!« Er legte den Kopf zur Seite, eine Haltung, die er für unwiderstehlich hielt, und breitete die Arme aus. Ihr Herz fing an wild zu klopfen, doch sie wappnete sich gegen ihn. Er hatte die besondere Gabe, seinen Charme einzusetzen, wenn er es für nötig hielt.

»Wo sind denn Ann und Tony?« – Sei locker, Eve, befahl sie sich, sei nett und sachlich.

Er grinste. »Wozu brauchen wir Ann und Tony?« Er kam auf sie zu. Eve machte ein paar Schritte nach hinten, kam sich töricht dabei vor. Aber es war ihr wichtig, Abstand zu halten. »Nein, Ted. Wir müssen miteinander reden.«

»Wir können später reden. Komm her, Frau.«

Sie wollte sagen: ›Nenn mich nicht Frau. Ich habe einen Namen.‹ Doch seine Arme lagen bereits um sie, sein Körper drängte sich an ihren, sie roch den vertrauten Duft seiner Haut. Sofort reagierte ihr Körper darauf – ihre Kehle wurde eng, Adrenalin stieg in ihr hoch, ein schwaches Gefühl breitete sich in ihren Lenden aus. Sie war entsetzt über sich selbst. Da sagte sie sich ständig – und jedem der es hören wollte –, daß ihre Ehe vorbei sei, aus, Schluß. Sie glaubte auch daran! Sie glaubte auch jetzt daran. Und doch hatte er in zehn Sekunden die Situation in der Hand, und sie waren dort, wo sie angefangen hatten. Sie wollte ihn haben; ihr ganzer Körper sehnte sich nach seiner Berührung; ihre Kraft schmolz dahin.

Im nächsten Augenblick würde er sie da haben, wo er sie immer hingebracht hatte – im Bett mit ihm, unfähig einen Gedanken zu fassen.

Mit ungeheurer Willensanstrengung entzog sie sich, entwand sich seinem Griff, zwang sich zu einem Lächeln und sagte so beiläufig wie möglich: »Hast du mit Nina gesprochen?«

Ted kam hinter ihr her, seine Augen vor Lust verengt. »Nina kann warten«, sagte er mit heiserer Stimme.

»Aha. Nina kann warten. Ich verstehe.«

»Was ist los, Eve? Wir müssen uns um wichtigere ... äh ... Dinge kümmern. Komm, Liebling!« Er kam näher. Eve hielt abwehrend die Hand hoch.

»Nichts«, sagte sie streng, »sollte dir wichtiger sein als dein *Kind*, Ted. Du hast sie seit einem Monat nicht gesehen! Vielleicht interessiert es dich, daß sie mir die ganze Zeit das Leben wegen dir schwergemacht hat. Sie ist der größte Fan, den du je gehabt hast. Und du kommst daher und sagst, Nina kann warten. Das ist wieder mal typisch für dich!«

Er warf die Arme in die Höhe, schnitt eine ärgerliche Grimasse. »Schon gut, schon gut! Ich rufe sie an, wenn dich das glücklich macht. Nachdem wir ...«

»Nein, nicht nachdem wir. Und nicht, um mich glücklich zu machen. Es sollte dich freuen, mit ihr zu sprechen.«

»Du lieber Himmel, Eve, laß mich zufrieden! Ich rufe sie an! Du mußt mir nicht sagen, was ich zu tun habe. Auf dem Weg hierher habe ich Jase und Rich, *beide* besucht. Daran habe ich auch ohne deine Hilfe gedacht. Aber jetzt geht es um uns. Wir haben uns über einen Monat nicht gesehen, verflucht noch mal!«

Er sah sie genau an. Und sie sah, wie er die Taktik wechselte. Sie sah, wie die Lust aus seinen Augen wich, sah, wie sein Hirn arbeitete. Und dann lächelte er wieder, holte tief Luft.

»Schade, Ann und Tony haben sich soviel Mühe gegeben«, sein Tonfall hatte sich völlig verändert. »Sie sind nämlich weggegangen, und Ann nahm mich beiseite – du weißt, wie Ann dich beiseite nimmt, wenn sie dir was Wichtiges zu erzählen hat – und sagte« – seine Imitation von Anns leicht bebender Stimme und ihrer ernsten Miene traf haargenau den

Punkt – »›Ted, Liebster, es war für keinen von euch beiden leicht, das weiß ich. Du wirst Eve eine Spur... defensiv finden. Hör auf meinen Rat, Ted. Leg ihr dein Herz zu Füßen, und die Natur wird ihren Lauf nehmen.‹«

Eve kicherte bereits, als er fortfuhr, jetzt in Tonys leicht nasalem, leicht aufgeblasenem Ton: »›Und hör zu, alter Kumpel, wir werden ein paar Stunden wegbleiben. Du weißt, was ich meine? Ihr habt also genügend Zeit für eine *Versöhnung*, du weißt, was ich meine. Wir sind nicht vor elf Uhr zurück. Kannst dich drauf verlassen.‹«

Nun lachte sie lauthals. Er war ein glänzender Komödiant! Sie sah ihn liebevoll an, Tränen bildeten sich in ihren Augen, und schon war er bei ihr, lachend und sie umarmend, seiner völlig sicher.

Verdammt! So machte er es immer! Er schaffte es immer, vom eigentlichen Problem abzulenken und es durch seine Clownerien aus der Welt zu schwindeln. Er wußte, er konnte jeden Streit beenden, wenn er sie zum Lachen brachte.

Immer noch in seiner Umarmung sagte sie: »Ruf Nina an, Ted.« Ich lasse mich nicht mehr von ihm manipulieren, dachte sie.

»Ach, Liebling, vergiß Nina momentan. Ich bin spitz wie ein Maine Elch.«

Mit süßer Stimme raunte sie: »Ich will nicht mit dir ficken, Ted.« Seine Arme fielen herab, sie spürte, wie sich sein ganzer Körper von ihr löste.

»Mein Gott, Eve! Du hast ja schöne Redensarten aufgeschnappt!« Am liebsten hätte sie aufgejubelt. Es war ihr endlich gelungen, ihn mit seinen eigenen Waffen zu schlagen. Sie beherrschte die Situation. »Gut, gut. Ich rufe Nina an.«

Ted schlenderte zur Bar hinüber, nahm den Hörer und begann zu wählen. Es dauerte eine Weile, bis ihm seine eigene Telefonnummer wieder einfiel – als wäre er ein ganzes Jahr weggewesen, nicht nur einen Monat! –, und dann stand er da und horchte auf das Freizeichen, das schrillte und schrillte.

Er beobachtete seine Frau. Sie sah gut aus, besser als seit Jahren. Was war mit ihr geschehen? Sie trug das Haar offen; das war neu. Aber sonst... er konnte es sich nicht erklären. Jedenfalls sah sie sexy aus. Komischer Gedanke, Eve und sexy. Deshalb hatte er sie nicht geheiratet. Er hatte sie geheiratet, weil sie lustig, beliebt und klug war, und weil sie gut aussah und alle Kommilitonen sagten: »Soloway macht einen guten Griff!« Und sie war verrückt nach ihm. Und er war verrückt nach ihr. Das mußte er wohl gewesen sein. Schließlich hatte er sie geheiratet.

Verheiratet sein war natürlich nicht dasselbe wie eine Romanze zu haben. Er gehörte zu den Männern, die viel Wärme brauchten. Ein Mann mit großem sexuellen Appetit – wesentlich größer als der Durchschnitt, beispielsweise Tony. Tony war vollständig zufrieden mit seiner Ann, aber er – eine Frau reichte ihm eben nicht. Was konnte er dafür? Er liebte die Frauen nun mal.

Er war nach Maine gegangen, um völlig alleine und einsam zu leben. Das war sein fester Vorsatz! Er war entschlossen, sein Talent auszuprobieren und ein Theaterstück zu schreiben. Eve wußte nichts davon; er fürchtete, von ihr ausgelacht zu werden. Den Gedanken trug er beinahe ein Jahr mit sich herum, diese Idee, seinen Beruf an den Nagel zu hängen und sich ein Jahr ausschließlich der Schriftstellerei zu widmen. Aber vorher mußte er es ausprobieren. Also malte er sich aus, einen Sommer in völliger Isolation nur zu schreiben.

Er suchte sich den entlegensten Winkel mit nur so viel Zivilisation in der Nähe, wie sie ein Schnapsladen, eine Bibliothek und ein anständiges Restaurant zu bieten hatten.

Die Blockhütte lag nahe am See, der eher ein Weiher war, inmitten gigantischer Tannen. Wenn die Sonne schien, war es das perfekte Abenteuer. Der Wind pfiff, die Luft roch würzig, und das Licht filterte grün durch die dicken Zweige. Ein Gefühl, beinahe wie unter Wasser mit gedämpften Geräuschen. Und dann regnete es drei Tage, und er stand wirklich unter Wasser. Die Hütte stank muffig nach Moder und Feuchtigkeit wie alte Socken. Schmutziges graues Licht sickerte durch das tiefe Grün, und das Wasser, das in der verstopften Dachrinne gluckerte, trieb ihn beinahe zum Wahnsinn.

Am Ende der ersten Woche, als er im Spiegel den Fortschritt seines Bartwuchses begutachtete, stellte er erschrocken fest, daß die Stoppeln grau wuchsen. *Grau!* Er hatte keine Angst, alt zu werden, aber er würde nicht mit einem grauen Bart herumlaufen, nicht wenn sein Haar noch dunkel war!

Also rasierte er sich, obwohl er sich geschworen hatte, sich nicht zu rasieren, nicht zu kochen und mit niemandem zu sprechen, nicht bevor der erste Akt seines Stückes zu Papier gebracht war.

Er hatte die besten Vorsätze gehabt. Aber Herrgott noch mal, es gab eben Grenzen. Er war nicht ein einziges Mal in der Stadt gewesen, wenn das Kaff, wo das Bürgermeisteramt im Nebenraum des Lebensmittelladens untergebracht war und die Bar im gleichen Gebäude lag, überhaupt als *Stadt* zu bezeichnen war. Ihm fiel vor Stumpfsinn die Decke auf den Kopf, und Travis Corners erschien ihm aufregend, als er glatt rasiert, in Shorts und Polohemd und Regenumhang die Hauptstraße entlangfuhr, schwitzend wie ein Schwein, aber froh, seiner düsteren Blockhütte entronnen zu sein.

Und so hatte er Louisa kennengelernt – beim Aufgeben einiger Ansichtskarten nach Hause. Sie war das Postfräulein und Besitzerin des Lebensmittelladens, ein schmales, kleines Ding mit dem Körper eines jungen Mädchens und einem weichen, runden großäugigen Gesicht. Sie trug das Haar in einem langen Pferdeschwanz und hatte ein verwaschenes T-Shirt und einen abgetragenen Overall an. Und dieses Lächeln! Es war unmöglich, ihr zu widerstehen, besonders nachdem sie eine Weile herumgealbert hatten und sie sagte: »Nun, mein Herr, ich wette, kein Mensch außer Ihnen hat Lust bei diesem Sauwetter einen Ausflug zum Postamt zu machen. Darf ich Sie zu einem Drink einladen? Im Hinterstübchen. Dort lebe ich mit meinen Kindern, wenn sie zu Hause sind, was momentan nicht der Fall ist.«

Es gab nur eins zu tun, und sie taten es. Er konnte es kaum fassen, als sie ihm ihr Alter verriet – siebenunddreißig. Darauf wäre er nie gekommen, so wie sie mit ihrem Körper umging. Und außerdem war sie ein kluges Geschöpf. Und sie fand es großartig, daß er Schriftsteller war – wozu sollte er ihr auf die Nase binden, daß er ein verheirateter Rechtsanwalt mit drei Kindern und einer Midlife-crisis war. Die arme Louisa: es gab nur vier in Frage kommende Männer in der Gegend, sie hatte bereits mit allen geschlafen, erzählte sie ihm, und mit keinem war was daraus geworden. Für sie war er ein Geschenk des Himmels. Die Geschichte war so bezaubernd, daß er für den Rest des Monats an wenig anderes denken konnte und kaum ein Wort schrieb.

Und dann nahm die Affäre ihren üblichen Verlauf, sie fing an langweilig zu werden, und er verlor das Interesse. Und als Tony anrief und ihm sagte, Eve mache Mätzchen, beschloß er zurückzukommen und die Sache zu Hause in Ordnung zu bringen. Aber es lief alles nicht so, wie er gehofft hatte. Eve stellte sich stur.

»Wieso schaust du mich so finster an?« wollte sie wissen, und er schrak hoch.

»Schau ich dich finster an? Tut mir leid, Liebling.« Doch sie erwiderte sein Lächeln nicht. Aha, sie spielte die Eiskalte. Frauen waren manchmal echte Nervensägen. »Keine Antwort«, sagte er, hielt jedoch den Hörer weiter am Ohr, um Zeit zu gewinnen. Nina wußte doch, daß er heute abend kam. Aber glaub bloß nicht, sie würde eine Minute warten, bis sie was von ihm hörte. Sie war eben eine *Frau* und imstande, ihm später Vorwürfe zu machen, weil *sie* nicht zu Hause war, als er anrief! Er knallte den Hörer auf. »O sicher, sie *braucht* mich. Sie braucht mich so dringend, daß sie es nicht nötig hat, auf meinen Anruf zu warten. Wo steckt sie eigentlich? Treibt sich mit ihren Freunden rum, was?«

»Zweifellos. Unser Leben ist nicht plötzlich zum Stillstand gekommen, nachdem du dich aus dem Staub gemacht hast.«

»Dein Leben nicht. Glaub nur nicht, ich wüßte nichts. Tony hat mich von deinen Aktivitäten unterrichtet.«

»Meine *Aktivitäten,* wie du dich ausdrückst, gehen dich nichts an!«

Sie reizte ihn wirklich. »Gehen mich nichts an? Du bist immer noch meine Frau!«

»Nicht mehr lange!«

»Moment mal! Das ist nicht dein Ernst! Nein. Also hör auf den Kopf zu schütteln. Du bist wütend. Ich kenne dich genau, Eve. Du bist nur wütend. Aber bald wirst du dich beruhigen.«

»Irrtum, Ted! Im übrigen bin ich sehr ruhig. Ruhiger als seit Jahren. Ohne deine ständige Kritik, ohne deine Dramatik und deine diversen Krisen, ohne deine verdammten *Weiber.* Und falls es dich interessiert, ich habe deine Zurückweisungen keineswegs entbehrt. Ich habe mich nämlich ein wenig umgesehen und eine Entdeckung gemacht. Es gibt Männer, die mich attraktiv finden!«

Er war wütend. Sie war seine *Frau!* Wovon redete sie eigentlich?

»Du hast nicht mit anderen Männern auszugehen!«

»Spitze! Du treibst dich seit Jahren mit anderen Weibern rum, und ich sollte es schweigend dulden, was ich blöde Kuh auch getan habe. Nein, wirklich Ted, mir wird übel!«

»Bei Männern ist das was anderes. Männer brauchen das. Und außerdem haben meine Frauengeschichten nichts mit dir zu tun.«

Sie war verschwunden! Er konnte es nicht glauben. Mitten im Satz zeigte sie ihm den Vogel, drehte sich auf dem Absatz um und verschwand türenschlagend! Ausgerechnet –!

Was sagte man denn dazu?

23

»Und wessen wattierten BH haben wir denn da?«

Scheißhitze! Gott sei Dank lag der Weiher gleich hinter dem nächsten Hügel; er hatte die Nase voll. Der einzige Grund, warum er weiterlief, war, daß die anderen hinter ihm waren, jeden seiner schmerzenden Schritte beobachteten und sich über ihn lustig machten. »Weiter, Shirl, heb deine Kindersärge nur schön hoch!« – »Wenn er hinfällt, müssen wir über ihn drüber klettern!« Und solchen Kram. Die Leute glaubten, dicke Männer hätten keinen Mumm in den Knochen. Er war gewichtiger als andere, er hatte dafür aber auch ein paar Pfund grauer Zellen mehr. Und darauf kam es an. Er schaffte es! Auch wenn seine Knie wie aus Gummi waren. Er würde sich nichts anmerken lassen. Und außerdem schütteten die ihr bißchen Verstand noch mit Schnaps zu und merkten es nicht mal.

Mit zusammengebissenen Zähnen setzte Shirl zum Endspurt an und joggte über die Hügelkuppe, warf seine Ausrüstung hin und sank ins Gras. Und da saß er grinsend, als die anderen keuchend in Sicht kamen.

»Wo bleibt ihr denn so lange?« fragte er seelenruhig. Sie

blickten ihn scheel an, und Eve lachte. »Dafür könnte ich dich umbringen. Du bist genauso fertig wie wir, gib's doch zu!«

»Außerdem«, brummte Tony Driscoll, »hast du nur einen kleinen Rucksack, Detweiler, und wir...« er deutete auf die riesigen Kühltaschen und Picknickkörbe, die er, Ted und Roy schleppten.

»Gott! Ich hab' vergessen, wie steil dieser Berg ist!«

»Ja, so eine Strapaze«, stimmte Shirl zu. »Wem haben wir eigentlich diese dämliche Idee zu verdanken?«

Alle stöhnten laut auf, und Ted und Tony fingen an, ihn mit Eibischfrüchten zu bewerfen. Eine Idee, die allen zu gefallen schien, denn bald war die Erde mit klebrigen, kleinen, weißen Kissen bedeckt.

Eve lachte wieder, lauter noch. »Vorbei mit barfuß laufen, Leute!« Und Ann maulte: »Och, Camp Visiting-Tag ohne barfuß laufen taugt nichts.«

»Hört auf damit«, wimmerte Shirl in gespielter Wehleidigkeit, »sammelt sie lieber ein. Die brauchen wir fürs Lagerfeuer.«

»Du heilige Scheiße«, dröhnte Roy, »fürs Lagerfeuer sammle ich sie ganz alleine ein!«

»Roy! Deine Ausdrucksweise!« Natürlich Marybeth, wer sonst, adrett wie immer.

»Marybeth, du bist zum Schreien«, sagte Eve. »Du versetzt mich um zwanzig Jahre zurück. Einmal noch so unschuldig zu sein! Es wäre *wundervoll!*«

Sehr schrill, unsere Eve heute, dachte Shirl; sehr laut und irgendwie gereizt. Zweifellos wegen Teds Gegenwart. Sie bemühten sich sorgsam, direkten Kontakt zu vermeiden, körperlich wie auch verbal, seit die Clique sich vor zwei Stunden bei den Driscolls getroffen hatte. Ted hielt sich an seinen Kumpel Tony, legte ein wenig zu oft seinen Arm um Tonys Schultern. Vor Jahren hatte Shirl sich über die beiden gewundert; aber nein, wenn es etwas zwischen ihnen gäbe oder je gegeben hatte, war es so latent, so vergraben und vermutlich so unschuldig, daß es gar nicht zählte.

»Also, Freunde«, rief er. »Setzt euch. Ich entzünde die Flamme.«

»Ist doch viel zu früh für ein Lagerfeuer«, protestierten einige.

Shirl lachte. »Ich spreche eigentlich nicht vom Lagerfeuer«, sagte er listig und griff in seinen Rucksack nach dem Bündel Joints, sorgfältig in Plastik verpackt.

»Wenn es das ist, was ich denke...« quiekte Marybeth.

»Tja, was denkst du denn?« Shirl hatte großen Spaß daran. Er wußte, Eve würde rauchen und Sam natürlich auch. Roy? Möglich. Ann würde, wenn Tony rauchte. Also fange ich am besten bei Tony und Ted an, überlegte er schnell, als er einen tiefen, befriedigenden Zug nahm.

»Hier hast du, Ted.« Er hielt ihm den glimmenden Joint hin, »willkommen zurück in der Zivilisation.«

Interessiert beobachtete er, wie Ted zögerte, seiner Frau einen flüchtigen Blick zuwarf, so flüchtig, daß ihn kaum einer bemerkte, und dann sehr cool die Hand danach ausstreckte. Der arme Narr. Er wollte Eve beweisen, was für ein toller Hecht er sei. Wie weltgewandt, wie weit über ihr stehend. Der Tropf! Er hatte sich immer für Mr. Wonderful gehalten, der über seine Frau und seine Kinder herrschte und sich alle Freiheiten herausnehmen konnte. Shirl hatte ihn nie wirklich gemocht. Er war ihm zu schnoddrig. Der typisch jüdisch-amerikanische Prinz, total verwöhnt und absolut egozentrisch. Ich, ich, ich! Und seine Überheblichkeit – Juristen! Dachten alle, sie hätten mehr auf dem Kasten als die übrige Menschheit. Ted Soloway war ein Narr, seine Frau zu betrügen – und was für eine Frau!

Eve war ein gutes Mädchen, ein gutes, solides, menschliches Wesen. Mit Courage. Er beobachtete, wie Ted den Joint an sie weiterreichte, dabei mußte er sich über zwei Leute beugen, um es zu schaffen. Wetten, er denkt, sie wird davon groggy und besoffen? Sieh ihn dir an, sein verdutztes Gesicht, wie sie raucht, als würde sie sich jeden Tag einen Joint reinziehen. Mag sein. Mag sein! Doch Shirl Detweiler hätte das bemerkt. Ihm entging nicht viel. Zum Beispiel dachten Roy und Eve, sie seien wahnsinnig vorsichtig und diskret. Er wußte Bescheid! Er wußte alles. Natürlich nicht jedes Kapitel und jede Zeile ihrer Romanze. Doch er wußte, daß sie es miteinander trieben. Jeder, der seine Antenne ausgefahren hatte, mußte das sehen. Was für ein Paar: der Ire mit dem großen Schwanz und die Jüdin mit den großen Titten. Sicher wackelte das Bett, wenn sie dabei zugange waren. Er hatte immer das Gefühl, daß Eve Soloway eine heiße Nummer ist. Ein Vollweib! Warum ihr Ehemann sich nicht mit ihr zufriedengab? Er würde die Menschen nie verstehen. Wenn er ihn noch hochbringen würde, würde er alles für seinen Liebling Sam aufheben. Er würde nicht rumvögeln. Roy Cullen, das war ein ganz anderer Fall. Der Fall einer römisch-katholischen Ehefrau. Eve hatte den Joint an Marybeth weitergereicht, und Marybeth ließ ihn beinahe fallen. Sie tat, als sei das Ding etwas Lebendiges. Was war denn schon dran an Marihuana? Es war verboten. Riesensache. Schnaps war während der Prohibition auch verboten. Und das hat keinen Menschen vom Trinken abgehalten. Wer regte sich heute noch über einen Gin Tonic auf? Nicht einmal Marybeth Cullen würde ihre Lippen schürzen oder ihren strammen Hintern zusammenpressen wegen eines Pfefferminzlikörchens.

In seiner süßesten Dickwanst-Stimme säuselte er: »Nur einen winzigen Zug, Marybeth. Du sagst doch, du hast im College geraucht und kannst inhalieren. Das Zeug ist weniger gefährlich als Tabak. So ähnlich wie ein kleiner Drink – nur besser. Du bekommst davon keinen Kater.« Er lächelte süß. »Komm schon, sei kein Spielverderber. Eve, zeig ihr, wie's geht!«

»Ach Shirl, du bist ein Scheusal!« Marybeth beäugte den Joint und wollte ihn ihrem Mann reichen. »Da, Roy. Nein, halt. Ich will nicht, daß du das rauchst!«

Cullen lachte und nahm ihn ihr aus der Hand. »Sieh mal, Kleines, erinnerst du dich an unsere Abmachung? Ich sage dir nicht, wie du deine Aufschläge beim Tennis placieren sollst, und du sagst mir nicht, was ich in den Mund nehmen soll.« Er lachte breit und führte den Joint prahlerisch zum Mund und saugte gierig daran. Na, sieh mal einer an, dachte Shirl. Er hätte nicht vermutet, daß Roy so geübt mit Pot umging. Sex war eine andere Sache, da verstand Roy sich sicher auf alle Tricks ... Er säße zu gerne als Fliege an der Wand, wenn Roy und Eve miteinander schliefen! Und wie gerne hätte er Ted hinterher jede Einzelheit davon beschrieben. Er *hatte* es bereits beschrieben in einem Kapitel seines neuen Buches. Er hatte die Tür seines Arbeitszimmers abgeschlossen, eine gute Platte aufgelegt, einen Joint alleine geraucht und dann die Szene auf Band gesprochen, wie er sie sich vorstellte. Natürlich trugen sie die Namen seiner Romanhelden, aber er hatte dabei Roy und Eve vor Augen. Große Titten, großer Schwanz, großer Appetit, große, schöne, gesunde Tiere. Eine wunderbar heiße Szene. Er hatte keinen solchen Spaß mehr gehabt, seit das junge Paar sich bei offenem Fenster auf dem Bett gewälzt hatte, in der Wohnung auf der anderen Seite der Straße. Er würde nie die Chance haben, Roy und Eve wirklich zuzusehen. Aber seine Phantasie war vermutlich ausschweifender als alles, was sie sich ausdenken konnten.

Nun hatte Roy seine Arme um die Schultern seiner Frau gelegt, hielt ihr den mittlerweile zu einem Stummel heruntergebrannten Joint vors Gesicht und flehte: »Kleines, nun komm schon. Es tut nicht weh und schmeckt wirklich gut. Du wirst Spaß daran haben. Shirl hat recht. Du bist doch sonst keine Spielverderberin. Bitte, nur einen klitzekleinen Zug.« Marybeth schüttelte ihren schmalen Körper ein wenig, nur so viel, daß Roys Arm herunterfiel. Dann lächelte sie ihn kopfschüttelnd an. Roy grinste breit zurück. »Feig!« sagte er.

»Ach Schatz!« kicherte sie. »Du bist wirklich schlimm! Du weißt genau, was passiert, wenn du so was sagst.«

»Genau!« verkündete Roy in die Runde. »Die Kleine läßt sich nämlich auf jede Mutprobe ein! Na ja... auf *beinahe* jede!« Und wieder dröhnte sein Lachen. Marybeth warf ihm einen flüchtigen Blick zu und nahm ihm den Joint aus der Hand.

Sie zog eine fürchterliche Grimasse, als sie ein wenig daran paffte. »Bäh!« Und gab ihm die Kippe zurück. Doch die anderen wollten sich damit nicht zufriedengeben.

»Komm schon, Marybeth, das war ja gar nichts! Du mußt inhalieren! Zieh richtig dran!«

Marybeth senkte die Augen, als müsse sie einen Entschluß fassen, holte tief Atem, und dann sagte sie: »Na schön. Gib her, Schatz.« Und mit dramatischer Gebärde nahm sie die schwärzliche Kippe und saugte geräuschvoll daran. »Au! Es ist heiß!«

Alle wieherten, als sie den Stummel fallen ließ, und Ted sagte: »Gib uns noch einen, Shirl.«

»Na klar, Kumpel«, sagte er und griff vergnügt in die Plastiktüte.

»Und wo bleibt das Bier? Pot trocknet aus.« Es wunderte ihn

kein bißchen, daß Tony aufsprang und einen Sechserpack Bier holte. Es wunderte ihn höchstens, daß der gute Tony nicht schon früher auf die Idee gekommen war. Gewöhnlich sah man Tony Driscoll auf keiner Party ohne ein volles Glas in der Hand. Dieser verkrampfte Tony! Wieso konnte der Kerl nie entspannen und irgendwas genießen? Nein, unser Tony nicht – der verstand keinen Spaß. Er segelte nicht – er raste. Er *spielte* nicht Tennis – er kämpfte verbissen. Keiner der anderen Männer arbeitete im Sommer übertrieben viel. Nur Tony. Manchmal sogar am Wochenende. Kein Wunder, daß er so dürr war. Er laugte sich aus, bis nur noch ein Nervenbündel von ihm übrigblieb.

Nun kam er an mit seinen senkrechten Falten zwischen den Augen, die Bierdose bereits an den Lippen. Wußte der Kerl denn nicht, daß Pot und Bier tödlich waren? Es versprach interessant zu werden, sehr interessant. Jetzt machten zwei Joints die Runde. Alle wurden gelöster... bis auf Marybeth vielleicht.

Tony reichte Eve eine Dose Bier, die faul zu ihm hochlächelte und sagte: »Tauschen wir?« und ihm den Joint anbot. Er zögerte nur ein winziges bißchen, bevor er den Rauch inhalierte wie ein Profi. Er behielt die Zigarette schief im Mundwinkel in James-Cagney-Manier und machte die Runde, gab jedem eine Dose Bier. Bei seiner Frau angekommen, kniete er sich neben sie und streckte ihr den Joint zwischen die Lippen. Da wußte Shirl, daß sie zusammen geraucht hatten, was ihn ein wenig erstaunte. Wie konnte ihm das entgangen sein? Er hätte geschworen, die beiden wären zu altmodisch und konformistisch, um so etwas zu tun.

Der zweite Joint wurde ihm von der anderen Seite angereicht, und er zog daran. Seine Lippen begannen zu kribbeln, und die Geräusche nahm er ein wenig gedämpft wahr. Er hatte genug. Er mußte sich um den Camp Visiting-Tag kümmern und wollte wach bleiben. Die anderen? Darum ging es ihm ja, sie sollten sich alle gelöst zurücklehnen und genießen.

Ann Driscoll brauchte nicht mehr als einen, zwei Züge, mochte er wetten, und sie wäre *stoned* bis oben hin. Welche Wirkung es wohl auf sie hatte? Würde sie einen Moralischen bekommen? Oder geil werden und alle Männer anmachen? Er äugte zu Ann hinüber, fragte sich zum hundertstenmal, wie ein Mensch, der seit fünfundzwanzig Jahren im Big Apple lebte, noch so naiv und voller Optimismus sein konnte. Da saß sie an ihren kleinen Männe gekuschelt, strahlte ihn an, als sei er das Wundervollste seit der Erfindung des Weißbrotes. Werde doch erwachsen, Ann! Anstatt ihn anzubeten, warum bringst du ihm nicht bei, wie man sich entspannt? Sie war ein echtes Kind der fünfziger Jahre: sah den Platz einer Frau neben ihrem Mann – wenn nicht einen Schritt hinter ihm. Dieser dürren Latte! Sie war eine schöne Frau, zugegeben. Vielleicht bewahrte sie sich deshalb ihre Naivität, denn jeder setzte alles daran, einer schönen Frau einen Gefallen zu tun.

Es mußte angenehm sein zu wissen, daß man mit einem Lächeln alles erreichen konnte. Er hatte gesehen, wie Ann ihre Nummer abzog, angefangen vom mürrischen Fleischer im Lafferty Supermarkt bis zu dem Jungen, der ihr den Rasen mähte. Sie lächelt dich an und du sagst: »Ja, Madam, was kann ich sonst noch für Sie tun?« Er kannte das Gefühl; er war ihrem Charme selbst schon erlegen. Ann Driscoll war im Grunde genommen in Ordnung, aber irgendwie reichte das nicht. Nicht wie seine Sam. Aber wer konnte ihr schon das Wasser reichen? Mit ihrem messerscharfen Verstand, die klügste Frau, die ihm je im Leben begegnet war. Sie waren das ideale Paar, wie zwei offene Bücher füreinander. Er hatte ihr das einmal gesagt, bewundernd und voller Wärme. »Sam, du kennst mich besser als irgendwer sonst auf der Welt.«

Und sie hatte wie verrückt gelacht, seine Sam – das sah ihr ähnlich –, und hatte gesagt: »Dich zu kennen ist schön, Süßer, aber das wirklich Wunderbare daran für *mich* ist, obwohl ich dich so gut kenne, dich immer noch zu *lieben.*« Er mußte darüber schmunzeln. Nichts, was seine Sam sagte, konnte ihn wütend machen. Und nachts, wenn sie zusammen in ihrem Wasserbett lagen, kuschelte er sich an sie, schmiegte seinen Hintern an ihren großen, warmen, weichen Bauch, und sie hielt ihn fest und beschützte ihn. Seine wunderbare, große Mami.

Nachdem eine halbe Stunde vergangen war, verspürte Eve keine Spannung mehr. Es war ein schönes Gefühl, mit alten Freunden zusammenzusein, jeder war gut gelaunt, der ganze Tag war lustig. Und Gott sei Dank gab's Shirl Detweilers

Marihuana! Dank ihm konnte sie vergessen – manchmal zwei ganze Sekunden lang –, daß Ted Soloway ihr gegenübersaß, keine zwei Meter entfernt und sie unruhig angaffte, und gleich neben Marybeth saß Roy, breit auf die Arme nach hinten gestützt, seine Hand lag fast neben Eves Hüfte. Absicht? Sie hatte keine Ahnung. Sie hatte nicht mit ihm geschlafen seit jenem Nachmittag im Motel ›Arabische Nächte‹. Es hatte Momente gegeben, in denen sie stark versucht war, den Telefonhörer abzunehmen und ihm zu sagen, daß er rüberkommen solle. Sie sehnte sich danach. Natürlich sehnte sie sich danach. Sie hätte gestern abend nicht so auf Ted reagiert, wenn sie nicht so heiß gewesen wäre. Und wenn sie jetzt, in diesem Augenblick, irgendeiner angefaßt und gesagt hätte: »Na, wie wär's damit?«, könnte sie nicht garantieren, sich wie eine Dame zu benehmen. Ausgenommen vielleicht Shirl. *Vielleicht*. Pot war wundervoll! Alle Farben wurden weich und doch intensiv; die scharfen Kanten des Lebens schienen sich abzuschleifen. Alle Menschen sahen schön aus, und die kleinen nagenden Sorgen, die gewöhnlich im Hinterstübchen des Kopfes ihr Unwesen trieben, waren verschwunden. High zu sein, stellte sie in blitzartiger Einsicht fest, machte die Menschen heiter und unbeschwert – leicht und frei schwebte man über den Plagen der Welt.

Sie lehnte sich nach hinten direkt auf Roys Hand – um ihn zu ärgern! – Er zog sie hastig weg, der Schuft. Sollte er sich zum Teufel scheren. Sie stützte sich auf die Ellbogen und sagte zu Shirl: »Also, Gruppenführer, es ist dein Tag. Was steht als nächstes auf der Tagesordnung?«

»Ich dachte mir, Evie, wir gehen schwimmen, und anschließend gibt's was zu Essen.«

»Schwimmen! Prima!« Ann war begeistert. Sie war nicht daran gewöhnt, tagsüber zu rauchen, sie benahm sich albern und verkichert und hängte sich an Tony. Eve lächelte. Sie hatte Ann gewarnt. Als Ann ihr erzählte, daß sie und Tony jedesmal, wenn sie miteinander schliefen, einen Joint rauchten, hatte sie ihr gesagt: »Mach dir das nicht zur Angewohnheit, Annie. Sonst wirst du jedesmal, wenn du Pot riechst, heiß.« Und jetzt sah sie ihren Mann verliebt an, drückte ihm kleine Küsse auf den Hals und schmiegte sich an ihn. Tony, du wußtest, wie sie reagiert!

»Komm, Ann, wir springen als erste rein!« rief Eve ihr zu.

»Abgemacht! Der letzte ist ein Riesen-Rhinozeros!«

Eve kramte nach ihrem Badeanzug, als Shirl aufstand.

»Moment mal, meine Damen und Herren. Laßt mich ausreden. Im Camp Shirley schwimmt man nackt.«

Es folgte ein Aufschrei lachenden Entsetzens. Doch Eve dachte, warum eigentlich nicht? Wir kennen uns seit Jahren, und um der Wahrheit die Ehre zu geben, sie hätte gerne einen Blick auf Tonys Nacktheit geworfen, nach dem, was Ted über ihn gesagt hatte. »Natürlich nicht so mächtig wie meiner«, hatte er sich beeilt hinzuzufügen. Männer! Als sei das der echte Maßstab für ihre Werte. Aber wenn sie es recht überlegte, vielleicht war er das. »Komm, Annie, wir nehmen ihn beim Wort!« johlte sie und begann sich schnell auszuziehen. Zu ihrer Rechten hörte sie Marybeth japsen: »Eve!« Und nun erst recht! Das T-Shirt flog in die Gegend, dann der Büstenhalter. Sie vermied es nach rechts oder links zu sehen und überhörte das aufkommende Gemurmel. »Komm, Ann!« Und erleichtert hörte sie, wie die Freundin ihr zurief: »Bin schon dabei...« Und die Shorts flogen weg und die Höschen, erst dann hob sie mit eingezogenem Bauch die Augen und traf Anns Blick. Ann stand nackt da, schön wie immer – das Alter konnte ihrem Körper offenbar nichts anhaben – und streckte ihr lachend die Hand entgegen. Eve lief zu ihr, und händchenhaltend und quietschend liefen sie zum Weiher.

Das Wasser war herrlich kühl und weich wie Seide. Sie tauchten schnell ein und drehten sich erst nach den anderen um, als ihnen das Wasser bis zu den Achseln reichte. »Nun beeilt euch! Das Wasser ist wunderbar!« rief Eve. Doch sie waren bereits dabei, ihre Kleider abzulegen, sogar Marybeth, die versuchte, ihren knabenhaften Körper hinter dem Rücken ihres Mannes zu verbergen. Shirl und Sam sahen nackt aus wie Tweedledee und Tweedledum, eiförmig, rundgesichtig und leicht x-beinig. Sie sahen irgendwie süß aus, dachte Eve – zum knuddeln.

Nun kamen Tony und Ted angelaufen, feixend, wie zwei Affen, einander boxend und knuffend. Und sie musterte Tony eingehend. Ted hatte recht. Für einen so kleinen Mann war Tony gut gebaut. Sie brachte es nicht über sich hinzusehen, als Roy zum Wasser trabte. Ann flüsterte ihr zu: »Sieh dir mal

Roy an. Der hat was zu bieten!« Sie tat so, als sehe sie hin, aber sie brachte ihre Augen nur bis zu seinen Schultern. Zu ihrem Entsetzen trafen sich ihre Blicke. Er sah sie direkt an, seine Zunge fuhr über die Lippen, ihre Blicke tauchten ineinander, und er blinzelte ihr schnell zu, bevor er sich abwandte. Ihr Herz schlug laut und schnell. Verdammt, sie war fertig mit ihm! Er war mit seiner Frau hier, um Himmels willen! Und trotzdem durchzuckte sie ein Lustschauer. Mit ihm wieder im Bett zu liegen! Seine Lippen auf ihrem Fleisch zu spüren!

Marybeth schrie plötzlich auf und lachte schrill. »Roy!« flüsterte sie halblaut, für jeden hörbar.

»Gib dir keine Mühe, Marybeth!« gurgelte Shirl. »Hast du bei den Pfadfindern nicht gelernt, wie gut Wasser Geräusche leitet?«

Marybeth schrie wieder schrill. Eve sah hinüber zu ihnen. Roy stand sehr nah bei seiner Frau, lächelnd und um ein unschuldiges Gesicht bemüht. Er stand ein wenig hinter ihr, und beide Hände waren unter Wasser. »He!« protestierte er. »Das waren zwei andere Lümmel.«

»Also, Roy, manchmal ...«

»Nimm dich zusammen, Cullen«, sagte Ted. »Du bist hier unter zivilisierten Menschen«, lachte er.

Sam gluckste. »Roy ist ein Tier. Glückliche Marybeth!«

Und alle kreischten.

»Sam!« Marybeths Stimme war vor Verlegenheit belegt. Sie war tief errötet, und als Roy ihr versöhnlich eine Hand auf die Schulter legte, drehte sie sich heftig ab. »Hört auf!« Sie tauchte unter und war für einige seltsame Augenblicke verschwunden. Als sie etwa in der Mitte des Sees wieder auftauchte, war sie wieder ruhig und rief mit ihrer normalen fröhlichen Stimme: »Ihr solltet es mal mit Schwimmen versuchen. Das Wasser ist super!«

»Sie hat recht, Nacktbaden ist mit nichts zu vergleichen«, sagte Eve.

Ted warf ihr einen Blick zu. Mit heiserer Stimme sagte er: »Erinnerst du dich, als wir in Nantucket das letzte Mal nackt gebadet haben? Und dann hinterher? Weißt du nicht, wie wir ...«

Hastig unterbrach sie ihn. »Ted!« Er sollte bloß nicht wagen, diese Geschichte zum besten zu geben. Selbstverständlich erinnerte sie sich an die Zeit in Nantucket, und am lebhaftesten erinnerte sie sich an ihren Schrecken, als der Buggy den Strand entlanggebraust kam und an das wilde Geheule und Gewinke der Insassen, einer Bande Jugendlicher. Sie war vom Kopf bis zu den Zehenspitzen errötet, aber Ted hatte höchstens zehn Sekunden lang aufgehört, dem Buggy zugewinkt und einfach weitergemacht. »Jeden einzelnen Stoß genießend ...« wie er die Geschichte zu erzählen pflegte.

»Ted«, wiederholte sie, »würdest du bitte damit aufhören?«

»Aber es stimmt doch«, beteuerte er, »Mann, war das 'ne heiße Nummer! Hab' ich euch je die Geschichte erzählt –?«

»Ted, verdammt noch mal!«

»Also Eve, ich versteh dich nicht. Du bist immer noch meine Frau! Stimmt's, Tony? Sie ist immer noch meine Frau. Komm, Eve, sei nicht so prüde. Wir sind unter Freunden. Es macht ihnen nichts aus zu hören, wie schön wir am Strand von Nantucket gebumst haben!«

Sie konnte es nicht glauben. Er mußte vollkommen high sein. Sie wußte nicht, wohin sie schauen, was sie sagen sollte. Also wiederholte sie »Ted!« und fügte hinzu: »Tony, bringst du ihn bitte zum Schweigen?«

»Was sag ich denn so Schreckliches, Tony?« Er breitete die Arme um Verständnis heischend aus. »Wir sind doch alle verheiratet, stimmt's? Ich habe sie seit einem Monat nicht gesehen und grade, als die beiden Mädchen mit nacktem Po ins Wasser rannten – stimmt's, Tony? Es war schön, wunderschön. Komm, Eve, laß uns wieder gut sein.«

Sie wurde verschont, nach einer passenden Antwort zu suchen, die sie nicht parat gehabt hätte, weil Marybeth dazwischenrief: »Ehrlich, Ted!« Und Roy fügte schnell hinzu: »Hör zu, Ted, nicht alle von uns wollen deine Geschichte hören!«

»Halt den Mund, Roy! Du sagst, was du willst, und ich sage, was ich will.«

Roy warf ihm einen wütenden Blick zu, und Ann zwitscherte fröhlich: »Hört auf, euch zu zanken, ihr beiden!«

»Ich möchte nicht, daß er meine Frau in Verlegenheit bringt.«

»Ich finde«, mischte Eve sich in ihrem freundlichsten Umgangston ein, »es ist höchste Zeit, daß wir zum nächsten

Punkt der Tagesordnung übergehen – ich hoffe flehentlich, es gibt bald etwas zu essen.«

»Jaaaa. Hunger!« Sam klatschte in die Hände. »Was meinst du, Shirl? Die Eingeborenen werden unruhig.«

»Unter der Bedingung, daß Eve und Ann als erste rausgehen«, prustete Shirl. »Ich habe den Anblick verpaßt, weil ich dabei war, meine Unterhosen auszuziehen, und das dauert seine Zeit.«

Alle Köpfe hatten sich nach den beiden Frauen umgewandt, die einander ansahen.

»Nein, das könnt ihr nicht!« widersprach Eve. Sie betrachtete sich ihre guten, alten Freunde und dachte, was ist denn heute los mit uns allen? Die Blicke, die sie auffing, waren teuflisch, bösartig und tückisch. Sie warteten alle hungrig darauf, sie aus dem Wasser gehen zu sehen. Den Gefallen würde sie ihnen nicht tun! Nicht, daß sie sich ihres Körpers schämte. Ihre Figur war ein wenig mollig, aber wohlgeformt, der Körper einer echten Frau mit allen dazugehörigen Attributen. Sie konnten ihn anstarren, ihn zeichnen, ihn fotografieren! Aber was keiner von den anderen wußte, daß in diesem Tümpel zwei Männer standen, mit denen sie geschlafen hatte: ihr Ehemann – und Roy Cullen. Es war beinahe ein wenig unheimlich, vor beiden auf und ab zu gehen, die Blicke beider auf sich zu spüren. Vielleicht begehrten sie beide. Ein Frösteln kroch über ihre Schultern. Unheimlich, aber erregend.

Das lag natürlich am Rauschgift. Sie waren alle high und nicht daran gewöhnt. Eine total andere Wirkung, als von ein paar Drinks beschwipst zu sein. Obwohl sie glaubte, die Wirkung sei im Nachlassen begriffen und sie nicht aus der Wirklichkeit driftete wie damals am Strand, fühlte sie sich immer noch sexy; das war nicht zu leugnen.

Ann stupste sie an und sagte: »Sie haben uns alle schon gesehen. Worauf warten wir? Ich dachte immer, du bist die Mutige, die Emanzipierte!« Und sie kicherte. Ann war *stoned.* Alle waren sie vermutlich *stoned.*

»Okay, Shirl! Hier kommt deine große Chance!« Sie reichte Ann die Hand. Gemeinsam patschten sie aus dem Wasser. Als ihnen das Wasser noch etwa bis zu den Hüften reichte, glaubte Eve ein Rascheln zu hören und eine Bewegung im Gebüsch unter den Bäumen am Ufer des Weihers zu sehen.

Sie blieb stehen. »Moment mal.« Und dann war wieder alles still am Ufer.

»Was ist los, Mädels? Wollt ihr etwa kneifen?«

»Sei still. Da bewegt sich was.«

Alle schwiegen, und dann hörte sie es. Alle hörten es. Ein Kichern. Sie und Ann tauchten wie auf Kommando unter.

»Wer ist da?« brüllte Ted in seinem gebieterischsten Ton.

Aus den Bäumen kam eine Stimme. »Hallo, Dad!«

Acht Stimmen schrien unisono: »Nina!«

Wieder kicherte es zwischen den Bäumen, und wieder ertönte Ninas Stimme: »Und Win und Kerry und Johnny und ...« Es folgte aufgeregtes Wispern und Tuscheln.

Es dauerte nur einen Moment, bevor Ted mit grimmiger Miene das Wasser durchcrawlte. Die versteckten Kinder quietschten und rannten davon, daß die Zweige der Sträucher hochschnappten. Dann hörte man, wie ein Wagen gestartet wurde und sich entfernte.

Ted stand am Ufer, splitternackt und triefend, sehr gut aussehend für einen Mann von dreiundvierzig Jahren – schlank und hager, sein nackter Hintern leuchtete weiß. Er horchte auf das sich entfernende Motorengeräusch, ging hin und her, untersuchte das Terrain, dann warf er den Kopf in den Nacken und brüllte vor Lachen.

»Was hat er denn?« fragte Roy und sah Eve an.

»Frag nicht mich. Frag seinen Freund Tony.«

»Woher soll ich es wissen?« Tony wölbte die Hände um den Mund und brüllte: »Ted! Was ist denn so irrsinnig komisch?«

Ted drehte sich um, immer noch lachend, völlig ungeniert. »Meine Herrschaften«, verkündete er mit einer leichten Verneigung, »wir haben nichts mehr anzuziehen.«

»Was heißt das, wir haben nichts mehr anzuziehen?« kreischte Marybeth.

»Unsere Kleider wurden von Strauchdieben entwendet.«

»Du machst Witze!«

»Ich wollte, es wär' so.« Er sah an seiner eigenen Nacktheit hinunter und bemerkte: »Ich hoffe, die Mücken lassen mich zufrieden, obwohl es Essenszeit für sie ist. Tja, Freunde, unsere Kleider sind spurlos verschwunden.«

»Verflucht«, sagte Shirl, »auch für mich ist Essenszeit. Ich habe Hunger. Aber ich denke nicht daran zu essen, ohne anständig angezogen zu sein.« Damit stapfte er aus dem Weiher, Gischtfontänen verspritzend. »Was glaubst du, Ted? Haben sie die Sachen mitgenommen, oder sie nur irgendwo versteckt?« Dann wandte er sich um, wie ein Feldmarschall und befahl: »Alles hört auf mein Kommando. Wir bilden einen Suchtrupp. Ich bin der Sheriff, und jeder von euch geht in eine bestimmte Richtung und hält Ausschau nach weißen Kleidungsstücken.«

»Du hast wohl 'nen Vogel«, protestierte seine Frau. »Mich kriegst du hier nicht raus, um nackt durch den Wald zu hopsen.«

Shirl lachte und sagte: »Mein Süßes, wir sind alle nackt, vergiß das nicht.«

»Aber wieso ausgerechnet ich? Ich habe keinen Grund, nackt rumzuspazieren. Marybeth hat die Figur eines jungen Mädchens, Ann ist zu schön, um wahr zu sein, Eve ist ein Sexpot. Nur ich bin das Pummelchen!«

»Sam! Sam!« Shirls Stimme bebte vor Liebe. »Du bist köstlich. Du bist wunderbar! Du bist... du bist Mutter Erde! Sagt es ihr!«

Ein allgemeiner Jubelchor erhob sich; Eve paddelte zu Sam und legte den Arm um sie. »Hör nicht auf diese Propaganda, Sam. Alle Körper sind schön und liebenswert. Jeder auf seine Weise.« Und dann kicherte sie, und Sam kicherte auch. »Wenn du keine Lust hast, nach den Kleidern zu suchen, dann laß es einfach. Wir bleiben hier – für immer, wenn's sein muß.«

»Ja«, brüllte Ann. »Richtig. Wir bleiben alle hier, Shirl. Wir wollen unsere Kleider gar nicht!«

Marybeth sagte fröstelnd: »Aber ich will meine. Mir ist kalt.«

Die Sonne war mittlerweile hinter den Bäumen verschwunden, eine leichte Abendbrise setzte ein, die kühle Luft von den Bergen mit sich führte. Eve sah, daß sich Gänsehaut auf ihren Armen und ihrer Brust bildete. »Mir auch«, verkündete sie.

»Bleibt, wo ihr seid, meine Damen«, rief Roy. »Ich komme rüber und wärme euch.« Er bedachte Eve mit einem langen, innigen Blick, der ihr sehr unangenehm war. Dieses Pot hatte es in sich gehabt – Shirl hatte nicht gelogen, als er meinte, es sei heimtückisch, – und sie wurde immer erregter. Sie vermutete, die anderen verspürten eine ähnliche Wirkung. Ein komisches Bild entstand vor ihrem inneren Auge!

Sie durfte Roy Cullen nicht länger als zwei Sekunden in die Augen blicken – es war zu gefährlich. Was, wenn er einen Annäherungsversuch unternahm? Nein, so etwas würde er nicht riskieren. Aber wenn ihm eine Bemerkung entfuhr? Sie würde sterben.

Mittlerweile bahnte Shirl sich krachend einen Weg durchs Unterholz, während Ted in einer anderen Richtung verschwunden war, von Zeit zu Zeit »Scheiße!« brüllte – immer, wenn er auf was Spitzes trat. Teds Fußsohlen waren sehr empfindlich.

Nach kurzer Zeit tauchte Shirl rotgesichtig wieder auf, in jeder Hand ein weißes Stoffbündel. »Nun, Leute«, verkündete er triumphierend, »ich habe etwas gefunden. Mal sehen, was wir da haben.« In einer Hand hielt er eine überdimensionale Männerunterhose hoch.

»Wem mag das wohl gehören?« Sam übertönte das allgemeine Lachen. »Shirl, zieh schon dein Unterhöschen an!« Was die Männer vor Begeisterung aufwiehern ließ.

Und dann hielt er das nächste Kleidungsstück hoch. »Und wem gehört dieser niedliche, wattierte Büstenhalter?«

Marybeth platzte heraus: »Er ist nicht wattiert, nur gefüttert!« Und als sich alle kreischend vor Lachen ihr zuwandten, zeterte sie schrill: »Um Himmels willen, hört auf damit!«

24

»Mit Männern auszugehen erwies sich als große Enttäuschung.«

Sie könnte sie alle umbringen, Gott vergebe ihr, und es würde ihr nicht mal leid tun! Sie hatte sie alle satt und ihren vulgären Humor – dieses Sexgerede und ihre ewige Triezerei. Kaum machte sie den Mund auf, schon nannte einer sie prüde und machte sich lustig über sie. Sie hatte Roy gesagt, sie sollten kein Haus in dieser Gegend kaufen; dies waren nicht ihre Leute. Aber für ihn mußte es unbedingt ein Haus in Huntsfield sein; sei gut fürs Geschäft, meinte er. Alles reiche Leute, die man kennen mußte. Von Huntsfield erfuhr er nur, weil er Tony Driscolls Versicherungsagent war – privat und geschäftlich –, und Tony schwärmte unentwegt von dem Haus, das er in Connecticut gekauft hatte, und Connecticut, das Paradies der Reichen, wurde für Roy zum magischen Wort. Sie hätten sich in Saltaire auf Fire Island einkaufen sollen, dort gab es eine katholische Kirche, und dort hätte sie Frauen kennengelernt, die so erzogen waren wie sie.

Wie sie sich aufführten über die Nacktbaderei. Sie hatte das auch oft in St. Agnes getan. Nicht mit Jungs natürlich, dennoch hätten die Nonnen sie gefeuert, wenn sie es je erfahren hätten. Sie waren damals zu fünft – sie nannten sich die Mut-Teufel –, die jeden Streich ausheckten. Sie badeten nachts nackt, sie klauten schachtelweise Kekse und veranstalteten Freßorgien im Schein der Taschenlampe unter der Bettdecke; sie rauchten – einmal eine ganze Schachtel Salem im Waschraum. Und in der letzten Klasse bleichten sie sich alle das Stirnhaar platinblond. Nie im Leben würde sie das Gesicht von Schwester Maria Aloisius vergessen! »Am Tag vor der Abschlußfeier, Kinder!« sagte sie entgeistert. »Hoffentlich merkt es niemand!« Ach, es waren unbeschwerte Tage, bevor Männer das Leben kompliziert machten. Die fünf Mut-Teufel! In den letzten Tagen mußte sie oft daran denken, seit Patty Carlyn ihr geschrieben hatte und ihren Besuch in Huntsfield ankündigte.

Patty Carlyn war ihre beste Freundin bei den Mut-Teufeln. Sie und Patty konnten über alles reden, und sie hatte sie seit Jahren nicht mehr gesehen. Patty hatte den Ruf verspürt und war in ein kalifornisches Kloster eingetreten. Doch aus Gründen, die sie Marybeth nie anvertraut hatte, stellte sich heraus, daß Nonne nicht ihre richtige Lebensaufgabe war, und sie verließ den Orden wieder. Dann ging sie mit dem Friedenskorps nach Afrika. Nach ihrer Rückkehr studierte sie, und seit kurzem arbeitete sie als Vermögensberaterin bei einer Bank in Boston und lebte nahe genug, um sie zu besuchen.

Es würde himmlisch werden, Patty eine ganze Woche bei sich zu haben; sie würden reden, reden, reden.

Nacktbaden mit Patty und den anderen war lustig, und sie waren dabei vor Lachen fast ertrunken. Da gab es keine schmutzigen Witze, wie heute, oder Rauschgift, das den Kopf benebelte. Sogar Roy vergaß sich! Sie unter Wasser so anzufassen! Pfui! Sobald Männer ins Spiel kamen, wurde es immer gräßlich; sie benahmen sich meist wie die Tiere. Sie würde sie nie verstehen. Die Nonnen in der Schule hatten sie davor gewarnt – Männer hatten niedere Instinkte. Sie wurden ermahnt, es sei Aufgabe der Mädchen, die Männer zu mäßigen. Machte ein Mädchen einen Fehltritt und ließ sie zu weit gehen, war es ihre eigene Schuld. Patty und sie diskutierten nächtelang darüber im Schlafsaal, nachdem die Lichter gelöscht waren.

Sie waren damals vierzehn, und bereits bei dem Gedanken an die Schlechtigkeit der Männer wurde ihnen übel, das gestanden sie einander. »Ich hasse es, an so etwas zu denken«, hatte Patty gesagt, und Marybeth hatte sie dankbar umarmt.

Aber sie erzählten sich gern von ihren wahren Lieben. Nicht alle Männer waren ekelerregend; dessen waren sich beide sicher. Einmal in der Woche durften die Mädchen von St. Agnes in die Stadt ins Kino. Sie und Patty liebten diese Kinoausflüge besonders. Und jede war in einen anderen Filmstar verliebt. Ihrer war Montgomery Clift – er sah so toll aus und so sensibel. Pattys Schwarm war Antony Perkins. Manchmal gerieten sie in Streit – natürlich nur zum Spaß –, welcher von beiden schöner, mutiger, klüger war. Sie malten sich aus, mit ihnen verheiratet zu sein. Selbstverständlich würden ihre Häuser nebeneinander liegen. Die Clift-Villa sollte rosa sein, mit viel Stuck verziert und kilometerlangen Samtsofas im großen Salon, der Swimmingpool in der Mitte des Wohnzimmers und Marmorböden im ganzen Haus. Pattys Haus sollte ein Landhaus sein mit einem echten Strohdach und einem Garten voller altmodischer Blumen und duftigen Rüschenvorhängen an den Fenstern. Natürlich hätte auch sie einen Swimmingpool. Und ihre Kinder! Sie verbrachten Stunden damit, ob Patty drei oder vier Buben haben sollte und danach zwei süße Zwillingsmädchen, oder ob sie die Buben bekäme und Patty nur die Zwillinge. Und dann die Namen. Cary, Frank, Steven und Michael, oder war es Adam statt Frank? Die Mädchen sollten Loretta und Lorraine heißen, vielleicht auch Ramona und Rebecca. Sie würden mit ihren Kinderwagen gemeinsam spazierengehen, und jede würde für die Kinder der anderen Geburtstagspartys veranstalten, und ihre Ferien würden sie gemeinsam auf Hawaii oder in Paris verbringen.

Nach all diesen Träumen erwies sich das Ausgehen mit Männern als große Enttäuschung. Ständig grapschten sie an einem herum, wollten Zungenküsse oder Schlimmeres. Die ersten Jahre nach St. Agnes im College waren gräßlich. All diese Bürschchen. Sie wollten nur eng mit dir tanzen, damit sie schweinisch werden konnten.

Und dann im Sommer nach ihrem dritten Semester war sie Brautjungfrau an der Hochzeit ihrer Cousine Anita in New Jersey und lernte Roy kennen. Er sah so toll aus, daß ihr der Unterkiefer herunterklappte, als er sie zum Tanzen aufforderte. Zur Salzsäule erstarrt, stand sie da und gaffte ihn an, und er grinste nett und sagte: »Können Sie noch nicht sprechen? Sie sehen zwar jung aus, aber so jung auch wieder nicht.« Roy tanzte wie ein Gentleman, drückte sie nicht so eng an sich, und er tanzte sehr gut. Man sah ihnen zu und klatschte Beifall, als der Tanz zu Ende war. Es war richtig aufregend. Den ganzen Abend tanzte er nur mit ihr und alle sagten: »Was für ein hübsches Paar.« Zu ihrer Freude stellte sich heraus, daß er ebenfalls in Boston das College besuchte.

Die Jahre ihrer Freundschaft mit Roy waren wundervoll. Er war süß, nie zudringlich, und alle Mädchen beneideten sie. Mit zwanzig hatte er bereits eine graue Haarsträhne, und wenn sie Hand in Hand durch die Straßen spazierten, drehten sich die Passanten nach ihnen um. Das gefiel ihr. Es gefiel ihr auch, daß die Leute sie als Paar betrachteten. Und sie mußte sich nicht mehr Belästigungen anderer junger Männer erwehren. Als Roy mit ihr tanzte, war er am Tanzen interessiert, und als Roy sie küßte – den ersten Versuch machte er, nachdem sie schon fünf- oder sechsmal ausgegangen waren –, war es liebevoll, nicht zudringlich und unanständig. Er küßte sie, wie Montgomery Clift in seinen Filmen küßte.

Als er ihr einen Heiratsantrag machte und ihr den Brillantring in dem kleinen Etui überreichte, war es, wie sie es sich immer erträumt hatte, und sie sagte ja. Sie trug ein wunderschönes weißes Satinkleid mit Perlenstickerei am Ausschnitt und einer langen Schleppe, hatte sechs Brautjungfrauen und einen Ringträger; Kinder streuten Blumen, und die Kirche war mit goldgelben Gladiolen in großen Körben geschmückt. Heute noch lächelte sie bei dem Gedanken an ihre Hochzeit.

Und dann kamen die Flitterwochen. Sie kannte ihre Pflichten und hatte sich vorgenommen, eine gute Ehefrau zu sein. Als sie in San Juan ankamen, legten sie sich sofort an den Strand, und sie holte sich den fürchterlichsten Sonnenbrand ihres Lebens. Er mußte sie sogar zum Arzt bringen. Die erste Woche ihres Ehelebens machten sie nichts anderes im Bett, als Händchen zu halten.

Dennoch machte Roy Dinge, die ihr einfach peinlich waren. Er lief splitternackt herum! Sie konnte es nicht glauben! Ihre Brüder hätten so etwas nie gewagt; nicht, wenn eine Frau im Zimmer war. Und er genierte sich überhaupt nicht mit seinem Ding da vorne – sie konnte gar nicht hinsehen, tat dann immer so, als würde sie lesen, oder schaute aus dem Fenster. Und dann, als ihr Sonnenbrand abheilte, wollte er, daß sie mit ihm unter die Dusche ging. Selbstverständlich hatte sie sich geweigert. So etwas hatte sie nie getan und würde es nie tun!

Die Ehe erwies sich in vieler Hinsicht als Enttäuschung, hatte nichts mit dem, was sie sich erträumte, zu tun. Ihr großer, gutaussehender Ehemann schnarchte und boxte sie im Schlaf; das, was sie kochte, schmeckte ihm nicht, und das sagte er auch noch; er arbeitete jeden Tag bis spät in den Abend hinein. Und er wollte ständig mit ihr schlafen. Das erste Mal hatte er sie sogar dazu gezwungen. Er war so groß und schwer und überall behaart. Sie hatte Angst, aber er sagte: »Komm, Kleine, wir sind Mann und Frau. Sogar der Pfarrer hat gesagt, es ist unsere Pflicht. Es wird dir gefallen, Marybeth, du wirst sehen.« Und er zwang ihre Beine auseinander und hielt sie fest und ... Pfui, gefallen, von wegen ...!

Viele Dinge erwiesen sich im Leben einer erwachsenen Frau als Lügen. Die Schwangerschaft war ein Greuel; man wurde unförmig dick und häßlich und ungeschickt. Ein Kind zu bekommen war schmerzhaft und grauenvoll! Sie haßte die Geburt! Das Baby stillen – nein, das konnte sie nicht, zog es gar nicht erst in Erwägung. Roy hatte so eine Vorstellung von vielen Kindern. Sie liebte Kerry. Kerry war niedlich, ein Kind, auf das seine Mutter stolz sein konnte. Aber sie dachte nicht daran, diese Strapazen ein zweites Mal über sich ergehen zu lassen. Seit Kerrys Geburt – Gott möge ihr vergeben – nahm sie die Pille. Wenn Roy das je herausfinden sollte, würde er sie umbringen! Er hatte mit ihr sogar über Adoption gesprochen, doch dann wollte er nicht wirklich ein Kind von fremden Leuten, und dieser Kelch war gottlob an ihr vorübergegangen.

Und nun war Kerry ein junges Mädchen, und eines Tages würde sie sich für Jungs interessieren. Allein bei dem Gedanken bekam sie Magenschmerzen. Sie wollte diese Dinge nicht noch einmal durchmachen, nicht einmal mit ihrer Tochter. Manchmal sehnte sie sich zurück nach den Zeiten in St. Agnes mit Patty und den anderen Mädchen, damals war das Leben noch einfach mit echten Freunden, ohne Sexualität, die alles beschmutzte.

Aber man konnte die Zeit nicht zurückdrehen. Und so schlimm war ihr Leben auch wieder nicht. Sie hatte einen starken schönen Mann, der gut für die Familie sorgte, ein guter Tennisspieler und ein guter Kamerad war. Sie hatten schöne Zeiten miteinander, und mit Sexualität belästigte er sie auch nicht mehr allzuoft. Sie hatte ein schönes Eigenheim in New Jersey, ein nettes Häuschen in Huntsfield. Sie hatte genug Zeit, um Tennis zu spielen, hatte gute Freunde und eine Tochter, die ihr keine Sorgen bereitete. Im Grunde genommen hatte sie alles.

Und wieso fühlte sie sich dann so unglücklich?

25

»Das ist die Geschichte unserer Ehe.«

Wieso fühle ich mich so glücklich? dachte Eve und trank einen Schluck Wein aus ihrem Plastikbecher. Die Mücken sind weg, ich habe zuviel gegessen, und ich sitze hier mit Ehemann und Liebhaber, die mich beide anglotzen. Und es gefällt mir.

Ihr Wohlbehagen hatte natürlich etwas mit den beiden letzten Joints zu tun, die Shirl hatte kreisen lassen. Und alle waren ausnahmsweise mal nett zu ihr. Sie wußte, warum. Weil Ted hier war, deshalb. Sie waren alle wahnsinnig aufmerksam und freundlich, um seine Gefühle nicht zu verletzen. Oh, wir wollen doch alle, daß unser guter Ted sich wohl fühlt. Und sie profitierte davon. Egal, solange sie sich anständig benahmen. Sie lehnte sich gegen das Polster aus zusammengerollten Handtüchern und blickte in die Runde.

Sie saßen in einem engen Kreis um Shirls Lagerfeuer, das zur Glut heruntergebrannt war, alle selig entspannt von Shirls Dope, Lieder aus ihrer Studentenzeit singend. Eve hatte die meisten Texte vergessen und trällerte lalala mit. Jetzt erscholl: »Wir segeln durch die Mondscheinbucht...« Wie ging's weiter? Sie waren schon bei der zweiten Strophe. Und sie öffnete den Mund und schmetterte fröhlich: »Du hast mein Herz geraubt, nun laß mich nicht allein...« Sie fühlte sich wunderbar; es machte Spaß. Alle lächelten, sangen und waren friedfertig – so wie es mit alten Freunden sein sollte. So wie es immer gewesen war. So wie es zum erstenmal in diesem Sommer war.

Sie schloß die Augen, und als sie sie wieder öffnete, kauerte Ted neben ihr, sein Gesicht ganz nah an ihrem. Sie lächelte ihn an. Der arme Kerl, er kapierte nicht, daß alles sich geändert, daß sie sich geändert hatte.

»Eve, laß uns ein wenig spazierengehen«, sagte er ganz leise, mit großen, aufrichtigen Augen, seine Hand lag leicht auf ihrem Arm. Sie wußte, was er vorhatte. Er wollte die Verhandlungen beginnen. Wenn sie ihren Arm jetzt wegzog, würde er die Lippen aufeinanderpressen und die Taktik ändern. Er würde unangenehm werden.

Fragend sah sie ihn an. »Weshalb, Ted? Ich fühle mich hier wohl.«

»Ach, komm schon. Wir müssen in Ruhe miteinander reden.« Er breitete die Arme ergeben aus. »Ohne Haß und Aggression.«

Warum sollte sie nicht freundlich und friedfertig sein? »Hilf mir hoch.« Sie bemerkte den winzigen Funken des Triumphs in seinen Augen. Was glaubte er, damit gewonnen zu haben? Sie war außerordentlich ruhig und fühlte sich stark genug, um sich durch nichts aus dieser Ruhe bringen zu lassen. Sie hoffte nur, sie würde sich genug auf das, was er zu sagen hatte, konzentrieren können.

Er zog sie hoch, hielt sie kurz fest, bevor er sie losließ. Eve schaute in die Runde. Jedes Augenpaar war auf sie gerichtet.

Gott, wie selbstzufrieden sie alle lächelten. Sie dachten, sie hätten es geschafft, die Soloway-Ehe zu retten. Wie wenig sie wußten! Es war zu komisch. Sie fing an zu lachen und sah, wie Ann und Tony einstimmten, die keine Ahnung hatten, warum. Die Dummköpfe!

»Laßt euch nur Zeit, ihr zwei!« zwitscherte Ann.

Alberne Ann mit ihrem Traum vom Happy-End! Ted und sie schlenderten langsam weg, er ging voran. Sobald sie außer Sicht waren, nahm er ihre Hand und drückte sie. Sie ließ es geschehen.

»Ich kann mich nicht an deine neue Frisur gewöhnen«, meinte er barsch.

»Das ist auch nicht nötig, Ted. Weil du mich nicht mehr oft zu Gesicht bekommst.«

»Sprich nicht so. Ich möchte darüber nicht diskutieren.«

»Was sollen wir dann hier, Ted? Ich dachte, du wolltest reden. Okay ... worüber sonst, wenn nicht ... darüber?« Sie grinste ihn an, ohne Reaktion seinerseits.

»Ich möchte über ... über ... die Kinder reden.«

»Die Kinder. Also gut. Rich ist der älteste. Er ist jetzt einundzwanzig. Jase – unser Temperamentsbolzen – ist neunzehn. Und dann die kleine Nina, aber auch sie ist schon ein großes Mädchen.«

»Herrgott, Eve. Das Ganze ist wohl ein Witz für dich.« Er ließ ihre Hand fallen. »Du sprichst über Scheidung, als sei es ein Punkt auf einer deiner endlosen Besorgungslisten. Du bist egozentrisch. Du vergißt, daß bei einer Scheidung – lassen wir uns mal aus dem Spiel – die Kinder am meisten leiden!«

»Es freut mich zu hören, daß du das Wort Scheidung aussprichst, Ted. Nun weiß ich, daß du endlich begriffen hast.«

»Komm mir nicht so: Es freut dich zu hören! Du hast kein Recht, dich über irgend etwas zu freuen!«

»Das ist die Geschichte unserer Ehe«, unterbrach sie. »Ted freut sich des Lebens, und Eve hat sich mit Teds Freuden abzufinden.«

Sie blieben stehen. Sie waren durch ein Birkenwäldchen gegangen und hatten eine kleine Lichtung erreicht, die dicht mit Farnbüschen bewachsen war.

Ted spielte nun nicht mehr den Freundlichen. Seine Augen

waren verengt und voller Zorn, als er mit geballten Fäusten vor ihr stand. »Aus welchem Mülleimer hast du denn diesen Quatsch geholt?«

»Quatsch? Nein, wirklich!« Auch sie ballte die Fäuste. »All die Jahre hast du mit anderen Frauen rumgefickt und bist nach Hause gekommen, um mir zu sagen, es habe nichts mit mir zu tun. Und von mir hast du erwartet, daß ich mich damit zufriedengebe, weil du es (a) brauchst und (b) du ja immer zu mir zurückgekommen bist. Soll ich dir was sagen, Ted? Die Botschaft war laut und deutlich. Eve ist mir nicht genug, weder emotionell, noch körperlich, noch sexuell. Jedesmal, wenn du herumgefickt hast, wurde mir klar, daß ich nicht gut genug für dich bin.«

»Ich sagte dir bereits, daß ich diese Redeweise nicht schätze an dir. Wenn du vernünftig mit mir sprechen willst, dann laß das bitte.«

»Ist das eine Antwort? Ich spreche mit dir über deine Untreue, und deine Antwort besteht darin, daß du was dagegen hast, weil ich das Wort ficken in den Mund nehme. Fick dich doch selbst!«

»Du bist übergeschnappt. Weißt du das?«

»Ist das deine Vorstellung einer vernünftigen Diskussion? Na schön...« Sie machte kehrt, wollte zurückgehen, ihr Herz hämmerte vor unterdrückter Wut.

Er packte ihren Arm und drehte sie zu sich um. »Warte. Du bist durcheinander, ich will nicht, daß du dich aufregst. Lach nicht so.« Er hielt sie an beiden Armen fest, seine Finger krallten sich in ihr Fleisch. »Verdammt, so hatte ich es mir nicht vorgestellt.«

»Tut mir leid, daß meine eigenen Bedürfnisse und Gedanken nicht mit deinen sorgfältig ausgeklügelten Plänen übereinstimmen. Aber die Tage, da ich nach deiner Pfeife getanzt und mein Verhalten nach deinen Wünschen ausgerichtet habe, sind vorbei. Für immer vorbei. Kapiert? Hol dir deine Streicheleinheiten von deinen Weibern. Los, tu's doch!«

»Das ist nicht fair! Ihr Frauen kämpft nie fair! Bringst längst vergangene Dinge auf den Tisch, die ich überhaupt nicht mehr mache!«

Eve wehrte sich kurz, aber er ließ nicht ab von ihr. Und

irgendwie machte ihr dieser Kampf Spaß. Zum erstenmal in ihrem Leben fühlte sie sich ihm gleichwertig.

»Wie kommt es eigentlich«, konterte sie, ihre eigene Kühnheit mit Genugtuung registrierend, »daß du mich deine Frauengeschichten immer hast wissen lassen, hm? Wie kommt das, Ted? Hast du dich schon mal gefragt, warum du nie den Versuch gemacht hast, sie vor mir zu verheimlichen? Andere verheiratete Männer haben Affären, und ihre Frauen schöpfen nicht den leisesten Verdacht.«

Sie grinste, und er festigte seinen Griff und schnauzte sie an: »Was zum Teufel soll das nun wieder bedeuten?«

»Es bedeutet, was immer du meinst, daß es bedeutet, mein lieber Ted, und wenn du meinst, es bedeutet, ich weiß es aus eigener Erfahrung, dann hast du recht.«

»Du hast dich mit anderen Männern abgegeben!« Seine Stimme war so ungläubig und entsetzt, daß sie am liebsten laut aufgelacht hätte. Aber sie hatte das Gefühl, wenn sie das tat, würde er ausholen und sie schlagen. »Du hast ... du hast mit anderen Männern geschlafen!«

Seine Stimme klang, als würde er erwürgt.

»Du kannst deinen Hintern darauf verwetten, daß ich mit anderen Männern geschlafen habe! Und sie haben mich gern, Ted. Andere Männer finden mich sehr attraktiv – körperlich, emotionell und sexuell!«

»Du Luder!« Er zog sie grob an sich. »Du geiles, kleines Luder!« Er umschlang sie heftig, drängte seine Hüften an sie. Der Gedanke, daß sie mit anderen Männern im Bett war, erregte ihn, das wurde Eve jetzt klar. Und dann preßte er seine offenen Lippen auf ihren Mund, seine Zunge drückte ihre Zähne auseinander. Er sank aufs Gras, riß sie mit sich. Seine Hände zerrten nervös an ihren Kleidern. Seit Jahren war er nicht mehr so wild nach ihr gewesen. Wütend riß er ihr die Hose herunter, zurrte am Reißverschluß seiner Hose, seine Augen glühend in ihren versenkt, mit entblößten Zähnen. Sie kannte diesen Gesichtsausdruck, den hatte er immer bei seiner »kleinen Vergewaltigungsszene«, die er immer dann inszenierte, wenn sie herausgefunden hatte, daß er sie wieder einmal betrogen hatte. Und nun zog er die Szene ab, weil sie mit einem anderen Mann geschlafen hatte.

Mit geübter Praxis stieß er in sie mit einem Lustlaut, schob seine Hände unter sie und faßte sie um die Pobacken. Automatisch bewegte sie ihren Körper zu seinen rhythmischen Bewegungen. Er flüsterte mit jedem Stoß seiner Hüften ihren Namen. Ihr Hemd hatte sich zu einem Knoten unter ihr zusammengeballt, und jedesmal, wenn er in sie stieß, drückte dieser Knoten in ihren Rücken. Das tat weh, verdammt! Der dämliche Stoffklumpen schien immer härter zu werden, als würde er sie gegen einen Felsen rammen. Das Gras stach und klebte feucht an ihrer Haut, und um ihre Ohren sang ein ganzer Mückenschwarm. Sie versuchte sich zu befreien, aber er war dem Höhepunkt nahe, und nichts konnte ihn aufhalten.

Sie hörte Stöhnen, und mit Entsetzen stellte sie fest, daß *sie* es war, die stöhnte. Sie machte die pflichtgemäßen Laute sexueller Befriedigung, ohne sich dessen bewußt zu sein. Ohne etwas dabei zu empfinden! Und es dämmerte ihr, daß sie bei Ted *immer* gestöhnt hatte – ob es ihr gefiel oder nicht –, weil es ihn erregte, sie stöhnen zu hören. Das war das Signal für ihn, daß er seine Sache richtig machte; also brachte sie, wie es einer guten Ehefrau geziemte, die richtigen Laute hervor. Wie viele Male hatte sie sich unter ihm stöhnend gewunden und dabei daran gedacht, in welcher Farbe sie die Küche neu streichen lassen sollte, hatte sich Sorgen um Jason gemacht, oder überlegt, was sie für die kommende Dinnerparty kochen sollte. Gott, wie dumm! Wie erniedrigend!

Sie erinnerte sich an die paar Male, wenn *er* zu müde oder zu deprimiert war, um mit ihr zu schlafen, und er einfach gesagt hatte: »Laß mich bitte in Ruhe, ja?«, ohne ihr irgend etwas vorzumachen. Sie spürte, daß er gleich zum Orgasmus kommen würde, hörte auf sich zu bewegen und schob ihr Becken noch näher an ihn. Wieder so eine idiotische, automatische Reaktion für seine Bedürfnisse! Hatte sie das je bei Roy getan? Nie!

Wieso hatte sie Sex mit Ted in so wunderschöner Erinnerung? All die Jahre hatte sie sich eingeredet, wir mögen unsere Probleme haben, aber eine Sache ist wunderschön, und das ist unser Sexualleben. Sie hatte sich mit ihren geheuchelten Stöhnlauten ebenso betrogen, wie er sie mit anderen Frauen betrogen hatte.

Er war fertig und brach über ihr zusammen, seine Lippen

an ihrem Hals, eine Hand ihre Brust streichelnd, wie gewöhnlich. »Oh«, ächzte er, »war das gut!« Ja, er fand das wirklich. Es erschien ihr ungeheuerlich, sich körperlich so nahe zu sein, innig umschlungen, er tief in ihr, und er hatte nicht die geringste Ahnung, was in ihrem Innern vorging. Er hatte sich nie – *nie* – darum geschert, was sie fühlte. Alles, was er beim Liebesakt machte, tat er für *sich*. Wie anders war Roy. Roy wollte ihre Befriedigung sehen. Bei Roy war sie so heiß, erregt und verzaubert, daß sie sich manchmal hinterher fragte, was er eigentlich mit ihr gemacht hatte. Bei Roy hatte sie vollkommen den Verstand verloren. Bei Roy war es total. Nicht wie jetzt, da sie sich von der geringsten Unbequemlichkeit abgelenkt und gelangweilt fühlte.

»Ted?«

»Hmmmm?«

»Beantwortest du mir eine Frage?«

»Jede, Baby.«

»Warum hast du es nie oral mit mir gemacht?«

Sein Körper versteifte sich. »He?«

Sie wiederholte die Worte sehr langsam und fügte hinzu: »Ich habe es bei dir doch oft gemacht.« Nun richtete er sich auf und rollte von ihr herunter.

»Herrgott, Eve, was ist das denn für eine Frage?«

»Eine Frage, eine einfache Frage. Wieso hast du nie ...«

»Also, Eve, es ist ... na ja, es ist nicht ... die reizvollste Stelle bei einer Frau, oder?«

Sie setzte sich auf, konnte endlich ihr Hemd glattziehen und starrte ihn an. Seine Worte ließen sie zu Eis erstarren. »Nicht die reizvollste Stelle an mir?« Sie betonte jede einzelne Silbe. »Findest du das, Ted?«

»Na ja, es stimmt doch, oder? Du machst Pipi da unten und so.«

Eve stand auf, wischte sich das feuchte Gras ab. Sie wollte ihn schlagen, ihn anschreien. Hastig nahm sie ihre Sachen hoch und zwang sich, nichts von alledem zu tun. »Mir scheint«, sagte sie in ihrem kühlsten Ton, als sie ihre Hosen anzog, »das tust du doch auch. Du pinkelst doch auch da unten, meine ich.«

»Mir gefällt nicht, wie du seit neuestem redest und wie du dich benimmst.«

»Zu deiner Information, mir gefiel der Liebesakt mit dir eben auch nicht. Hattest du Spaß daran? Ich nicht? Ich fand es langweilig. Grenzenlos langweilig.«

»Ach, vielleicht interessiert es dich, daß es in Maine eine süße, kleine Blondine gibt, die mich für wunderbar im Bett hält.«

Sie starrte ihn in der zunehmenden Dämmerung an. »Eine kleine Blondine! Hast du nicht eben noch gesagt, du machst solche Dinge schon lange nicht mehr? Du erzählst mir, daß du irgendein Weibsstück in Maine gevögelt hast, und dann hast du den Nerv hier aufzutauchen und mir zu sagen, ich sei immer noch deine Frau! Ich habe eine Neuigkeit für dich. Du hast eben unsere Ehe beendet. Das ist die ganze Geschichte. Ich bin nicht mehr deine Frau. Ich habe gesagt, wir sind miteinander fertig und ich muß gestehen, es gab eine Menge, worüber ich mir nicht im klaren war. Aber nun, mein lieber Ted, hast du mich überzeugt. Lebwohl!« Und sie ließ ihn stehen.

»Du bist wahnsinnig!« hörte sie ihn hinter ihr her brüllen. »Aber warte nur! Du kommst schon noch angekrochen.«

26

»Mit uns passiert so was nie!«

Die vier konnten nicht aufhören zu lachen. Es war zu komisch.

»Wie sie alle kreischten, als ihre Kleider verschwunden waren!« Win Driscoll wischte sich die Tränen aus den Augen, wälzte sich lachend im Laderaum des kleinen Lieferwagens herum.

»Win! Hör auf!« rügte ihn Kerry. »Du bringst die Decken in Unordnung und stupst mich andauernd.«

Win kicherte weiter, blieb aber still in der Ecke liegen. »Und wie deine und meine Mutter untergetaucht sind. Nein, war das irre komisch.«

»Halt den Mund, Win! Kindskopf.« Nina sah ihn verächtlich an. Kaum zu glauben, daß er beinahe so alt war wie sie. »Trink dein Bier und hör auf, über meine Mutter zu reden.«

»Komm, Liebling«, sagte Johnny. »Das ist nicht fair. Er redet ja auch über seine Mutter. Und es war doch komisch. Du hast sehr gelacht.«

»Ja, schon. Ich habe keine Lust, das immer wieder durchzukauen. Seit Stunden redet Win von nichts anderem mehr. Jetzt reicht's allmählich. Ich hoffe nur, mein Vater hat es geschafft, alleine mit meiner Mutter zu sein, wie er es vorhatte.«

»Ach«, keuchte Kerry mit großen Augen, »wie romantisch!«

»Ich hoffe, es war romantisch«, sagte Nina. »Mein Dad will unbedingt, daß sie sich wieder versöhnen. Aber sie...«

»Ich möchte nicht, daß du in diesem Ton über deine Mutter sprichst«, sagte Johnny eigensinnig.

»Ich kann nichts dafür. Sie spielt verrückt.«

»Nina!«

»Johnny, verzeih. Deine Mutter ist normal. Aber meine – also meine Mutter macht mit Männern rum. Du verstehst das nicht. Sie geht mit Männern aus. Es ist so peinlich. Ekelhaft. Es ist, als hätte man gar keine Mutter!«

Kerry sagte schüchtern: »Ich hörte – also, ich hörte, wie meine Ma und mein Daddy sagten – ach, Mensch...«

»Was? Red schon, Kerry. Bist du meine beste Freundin oder nicht? Du mußt es mir sagen – denk an unseren Blutschwur!«

»Also gut. Ich hörte, wie sie sagten, daß dein Dad – ja, ja, daß dein Dad Freundinnen gehabt hat.«

»Das ist eine gemeine Lüge, und wenn du das jemals wieder sagst, Kerry Cullen, dann... dann töte ich dich!«

»Schlagt euch! Schlagt euch! Hurra! Die Mädchen prügeln sich!«

»Sei still, Win! Nicht zu glauben, daß du schon fünfzehn bist.«

»Nicht zu glauben, daß du schon über zehn bist, Nina!«

Johnny saß kerzengerade da, und seine Stimme klang hart. »Win, es wird Zeit, daß du dir ein festes Mädchen suchst und erwachsen wirst.«

»Schon gut, Johnny.«

Die vier lagen auf der Ladefläche von Johnnys kleinem Lieferwagen. Tagsüber beförderte er Werkzeuge und sonst was damit; doch abends breitete er vier Militärdecken aus und ein paar alte Kissen, und es war toll. Man konnte die kleinen Nebenstraßen damit entlangfahren und an abgelegenen Stellen parken, ohne daß gleich ein Polizist angeschlichen kam und nach den Ausweisen fragte.

Nina liebte die Ladefläche von Johnnys Lieferwagen; es war wie in einem Nest. Sie liebte den Geruch der Decken und alles. Am schönsten war es, wenn sie alleine waren, aber das wäre nicht fair Kerry gegenüber gewesen, sie war ihre beste Freundin hier und hatte noch keinen Freund. Und Win hing wie eine Klette an ihnen. Zog mit ihnen rum, seit sie kleine Kinder waren. Später, wenn Johnny die beiden heimgebracht hatte, würde es himmlisch werden – beinahe so schön wie verheiratet sein.

»Meine Mutter ist verrückt«, wiederholte sie. »Wieso muß sie sich von meinem Dady trennen? Er ist so super!«

Heute ganz früh am Morgen hatte sie sich mit ihm bei den Driscolls getroffen. Auf Zehenspitzen mit dem Finger auf dem Mund schlich er aus dem Haus, um niemanden zu wecken, und sie spazierten in der kühlen Morgenluft in die Stadt. Die Vögel zwitscherten, und er hielt die ganze Zeit über ihre Hand, sagte ihr, wie sehr sie und Mami ihm fehlten. Sie frühstückten im ›Huntsfield Diner‹, einem Lokal, das wie ein Speisewagen eingerichtet war. Herrlich – pochierte Eier und Bratkartoffel und knusprig gebratenen Speck und Kaffee. Sie liebte den Geruch von Kaffee am Morgen, und Mami war nicht da, die meckerte, Koffein sei schädlich für junge Mädchen. »Was du dir wünschst, Baby«, sagte Daddy, und er redete mit ihr wie mit einer Erwachsenen.

»Ich weiß, diese ... eh ... diese Trennung liegt dir im Magen, Baby«, sagte er, hielt dabei ihre Hand und sah sehr traurig aus. »Aber ich biege das schon hin. Du kennst mich. Ich krieg deine Mutter schon rum.«

»Sie spinnt, Daddy.«

»Ich weiß, ich weiß. Sie ist durcheinander, mein Schatz. Aber ich liebe sie sehr, und wir werden das Problem schon lösen. Es ist eine vorübergehende Krise, das habe ich auch Jase und Rich gesagt.«

»O Daddy!« Ihre Augen hatten sich mit Tränen gefüllt, weil sie plötzlich daran denken mußte, wie sie alle fünf auf der Rückfahrt von Martha's Vineyard um vier Uhr morgens, als der dichte Nebel wie Zuckerwatte auf der Straße lag, einmal hier im ›Diner‹ gefrühstückt hatten. Sie und Jase und Rich waren damals noch klein und liebten es, im Restaurant zu essen. Es war so früh am Morgen, daß sie es nicht glauben konnten, daß schon jemand auf war, um Frühstück für sie zu machen. Dieses Frühstück würde sie nie vergessen. Sie sehnte sich nach jenen Tagen zurück. Sie wollte, daß sie alle wieder zusammen und eine glückliche Familie wären.

»Daddy, meinst du, es wird wieder so wie früher?«

»Logisch, Baby. Es wird sogar noch schöner als früher. Das verspreche ich dir. Ich sehe deine Mutter heute nachmittag. Mach dir keine Sorgen. Ich biege das schon wieder hin.«

Nun sagte Nina zu ihren Freunden: »Hoffentlich konnte er alleine mit ihr sprechen und hoffentlich hat sie sich nicht zu dämlich benommen. Er sagte, er bringt alles wieder in Ordnung. Er hat es versprochen.«

Kerry sagte zuversichtlich: »Dann tut er das auch. Da bin ich ganz sicher. Er würde dich nie belügen. Und außerdem ist er Rechtsanwalt. Er weiß, wie man Leute überzeugt.«

»Jaaa ...«, sagte Nina, fühlte sich schon etwas besser und kuschelte sich eng an Johnny. »So etwas passiert mit uns nie, nicht wahr, Johnny?«

»Worauf du dich verlassen kannst.« Und er küßte sie.

Win quäkte: »Bäh, schon wieder diese Knutscherei. Ich hol mir noch ein Bier!«

Und er kroch unter den Sitz, wo die Bierdosen verstaut waren, und zog den Deckel ab, daß es zischte.

»Wir haben wahnsinnig viel Bier getrunken«, sagte Kerry. Sie klang beunruhigt, aber Kerry klang immer beunruhigt. »Johnny, findest du nicht, wir sollten bald heimfahren? Die Straßen sind schlecht, und es ist so schrecklich finster, und wir sind so weit von Huntsfield weg. Meine Mami bringt mich um, wenn ich später als halb eins nach Hause komme.«

»Ach, Kerry!« protestierte Nina, doch Johnny legte eine Hand auf ihren Arm und sie wußte, was das bedeutete, und er sagte mit seiner ruhigen Stimme: »Hör zu, ich könnte einen ganzen Kasten Bier trinken und Auto fahren. Ich kenne die Straßen hier wie meine Hosentasche. Aber wenn Kerry sich Sorgen macht, dann fahren wir eben. Ich möchte ohnehin mit Nina noch in die Kneipe.«

Er war wundervoll, so erwachsen, nicht wie dieser Kindskopf Win oder irgendeiner der anderen Jungs, die sie kannte.

Er war schon ein richtiger Mann, und ihr Herz schwoll vor Liebe und Stolz. Er konnte sogar fünf Kästen Bier trinken, ihr Johnny, und diese Bergstraßen mit verbundenen Augen fahren! Das wußte sie!

»Ach, Johnny«, sie umarmte ihn zärtlich. »Du bist der wundervollste Junge der Welt. Ich werde dich immer lieben.«

27

»Was hab' ich falsch gemacht?«

Drei Wochen waren seit dem Ausflug vergangen, und Nina trieb sie zum Wahnsinn. Ihre einzigen Gesprächsbeiträge waren: »Daddy liebt dich noch immer« oder »Es ist nur deine Schuld«. In der Zwischenzeit war dieser Daddy, der sie abgöttisch liebte, abgereist, wütend, dünnlippig und hatte grimmig verkündet, *er* werde in der Stadtwohnung leben, *er* werde seinen Rechtsanwalt konsultieren, und *er* werde sie wissen lassen, wenn *er* einen Scheidungsvertrag in Händen habe, der *ihm* zusage. Sofort nach diesem Gespräch rief sie Ellen Diamond an, die gelassen meinte: »Machen Sie sich keine Sorgen, Eve. Er kann keinerlei einseitigen Schritte unternehmen. Entweder muß er mit mir persönlich sprechen oder seinen Anwalt bei mir vorbeischikken. In der Zwischenzeit sollten wir beide uns zusammensetzen.« Sie vereinbarten einen Termin für die folgende Woche.

Dann tauchte das Problem auf, wo sie in der Stadt wohnen sollte. Sie hatte nicht vor, die Wohnung zu betreten, nicht wenn er anwesend war. Zuerst war sie entschlossen, ins Hotel zu gehen, auch wenn ihr der Gedanke nicht besonders behagte. Und dann rief Margo an, um sie zu fragen, ob sie an der Bootsfahrt des VS teilnehmen wolle. »Ich glaube kaum, Margo«, sagte sie. »Ich muß meine Wochenenden mit Nina verbringen, besonders jetzt, da ich zu einem endgültigen Entschluß gekommen bin.«

»Du willst also die Scheidung.«

»Richtig. Ich traf Ted kürzlich, und es war eine Katastrophe. Hat mir aber die Augen geöffnet. Jetzt habe ich nicht mehr die geringsten Zweifel. Die Scheidung ist endgültig.«

»Und wie fühlst du dich?«

»Ach, Margo, was für eine wundervolle Frage. Alle anderen haben dazu etwas zu sagen: ›Wie traurig‹ oder ›wie schade‹ und ›wie furchtbar, die armen Kinder!‹ Immer mit diesem kleinen Unterton moralischer Mißbilligung. Du bist die erste, die daran denkt zu fragen, wie *ich* mich dabei fühle – ob es mir gutgeht, ob ich traurig oder wütend bin.«

Margo lachte. »Das ist doch klar. Sie vermuten, du leidest. Du hast versagt, stimmt's? Weil wir alle wissen, Eve, die Ehe liegt in der Verantwortlichkeit der Frau.« Wieder lachte sie. »Aber tröste dich. Es mag eine Weile dauern, aber letztlich wirst du deine Freiheit lieben.«

»Ich hasse sie jetzt schon nicht gerade eben.«

Margo bestand schließlich darauf, daß sie bei ihr wohnte. »Du kannst tagsüber zu deiner Anwältin gehen und mir abends Gesellschaft leisten. Wir werden Spaß haben! Wann sagst du, ist dein Anwaltstermin? Am vierundzwanzigsten? Das trifft sich gut, denn am Tag darauf ist ein Diskussionsabend geplant, und aus mysteriösen Gründen kommen im Sommer immer mehr Männer zu den Veranstaltungen im Club als Frauen. Wir haben also genügend Auswahl. Aber du willst dich vielleicht lieber an Vertrautes halten«, fügte sie listig hinzu.

»Was soll das heißen?«

»Paul Clayton natürlich. Er fragte nach dir.«

»Ach wirklich?« Nach einem Augenblick des Erstaunens lächelte sie zufrieden. Schön zu wissen, daß es einen Mann gab, der an sie dachte und nach ihr fragte. »Er hat nie angerufen.«

Wieder lachte Margo. »Tja, Eve, du mußt noch eine Menge lernen. Diese Typen – hm – sie passiv zu nennen, wäre geschmeichelt. Es kostete ihn all seinen Mut mich zu fragen, wann du mal wieder reinschaust. Aber sei's drum. Denk an meine Worte: nach den ersten zwei Monaten habe ich meine Scheidung keine Sekunde bereut.«

Sie wußte also, wo sie unterkommen konnte, und würde mit einer Frau zusammensein, die sie verstand. Denn jetzt, nachdem sie eine Entscheidung getroffen hatte, gab es heikle Momente, wenn sie an eine Zukunft ohne Ted dachte, in denen eine große Leere von ihr Besitz ergriff. Beängstigend. Furchterregend. Es gab sogar Zeiten, in denen sie dachte, es sei möglicherweise ein Fehler, ihre Ehe zu beenden, daß ihre Gedanken an Scheidung bloße Fantasie seien. Es würde ihr guttun, ein paar Tage mit Margo zu verbringen, mit der sie offen über ihre Ängste reden konnte.

Übermorgen ganz früh, um die Hitze des Tages zu vermeiden, wollte sie fahren. Nina würde bei Kerry bleiben. Als sie Marybeth letzte Woche darum gebeten hatte, war sie hellauf begeistert. »Prima! Kennst du meine Schulfreundin Patty? Sie kommt nämlich morgen. Und Kerry würde sich vernachlässigt fühlen, weil wir soviel zu reden haben. Das trifft sich gut. So hat Kerry auch Gesellschaft.« Marybeth hatte auf Eve noch nie einen so glücklichen Eindruck gemacht. Sie plapperte und sprudelte zwar sonst auch unentwegt und setzte ein freundliches Gesicht auf, aber diesmal war ein besonderer Klang in ihrer Stimme. Wie dem auch sei, sie war entzückt, Nina bei sich zu haben, und Eve war mehr als entzückt, Nina bei ihr zu wissen.

Nina hatte übrigens mittags das Haus verlassen, und jetzt war es beinahe acht Uhr abends, und sie war immer noch unterwegs. Eve genoß das Alleinsein und die Stille, hatte alle Küchenschränke ausgewischt, war im Teich geschwommen, hatte die *Times* gelesen, sich zum Abendessen einen Salat zubereitet, und nun saß sie im luftigen Sommerkleid auf der Veranda in ihrem Lieblingsstuhl, und aus dem Wohnzimmer erklangen Vivaldis *Vier Jahreszeiten*.

Als sie Schritte auf dem Kies hörte, dachte sie zuerst, sie bilde es sich ein. Dann dachte sie, es sei Nina. Und dann stellte sie fest, daß derjenige – wer immer es war – lief.

Wer? Sie knipste das Außenlicht an, alle Sinne wachsam, die Hand am Türgriff, um abzuschließen, wenn nötig.

Roy! In weißen Shorts und Alligatorhemd und Laufschuhen joggte er gemächlich die Auffahrt heran. Seit dem Campausflug hatte er sie sorgsam gemieden. Anfangs schmerzte sie das, doch dann sagte sie sich vorwurfsvoll, sie wolle ohnehin nichts mehr mit ihm zu tun haben. Und jetzt trabte er plötzlich an.

»Eve? Bist du da? Ich kann dich sehen.« Er blinzelte ins Licht. »Mach die blödsinnige Lampe aus.«

Sie löschte das Licht und sagte: »Was willst du, Roy?«

»Ich muß mit einem Menschen reden. Sonst dreh ich durch!«

»Dann komm rein, Cullen!« Sie war neugierig, was er auf dem Herzen haben mochte, das ihn ausgerechnet zu ihr führte. Zu ihrem Erstaunen sah sie, daß er eine Bierdose in der Hand hielt. »Ich wußte nicht, daß man joggen und gleichzeitig Bier trinken kann, Roy.«

»Wenn man es so dringend braucht wie ich, kann man das.« Er kippte die Dose an die Lippen und fluchte. »Leer. Hast du ein Bier?«

»Sicher«, sagte sie und ging, um es zu holen. Doch als sie die Kühlschranktür öffnete, war er hinter ihr hergekommen und ließ sich auf den Küchenstuhl plumpsen. »Wieviel hast du schon getrunken, Roy?«

»Ein paar!« lachte er. »Keine Bange. Ich bin nicht blau – vielleicht ein wenig beschwipst. Aber ich bin ohne zu schwanken rübergelaufen!« Er hielt seine beiden großen Hände vor sich hin und studierte sie eingehend. Eve seufzte innerlich – er war weniger nüchtern, als er glaubte, und sie hoffte, die bevorstehende Szene würde nicht zu unangenehm werden. Sie ging, um ihren Drink von der Veranda zu holen. Aus mit der gesegneten Ruhe, aus mit Vivaldi. Im Wohnzimmer stoppte sie im Vorbeigehen das Tonband, ging zurück in die Küche und setzte sich ihm gegenüber an den Küchentisch.

»Der Zauberer von Oz!« sagte er unvermittelt. »Ich frage dich, wo sind wir eigentlich: im Kindergarten? Der Zauberer von Oz!« Er legte den Kopf in den Nacken und schüttete gurgelnd das Bier hinunter.

»Was ist mit dem Zauberer von Oz, Roy?« Sie nahm auch einen tüchtigen Schluck. Sie brauchte einen.

»Da sind sie gerade: Marybeth und diese Patty – ihre gute, alte Schulfreundin aus den guten, alten Zeiten. Seit diese Frau das Haus betreten hat, heißt es nur noch, weißt du noch? Und erinnerst du dich? Und die ganze Nacht das Gekichere. Marybeth ist sogar aus unserem Schlafzimmer ausgezogen!« Er machte eine Pause, schüttete Bier nach und glotzte Eve an. »Aus unserem Schlafzimmer!« wiederholte er. »Um mich nicht zu stören, wenn sie spät nach Hause kommt, sagte sie. Jetzt campieren die beiden im Gästezimmer auf den Notliegen. Stell dir vor! Wie zwei Kinder bleiben sie die ganze Nacht wach bei Kartoffelchips und Limonade, weil sie das im Internat auch gemacht haben. Und heute sind sie im Kino, um sich zum zweitenmal diesen blöden Zauberer von Oz anzusehen. Hast du noch eins?«

Ohne zu antworten holte sie noch ein Bier. Seltsam, ihn hier sitzen zu sehen und sich ausgerechnet bei ihr über seine *Frau* zu beklagen. Er war vielleicht der beste Liebhaber, den sie je haben würde. Vielleicht hatte sie tief in ihrem Unterbewußtsein auf ihn gewartet. Schäme dich, schalt sie sich.

»Ich bin völlig überflüssig«, jammerte Roy. »Sie nehmen gar keine Notiz von mir. Alte Schulfreundinnen! Wäre ich nur in der Stadt geblieben. Da hätte ich wenigstens was zum Vernaschen gehabt!« Dabei sah er sie mit verschleiertem Blick an.

»Nein, Roy!« Sie hielt ihm ihre flache Hand entgegen. »Vorbei. Erinnerst du dich?«

»Bitte, Eve, wir waren doch so gut, oder? Hmmm ... wenn ich daran denke, wie du dich anfühlst, so warm, so weich. Sieh mich an! Schon der Gedanke an dich macht mich wahnsinnig!«

Eve hielt den Atem an. Die Versuchung war groß. Sie starrte auf seinen Mund, dachte daran, wie er ihren Körper geküßt hatte, und ihr Herz fing an hart zu schlagen. Aber nein. Nein, nein und nochmals nein. Sie schüttelte den Kopf. »Es führt zu nichts, Roy. Laß das!«

»Aber Evie, wir sind eine unschlagbare Kombination. Irische Kerle und jüdische Mädchen paßten immer schon prima zusammen. Laß es uns noch einmal machen. Komm. Ich bin auf der Stelle dazu bereit.«

Es war ihr egal, ob er dazu bereit war, und seine unausgegorenen ethnischen Theorien waren ihr ebenfalls egal. »Vergiß es, Roy. Betrachte mich als deine gute Nachbarin, mehr bin ich nämlich nicht.«

Er hievte sich auf die Füße, und einen beängstigenden Augenblick lang fürchtete sie, er würde auf sie losgehen. Doch er steuerte den Kühlschrank an. Mit dem Rücken zu ihr sagte er laut: »Weiber! Sobald ein Mann heiß ist auf sie, fangen sie mit ihren Spielchen an!«

Sie sah irritiert, wie er noch eine Flasche öffnete und hinunterstürzte, und sie wünschte, er würde gehen.

Zu ihrem Erstaunen breitete er die Arme aus, nachdem er die Flasche abgesetzt hatte, und fing in einem schönen Bariton an zu singen: »Girl of my Dreams ... ich lieb' dich so sehr ...« Dabei senkte er seine ziemlich blutunterlaufenen blauen Augen tief in ihre.

»Roy! Bitte!«

Er achtete nicht darauf und stimmte eine Cole-Porter-Melodie an. »Roy! Es ist mein Ernst!«

Plötzlich hörte er auf, sackte auf den Stuhl und legte den Kopf in die verschränkten Arme.

»Roy, hör zu. Geh heim. Es ist für keinen von uns gut. Du solltest dich ausschlafen. Geh nach Hause.«

»Welches Zuhause?« Seine Stimme klang seltsam erstickt. »Du weißt nicht, wie einsam ich bin.« Und zu ihrem Entsetzen liefen Tränen über sein Gesicht, als er den Kopf hob. »Du weißt nicht, wie das ist, Eve. Du weißt es nicht. Sie hatte nie Spaß daran. Nie! Vom ersten Augenblick unserer Ehe fand sie es abstoßend. Ich und abstoßend! Ich dachte, sie liebt mich, verdammt noch mal. Ich liebte *sie*. Ich darf sie nicht mal anfassen, jedesmal entwindet sie sich mir. ›Nicht doch, Roy!‹ Du weißt nicht, wie das ist. Seit zwanzig Jahren: ›Nicht doch, Roy!‹ Katholische Mädchen können nichts dafür, das weiß ich. Sie sind eben so erzogen, keinen Spaß daran zu haben. Sie kann nichts dafür. Man muß ja nur ihrer Mutter zuhören, dann weiß man Bescheid, aber trotzdem –! Sie läßt mich nichts machen! Nichts, Eve, nichts. Mein ganzes Leben ist nichts. Weißt du das? Was habe ich falsch gemacht?«

Eve starrte ihn an, entsetzt und fasziniert zugleich, und er verbarg den Kopf wieder schwer schnaufend in seinen Armen. Armer Kerl, dachte sie, armer Roy. Und blitzartig schoß es ihr durch den Kopf – arme Marybeth! Ausgerechnet *ihn* nicht an sich ranzulassen.

Sie ging zu ihm und legte ihm die Hand auf die Schulter. Sie mußte ihn irgendwie beruhigen und ihn nach Hause schaffen. In Gedanken tätschelte sie seine Schulter und redete leise auf ihn ein. »Komm, Roy. Du mußt dich ausschlafen. Ich bringe dich nach Hause, okay?«

Und dann knallte die Fliegengittertür, Nina marschierte

herein und blieb wie angewurzelt stehen. »Oh, Verzeihung! Ich wußte nicht, daß du Besuch hast.«

»Mr. Cullen ist nicht direkt ein Besuch, Nina. Und außerdem ist er dabei zu gehen. Komm, Roy, ich fahr dich rüber.«

Hämisch sagte Nina: »*Meinetwegen* muß er nicht gehen.«

Roy hob den Kopf. Ein Wunder war geschehen. Die Tränen waren versiegt, ohne eine Spur zu hinterlassen, und er grinste, als hätten sie sich eine Stunde lang Witze erzählt. »Hallo, Nina. Versprich mir, daß du Kerry nichts davon erzählst. Tust du das, Schatz? Sie haßt es, wenn ihr alter Vater ein paar Bier zuviel hat. Und das ist heute abend der Fall!« Er kam auf die Beine, ging zu Nina und legte seine Hand auf ihre Schulter. »Du sagst also Kerry nichts davon, okay? Es ist unser kleines Geheimnis.«

Nina drehte betont langsam den Kopf und starrte kalt auf seine Hand. »Würden Sie bitte?« Und als er sie offenbar nicht verstand, fügte sie hinzu: »Nehmen Sie bitte Ihre Hand weg!«

Wie gestochen fuhr seine Hand zurück, und Eve sagte zurechtweisend: »Nina! Entschuldige dich dafür!«

»Lächerlich.«

»Nina! Roy, du gehst jetzt besser.«

»Du sagst es«, stammelte er. Er warf ein letztes, tapferes Lächeln in Ninas Richtung, doch sie schaute ihn nur finster an.

»Bis bald, Eve.«

Sie wartete, bis sie seine Schritte auf dem Kies knirschen hörte, dann wandte sie sich ihrer Tochter zu, die kämpferisch dastand. »Zum Kuckuck, Nina. Was soll denn das?«

»Tut mir leid. Tut mir leid, daß ich dich mit einem deiner Freunde gestört habe.«

»Was heißt denn hier *Freunde*. Roy ist ein guter Nachbar, das weißt du genau.«

»Ich weiß überhaupt nichts mehr. Alles hat sich verändert, seit du Daddy rausgeworfen hast, alles! Er liebt dich – das hat er mir gesagt – und er will, daß ihr euch versöhnt. Du bringst alles durcheinander! Es ist alles deine Schuld.«

»Nina, bitte. So einfach ist das nicht. Du verstehst das nicht!«

»O doch, ich verstehe sehr wohl. Ich habe nämlich auch schon mit einem Mann geschlafen.«

Einen Augenblick lang glaubte Eve, ihr Herzschlag habe aufgehört. Sie starrte ihre Tochter an. Wie streitlustig Nina dastand mit schmalen Augen und vorgerecktem Kinn. Und doch so jung, so verletzlich, so schrecklich verletzlich. *Mein Kind,* dachte Eve, und ihre Augen brannten.

»O Nina«, sagte sie mit belegter Stimme, als die Tränen in ihr hochstiegen. »Ich hoffe, ihr habt euch wirklich gern.«

Ninas Gesicht verzerrte sich. »Ach, Mami!« Und im nächsten Moment lag sie in Eves Armen, die sie streichelte und tröstende, beruhigende Worte murmelte, während Nina bitterlich schluchzte. Sie braucht mich wieder! Ich bin wieder ihre Mutter!

»Mach dir keine Sorgen, Baby«, sagte sie, »mach dir keine Sorgen. Es wird alles gut. Ich bin immer für dich da.«

28

»Der Mann, der sich zum Anwalt seiner eigenen Sache macht, hat einen Dummkopf zum Mandanten.«

Eve schlenderte die Columbus Avenue entlang auf ihrem Weg zu Ellen Diamonds Büro. Die Luft war feucht und schwül, schwere Wolken fegten über den Himmel. Als sie eine halbe Stunde zuvor die Wohnung verließ, hatte Margo gesagt: »Nimm lieber einen Regenschirm mit. Hier der mit dem Schwertgriff schützt dich vor stürmischen Angriffen, sei es von Mutter Natur oder von Ted.«

Ted! Er hatte gestern abend angerufen, um ihr »zu versichern«, daß er sie in der Halle von Ellen Diamonds Bürogebäude um fünf vor zehn treffen wolle. »Ich weiß, du hast deine Zweifel, ob ich erscheine«, sagte er, »aber ich werde da sein. Ich möchte diese Männerfeindin kennenlernen, bevor sie dir noch mehr Flausen in den Kopf setzt.« Sie schwieg, obwohl sie ihm eine scharfe Entgegnung verpassen wollte, aber sie biß sich lieber auf die Zunge. »Ich kenne diese weiblichen Rechtsanwälte«, schnarrte Ted. »Halten sich alle für wahnsinnig ausgekocht. Ich würde ihr gern eins auswischen – wenigstens juristisch.«

»Aber Ted, du kennst sie doch gar nicht. Warum versuchst du nicht konstruktiv zu sein und hebst dir dein Urteil für später auf?« Um nett zu sein, fügte sie hinzu: »So kenne ich dich gar nicht. Du bist doch sonst fair und offenherzig. Du erstaunst mich.«

Er gab einen rüden Ton von sich. »Heb' du dir das Gewäsch für später auf.« Sanft legte sie den Hörer auf; dann gab sie einen rüden Ton von sich und fragte Margo zum wiederholten Mal, ob sie wirklich in der Lage sei, mit all dem fertigzuwerden; ihr Leben selbst in die Hand zu nehmen, einen Neuanfang zu finden, sich Reißverschlüsse selbst zuzumachen, alleine in Urlaub zu fahren, Arbeit zu finden, mit dem Geld umzugehen, glücklich zu sein.

Nun betrat sie die schwach erhellte, kühle Halle – ein Segen nach der feuchten Schwüle draußen. Der Knoten in ihrem Magen rührte teils von der Aufregung, daß die Scheidung nun tatsächlich in die Wege geleitet war; teils von der Angst, mit einem feindlich gesinnten Ted Soloway verhandeln zu müssen. Sie stellte sich neben die Informationstafel, beobachtete die Drehtür, fuhr sich mit der Zunge über die Lippen, sah kurz auf die Uhr; sie war fünf Minuten zu früh, es blieb ihr Zeit, sich zu sammeln vor der Begegnung mit Ted.

Welche Gefühle hatte sie für ihn? Was empfand sie überhaupt? Jahrelang war ihr Leben in vorhersehbaren Bahnen verlaufen; nun war alles verschwommen und mysteriös. Ihre Freunde hatte sie akzeptiert, ohne sie in Frage zu stellen. Nun sah sie ihre schwachen Punkte, ihre Eigenarten wie durch ein Vergrößerungsglas.

Es ist nicht, daß ich recht habe und die anderen unrecht, dachte Eve. Nur bin ich aus meiner Traumwelt erwacht und sie nicht; es ist, als sprechen wir zwei verschiedene Sprachen. Ich habe mich mit den Mythen auseinandergesetzt, die da heißen *meine glückliche Ehe; mein erfülltes Leben; meine wunderschöne Beziehung* und habe laut verkündet, daß dies alles Schwindel ist. Und meine Freunde fühlen sich – ohne mich verletzen zu wollen – bedroht und verängstigt von dem, was ich in meinem Leben aufgedeckt habe, weil (wer weiß?) es ansteckend sein könnte.

Diese Gedanken waren sinnlos und machten sie nur traurig. Sie mußte über das Ende mit Ted nachdenken. Ted, der immer sein Leben lebte, völlig egozentrisch, sie ausschloß, sie zu einem Nichts herabsetzte. Nie hatte sie das Problem erkannt –

denn es war *Teds* Problem –, wenn er sie seine neueste Liebesgeschichte wissen ließ. Statt dessen glaubte sie, es liege an ihr, es sei etwas, das sie in Ordnung bringen könne, wenn sie sich nur richtig bemühe: der wunderbare amerikanische Traum. Sie mußte die Super-duper Mutter und die Super-duper Ehefrau werden, sich noch mehr anstrengen, sich noch mehr Verantwortung aufbürden. Dadurch wuchsen ihre Ängste noch mehr, sie verausgabte sich und war erschöpft, weil ihre Bemühungen nie ausreichten; durch nichts erreichte sie seine Treue. Warum sind wir Frauen so schnell bereit, für alles die Schuld auf uns zu nehmen?

Sie konnte sich dieser Frage nicht länger widmen, denn jetzt trat Ted durch die Tür und hielt nach ihr Ausschau. Diesen Mann habe ich einmal geliebt, war stolz darauf, ihn »meinen Ehemann« zu nennen. Sie konnte sich weder an das Gefühl dieser Liebe erinnern, noch wußte sie, wann es verschwunden war.

Nicht nur die Liebe, jegliches Gefühl für ihn war von ihr gewichen. Sie sah Ted an, als sei sie aus Eis, sehr kalt, sehr gelassen, sehr ruhig. Er entdeckte sie und redete bereits im Näherkommen auf sie ein. »Nun hör zu, Eve. Ich tue dir hiermit lediglich einen Gefallen. Ich verspreche nichts. Ich stimme nichts zu. Ich werde nichts unterschreiben, ich lasse mich von dieser Person zu nichts zwingen.«

»Guten Morgen, Ted.« Sie genoß sein Unbehagen. Es wirkte beruhigend auf sie.

»Ich habe dir das gestern schon gesagt, und daran hat sich nichts geändert. Keine noch so clevere Rechtsanwältin wird mich einschüchtern.«

»Ja, Ted. Du hast recht. Du hast mir das alles gestern abend schon gesagt. Es fängt an, mich zu langweilen. Wo ist denn dein Rechtsanwalt?«

»Ich *bin* Rechtsanwalt. Hast du das vergessen? Ich übernehme meinen Fall selbst.«

Sie mußte innerlich lächeln, als sie den Aufzug betraten und sorgsam vermieden, einander anzusehen. Wie oft im Verlauf ihrer Ehe hatte er gesagt, der Mann, der sich zum Anwalt seiner eigenen Sache macht, hat einen Dummkopf zum Mandanten – oder so ähnlich. Aber es schien irgendwie nicht der richtige Augenblick, ihn darauf aufmerksam zu machen.

Ted stürzte voran, und Eve hatte ihm ins Büro *ihrer* Anwältin zu folgen. Graf Rotz persönlich! dachte sie. Und Ellen, anstatt ihn knapp abzufertigen – was Eve für angemessen erachtet hätte –, warf nur einen kurzen Blick in ihre Richtung, empfing ihn mit einem strahlenden Lächeln und streckte ihm die Hand entgegen.

»Es ist mir eine Ehre, Sie kennenzulernen, Mr. Soloway. Ein Kollege mit solch einer Reputation.«

Glaubte sie wirklich, dies sei der richtige Weg, fragte sich Eve. Es erstaunte sie nicht, daß Ted brummte: »Was soll das denn?«

»Nun«, lächelte Ellen, »ich denke beispielsweise an den Vertrag, den Sie im letzten Jahr zwischen der Radio City Hall und dem Kabelfernsehen ausgehandelt haben. Ein Geniestreich! Für wie viele Millionen im Jahr?« Sie schüttelte bewundernd den Kopf und fuhr fort: »Für mich ist das alles so großartig und exotisch, während ich mich mit Testamentseröffnungen und Scheidungsverträgen abmühen muß.«

»Tja ...« Ted räusperte sich, geschmeichelt errötend und trat von einem Fuß auf den anderen. »Ich bin kein Experte auf *Ihrem* Gebiet und beuge mich Ihrer Erfahrung.«

»Ausgezeichnet! Setzen Sie sich doch. Dieser Sessel ist hoffentlich für einen so großen Mann wie Sie bequem genug ... Wenn es Ihnen übrigens nichts ausmachen würde, könnten Sie mir bei der Auslegung einer oder zweier Vertragspunkte helfen? Showgeschäftsverträge sind für mich fremd, und ich verhandle gerade in einem komplizierten Scheidungsfall zweier Filmstars; dabei geht es um ziemliche Vermögenswerte.«

Und dann legten sie los, redeten vom Showgeschäft und Fusionsverträgen, von Studienkollegen an der Harvard und Columbia Universität, über Wall Street, den Broadway und tausend andere Dinge. Irgendwann setzte Eve sich unaufgefordert und blickte aus dem Fenster, wo der Sturm den Regen an die riesigen Glasscheiben peitschte, und hörte still zu.

Als sie ihrem Mann einen Seitenblick zuwarf, stellte sie eine erstaunliche Veränderung fest. Anfangs hatte er auf der Stuhlkante gesessen, bereit, jederzeit aufzuspringen. Jetzt lehnte er entspannt zurück, die Hände leicht verschränkt und schien vor Wohlbehagen förmlich zu schnurren.

Schließlich lenkte Ellen das Gespräch sanft aufs eigentliche Thema, erklärte, sie müßten gemeinsam einen Weg finden, um die Versorgungsfrage für Eve und Nina zu regeln; es handle sich nur um einen routinemäßigen Geschäftsvorgang, doch müßten alle Aspekte in Erwägung gezogen werden, damit *beide* Parteien zu ihrem Recht kämen. »Eve wird Arbeit suchen, sobald sie dazu in der Lage ist«, versicherte Ellen in honigsüßem Ton, »doch in der Zwischenzeit...« Dann folgte ein schneller Vorschlag über Unterhaltszahlungen für das Kind und die Ehefrau, und die Ermahnung, man solle sich immer vor Augen halten, daß niemand blutrünstig sei, es wäre jedoch das beste, das Ende der Ehe zu akzeptieren. Sie erinnerte Ted einige Male daran, daß sie Eves Rechtsberaterin sei, richtete jedoch nie das Wort direkt an sie. Und einmal, als Eve zum Sprechen ansetzte, machte die Anwältin eine kaum merkliche verneinende Kopfbewegung, und Eve sagte kein Wort mehr.

Am Ende meinte Ellen Diamond: »Sie wissen natürlich, daß Sie Anspruch auf einen eigenen Anwalt haben«, und fügte eilig hinzu, daß sie dem großen Ted Soloway, dem Rechtsvertreter der Carlysle-Theater-Gruppe, so etwas wirklich nicht zu sagen brauche, denn alle Welt wisse, wer er sei und welche Verdienste er sich erworben habe, und das seien mehr als genug!

Es war eine Meisterleistung, eine absolute Meisterleistung. Als sie das Büro verließen und ins Freie traten, wo jetzt die Nässe auf der Straße verdampfte und die sengende Sonne die restlichen Wolken aufsaugte, lächelte Eve ihn offen an. Sie hatte ein gutes Gefühl. Die Angelegenheit schien real zu sein, noch nicht völlig real, aber annähernd. »Das war ein guter Anfang, finde ich«, sagte sie.

Ted sah ihr ernsthaft in die Augen. »Du hattest recht, Eve. Es paßte nicht zu mir, Ellen voreilig zu beurteilen. Aber jetzt weiß ich erst, wer sie ist. Mann, sie war eine Weile Herausgeberin des Juristischen Fachblattes meiner Universität. Jetzt erinnere ich mich! Früher hieß sie Ellen Gilbert. Die Frau ist *brillant*, Eve, einfach brillant!« Er schüttelte den Kopf, als könne er nicht fassen, daß seine Frau in der Lage war, sich eine brillante Anwältin zu besorgen, oder vielleicht fiel es ihm schwer zu begreifen, daß eine Frau überhaupt brillant sein konnte. »Hör zu«, fuhr er fort, nahm ihre Hand und drückte sie. »Ich halte immer noch nichts von dieser Trennung. Aber du scheinst ja wild entschlossen zu sein. Ich gebe zu, daß unsere Ehe nicht immer perfekt war – na ja, wenigstens hast du eine gute Anwältin. Ich denke, ich fahre noch mal für ein paar Wochen nach Maine und denke über alles nach.«

Sie gab sich alle Mühe, um ihm nicht ins Gesicht zu lachen. Er war ihr auf den Leim gegangen: der clevere Ted Soloway war wie eine Marionette von einem weiblichen Rechtsanwalt manipuliert worden. Eve lächelte hoch zu ihm. Er würde den Witz nie kapieren. Macht nichts, *sie* kapierte ihn.

29

»Man weiß wenigstens, wohin am Dienstag abend!«

»Mutterschaft!« stieß Margo hervor, als sie die Wohnungstür zweimal verriegelte, die Sicherungen nochmals prüfte, und fügte hinzu: »Großstadtleben!« im gleichen angewiderten Tonfall. Dann lachte sie und sagte: »Aber eigentlich liebe ich beides. Es ist nur...«

»Du mußt gar nicht weitersprechen«, stimmte Eve zu. »Beides ist nicht einfach. Ich habe die Probleme der Mutterschaft in diesem Sommer zur Genüge ausgekostet. Nina will einfach nicht kapieren, daß ich ein Mensch mit eigenen Bedürfnissen und Wünschen bin.«

Beide eilten klappernd die drei Stockwerke des Backsteinbaus hinunter, in dem Margo wohnte.

Margo sprach weiter von ihrer Tochter, die den Sommer in einem Ferienlager verbrachte. »Vorgesehen ist der ganze August, aber ich weiß nicht«, sagte sie, als sie auf die Straße traten und der Bushaltestelle zustrebten, »ob sie es aushält. Jeden Tag bekomme ich einen Brief, einer kläglicher als der andere. Aber wenn ich anrufe, fällt der Direktor aus allen Wolken. Er versteht es nicht. Sie macht einen völlig glücklichen Eindruck. Und warum, frage ich ihn, schreibt sie mir dann Briefe, in denen sie bettelt, nach Hause kommen zu dürfen? Er ist ratlos, aber ich weiß Bescheid. Das Kind kommt nicht nach Hause, ihre Ferien haben mich schmerzlich viel Geld gekostet. Und ich will diese vier Wochen für mich, und sie wird mich mit ihrem Gejammere nicht erpressen. Ach verdammt! Warum fühle ich mich dann so *schuldig*?«

Beide lachten, aber beiden war nicht wohl zumute. Schuld. O ja. Eve kannte dieses Gefühl. Aber es war unvernünftig. Schuldgefühle weswegen? Weil man ein Mensch war und kein Roboter? »Worüber wird also heute abend diskutiert?« fragte sie, um das Thema zu wechseln.

Margo deklamierte: »Ist echte Intimität in unserer indifferenten Gesellschaftsordnung überhaupt noch möglich?«

»Das kann interessant werden. Wir alle sind doch ziemlich isoliert, besonders in einer urbanen Situation . . .«

Margo winkte ab. »Vergiß es, Eve. Wenn du glaubst, die Gruppe hält sich länger als zehn Minuten mit diesem Thema auf, dann irrst du dich. Du wirst sehen, bevor du weißt, was geschieht, sind wir beim Thema Nummer eins.«

»Thema Nummer eins?«

»Sex. Wie arrangiere ich es, Sex zu bekommen, wie gehe ich damit um? Immer Sex. Jede Diskussion, an der ich teilgenommen habe, und es waren eine ganze Reihe – man weiß wenigstens, wohin am Dienstag abend –, verlief auf diese Weise.« Sie lachte. »Auch wenn das Thema lautet: ›Legale Steuertricks für Singles‹. Früher oder später werden wir auch heute darüber reden, was man in New York City anstellt, um vernascht zu werden.«

»Warum gehst du dann überhaupt hin?« Eve grinste die Freundin an. »Du hast doch keine Probleme, wie du es anstellst, um in New York City vernascht zu werden.«

»Es macht mir einfach Spaß, die Leute zu beobachten, und außerdem – da ist unser Bus.«

Nachdem sie im Bus saßen, in dem es über vierzig Grad haben mußte, hakte Eve nach: »Und außerdem?«

»Was? Ach ja. Und außerdem trifft man bei den Diskussionsabenden Kerle.«

Sie sahen einander an und fingen an zu lachen.

»Thema Nummer eins«, sagte Eve, und Margo nickte. »Kein Wunder«, fügte Eve halb zu sich selbst hinzu, »daß Nina glaubt, ich bin im zweiten Frühling. Mit dreiundvierzig denke ich darüber nach, wo man am besten Männer trifft. Es ist lächerlich!«

»Nein, es ist die Realität. Du bist wieder alleinstehend – na ja, beinahe; ich bin allein, die halbe Welt ist allein, Eve. Herrgott noch mal, nur weil wir über vierzig sind, heißt das nicht, daß wir ...«

»Sag es bitte nicht.« Eve sah aus dem Fenster auf die glosenden Straßen. Alles und jeder wirkte schlaff um sieben Uhr abends dieses Augusttages, schlaff und ein wenig schmuddelig. Plötzlich fragte sie sich, was das eigentlich sollte. Sie ging in die Wohnung eines Fremden zu einer Diskussionsrunde, die ausschließlich aus Versagern bestand. Das ist ungerecht, schalt sie sich. Wenn das alle Versager waren, dann war auch sie einer. Hatte denn nur eine Regel Gültigkeit? Verheiratetsein ist gut, Nichtverheiratetsein ist schlecht? Absurder Gedanke. Sie litt mehr und mehr unter dem Gefühl, dies alles – die ›Vereinigten Singles‹, Ellen Diamond, ihr Leben alleine, sogar ihre beginnende Freundschaft mit Margo – sei nur irgendeine Wahnvorstellung. Ihr war, als liefe sie durch einen Traum mit der Gewißheit, bald aufzuwachen und sich als Mrs. Ted Soloway wiederzufinden, die Supermutter und Superfrau, deren Hauptaufgabe es war, zu vertuschen, daß ihr Mann sich mit anderen Frauen herumtrieb.

Sie wandte sich an Margo, mußte es plötzlich wissen. »Hast du manchmal das Gefühl, daß das alles unwirklich ist?«

Margo lachte. »Ununterbrochen, Eve. Ununterbrochen!«

Dieses Soho Loft war in der Tat ein Soho Loft: ein flaches, fabrikartiges Gebäude, ein ehemaliger Gewerkschaftsbau. Der Aufzug war zur Beförderung von Frachten vorgesehen, »oder großer Menschenmengen«, bemerkte Margo. Die Wände des Flurs waren bunt bemalt, und der Fußboden des Aufzugs mit blauem Teppich ausgelegt.

»Wie heißt er gleich wieder? Unser Gastgeber?«

»Charlie Cates. Frag mich nicht weiter über ihn, er muß neu sein. Die Tatsache, daß er seine Wohnung für einen Diskussionsabend zur Verfügung stellt, besagt schon, daß er neu ist. Wenn du das einmal tust, hast du für den Rest deines Lebens die Nase voll davon.«

Eve fand keine Gelegenheit zu fragen, warum das so war,

denn der Aufzug kam ruckend zum Stehen, die Türen öffneten sich und sie murmelte »Oh, Mann!« und starrte in eine offene Tür.

Der Raum war riesig, mindestens sechs Meter hoch, und an beiden Längsseiten reichten Fenster vom Boden bis zur Decke. Die untergehende Sonne warf rotes Licht quer durch das Atelier, das mit gestapelten Leinwänden, Staffeleien und Arbeitstischen angefüllt war. In der Mitte war Platz geschaffen für zwei im Halbrund aufgestellte Stuhlreihen, daneben eine improvisierte Bar.

Eve fragte sich, wo in aller Welt der Mensch *wohnte*, als eine bekannte Stimme an ihr Ohr drang. »Besser zu spät als nie, sage ich immer.« Rechts von ihr saß Irene hinter einem Spieltisch. »Hallo, Eve, vielbeschäftigt mit deinem *echten* Gesellschaftsleben, was?«

Eve lächelte nur, begrüßte sie und zog ihr Portemonnaie hervor. »Immer noch provisorisches Mitglied?« fragte Irene. »Du bist die längste Provisorische in der Geschichte des Clubs.«

»Irene!« sagte Margo, »nun hör aber auf.«

»Wo bleibt denn dein Sinn für Humor? Ist doch nur Spaß – mein Gott! Eve weiß, daß es nur Spaß ist, nicht wahr, Eve?«

Eve lächelte nur, sagte, sie wolle sich umsehen, und entfernte sich. »Ich bin zum erstenmal in einem Loft.«

Und dann lachte sie laut in hellem Entzücken. Als sie in den riesigen Raum trat, sah sie, was ihr vom Eingang her verborgen geblieben war – eine Bühne mit Vorhang und Kulissen, Seilwinden und Schnürboden, Treppen, sogar mit einer Hinterbühne. Und diese Bühne stellte die Wohnung von Charlie Cates dar. Links befand sich eine kleine Einbauküche, in der Mitte das Wohnzimmer und dort, wo einst ein Orchester gesessen haben mochte, grünte und blühte ein Garten aus Topfpflanzen unter der Wärme von Tageslichtlampen. Sie klatschte begeistert in die Hände. Und dann sagte eine tiefe Stimme nahe an ihrer Schulter: »Freut mich, daß es Ihnen gefällt. Und um Ihre Frage vorweg zu beantworten, Schlafzimmer und Bad befinden sich hinter der Bühne, in den ehemaligen Garderobenräumen. Wollen Sie später eine Führung?«

Sie blickte in dunkle, lachende Augen. »Es ist wundervoll! Aber haben Sie nicht Angst, daß Sie eines Tages Applaus bekommen, weil Sie Ihren Spinat aufgegessen haben, oder so?«

»Geisterpublikum? Nein, nicht wirklich. Diese Bühne diente in erster Linie nicht für Theateraufführungen, sondern Gastrednern und Podiumsdiskussionen. Und das Orchester saß dort bei geselligen Anlässen. Sie befinden sich in einem Gewerkschaftshaus, und ich«, schloß er mit einem Grinsen und streckte ihr eine Hand entgegen, »bin Charlie Cates. Ihr Gastgeber.«

»Tag, Charlie Cates. Eve Soloway.« Einen Augenblick lächelten sie sich schweigend an, und Eve dachte, was für ein nettes Gesicht. Charlie Cates war kein gutaussehender Mann, aber er strahlte Wärme und Freundlichkeit aus. Er war nicht sehr groß, sogar etwas kleiner als sie; stämmig, mit krausem Haar, Vollbart, buschigen Augenbrauen, und das Brusthaar reichte ihm bis zum Hals. Er trug Jeans und Jeanshemd, Stiefel und duftete köstlich nach Canoe. Seine Hand war schwielig und kraftvoll und – das bemerkte Eve erst jetzt – hielt ihre immer noch fest, lange nachdem sie sich vorgestellt hatten. Sanft entzog sie sie ihm. »Irene sagte, wir seien spät dran – meine Freundin und ich.«

Er protestierte. »Aber nein. Wie kann sie das sagen? Der Gruppenleiter oder wie man ihn nennt, ist noch gar nicht da, soweit ich weiß. – Oh, würden Sie mich entschuldigen? Da schaut jemand recht verloren drein. Wir sehen uns später, ja?«

»Ja, natürlich.« Nun sah sie sich um, und ihr Herz machte einen nervösen, kleinen Satz, als sie Paul Clayton entdeckte. Hatte er sie gesehen? Vermutlich nicht, denn er war viel zu beschäftigt mit einer zierlichen Blondine, die sehr nah bei ihm stand, lebhaft auf ihn einredete und dabei hin und wieder eine schmale Hand auf seinen Arm oder seine Brust legte. Eve dachte, wie peinlich! Wirkte sie so auf Nina? Aber sie war sicher, daß sie nicht auf so ekelhafte Weise mit den Wimpern klimperte, oder ihren Busen so betont herausstreckte. Unangenehm berührt, wandte sie sich ab. Jim war da, winkte und gestikulierte, sie solle zu ihm rüberkommen und ein Glas Wein trinken – dann waren da noch drei oder vier Männer, die sie nicht kannte, und zwei jüngere Frauen, die sich lebhaft miteinander unterhielten.

Sie ging zu Jim hinüber, wurde von ihm mit einem Begrüßungskuß auf die Wangen und einem Glas Wein empfangen, und sie sagte: »Trinken die VS-Leute nie was anderes als Wein?«

Worauf er meinte: »Wir VS-Leute trinken alles, nur nichts Billiges, Süße. Oh, hoppla, da ist dein spezieller Freund. Bin schon weg.«

Sie drehte sich um und stand Paul Clayton gegenüber. *Mein spezieller Freund?* dachte sie. Weil er einmal länger in ihrem Haus geblieben war, glaubte jeder, sie gehöre zu ihm? Bei Pauls Anblick und mit dem, was sie über ihn wußte, war ihr ein wenig unbehaglich zumute.

»Hallo, Paul, wie geht's?«

»Eve!« Er legte eine Hand an ihre Wange und gab ihr einen weichen, anhaltenden Kuß auf die Lippen. »Wie wunderbar, dich zu sehen.« Und dann blieb er sehr nah vor ihr stehen, viel zu nah. Sie fühlte sich bedrängt und trat einen kleinen Schritt zurück, doch er rückte auf, die ganze Zeit redend. Sie sprachen übers Wetter und darüber, was sie getan, was er getan hatte, dabei berührte er immer wieder ihren Arm, ihre Schulter, ihre Hand, strich ihr übers Haar, senkte seinen Blick in ihre Augen. Es dauerte eine Weile, bis sie begriff, was er tat, und wurde wütend. Der Lump! Er machte das alles nicht, weil er sie besonders mochte. Jede Geste war auf Wirkung abgezielt. Ein paar Seitenblicke genügten ihr, um festzustellen, daß manche Augenpaare in ihre Richtung wanderten, prüfend, neugierig, bestätigend. Der Kerl machte das nur, um anzugeben! Er sorgte dafür, daß alle Anwesenden glaubten, sie hätten ein Verhältnis miteinander. Ebensogut könnte er hinausgebrüllt haben: »He, seht mal, mit wem ich gebumst habe!« Welch eine Lüge. Das machte sie noch wütender. Sie rückte von ihm ab mit geballten Fäusten, sonst hätte sie ihm möglicherweise eine geknallt. Dieser windige Schuft! Anstatt das Problem seiner Impotenz lösen zu wollen, zog er vor Publikum eine Show ab, in der sie nur als Staffage diente.

»Entschuldige mich, Paul, ich habe Charlie ein Rezept versprochen.« Klang das dumm? Ihr fiel nichts Besseres ein, sie hatte große Mühe sich zu bezwingen, ihn nicht anzuschreien.

»Ja, *Ihr* Rezept wollte ich schon immer wissen.« Da stand er wie durch Zauberei vor ihr, grinsend von einem Ohr zum anderen, amüsiert, aber freundlich. Er schob eine Hand unter ihren Ellbogen und führte sie fort. »Und außerdem brennen Sie darauf, meine Arbeit zu sehen«, fügte er hinzu.

»Stimmt, Ihre Arbeit interessiert mich tatsächlich.«

»Also, zuerst zeige ich Ihnen meine Bilder«, lachte er und drückte ihren Arm sanft. »Ich mache zwei verschiedene Dinge, Eve, weil ich eine gespaltene Persönlichkeit bin oder so was in der Art.« An der Bar füllte er ihre beiden Gläser nach, dann führte er sie zu einer Staffelei und drehte die Leinwand um. Es war ein großes Ölgemälde, bei dessen Anblick sie einen Schritt zurück trat und ein erstauntes »Oh!« hören ließ.

Charlie Cates nickte. »Tja. Dieser wallende Busen und die goldene Inschrift ist mein Werk.« Es handelte sich um einen Buchumschlag, überlebensgroß und erst halbfertig: ein schönes Mädchen mit vollen, halbentblößten Brüsten und lockiger Haarfülle lächelte in der Umarmung eines unglaublich schönen Piraten, an dessen Seite ein kurzes Krummschwert in einer Schärpe steckte. Im Hintergrund thronte ein Schloß auf einem Felsriff über einer Bucht, in der ein Schoner vor Anker lag, von dessen Kreuzmast die Totenkopfflagge flatterte. Über der Szene die verschnörkelte Inschrift: *Ihr Geliebter, der Pirat.*

»Wie viele davon?« fing sie an.

Amüsiert unterbrach er: »Zwei, drei im Monat. Davon lebt es sich ausgezeichnet, und es finanziert den Unterhalt für meine Geschiedene, die Zwillingsbuben und meine Tochter. Alle drei sind in der Pubertät, alle drei sind in Privatschulen mit einem angenehmen Leben in einem Dreizehn-Zimmer-Haus in Rye, New York. Und alle drei wollen natürlich an einer der prominenten Universitäten studieren.« Sanft schob er sie weiter und fuhr fort: »Sie müssen kein Wort darüber verlieren, meine Liebe. Nicht ein einziges. Ich verstehe. Sie sind stumm vor Bewunderung.« Sie lachten, und Eve meinte schwach, sie finde das Bild tatsächlich nicht schlecht, weil es weibliche Fantasien anspreche, und sie glaube nicht, daß in New York ein einziger Mann lebe, der eine Ahnung davon habe, was weibliche Fantasie wirklich sei.

Charlie Cates schenkte ihr ein rätselhaftes Lächeln und sprach über Malerei. Sie mußte sich wirklich mehr in acht nehmen, was sie sagte. Die Menschen hatten verschiedene Standpunkte und zogen irgendwelche falschen Schlüsse.

Seine anderen Arbeiten unterschieden sich total von den

Bucheinbänden. Skizzen und Zeichnungen von Menschen auf der Straße – eine Frau mit Einkaufstüten, ein Ballettmädchen, Frisbespieler im Central Park, eine Gruppe Radfahrer, Straßenmusikanten, sich balgende Kinder. Sehr einfach im Strich und eindringlich. »Sie sind ... wunderbar!«

»Ja, ich mach sie auch gern. Diese Arbeiten machen mir großen Spaß.«

»Sind ... sind sie verkäuflich?« Sie hätte gern eines gekauft. Besonders fasziniert war sie von der Kohlezeichnung eines schwarzen Gitarristen, der auf einer umgestülpten Mülltonne saß mit einem Gesichtsausdruck, als würde er um nichts in der Welt woanders sein mögen. Charlie sagte flüchtig: »Ja, ja, sie sind verkäuflich. Ich habe eine Galerie an der Madison Avenue. Ich bin kein hungernder Künstler, der sich von kitschigen Buchumschlägen ernähren muß. Aber die Schinken verkaufen sich natürlich hervorragend, und ich mache sie auch gerne.« Nach einer Pause meinte er: »Freut mich, daß Ihnen meine Arbeit gefällt«, dabei lächelte er sie wie ein Teddybär an.

Nun wurde man aufgefordert, Platz zu nehmen. Der Diskussionsleiter, ein großer, hagerer, kahl werdender Mann mit einem Stapel Notizblättern in der Hand und einem nervösen Augentic, setzte sich räuspernd und sagte: »Ich heiße Dave. Jeder nennt jetzt bitte seinen Namen, und dann fangen wir an.« Keine sehr glückliche Einleitung, dachte Eve im Hinsetzen und freute sich insgeheim darüber, daß Charlie Cates neben ihr Platz nahm.

Sie konnte sich nicht darauf konzentrieren, worüber gesprochen wurde. Ihre Gedanken schweiften ab, sie fragte sich, warum sie nichts zur Diskussion beizutragen hatte, obwohl sie ständig innerlich jammerte und ihre Probleme sich aufhäuften. Ted pflegte früher immer zu sagen: »Du hast für alles eine Theorie«, und er sagte das in einer Art, daß sie aufhörte, ihm ihre Gedanken mitzuteilen. Möglicherweise war ihm im Lauf der Jahre der Mut abhanden gekommen.

Nachdenklich betrachtete sie das Paar ihr gegenüber – Paul und die zierliche Blondine, die ihn mit großen Augen bewundernd ansah und sich an ihn schmiegte.

Und dann wandte sich Paul mit leichtem Stirnrunzeln an die Gruppe. »Ich sehe das so: wir, die wir in der intimsten exisiterenden Beziehung, in der Ehe nämlich, versagt haben . . . Moment mal, laßt mich ausreden! Es stimmt doch, wir *haben* versagt, in gewisser Hinsicht. Das heißt nicht, daß wir *schlecht* sind, nein. Aber irgend etwas fehlt in jedem von uns. Sonst säßen wir nicht hier, oder? Wir wären immer noch verheiratet.« Unter den Frauen in der Runde entstand aufgeregtes Gemurmel, und Eve beugte sich vor. »Wenn ich eine Frau zur Unterhaltung brauche, eine andere zum Sex und eine dritte zur intellektuellen Anregung, dann ist das doch in Ordnung.« Dieser Mann hatte Nerven! Jetzt war sie froh, geradezu glücklich, daß er ihn nicht hochgebracht hatte. Dieser Heuchler!

Die kleine Blondine wich zurück. »Oooh, ich weiß nicht, ob ich diesen Standpunkt akzeptiere an einem Mann, mit dem ich ausgehe!« kreischte sie.

Eves Blicke trafen Margos, und beide grinsten mit hochgezogenen Augenbrauen. Ob das auch Teds Probleme waren? fragte sich Eve. Hatte auch er das Gefühl, eine einzige Frau könne ihm nicht alles geben, was er brauchte; daß sie nur gut war für ihre Aufgaben als Ehefrau und Mutter; und er andere Frauen brauchte für seine Romantik, die Liebe, zur intellektuellen Anregung, fürs Abenteuer? Er hatte gewiß nicht sein Leben mit ihr *geteilt*, auch wenn er im selben Bett schlief, am selben Tisch aß, in derselben Wohnung lebte. Entscheidungen traf er alleine und verkündete sie anschließend. Auch seine außerehelichen Abenteuer verkündete er auf die eine oder andere Weise. Und dieser Ausflug nach Maine war lediglich die letzte einer langen Reihe selbstherrlicher Entscheidungen, die Ted Soloway getroffen hatte, denen sie zwangsläufig zustimmen mußte.

Und dann wurden ihre Gedanken wieder zur Gesprächsrunde zurückgeholt, als Charlie Cates sprach. »Intimität ist doch ganz einfach. Wir bauschen das Problem nur auf. Alles, was wir tun müssen, ist, zu *sagen*, was wir fühlen. ›Ich will dich haben‹, ›Ich bin wütend auf dich‹, ›Ich liebe dich‹. Das Problem ist, daß wir beim zweiten Mal Angst haben, diese Gefühle auszusprechen. Für die meisten von uns brachte das Eingeständnis unserer Liebe eine Menge Schwierigkeiten mit sich.« Leises Lachen kam auf. War irgend etwas einfach? dachte Eve. Man konnte tausendmal ›Ich liebe dich‹ sagen, und wenn irgend etwas wirklich nicht in Ordnung war, änderten die Worte etwas?

»Fein, Charlie. Du sagst einfach ›Ich will dich‹ oder ›Ich liebe dich‹, stimmt's?« sagte Irene mit verschränkten Armen und Beinen. »Ich wünschte, es wäre so einfach. Aber versuch mal intim mit irgendwem zu werden, wenn du zwei Kinder zu Hause hast, die dich keine Minute aus den Augen lassen und denken, ihre Mutter müsse die Jungfrau Maria sein und habe kein Recht an Sex zu *denken*.«

Thema Nummer eins. Eve lächelte. Margo hatte recht: Das Gespräch drehte sich nun nicht mehr um Intimität, sondern um Sex. Sie blickte zu ihr hinüber, und Margo zwinkerte ihr zu. Beide kicherten. Irene wandte sich empört an Eve und keifte: »Also, ich muß schon sagen, Eve, deine Haltung erstaunt mich. Ich finde es keineswegs *komisch*, wenn eine Dreizehnjährige dir Vorwürfe macht, wenn ...«

»Aber nein, nein! Das ist bei Gott nicht komisch. Meine Tochter ist geradezu besessen von meiner Sexualität, seit mein Mann und ich uns trennten. Es fehlt nur noch, daß sie unter meiner Bettdecke nach versteckten Männern sucht. Natürlich würde ich nie mit einem Mann schlafen, wenn sie im Haus ist. Sie braucht Zeit, um sich an den Gedanken zu gewöhnen.«

Einer der Männer, die sie nicht kannte, unterbrach sie sarkastisch: »Nun hört euch das an! Wir müssen die Kleinen wirklich behüten, die so unschuldig sind, nicht wahr? Sie wissen doch nichts vom Leben außer über Drogen, Abtreibung, Gruppensex und darüber, sich vor jeder Verantwortung zu drücken! Diese Unschuldslämmer müssen davor bewahrt werden, daß ihre Mütter etwas über Sexualität wissen könnten.«

Eve fand ihn zu feindselig und vom Thema abweichend und war erstaunt, als Margo ernsthaft auf ihn einging. »Sei mir nicht böse, Lenny, aber ich halte das für einen typisch männlichen Standpunkt. Du unterstellst, Teenager haben keine Probleme, also existieren keine Probleme!«

»Ich muß es wissen, denn ich bin ein besserer Erzieher als meine Frau, pardon, meine Exfrau.«

Und was hatte das mit dem Thema zu tun, dachte Eve, als vier oder fünf Stimmen gleichzeitig Margo oder diesem Lenny

Einwände entgegenbrachten. Eve blickte hinüber zum Diskussionsleiter, dessen Kopf von einer Seite zur anderen flog, in dem vergeblichen Bemühen, alle Einwürfe mitzubekommen, und der offenbar seinen Spaß daran hatte.

In einem Moment relativer Ruhe meinte Eve: »Verzeihung, aber hatten wir nicht vor, über Probleme der Intimität zu diskutieren?«

»Danke, Eve«, sagte Irene, immer noch mit hochrotem Kopf und empörter Stimme. »Wir wollten uns über Intimität unterhalten. Aber die Männer überwiegen in dieser Runde, und wie wir alle wissen, reden Männer nicht gern über Intimität!« Es folgten ein paar Protestrufe, aber die meisten brummten nur, als hätten sie keine Lust, sich diese uralte Geschichte noch mal anzuhören.

»Diskutieren Sie mit *mir* darüber«, sagte Charlie Cates mit lachender Stimme. »Ich spreche darüber. Probieren Sie es aus.«

Lenny dröhnte: »Ja, Irene. Probier ihn aus. Vergiß die Diskussion!«

»Das ist genau, was ich meine«, konterte Irene. »Mach einfach was Sexuelles draus, dann mußt du nicht mehr reden.«

»Augenblick mal«, rief Jim. »Mir scheint, Irene, du warst es doch, die das Gespräch auf Sex brachte.«

»Gar nicht wahr!«

»Doch, das hast du!«

»Es ging nicht direkt um Sex, es war mehr ...«

»Mein Ex hat nie ...«

Alles redete hitzig durcheinander, es war unmöglich durchzukommen oder ein Wort zu verstehen. Eve schlug die Beine übereinander, Margo rollte die Augen zum Himmel und hob resigniert die Schultern.

»Können wir bitte etwas mehr Ruhe haben!« Der Leiter versuchte nun doch das Gespräch zu leiten. »Bitte, meine Damen, meine Damen ...«

»Typisch!« protestierte Irene schrill. »Meine Damen! Es war keine Frau, die die Diskussion unterbrach, sondern so ein männlicher Schlaukopf!«

Einer der Männer, ein untersetzter, olivhäutiger Kerl mit tintenschwarzem Haar und griesgrämigem Gesicht ergriff jetzt das Wort. »Einer muß doch der Stärkere sein und die

Führung übernehmen«, verkündete er in hastiger Redeweise, »und das ist gewöhnlich, nein, immer der Mann. Das liegt in der Natur. Die Natur hat den Mann zum Stärkeren gemacht.«

Unisono johlten die Frauen: »Buuuh!« Unerschütterlich saß er da, ohne die Miene zu verziehen. Er hatte das nicht gesagt, um eine Wirkung zu erzielen, um eine Reaktion zu provozieren. Er war tatsächlich überzeugt davon. O Gott, dachte Eve, es hat sich also im Grunde genommen nichts geändert. Männer müssen *so* sein und Frauen *so*, ungeachtet der Fakten! Ihr Stuhl war hart und unbequem, sie sehnte sich nach einem Schluck Wein, und diese sogenannte Gruppendiskussion war ein Reinfall. Jeder wollte nur von sich sprechen. Wollte irgendeiner *zuhören*? Wollte irgendeiner *nachdenken*? Sie betrachtete die anderen Frauen, und jeder stand die gleiche stumme Botschaft in den Augen: Ist er nicht widerwärtig?

»Natürlich«, sagte sie mit lauter Stimme. »*Natürlich?* Halten Sie es tatsächlich für *natürlich*, daß Männer hart und stark sind und Frauen schwach, hilflos und minderwertig? Sie befinden sich in guter Gesellschaft. Ich denke, beinahe alle Männer hier stimmen mit Ihnen überein – heimlich, wenn nicht offen. Und wenn Sie diese Denkweise und Überzeugung aufrechterhalten und sich eines Tages nach einer Frau umsehen, dann werden Sie feststellen, daß keine mehr da ist.« Die Frauen applaudierten heftig, doch sie winkte unwirsch ab. Nun war sie mittendrin und wollte sich nicht drausbringen lassen. »Seit ich denken kann, wurde von mir – als Frau – erwartet, mich automatisch zu verändern, mich anzupassen, flexibel zu sein und mein Leben auf die Bedürfnisse, Wünsche und Anforderungen irgendwelcher Männer, die grade im Zimmer waren, einzustellen – ob das mein Großvater, meine Brüder, mein Ehemann, meine Söhne waren oder meinetwegen der Staubsaugervertreter! Mein ganzes Leben haben Männer Entscheidungen getroffen und mich netterweise wissen lassen, was sie beschlossen haben. Wissen Sie, wie man so etwas nennt? Das nennt man Sklaverei, und was mich angeht, so habe ich die Schnauze voll davon!«

Sie machte eine Pause, um Luft zu holen. Gleichzeitig wurde ihr bewußt, daß sie alles gesagt hatte, was sie sagen wollte. Margo und Irene lachten, trampelten mit den Füßen und applaudierten wie verrückt, worauf Dave zur Ordnung rufen mußte. »Ich denke«, sagte er feierlich, »somit sind wir wieder beim Thema Intimität angelangt.«

Die Männer lachten; die Frauen nicht. Und dann sagte Paul, Eve direkt in die Augen blickend: »Das war sehr interessant. Aber darf ich dir eine Frage stellen, Eve? Hast du schon mal was von Geben und Nehmen gehört?«

»Das habe ich, Paul. Zwanzig Jahre und länger hieß es für mich Geben und Nehmen: Ich gab, er nahm!«

Eine weitere vernünftige Diskussion war unmöglich geworden. Sie fühlte sich ein wenig unbehaglich, doch wenn alle anderen ihre Probleme auf Charlie Cates' gepflegten Fußboden ausspucken konnten, dann nahm sie sich dieses Recht ebenfalls heraus. Das Ganze hatte nichts mit einer echten Diskussion zu tun. Sie ähnelte verteufelt all ihren Diskussionen mit Ted – man kam ständig vom Thema ab, um dahin zu gelangen, wo er sie haben wollte. Sie stand auf und gab Margo ein Zeichen: Komm, wir gehen.

Aber dann spürte sie, wie sich eine Hand um ihren Oberarm schloß, und als sein Gesicht sich ihrem näherte, spürte sie wieder den Duft seines Eau de Colognes. »Warum so eilig?« murmelte er so leise, daß außer ihr es niemand hören konnte. Sie sah ihn ausdruckslos an. Seine Mundwinkel waren leicht amüsiert nach oben gezogen. »Ich wette, Sie würden zuerst blinzeln«, sagte er, und sie mußte lachen. Wieso sollte sie diesem Charlie Cates widerstehen? Er war ein ausgesprochen netter Mann. Das Lächeln in seinen dunklen Augen gefiel ihr.

»Wer zuerst blinzelt, holt die Drinks.«

Sie wurde mit einem kurzen Lachen belohnt. »Kein Problem, Eve, kein Problem. Bin schon unterwegs«, sagte er.

30

»O Charlie!«

»Warte noch«, sagte er. »Bleib so. Ich möchte dich ansehen.«

»O Charlie«, sie schämte sich ein wenig, so splitternackt in seinem hellerleuchteten Schlafzimmer zu stehen. Doch sie stand still mit eingezogenem Bauch, die Schultern ein wenig nach hinten genommen. Auch sie sah ihn an. Sein Gesicht drückte reine Freude und Entzücken aus – das war ein guter Anfang, dachte sie. Und er war stark erigiert. Auch das war ein gutes Zeichen. Er war überall behaart, sehr braungebrannt, eine Figur wie ein Felsblock, ohne Fettansatz, mit kräftigen Armen und Beinen.

Endlich nahm er sie in die Arme, sie fand nicht viel Geschmack daran, lange angestarrt zu werden. Und wieder kam sie sich etwas linkisch vor, denn er war kleiner als sie. Doch das schien Charlie Cates nicht im geringsten zu stören. Er machte sich daran an, ihrem Hals zu knabbern, die Nackenlinie entlang, mit zärtlichen Bissen, die kleine Schauer ihre Arme entlang jagten. Er setzte sein Spiel fort, sie warf den Kopf zurück mit geschlossenen Augen, genoß das Gefühl, das seine Lippen, seine Zähne und seine Zunge in ihr hervorriefen. Er hatte keine Eile; er genoß, kostete sie, gab kehlige Brummlaute von sich, umfing zärtlich ihre Brüste, streichelte sie, grub sein Gesicht zwischen sie, saugte an ihren Brustwarzen, bis sie selig anschwollen.

Als er vor ihr auf die Knie sank, immer noch ihre Haut küssend, beschleunigte sich ihr Atem; und als seine Hände über die Hüften zu ihren Pobacken glitten und er sie näher zog, löste sich ein Stöhnen aus ihrer Kehle.

Charlie brummte und zog sie noch näher, doch sie nahm seinen Kopf in ihre Hände, hielt ihn fest. »Warte ... warte ...« Die Atemlosigkeit ihrer Stimme erschreckte sie.

Er hörte sofort auf. »Sag es, sag mir, was dir gefällt.«

»Ich ... mir ist schwindelig ... ich kann nicht länger stehen.«

Charlie lachte. Sehr langsam stand er auf, sehr nah an ihr, sein Körper blieb mit dem ihren in Berührung. Dann zog er sie aufs Bett, seine Arme und Beine schlangen sich eng um sie. Er fühlte sich gut an.

Und dann küßte er sie auf den Mund. Er küßte gut, mit festen und doch weichen Lippen. Und sie klammerte sich an ihn, bewegte ihren Kopf von einer Seite zur anderen, um seinen Kuß noch tiefer zu spüren. Jedesmal, wenn er sich ihr entziehen wollte, gab sie einen kleinen Protestlaut von sich und zog seinen Kopf herunter.

Schließlich gab sie seine Lippen frei. Er raunte zärtliche Worte, und sie kicherte: »Mmmm, das war gut.«

»Jaaa. Und nun will ich mich anderen guten Dingen widmen. Du sagst mir einfach, was dir guttut. Ich höre es gern, wenn du schnurrst.«

»O Charlie.«

Es war wunderbar. Alles war wunderbar. Sie lag in seinem überdimensionalen Bett, und er streichelte und liebkoste sie, seine Hände glitten um jede Rundung ihres Körpers. »Herrlich der Schwung der Hüfte ... prachtvoll. Mmmm ... schmeckt sehr gut. Schöne Brüste, wahrhaft schöne Brüste. Schenkel, die Picasso in den Wahnsinn getrieben hätten ... und die Beine, die Füße ...« Dann spürte sie seine Wärme direkt über ihr und öffnete die Lider und schaute direkt in seine glühenden dunklen Augen. »Ich bin froh, daß du geblieben bist, Eve. In der Sekunde, als du hereinkamst, sagte ich zu mir, Charlie, Baby, sieh dir dieses Prachtweib an. Versuch, sie dir nicht entgehen zu lassen.« Eine Hand strich ihre Seite entlang. Er stützte sich auf den Ellbogen, sein Körper lag auf ihr, und sie war sich seines großen Schwanzes sehr bewußt, der an ihrem Schenkel pulsierte. »Ja, ja«, sagte er mit veränderter Stimme: »Hier liegt wahrhaftig ein Prachtweib.«

Und dann drang er in sie, und sie war bereit für ihn. Das Gefühl, ihn in sich zu spüren, war wie eine köstliche, elektrische Energie.

Er war ein bedächtiger, sensibler Liebhaber, er bewegte sich in absichtsvollen Stößen, die jedes ihrer Nervenenden berührten. Bald bestand sie nur noch aus Empfindungen im Zentrum ihres Körpers, eine Empfindung, die wuchs und immer weiter wuchs, hochstieg und über ihr zusammenschwappte, und wieder hochstieg. Es war, als schwebe sie über diesem Gefühl, das in ihr loderte. Sie stöhnte, ohne es zu wissen, wand ihren Körper, stieß ihre Hüften hoch zu ihm. Er wartete auf jede ihrer Bewegungen und erwiderte jedes ihrer unausgesprochenen Verlangen. Und dieses Verlangen hörte nicht auf sich zu steigern. Sie spürte in immer wachsender Erregung, wie er in ihr anschwoll. Bis zu diesem Augenblick war er das Instrument ihrer Lust. Nun besann sie sich des Mannes, der sie in den Armen hielt, nun sollte er durch *sie* seine Lust empfinden. Sie öffnete ihre Augen, sah in sein angespanntes, bärtiges Gesicht, das auf sie herunterlächelte. Dann schloß er die Augen, brummte ein wenig, als seine Bewegungen ekstatischer wurden, er noch tiefer in sie stieß. Sein Atem ging stoßweise. Sie hörte sich flüstern: »Ja, ja, ja«, und dann brach ein lautloser Schrei aus ihm, und er pumpte in sie.

Sie schwitzten beide keuchend, kraftlos. Er entspannte sich weich in ihrer Umarmung, und sie streichelte seinen Rücken, bis sie beide wieder normal atmeten.

»Super«, sagte er, gab ihr einen langen, warmen Kuß und rollte von ihr auf den Rücken. »Das war wundervoll. Ich wußte, wir beide würden Spitze zusammen sein.«

»Wirklich?« Sie richtete sich auf und stopfte sich ein paar Kissen in den Rücken. »Ich nicht.«

»Wie lange bist du geschieden?«

»Gar nicht.«

»Hem?«

»Wir leben getrennt. Es ist erst zwei Monate her, seit ich ...«

Er lachte. »Du mußt nicht so vorsichtig sein. Seit du ihn rausgeworfen hast, stimmt's? Die Frauen tun meistens den ersten Schritt. Wir Männer halten nicht viel von Veränderungen.« Er lachte. »Aber nach zwei Monaten bist du ja noch ein Neuling im wiederentdeckten Leben der Freiheit.«

»Ein solcher Neuling auch wieder nicht.«

»Aha. Immer noch in der Phase, wo man nichts anbrennen läßt!«

»O Charlie!«

»Nein, das ist kein Werturteil. Jeder macht das durch. Man muß herausfinden, ob man noch begehrenswert ist. Klappt es noch? Will man mich noch? Ich erinnere mich gut an die erste Zeit, als Marjorie und ich uns getrennt hatten, und ich plötzlich begriff, daß ich wieder mit Frauen flirten mußte. Ich wußte nicht einmal mehr, wie ich sie ansprechen sollte!«

»Das kann ich kaum glauben.«

»Es ist wahr. Ich verschwendete eine Unmenge Zeit in Galerien und Museen – es heißt nämlich, dort trifft man Klassefrauen. Ich stellte mir vor, ein nettes Mädchen ohne Begleitung anzusprechen, schließlich bin ich Künstler und könnte ihr mit irgendeinem Kunstgeschwafel imponieren. Aber ich schaffte es nicht! Ich war nicht dazu in der Lage. Die

Worte blieben mir im Hals stecken. Was, wenn sie mich nur vernichtend ansieht? Was, wenn sie den Aufseher ruft? Was, wenn sie mich auslacht?«

Eve schmunzelte. »Was wäre denn am schlimmsten gewesen?«

»Na rate mal? Ausgelacht zu werden, natürlich. O Mann, ich habe alles ausprobiert, was man mir auch vorschlug – die Herrenabteilung bei Bloomingdales, der Zoo im Central Park. Nichts klappte. Und dann lud mich ein Bekannter zu einer VS-Party ein – ausgerechnet in Rye.«

»Und dort hast du die richtigen Worte gefunden?«

»Nein, sie. Eine nette, attraktive, sehr lebhafte Frau. Ich hatte mich hinter der Bar verkrochen, unter dem Vorwand zu helfen, und sie kommt auf mich zu und sagt: ›Hallo, sind Sie tatsächlich der Barkeeper?‹ Und ich: ›Nein, eigentlich verstecke ich mich hinter der Bar, weil ich so schüchtern bin‹, und sie: ›Das halte ich für Zeitvergeudung. Warum kommen Sie nicht raus und tanzen mit mir?‹ Also tanzten wir zusammen, und es war richtig nett.« Er holte tief Luft.

»Ja«, trieb Eve ihn an. »Und weiter –?«

»Ja, und dann kam ich richtig männlich und supercool rüber und sagte: ›Äh, hm, ich würde Sie gern anrufen, wenn es Ihnen nichts ausmacht...‹ Und sie meinte: ›Keine schlechte Idee.‹ Wann ich denn die Absicht hätte, sie anzurufen. Ich war verblüfft. Natürlich wollte ich sie anrufen, aber gleich so festgenagelt zu werden! Also druckste ich herum und sagte, spätestens Mittwoch. Und sie grinste mich unverschämt an, schüttelte den Kopf und meinte: ›O nein, Schatz. Wenn Sie daran interessiert sind, *mich* wiederzusehen, dann rufen Sie spätestens morgen an.‹« Charlie machte wieder eine Pause und gluckste in sich hinein. »Rate, wie's weiterging? Ich rief sie noch am selben Abend an und verabredete mich mit ihr für den nächsten Tag. Der Rest ist Geschichte.«

»Wie hieß sie?«

Er lachte. »Kate. Wir entschieden sofort, daß keine ernste Sache draus werden könne, denn sie würde sich strikt weigern, als Kate Cates rumzulaufen.«

»Dann war's also nichts Ernstes?«

»Wo denkst du hin? Du wirst noch feststellen, daß heutzutage kein Mensch wissen möchte, wohin eine Beziehung führt.

Führt sie zu was, ist es okay, führt sie zu nichts, warum darüber reden? Kate und ich hatten ein paar wundervolle Monate zusammen, und dann lernte sie einen Mann kennen, der sie wesentlich mehr interessierte als ich. Sie heiratete ihn und zog nach Toledo, Ohio. Das nenne ich wahre Liebe! Aber Kate war bereits fünf Jahre geschieden, also reif, sich zu verlieben. Ich hingegen war das, was du jetzt bist – ein frisch geschlüpftes Junges, dem das Trauma noch am nassen Gefieder klebte.«

»Merkt man mir das so stark an?« fragte Eve.

»Nein«, er legte seinen Arm um sie. »Eigentlich nicht.«

»Tut mir leid. All meine Freunde haben mir diesen Sommer gesagt, wie egoistisch, kalt und gefühllos ich geworden sei, seit Ted weg ist.«

»Hör mal, Eve, laß dich dadurch nicht aus der Fassung bringen. Deine Freunde sind vermutlich neidisch auf deine Freiheit. Und du befindest dich, wie schon gesagt, in Phase eins. Man kann dich kaum für deine Handlungen verantwortlich machen! Verheiratete Freunde wissen oft nicht, wie schwierig, wie qualvoll eine Trennung ist, völlig egal, ob die Partner die Scheidung herbeigesehnt und einander gehaßt haben. Es ist ein gräßlicher Schmerz, eine Ehe zu beenden. Und ich hasse Leute, die den Mund so voll nehmen, wie leicht man sich heutzutage scheiden läßt. Es ist gar nicht leicht, sondern schmerzhaft und zersetzend. Es müßte ein Gesetz geben, das jedem Partner ein ganzes Jahr nach der Scheidung verbietet, irgendeinen Vertrag zu unterschreiben. Offen gestanden, glaube ich, wir sind alle ein wenig hysterisch. Deshalb hat der Herr uns Scheidungsanwälte geschickt, Evie, Schatz.«

Sie legte den Kopf zurück und lachte. »Was ist los?« fragte Charlie. »Was hab' ich gesagt? Ich möchte es aufschreiben, um es auf der nächsten Dinnerparty zum besten zu geben.«

»Nichts, gar nichts.« Sie schaute auf ihre Armbanduhr, und er sagte: »Ah, ich hasse, wenn du das tust – auf die Uhr sehen, als sei es Zeit zu gehen.«

»Ja, aber es ist so.«

Charlie Cates gluckste tief in seiner Brust und streckte die Hand nach ihr aus. »Das glaubst auch nur du.«

»O Charlie!«

31

»Wir dachten, es würde immer so weitergehen.«

Ein herrlicher Tag für ein Picknick, warm und golden; ein schwer duftender Spätsommertag, und das Laub färbte sich bereits unmerklich rötlich. Um fünf Uhr nachmittags lag die Lichtung im friedlichen Halbschatten. Man hatte bereits genug geschwommen, genug Tennis gespielt, sich ausgetobt und war im Begriff, drei schwere Holztische aneinanderzureihen zur zehnjährigen Feier des Sonntags vor Labor Day, zum Abschiedsbankett und anschließenden Trinkgelage für den scheidenden Sommer.

Ächzend schob Tony Driscoll den letzten Tisch an die anderen und trat einen Schritt zurück. »Das wär's«, verkündete er. »Und nun zum Feuer.«

»Feuer!« warf Roy ein, »Herrgott, Driscoll, es ist erst Viertel vor fünf. Wenn wir grillen wollen, ist es längst runtergebrannt.«

»Quatsch«, sagte Tony. »Es braucht Zeit, bis ein Feuer richtig brennt. Man muß es mindestens eine Stunde brennen lassen.«

»Eine halbe Stunde genügt.«

»He!« Sam Detweiler hörte auf, das Tischtuch glattzustreichen, und hob beschwichtigend die Hand. »Was ist denn los mit euch? Es ist doch völlig egal. Wir bekommen noch alle Magenschmerzen bevor wir einen Bissen im Mund haben, wenn ihr nicht aufhört, euch anzufauchen.«

Shirl flaxte: »Es ist ohnehin ein strittiger Punkt. Wir haben nämlich gar keine Kohle.«

»Scheiße!« rief Tony. »Richtig. Wo zum Teufel ist Eve – und wie heißt er noch?«

Sam warf ihm einen amüsierten Blick zu.

»Du weißt verdammt gut, wie er heißt, Tony. Also hör mit dem Unsinn auf.«

»Es lohnt gar nicht, seinen Namen zu behalten. Nächstes Mal schleppt sie doch wieder einen Neuen an.«

»Tony!« ermahnte Ann. »Das ist unser letztes Wochenende in diesem Sommer.«

»Ach, zum ...! Nächstes Wochenende sind wir wieder hier.

Seit Tagen redest du vom Ende dieses Sommers. Dramatisiere nicht immer alles, Ann. Labor Day ist nicht wirklich das Ende des Sommers. Irgendein Trottel hat den Tag mal dazu ernannt. Aber in Wirklichkeit...«

»Bäh!« Ann streckte ihm die Zunge heraus. »Ich will nichts von Wirklichkeit hören!« Und sie wandte sich wieder ihren Essensvorbereitungen zu.

»Und wir haben immer noch keine Kohle«, murmelte Tony. Shirl lachte wieder. »Eine Katastrophe, Tony! Das bedeutet, wir müssen uns ans Trinken halten.«

»Ich könnte auch einen gebrauchen«, stimmte Roy säuerlich zu und warf einen bedeutungsvollen Blick zum ersten Tisch hinüber, wo Marybeth und ihre Freundin Patty Essiggurken schnitten, die Köpfe zusammensteckten und sich leise unterhielten.

»Ja«, sagte Tony sehr leise, »was ist denn mit eurem Besuch? Ich dachte, sie wollte letzte Woche abreisen.«

»Dachte ich auch«, sagte Roy grimmig und streckte die Hand nach dem geeisten Glas aus, das Shirl ihm reichte. »Gin Tonic?«

»Hauptsächlich ersteres.«

»Gut.« Er nahm einen kräftigen Schluck und lächelte mit einemmal breit. Die Kinder näherten sich, Eis schleckend, Sweatshirts über ihren Badeanzügen, die Haare naß gekämmt und glänzend, schwatzend und lachend und einander herumschubsend. Seine Augen waren auf seine Tochter gerichtet, doch er rief: »Nina!«

Nina lachte zu Johnny Malone hinauf, völlig versunken in seinen Anblick, schien nichts zu hören, bis er ihren Namen dreimal gerufen hatte.

»Jaaa!«

»Wo ist denn deine Mutter?«

Sie zuckte die Schultern. »Woher soll ich das wissen? Mit irgendeinem Kerl...«

»Wir wissen, daß sie mit Charlie zusammen ist«, sagte Sam betont kühl. »Weißt du zufällig, wo sie sind? Oder wann sie vorhat runterzukommen?«

Kerry kicherte. »Sie sind dabei, winzig kleine Tomaten zu füllen; es ist zu komisch. Charlie hat so große Hände und balanciert den Löffel mit den Fingerspitzen.«

»Ach ja«, sagte Nina. »Jetzt fällt's mir ein. Sie sagten, sie kommen etwas später. Er ist ein solcher Klotz!«

»Aber Nina«, sagte Kerry. »Er ist eigentlich ganz nett. Und er hat uns Geld fürs Eis gegeben.«

Wieder zuckte Nina die Schultern. Und im gleichen gelangweilten Ton sagte sie zu Roy: »Da kommen sie ja schon«, und gab den anderen ein Zeichen – Johnny, Kerry, Win. Und wie eine Miniaturarmee marschierten sie im Gleichschritt ab.

Roy sah ihnen nachdenklich hinterher. »Gott sei Dank haben wir Kerry«, sagte er zu niemandem im besonderen. »Wenn ich mir vorstelle, ich hätte es mit dieser Hexe Nina zu tun ...«

»Das ist ungerecht, Roy! Nina hat es sehr schwer momentan. Es ist nicht leicht für sie, sich Eve als sexuelles Wesen vorzustellen.«

Roy errötete und nahm noch einen tiefen Schluck. »Müssen wir uns ständig diesen Sozialarbeiterscheiß anhören?«

»Sam hat recht«, sagte Ann. »Scheidung ist für *keinen* einfach. Und Nina ist sechzehn.« Sie rollte die Augen.

»Kerry ist auch beinahe sechzehn und führt sich nicht so auf.«

Sam grinste ihn an. »Warte nur«, sagte sie dramatisch. »Das kommt noch.«

»Du hattest es zu einfach, Roy«, sagte Ann. »Wenn du vier Jungs gehabt hättest ...«

»Das macht dich noch lange nicht zur Expertin, Ann.«

»Laß das, Cullen«, Tony schaute ihn finster an. »Sprich nicht in diesem Ton mit Ann. Das paßt mir nicht.«

»Wie wundervoll ist es doch, unter wirklich netten, lustigen Menschen zu sein!« Eve balancierte zwei lange, flache Schachteln auf beiden Händen und seufzte gespielt. »Da haben wir uns stundenlang mit den Cherrytomaten abgeschunden, und statt Lobeshymnen und einen großen Drink zu bekommen, liegt ihr Kerle euch in den Haaren!«

»Wir liegen uns nicht in den Haaren«, schnappte Tony, »ich hoffe, du hast an die Kohle gedacht.«

»Hier!« Charlie hob grinsend zwei große Säcke in die Höhe. »Soll ich schon mit dem Feuer anfangen?«

»*Ich* kümmere mich um das Feuer«, brummte Tony und übersah Anns flehenden Blick. Dann lenkte er ein: »Aber Sie können dem Meister bei der Arbeit zusehen«, und lachte.

»Aber vorher brauche ich den großen Drink, von dem Eve gesprochen hat. Wie sieht's damit aus, Detweiler?« Einen Augenblick später hielten alle ein großes Glas in der Hand, sprachen Toasts aus auf die Arbeiterbewegung, die Vereinigten Staaten, den verblichenen John L. Lewis und den Erfinder des Gins...

Den ganzen Tag hatte eine unterschwellige Spannung am Strand geherrscht trotz aller Versuche, nett zu sein. Immer wieder entzündeten sich kleine, spitzfindige Streitereien über Lappalien. Eve fragte sich, ob es an Charlie Cates' Gegenwart lag – sie hatte es sich lange überlegt, ob sie ihn zu diesem Picknick einladen sollte. Charlie war ein netter Kerl, sie war gern mit ihm zusammen, und sie hatte das Recht zu tun, was ihr behagte. Auf alle Fälle besser, als sich in der Dämmerung vom Bademeister bumsen zu lassen! Oder sich mit Pauls Sexualproblemen herumzuschlagen. Oder zu versuchen, irgend etwas aus dem Trümmerhaufen ihrer Ehe zu retten.

Sie war vollkommen fertig mit Ted. Denn sie entdeckte jetzt Seiten an ihm, die ihr bisher unbekannt waren. Kürzlich hatte er aus Maine angerufen. Abgesehen davon, daß er ihr fünf Minuten Vorhaltungen darüber machte, daß sie es gewagt hatte, nicht zu Hause zu sein, als er vorher schon mal anrief. »Wo zum Teufel warst du denn?« fauchte er sie an. Sie sagte ihm, daß ihn das nichts anginge. Und dann sagte er: »Ich sitze hier und rechne alles durch und habe leider schlechte Nachrichten für dich. Wir müssen das Landhaus verkaufen.«

»Was!« schrie sie spitz. »Es ist unser *Haus*. Es ist *mein* Haus. Ich liebe es. Ich will es nicht verkaufen. Es besteht kein Grund, es zu verkaufen. Wovon sprichst du eigentlich?«

Seine Stimme nahm diesen duldsamen Tonfall an.

»Erinnerst du dich, als wir das Vermögen aufteilten? Dabei ging das Haus in Huntsfield an mich, erinnerst du dich?«

»Aber doch nur, weil – na ja, egal. Aber ich habe Einspruchsrecht.«

»Sicher. Das weiß ich sehr gut. Also biete ich es dir zuerst an. Möchtest du es kaufen?«

»Natürlich will ich es kaufen!«

»Hast du zweihunderttausend Dollar, Liebling?«

Ihr Herz schlug sehr schnell. »Du weißt verdammt gut...«

»Okay. Mehr kann ich nicht tun. Das ist vertraglich festgesetzt, und danach richte ich mich.«

»Ted, du bist gemein!«

»Aber, Eve. Ich muß mir eine neue Wohnung kaufen und einrichten. Dazu kommen die Kosten für das College der Jungs, ganz zu schweigen von den Unterhaltskosten für dich und Nina. Ich kann mir das Haus nicht mehr leisten.«

»Das glaube ich dir nicht.«

Er seufzte hörbar. »Glaub es oder nicht. Am 15. September kommt das Schild ›Zu verkaufen‹ dran, wenn du die Summe nicht aufbringst. Ich mache dir ein günstigeres Angebot als anderen Leuten.«

Zwischen zusammengebissenen Zähnen brachte sie ein »Danke« hervor.

»Offen gestanden glaube ich nicht, daß du das Haus erhalten kannst, auch wenn du die Summe aufbringst. Allein die Hypothek –«

Sie glaubte, einen leisen Triumph in seiner Stimme zu hören, als habe er seine stille Freude daran, was er ihr antat. Ihr schönes Haus! Der Gedanke, daß es Fremden gehören sollte, drehte ihr den Magen um. Und er hockte irgendwo in Maine, möglicherweise in den Armen irgendeiner Kellnerin und war beglückt darüber, wieder einmal ihr Leben zu kontrollieren, sie in eine Situation manövriert zu haben, in der sie völlig hilflos war. Er fuhr fort, auf sie einzureden, etwas über Prozente und Kosten und Fakten, und mittendrin legte sie den Hörer auf. Ohne ein Wort zu sagen, ohne ihn zu warnen, legte sie einfach auf. Und diese schlichte Handlung gab ihr das Gefühl, einer Gefahr entronnen zu sein, als sei sie aus dem Gefängnis geflohen. Sie mußte ihm nie wieder zuhören, wenn sie nicht wollte. Sie mußte sich nie mehr unzulänglich fühlen, sie mußte sich nie mehr mit ihm befassen. Der Trennungsvertrag war unterschrieben und die Scheidung nur noch eine Frage der Zeit. Sie war ein freier Mensch. Und dann zerplatzte die Seifenblase der Freude. Nächstes Jahr gab es kein Haus in Huntsfield, keinen Strand, keine Freunde, keine Partys, nichts, und sie war in Tränen ausgebrochen.

Bei der Erinnerung daran wurden ihre Augen wieder feucht, und sie blinzelte rasch. Sie würde *nicht* weinen. Sie hatte genug über Huntsfield geweint. Schließlich war es nur ein Haus. Ihre Freunde – falls sie echte Freunde waren – würden immer ihre Freunde bleiben. Sie lächelte Charlie Cates an und drückte sanft seine Hand. Dann ging sie zu Shirl und seiner improvisierten Bar und hielt ihm ihr Glas entgegen. Während er nachfüllte – viel zuviel Gin –, meinte er: »Charlie scheint ein netter Kerl zu sein.« Er lächelte offen, und sie nickte, nippte an ihrem Drink und blickte in die Runde. Seltsamer Gedanke, im nächsten Jahr nicht mehr hier zu sein. Sie hatten mit diesen Familientreffen angefangen, als die Kinder noch sehr klein waren. Zurückblickend in den Korridor der Zeit schien das Jahr für Jahr so weiterzugehen. Irgendwie stellte man sich nie vor, daß die Kinder einmal diese halberwachsenen Rüpel sein würden und eines Tages ganz aus dem Familienleben verschwanden. Aber es geschah, und die Dinge veränderten sich.

Würde ihr das alles fehlen? fragte sie sich. Ihr erster Panikgedanke, als Ted sie vor die Tatsache stellte, war *mein schönes Haus! Weg!* An die Menschen hatte sie gar nicht gedacht. Sie könnte sie natürlich jederzeit in der Stadt sehen und jederzeit zu Besuch herauskommen. Zu Besuch! Das ließ sie innerlich aufschreien. Nein, das Leben mit der Clique würde sie vermissen und das wundervolle Gefühl der Zugehörigkeit. Aber die Menschen? Nun, Ann und Tony waren ihre Nachbarn in New York und außerdem Freunde von früher. Aber Sam und Shirl? Sie würde sie vermutlich nie mehr wiedersehen; man würde noch ein paarmal miteinander telefonieren. Aber im Grunde genommen waren sie eine Zufallsbekanntschaft, mehr nicht. Eine Sommerromanze. Sams Sozialarbeiter-Antworten, beinahe wie von einem Roboter, waren nicht wirklich nach ihrem Geschmack. Wenn man sich einem Menschen anvertraute, wollte man eine warme, menschliche Antwort, keine berufsmäßig geschulte. Und Marybeth? Zum Lachen die Vorstellung, daß sie in der Außenwelt, der wirklichen Welt, Freundinnen sein könnten. Wie kindisch sie sich mit ihrer Freundin Patty aufführte. Seit diese Person zu Besuch gekommen war und ihn immer wieder verlängerte, war ihr aufgefallen, wie pubertär sie sich benahmen – kindisch in ihren Scherzen, ihrem Gejohle, ihrem albernen Gelächter, wie sie einander ins Wasser jagten, händchenhaltend alte Schullieder sangen. Eve fand es lächerlich und aufgesetzt und mehr als nur ein wenig unhöflich Roy gegenüber.

Roy war so irritiert, er versuchte unter allen Umständen, sich nichts anmerken zu lassen, und versagte so kläglich. Jedesmal, wenn er die beiden beobachtete, verzogen sich seine Lippen säuerlich, als habe er einen schlechten Geschmack im Mund. Er war schrecklich aufmerksam und höflich zu Patty. Mit Eve dagegen trieb er wieder das alte Spiel, tat so, als sei nie etwas zwischen ihnen gewesen, meist ging er sogar soweit, sie einfach zu übersehen. Sie erinnerte sich sehr gut an das erste Wochenende dieses Sommers, wie reizend er damals zu ihr war, als alle über sie hergefallen waren. Wie er sie weggeführt hatte, seinen Arm warm, stark und tröstend um ihre Schulter gelegt. Daß sie mit ihm geschlafen hatte, machte sie offenbar zur *persona non grata*.

»Na, Cullen, laß mal einen Fachmann ran.« Tonys Stimme schallte über den ganzen See. »Du schaffst es doch nie, das Feuer in Gang zu bringen!«

Roy warf die Streichholzschachtel auf die Erde. »Okay, du überheblicher Affe, dann mach den Kram alleine!«

»Mensch, Cullen, das war doch nur Spaß. Verstehst du denn keinen Spaß mehr?«

»Roy!« Marybeth warf ihm einen ihrer warnenden Blicke zu.

Roy hob die Schultern und äffte Tony nach: »Das war doch nur Spaß. Verstehst du denn keinen Spaß mehr, Driscoll?«

»Wie witzig!« murrte Tony und stocherte wild in den Kohlen herum. »Die Hitze ist nicht stark genug.« Er schüttete Spiritus über das Feuer, als würde er einen Feind attackieren.

Die Flammen sprangen hoch, und Ann rief gellend: »Tony! Sei vorsichtig! Das ist doch gefährlich.« Und sie eilte ihm zur Seite. Wie gut sie ihren Mann kannte, dachte Eve amüsiert. Er war dabei, sich in einen seiner Wutanfälle hineinzusteigern.

Und dann tauchten die Kinder von irgendwoher aus den Bäumen auf, näherten sich der mit Steinen umgebenen Feuerstelle und protestierten lautstark. »Widerlicher Gestank!« – »Pfui Teufel!« – »Glaub ja nicht, daß ich etwas esse, das mit diesem chemischen Schrott gegrillt ist!« – »Also Dad, was soll denn das? Du mußt doch richtige Kohle nehmen, nicht diesen künstlichen Scheiß!«

»Verdammt noch mal!« Tonys Schultern versteiften sich, er sprang aus der Hocke hoch und fuhr die Kinder schroff an. »Erstens habe ich die Kohlen nicht gekauft. Zweitens passen mir Leute nicht, die sich vor jeder Arbeit drücken und nur erscheinen, um rumzumeckern. Und drittens, wenn's euch nicht paßt, dann könnt ihr ja verschwinden. Ja, Winfield, ich spreche mit dir. Haut doch ab!«

Ann versuchte ihm beschwichtigend die Hand auf den Arm zu legen, doch er schüttelte sie ab. »Herrgott noch mal, es ist mein Ernst! Klugscheißer!«

Ann ließ ihn stehen und kam zu Eve mit Tränen in den Augen. »Aber Ann. Du kennst doch Tony. Das hat nichts zu bedeuten und ist keine Träne wert.«

»Es ist nicht eigentlich wegen Tony. Es ist nur ... es ist die letzte Party in diesem Sommer, und alle streiten. Nächstes Jahr wollen die Kinder vielleicht gar nicht mehr bei uns sein. Vielleicht bist du mit einem anderen Mann verheiratet – ach, ich wünschte, es wäre nicht so. Gut. Ich sag ja nichts mehr. Sieh mich nicht so an! Aber die Trennung von Ted und dir macht mir die Vergänglichkeit der Dinge so bewußt. Ich dachte, es würde immer so weitergehen.«

In aufwallender Liebe umarmte Eve die Freundin. »Ich mußte grade das gleiche denken.« Dann spürte sie, wie auch ihr Tränen in den Augen brannten. »Ach, Ann, ich weiß gar nicht, wie ich es dir sagen soll.«

»Was denn? *Was?*«

»Nichts Schlimmes. Es ist nur, daß – na ja, wegen der finanziellen Situation verkaufen Ted und ich das Haus.«

Ann Driscoll stieß einen gellenden Schrei aus. »O *nein*!« Sie stampfte mit dem Fuß auf und drehte sich zu den anderen. »Habt ihr das gehört? Sie verkaufen! Ted und Eve verkaufen das Haus. Was sollen wir denn tun?«

Alle redeten protestierend und laut durcheinander. Eve hatte nicht vorgehabt, es ihnen auf diese Weise zu eröffnen. Aber es war geschehen, und der richtige Zeitpunkt wäre wohl nie gekommen.

Sie hob die Arme, bat um Ruhe und war froh zu sehen, daß Charlie auf sie zukam. Er dachte wohl, sie brauche seine Unterstützung. Das war zwar nicht der Fall, aber das konnte er nicht wissen.

»He, Kinder. Fallt nicht alle über mich her! Wir wollten es ja nicht tun. Das könnt ihr glauben. Aber ich habe mit meiner Rechtsanwältin gesprochen, und Ted hat mit sich selbst gesprochen...« Gut, das lockerte die Atmosphäre. – »Nur so können wir uns zwei Stadtwohnungen leisten.«

Shirl meldete sich: »Eve, ihr seid unsere erste Familie! Du kannst uns doch nicht einfach im Stich lassen.«

»Ich komme wieder«, sagte sie leichthin, »ladet mich doch ein!«

»Es wird nie mehr wie früher!« jammerte Ann. »Nie mehr!«

Was war denn in Ann gefahren, ihr die Sache noch schwerer zu machen? Begriff sie denn nicht, wie schmerzhaft es war, das Haus aufzugeben, nach dem sie so lange gesucht hatte, das sie voller Hingabe umgebaut und neu eingerichtet hatte. Sie sollte *mich* trösten, nicht umgekehrt, dachte Eve bitter. Das Gejammer ging ihr auf die Nerven. Sie entschied sich, Ann mit etwas Humor aufzuheitern.

»Logisch wird es nicht wie früher. Wer will denn, daß das Leben immer gleich bleibt, Ann? Ich nicht! Das Gleiche ist langweilig, simpel und blöde. Veränderung ist angesagt!«

»Eve, du bist so hart geworden!«

»Liebes«, sie legte ihren Arm um Anns Schultern, »ich mach doch nur Spaß.«

Ann schniefte. »Nun bist du wieder so herablassend.«

»Nein, das bin ich nicht. Ich versuche dich zu trösten, Ann.«

Ann blieb starr und eigensinnig. »Du kannst mich nicht trösten. Ich fühle mich miserabel! Fremde Leute werden euer Haus kaufen, die vermutlich auch noch erwarten, daß wir freundlich zu ihnen sind. Ich jedenfalls nicht!«

Nun widersprachen alle. »Nun hör aber auf, Ann! Das ist ja lächerlich.« Doch Shirl unterbrach: »Nein, nein, Ann hat recht. Wir hatten nie Außenseiter. Was ist denn, wenn wir uns mit den Neuen nicht verstehen?«

»Das halte ich nicht aus!« Eve blickte von einem zum anderen. »Also nun denkt doch mal nach, erst kamen wir und dann Ann und Tony. Und dann? Erinnerst du dich, Shirl? Du und Sam, ihr wart Fremde für uns. Im nächsten Sommer waren Marybeth und Roy Fremde.« Shirl verzog das Gesicht und hob die Schultern. »Was wollt ihr eigentlich? Daß Ted und ich uns nicht scheiden lassen, damit ihr es nicht mit neuen Leuten zu tun haben müßt?«

»Tja, das wollen sie dir vermutlich sagen, Eve.«

Bevor sie ihn entdeckte, halb verdeckt hinter Zweigen an einem Baum lehnend, erkannte sie die Stimme.

»Na dann«, sagte sie betont zwanglos, gleichzeitig überlegend, wie sie ihm Charlie vorstellen sollte. »Erkläre du es ihnen, Ted.« Sie bebte innerlich vor Zorn. Was zum Teufel hatte er hier zu suchen? Im allgemeinen Gerede und Begrüßungsgelächter fand sie ihre Fassung wieder.

Ted stieß sich vom Baum ab – superlässig – und schlenderte auf sie zu. Sie fühlte, wie Charlie ihr beruhigend auf die Schulter klopfte und dann wegging. Einen Augenblick später stand Ted ihr gegenüber, zu nah für ihr Gefühl. Er legte eine Hand auf ihren Arm in dieser dreisten und intimen Art, die sie zu hassen gelernt hatte.

Leise, so daß niemand sie hören konnte, sagte sie: »Nimm bitte deine Hand von mir, Ted.«

Seine Augen sagten ihr, daß ihn das getroffen hatte, doch er tat, worum sie ihn gebeten hatte, und fuhr fort, sie anzulächeln.

Gepreßt sagte sie: »Was hast du hier zu suchen? Wer hat dich eingeladen?«

»Ich brauche keine Einladung. Ich gehöre zur Clique – ebenso wie du. Wer hat *dich* eingeladen?«

»Mistkerl! Du solltest doch in Maine sein!«

»Ich hatte Sehnsucht nach meinen Freunden.« Sein Ton war angriffslustig, doch das Lächeln klebte ihm wie eine Maske im Gesicht. »Ganz zu schweigen von meiner Frau.«

»Ich bin nicht deine Frau.«

»O doch, das bist du.«

»Ted, hör zu, ich bin mit einem Mann hier.«

»Das habe ich bemerkt. Ziemlich haariger Typ, stimmt's?«

»Ted! Das ist nicht sehr angenehm. Du wußtest genau, wenn du heute hier antanzt, bringst du mich in Verlegenheit. Warum tust du das? Kannst du mich nicht in Ruhe lassen?«

Er grinste sie müde an, strich ihr über die Wange. Sie zuckte wütend zurück, denn er wußte genau, daß jeder sie beobachtete; alles war auf Wirkung bedacht und nichts, weil es der

Wahrheit entsprach. Das war die Geschichte ihrer Ehe. Und nun sollte es wohl auch die Geschichte ihrer Scheidung werden! Und dann sagte er: »Du siehst bezaubernd aus, wenn du wütend bist!« Sie starrte ihn ungläubig an. Glaubte er denn immer noch, sie würde auf seine James-Stewart-Show hereinfallen? Glaubte er immer noch, er könnte einfach das Thema wechseln und die Sache hatte sich?

»Ich habe dich etwas gefragt, Ted. Gibst du mir eine Antwort darauf oder nicht?«

»Was? Ich habe deine Frage vergessen.«

»Ach, scher dich zum Teufel!« Sie wandte sich ab und wollte gehen. Doch er ergriff ihren Arm.

»Wenn es dir so unangenehm und peinlich ist, mich in der Nähe zu wissen, warum gehst *du* dann nicht?«

»Das würde dir so passen, nicht wahr, Ted? Aber wie die Dinge liegen, *bin* ich eingeladen. Und ich habe eine Menge Vorbereitungen getroffen. Es ist also *meine* Party, nicht deine. Schlag dir aus dem Kopf, daß ich verschwinde, weil ich es nicht tun werde. Meine einzige Sorge gilt meinem Freund. Ich möchte nicht, daß du Charlie in Verlegenheit bringst.«

»Dann soll *er* doch gehen.«

»Du machst mich krank.« Sie entriß ihm ihren Arm und ließ ihn stehen. Nein, sie wollte sich von ihm den Tag nicht verderben lassen. Sie war hier mit ihren Freunden und ihrer Tochter. Und ihrem Liebhaber. Sie ging zur Bar und sagte trocken lachend zu Shirl: »Wenn ich je im Leben einen Drink gebraucht habe, dann jetzt.«

Shirls Lächeln schien ihr etwas angestrengt, aber sie war so aufgewühlt, daß sie es nicht klar beurteilen konnte. Wortlos reichte er ihr den Drink, und wortlos ging sie weg. Alle schienen ihre Blicke zu vermeiden, oder bildete sie sich das auch nur ein? Den ganzen Sommer hatten sie sich ihr gegenüber unnatürlich verhalten. Auch egal! Sie wollte die Vorspeisen auf den Platten anrichten, die Charlie und sie so mühevoll zubereitet hatten, und später, wenn sie alle beim Essen saßen, würde sich die Stimmung lockern. Plötzlich stand Charlie neben ihr, schweigend bot sie ihm ihren Drink an, und schweigend trank er. Dieser simple Akt von Kameradschaft erwärmte sie, und plötzlich dachte sie, vielleicht sollte sie lieber mit Charlie allein sein, als hier mit ihren sogenannten

Freunden. Blödsinn! Schließlich war es wirklich, wie Ann sagte, das letzte ihrer gemeinsamen Labor Day Picknicks auf der Lichtung – zumindest für Eve.

Die beiden langen, flachen Schachteln lagen offen auf dem Tisch. »Charlie, hast du sie herausgenommen?«

»Was herausgenommen?«

»Die Vorspeisen und die Tomaten ...« Sie war ganz verdutzt. Ein Blick in die erste Schachtel. Leer. Doch die großen Servierplatten standen noch da, wo die Kinder sie hingestellt hatten. Also wo ...? Sie schaute in die zweite Schachtel. »Nein!« Dort lagen drei einsame Cherrytomaten – und viele Krümel. Voller Panik suchte sie nach den Plastiktüten mit den kraus geschnittenen Karottenscheiben, den Radieschenrosetten und den Gurkenschwänen – ihrer stundenlangen Arbeit. Und da lagen die Tüten zerknittert, leer und achtlos auf die Erde geworfen. *»Nina!«* donnerte sie, selbst erschrocken vom Zorn in ihrer Stimme. »Nina!« brüllte sie noch mal.

»Was *ist* denn?« ertönte Ninas ungeduldig mürrische Stimme.

»Komm hierher. Sofort!«

Sie hörte Kerrys nervöses Flüstern: »Ich habe dir gesagt, daß sie ...« Und Eve wußte, daß sie recht hatte. Diese Teufelskinder!

Nun erschienen sie alle vier, eine verschworene, kleine Schar, sahen sie an und senkten die Köpfe. »Ihr Teufelsbrut«, sagte Eve sehr leise. »Ihr ... ihr ... ich kann nicht glauben, was ihr da angerichtet habt ...«

»Entschuldige ...«, fing Kerry an.

Nina unterbrach. »Was ist denn schon dabei? Sie waren doch zum Essen bestimmt, oder etwa nicht?«

Eves Herz hämmerte wie verrückt. »Weißt du, wie viele Stunden ich daran gesessen habe? Hat mir einer von euch dabei geholfen? Diese winzigen Tomaten eine nach der anderen zu füllen? All das Gemüse vorzubereiten und zu schnipseln? Ich bin bis zwei Uhr letzte Nacht aufgeblieben! Wie könnt ihr es wagen? Ihr habt sie einfach aufgefressen!« Ihre Stimme schwoll immer mehr an.

»Eve! Eve!« versuchte Charlie sie zu beruhigen. »Es ist nun mal passiert. Kein Grund, dich so aufzuregen.«

»Aber ich habe das alles für meine *Freunde* gemacht, verdammt noch mal. Es war mein Beitrag für dieses Picknick. Du verstehst das nicht, Charlie. Sie sind meine alten Freunde. Wir veranstalten dieses Picknick seit Jahren! Es ist so was wie eine geheiligte Tradition. Und wir haben uns solche Mühe gegeben, und dann kommen diese Kinder, egoistisch und dumm und rücksichtslos, die an nichts denken – an *nichts*! und schlagen sich die Bäuche damit voll!«

Sie starrte auf die vier halbwüchsigen Kinder, von denen drei die Köpfe gesenkt hielten und ihre nackten Füße studierten. Nur Nina reckte das Kinn vor und hielt ihrem Blick stand. Plötzlich war ihr alles zuviel. Sie hatten alles verdorben, alles kaputtgemacht, die gierigen kleinen Bestien. »Verfressenes Pack, das seid ihr alle!« schleuderte sie ihnen entgegen und hörte ein allgemeines, mißbilligendes Raunen hinter sich. »Geht mir aus den Augen, bevor ich euch alle Knochen breche.«

Drei drehten sich um und machten sich davon. Doch Nina blieb, wo sie war. »Spitze!« sagte sie mit hochmütiger Verachtung. »Wir wollten sowieso lieber Pizza essen. Die Tomaten schmeckten langweilig.« Und dann rannte sie den anderen hinterher.

Eve nahm die Worte ihrer Freunde wie durch Watte wahr, die ihr vorwarfen, sie sei zu erregt, überreizt und habe die Kinder zu scharf angefaßt. Sie hörte eine Weile zu, ließ das Geräusch über sich ergehen, achtete nicht auf das, was sie sagten. Sie fühlte sich total erschöpft, ausgelaugt und gelangweilt. Schließlich wandte sie sich an Charlie Cates. »Komm, wir gehen.«

Charlie wirkte verwirrt. »Aber, Eve, beruhige dich doch. Zugegeben, es ist ärgerlich. Aber es gibt genug zu essen. Es ist doch dein letztes Picknick. Komm, laß dir den Spaß nicht verderben.«

Sie machte einen tiefen Atemzug, der in der Brust schmerzte. »Nein. Bleib, wenn du willst. Ich habe genug. Ich gehe.«

32

»Du fährst zu schnell!«

Der Ford Lieferwagen nahm die Kurve am Cemetery Hill mit 75 Meilen in der Stunde. Einen grauenvollen Augenblick lang hatten nur die beiden rechten Reifen Straßenberührung, doch dann richtete sich der Wagen schlingernd hoch und kam mit einem dumpfen Aufschlag wieder mit allen vieren auf den Asphalt, raste quietschend und kreischend, wie aus Protest, in jede aufeinanderfolgende Kurve die Bergstraße hinunter.

Auf der offenen Ladefläche krallten der Junge und das Mädchen sich an den Seitenwänden fest, inmitten des Getöses leerer Bierdosen, die von einer Seite zur anderen rollten, hochhüpften, aneinanderschlugen und einen Höllenlärm verursachten. Beide schrien: »Johnny! Johnny! Hör auf. Du fährst zu schnell!« Doch der Fahrtwind schlug ihnen die Worte ins Gesicht zurück. Der Fahrer, vor sich nur ein kurzes Stück der kurvigen, schmalen Straße im Kegel der Scheinwerfer, verminderte das Tempo nicht. Er lachte, grölte Bruchstücke eines Liedes und saugte an einer Bierdose. Das Mädchen auf dem Beifahrersitz neben ihm klammerte sich an seinen Schenkel, aufrecht sitzend, mit vor Erregung funkelnden Augen. Er hielt ihr die Bierdose hin, drehte den Kopf und lachte sie an. Erst dann schrie sie: »Um Himmels willen, schau auf die Straße!« Erst dann hörte sie auf zu lächeln. Der Fahrer lachte wieder, wandte sich jedoch der Straße zu.

Zu spät.

33

»Ich war eine furchtbar schlechte Mutter in diesem Sommer . . .!«

Eve kämpfte sich aus dem Schlaf, kuschelte sich dabei näher an Charlies Rücken. Es mußte Nacht sein, der Stille nach zu schließen, und sie driftete wieder ins Nichts.

Und dann hörte sie es – diesmal hörte sie es deutlich. Das

Klopfen an der Tür unten. Diese Nina! Sie wußte, der Schlüssel lag im Blumentopf. Und dann begriff sie, daß eine Männerstimme ihren Namen rief. »Mrs. Soloway! Mrs. Soloway! Sind Sie zu Hause?« Und plötzlich war sie entsetzlich wach, saß kerzengerade im Bett, Schweiß brach ihr aus allen Poren. Sie kannte die Stimme von Dwight Forrest, dem Polizeibeamten, und wenn er an ihre Tür klopfte um – sie warf einen Blick auf die Uhr – drei Uhr morgens ... »O mein Gott«, murmelte sie tonlos.

Charlie wälzte sich herum und stützte sich auf einen Ellenbogen. »Was ist los?« fragte er verschlafen. »Schlecht geträumt? Komm in meine Arme.«

»Das ist kein Traum«, sagte Eve schroff. »Die Polizei ist da. Es ist was passiert.« Während sie sprach, sprang sie aus dem Bett, tastete im Dunkel nach ihrem Morgenrock, warf ihn im Hinausgehen über und rief: »Ich komme!«

Mit fliegendem Puls rannte sie die Treppe hinunter, warf vorher einen kurzen Blick in Ninas Zimmer. Das leere Bett brachte ihr Herz beinahe zum Stillstand.

Sie schlug sich das Schienbein an einem der Eßzimmerstühle an, schob ihn fluchend weg. Erst dann machte sie in der Küche Licht und drehte den Außenlichtschalter an. Ja, es war Dwight Forrest – sie hatte nicht geträumt –, sein sorgenvolles, sommersprossiges Gesicht eingerahmt von der Fliegengittertür. Er hielt seine Mütze in der Hand. Eve konzentrierte ihren Blick auf diese Schirmmütze, als verkörpere sie das Leben.

Sie öffnete die Tür, er trat einen Schritt vor, nahm sie beim Arm und sagte: »Es ist alles in Ordnung, Mrs. Soloway. Nina ist nicht schwer verletzt. Bitte, fallen Sie nicht in Ohnmacht!«

Erneut bracht ihr Schweiß aus allen Poren. Gott sei Dank. Gott sei Dank, dachte sie. »Sind Sie sicher?«

»Ganz sicher, Madam. Hab' selbst mit ihr gesprochen.«

»Was ist passiert? Wo ist sie?«

»In der Huntsfield-Klinik. Sie wird genau untersucht.«

»Was ist passiert?«

»Unfall. Der Lieferwagen hat sich überschlagen.«

»O mein Gott!« Es erschien ihr unwirklich – die dunkle, mondlose Nacht; seine sachliche, knappe Art, wie er dastand, aufrecht und ungerührt; der Mann oben in ihrem Bett, nicht ihr Ehemann, nicht Ninas Vater; der Wind, der sie frösteln machte. »Ich muß zu ihr. O Gott, wo hab' ich bloß die Wagenschlüssel?«

»Soll ich Ihnen suchen helfen?«

»Nein, nein, danke, Officer. Danke. Ich muß was anziehen und in die Klinik fahren. Danke.« Sie stand da, zerrte den Morgenmantel fest um sich, schwankend. Er trat schnell vor und stützte sie.

Hinter ihr fragte Charlie Cates: »Was ist los, Eve? Officer, was ist passiert?«

»Es ist nicht schlimm, Sir. Nina hat nur ein paar Beulen, weiter nichts.«

»Der Wagen hat sich überschlagen«, sagte Eve, und zum Polizisten gewandt: »Sind Sie sicher? Sie kennen doch Nina, nicht wahr?«

»Ja, Madam. Ich kenne Nina gut. Ich kenne sie alle, die Kinder.«

»O mein Gott! Die anderen! Wie geht's den anderen? Ich muß Ann und Tony anrufen.« Sie schüttelte seine Hand ab. »War Win Driscoll auch dabei?«

»Ja, Madam. Win ist auch nicht ernstlich verletzt. Ich war schon bei den anderen Familien.«

»Kerry!« sagte Eve mit einem leeren Gefühl im Magen.

Der junge Polizist blieb unbeweglich, doch das kleine Flackern in seinen Augen sagte es ihr, bevor seine Worte es konnten. »Ja, Madam. Kerry Cullen hat es böse erwischt.«

»Sagen Sie mir die Wahrheit, Dwight. *Wie* böse?«

»Böse. Ihre Eltern sind schon unterwegs...«

Irgendwo im Hintergrund ihres Kopfes registrierte sie, daß Charlie Cates seine Hände um ihre Schultern gelegt hatte, daß er sie aufrecht hielt. Es war ein Alptraum. Es konnte nicht die Wirklichkeit sein. Es war das Labor Day-Wochenende, ihr letztes Wochenende in Huntsfield. Die Kinder konnten nicht verletzt in der Klinik liegen. Und doch war es so. Sie mußte sich bewegen. Warum war sie so erstarrt, gelähmt, unfähig nach oben zu gehen und sich anzuziehen?

»Ich muß gehen«, sagte sie verzweifelt. »Ich muß gehen! Dieser verrückte Johnny! Ich *wußte* es! Ich wußte, er bringt sie alle in Schwierigkeiten. Ich habe es Nina tausendmal gesagt. Er fährt einfach zu schnell.« Und dann schwieg sie. Sie sah ihn an, ihr Mund war trocken. »Er ist tot, nicht wahr? Johnny ist tot.« Ohne die Antwort abzuwarten drehte sie sich um, plötzlich vollkommen wach und vollkommen klar, und ging zur Treppe.

Tot. O nein! So jung, so viel vor sich. Und es hätte Nina sein können. Wie leicht hätte es Nina sein können! Sie hatte sie den ganzen Sommer über zusammen in diesem Lieferwagen gesehen, so nah neben ihm sitzen, viel zu nah. Armer Johnny! Und es hätte Nina sein können. So nah ... ihr Kind, so nah dem Tod! Weiß sie es bereits? Wie furchtbar für sie! »Nina!« stöhnte sie laut, zog irgendeine Hose an, griff sich ein Sweatshirt, suchte nach flachen Schuhen, Tränen strömten ihr übers Gesicht. Schluchzen, das sich nicht befreien konnte, schmerzte in ihrer Brust.

Sie rannte die Treppe hinunter. Der Polizist war weg.

»Ich habe ihn weggeschickt«, sagte Charlie, ohne ihre Frage abzuwarten. »Dein Mann ist bereits in die Klinik gefahren, sagte er.«

»Dann muß ich mich beeilen. Wo sind meine Wagenschlüssel?«

»Ich fahr dich.«

»Nein, nein. Ich muß alleine fahren.«

Seine Stimme war ruhig und geduldig. »Ich weiß, daß du dort allein sein mußt, Eve. Ich bringe dich nur hin. Und wenn du nach Hause willst, ruf mich bitte an.«

Sie schüttelte den Kopf, wischte sich die Tränen mit dem Handrücken ab. »Nein, es ist nicht deine Familie. Du fährst nach Hause, Charlie.«

»Davon kann keine Rede sein. Ich bleibe hier. Hörst du mir zu?« Sie nickte. »Gut. Ich bleibe nur so lange, um dich wieder nach Hause zu bringen, okay?«

Im Wagen sprach sie es laut aus. »Sie hätte sterben können. Sie saß immer so nah neben ihm, und *er* ist gestorben. Sie könnte tot sein, Charlie, und wir haben uns heute gestritten. Sie hätte sterben können, immer noch wütend auf mich!« Dann brach das Schluchzen aus ihr heraus. Sie vergrub den Kopf in den Händen und ließ endlich alles heraus.

»Ich war eine furchtbar schlechte Mutter in diesem Sommer ... furchtbar. Sie könnte tot sein, und es ist alles meine Schuld!«

34

»Jeder, der hier hereinkommt, ist ein Notfall.«

Eve riß die schweren Glastüren auf, NOT-AUFNAHME stand getrennt in großen, schwarzen Lettern auf jedem Flügel, und stürmte in den Warteraum. Sie blinzelte. Die Lichter waren sehr hell, und der Fußboden glänzte wie Lack. Warum mußten Kliniken so sachlich, so kalt sein? Hinter einem großen Empfangspult saß eine Krankenschwester über Papiere gebeugt. Sie hob nicht einmal den Kopf, saß da wie eine Wachsfigur.

»Ich möchte zu Nina Soloway!«

Teilnahmslos hob die Schwester langsam den Kopf. »Ihr Name?«

»Soloway, was denn sonst. Ich bin ihre Mutter.«

»Wer ist der behandelnde Arzt der Patientin?«

»Es war ein Unfall. Verdammt noch mal. Sie ist verletzt und erst sechzehn und ganz allein. Ich muß sie sehen!«

»Beruhigen Sie sich. Buchstabieren Sie bitte Ihren Familiennamen.«

»Schwester, Sie scheinen nicht zu verstehen. Es handelt sich um einen Notfall!«

»Jeder, der hier hereinkommt, ist ein Notfall. Madam. Mich anzuschreien führt zu nichts.«

»Ich schreie nicht. Entschuldigung. Ich muß wissen, wie es ihr geht. Sie verstehen nicht. Der Polizist hat mich grade aus dem Schlaf geholt, um mir zu sagen, daß sie hier ist. Ich habe mir nicht mal Zeit genommen, die Haare zu kämmen.«

»Ich werde nachsehen, wo die Patientin liegt. Wenn Sie bitte dort drüben warten wollen.«

»Sie sprechen von meinem *Kind*, zum Teufel, nicht von einer *Patientin*! Meine Tochter!«

Nein, sie würde vor dieser Kreatur, diesem gefühllosen Monster nicht die Fassung verlieren, die nun gelassen den Telefonhörer aufnahm und so leise sprach, daß sie kein Wort verstehen konnte.

Sie wandte ihr hübsches, leeres Gesicht wieder Eve zu und sagte sachlich: »Sie wurde geröntgt. Der Arzt kommt sofort und wird Ihnen sagen, wann Sie zu ihr können.«

»Ist sie bei Bewußtsein? Kann sie sprechen? Ist sie in Ordnung?«

»Der Arzt wird Ihnen genaue Auskunft geben.«

Eve stand eine Weile schwer keuchend da, kämpfte ihren Impuls nieder, dieses Gesicht zu schlagen, diese unendlich gelassene Miene wegzuwischen, damit sie eine menschliche Regung zeigte. Und plötzlich war ihr Zorn verflogen, es blieb nur ein leeres Übelkeitsgefühl. Sie wandte sich ab.

Und dann sah sie die kleine Gruppe am anderen Ende des Warteraums, die wie eine gestellte Szene aus einem Theaterstück wirkte. Marybeth zusammengesunken auf der Kante einer orangeroten Plastikbank, ihre pinkfarbene Hose in häßlichem Kontrast. Neben ihr, den Arm um ihre Schultern, den Kopf zu ihr geneigt, ihre Schulfreundin Patty. Marybeths Hände bewegten zwanghaft die schwarzen und silbernen Perlen des Rosenkranzes. Abseits stand Roy, groß und wuchtig und trostlos, sein Haar leuchtete weiß im hellen Licht. Die Hände in den Taschen vergraben starrte er ins Schwarze hinter dem Fenster. Als sie sich ihnen näherte, hörte sie das leise Klicken der Perlen und Marybeths krampfhaftes, schnelles Schluchzen.

Um die Frauen schien ein geschlossener Kreis zu sein. Sie nahmen keine Notiz von ihr, ebensowenig wie Roy. Sie ging zu ihm und legte eine sanfte Hand auf seinen Arm.

Er zuckte zusammen und fuhr herum. In sein gemeißeltes Gesicht hatten sich tiefe Falten gegraben, die Augen waren rot gerändert, und auf seinen Wangen lag der blaue Schatten des Bartes.

Ohne Vorrede sagte er: »Eve! Warum dürfen wir nicht zu Kerry? Warum sagt man uns nicht, was los ist? Der Assistenzarzt meinte, sie wissen nicht, ob sie durchkommt!« Seine Stimme bebte und erstarb. Mühsam rang er nach Fassung. »Warum dürfen wir nicht zu unserem Kind?«

»Sie tun alles, was sie können«, tröstete Eve. »Es dauert, und wenn man wartet, erscheint es einem eine Ewigkeit.«

»O Gott! Laß sie nicht sterben!« stöhnte Roy. »Sie darf nicht sterben. Sie ist doch noch ein Kind, ein Baby!«

»Sie tun alles, was in ihrer Macht steht. Das tun sie.« Sagte sie das Richtige? Gab es überhaupt etwas Richtiges zu sagen? Konnte er sie überhaupt hören? Vermutlich nicht. Er redete weiter, als habe sie nicht gesprochen. »Sie wurde von der Ladefläche geschleudert. Ich kann es nicht glauben. Sie war immer so vorsichtig... du kennst Kerry, Eve. Sie ist ein so braves Kind, so verantwortungsvoll... einfach rausgeschleudert! Jesus, sie haben sie gefunden...«

Seine Stimme war tränenerstickt. Er räusperte, blinzelte heftig und wandte sich ab. »Sie lag neben der Straße, als man sie fand, ein Häufchen, ganz zerknittert...«

Marybeths Stimme war für Eve fast wie ein Schock. Sie hatte beinahe vergessen, daß sie da war. »Im Namen Gottes, sei bitte still, Roy.«

»Ich muß darüber sprechen. Ich halt es sonst nicht aus.« Tränen liefen ihm übers Gesicht, und er machte keinen Versuch, sie zurückzuhalten oder wegzuwischen. »Wir müssen uns der Wahrheit stellen.«

»Ich will die Wahrheit nicht hören. Ich will sie nicht wissen. Ich halte es nicht aus. Mein Gott, ich bin Kerrys *Mutter*...«

»Sie ist auch mein Kind, Marybeth. Sie ist alles, was ich habe.«

Dann kam Pattys kühle Stimme: »Aber, aber, Roy. Sie haben Marybeth. Sie haben Ihre Frau.«

Er blickte einen kurzen Moment auf die zwei aneinandergeschmiegten Frauen, ächzte und wandte sich ab.

Marybeth murmelte gerade so laut, daß man sie hören konnte: »Er hat sich immer von mir abgewandt...«

Und Patty raunte leise einen Schwall tröstlicher Worte: »Schsch... sobald du Kerry gesehen hast, gehen wir nach Hause. Ich mache dir eine schöne Wärmflasche. Und du wirst schlafen wie ein Baby. Es wird alles wieder gut...«

Gereizt sagte Marybeth: »Nach Hause! Ich will nie wieder dorthin zurück. Ich will dieses Haus nicht mehr sehen!«

Roy drehte sich entsetzt um. »Das kannst du nicht sagen!«

Patty hob eine Hand, straffte den Rücken mit einem Gesicht, daß Eve sie sich ohne weiteres in Nonnentracht vorstellen konnte – streng, aber freundlich und nicht von dieser Welt. »Dies ist wohl nicht der richtige Augenblick... Marybeth, mach dir keine Sorgen. Wenn du bei Kerry bist, lauf ich schnell und pack ein paar Sachen und bestelle euch beide für heute nacht ein Zimmer im Huntsfield Inn... oder wie lange du willst. Du mußt nicht zurück in dieses Haus«, und mit einem bedeutungsvollen Blick auf Roy, »dein Mann versteht deine Gefühle ...«

Roy sagte mit verschlossenem Gesicht: »Das Haus ist voller glücklicher Erinnerungen. Es sollte ein Trost sein. Ich brauche das Huntsfield Inn nicht, oder einen anderen fremden Ort!«

»Siehst du, Patty? Es ist ihm egal, wie ich mich fühle! Ich will ihn nicht! Bleib du bei mir heute nacht! Es ist sowieso alles seine Schuld. Er hat ihr alles durchgehen lassen, hat sie verwöhnt, sie herumziehen lassen. Nun sieht man ja, was dabei rauskommt. Jetzt ist es passiert. *Du* bleibst bei mir, Patty. *Du* verstehst mich.«

Eve hörte diese Worte mit klopfendem Herzen. Kerry liegt im Sterben, dachte sie. Und sie wissen es alle. Niemand sagt es, aber alle wissen es. Ein schreckliches Gefühl kroch aus ihrer Magengegend. Sagten sie ihr die Wahrheit über Nina? Lag Nina irgendwo in diesem Krankenhaus, und langsam wich das Leben aus ihr? Und eine Woge heller Panik schwappte über ihr zusammen. Eine Sekunde glaubte sie, ertrinken zu müssen, keine Luft mehr zu bekommen. Ein plötzliches, lebhaftes Erinnerungsbild stand vor ihr. Sie hielt Nina als Baby in den Armen, kaum vier Monate alt, so klein, weich und seidig, das runde Gesicht vertrauensvoll zu ihr hochgehoben. Sie hielt das nackte Baby Nina an ihren nackten Brüsten unter der Dusche, hörte das kleine Glucksen des Kindes, als das Wasser es sanft berieselte, sah das zahnlose Lächeln in schierem Entzücken. Sie waren beide voller Seifenschaum, und sie drehte sich langsam unter der Dusche, um den Schaum abzuspülen, das glücklich gurgelnde Baby im Arm. Glück. Damals war ungetrübtes, reines Glück für sie beide noch möglich, als ihr Entzücken füreinander absolut und total war. Glück und Liebe, ewige Liebe, die eine Frau nur für ihr Kind empfindet.

Sie mußte ihre Tochter sehen und sie in die Arme nehmen. Welche Verwirrung dieser Sommer war. Welcher Irrweg. Sie hatte sich beinahe auch von ihrem Kind getrennt, als sie sich von ihrem Mann trennte.

Ohne nachzudenken drehte sie sich zu Roy und breitete die Arme für ihn aus, der unbeholfen und trostlos dastand. Ohne ein Wort hielt er sie fest, vergrub den Kopf in ihrem Nacken, von Schluchzen geschüttelt. Erstickte, häßliche Laute entrissen sich seiner Kehle. Er war so groß, so massiv und stark; doch für sie war er kaum anders als ein kleines Kind. Es war etwas so Hilfloses, so Bedürftiges an ihm.

Hinter ihrem Rücken hörte Eve eine vorsichtige Stimme, und sie wandte den Kopf. Ja, es war eine Krankenschwester. Um sie zu holen? Aber sie sagte, Mr. und Mrs. Cullen möchten mit ihr kommen.

»Wie geht es ihr?« Roy und Marybeth sprachen gemeinsam und sahen sich erschrocken an.

Die Krankenschwester, eine ältere, füllige Frau mit sanftem Gesicht wiederholte nur: »Würden Sie jetzt bitte mit mir kommen.« Und zu Patty gewandt: »Tut mir leid, Madam. Warten Sie bitte.« Und dann sagte sie zu den graugesichtigen Eltern: »Ich werde Vater McCarthy rufen, wenn nicht ein anderer Priester Dienst hat...« Und dann verschwand die Stimme zusammen mit den drei Gestalten hinter den Schwingtüren.

Aus Pattys ohnehin bleichem Gesicht war alle Farbe gewichen, die Sommersprossen auf ihren Wangenknochen stachen dunkelbraun hervor. Sie begann zu beten, ihre Hände bewegten sich rastlos den Rosenkranz entlang, ihre Augen waren weit und blind. Eve stand stocksteif. Kerry lag im Sterben, wirklich im Sterben... vielleicht war sie bereits... gegangen. Sie schloß die Augen, zwang sich, aufrecht stehen zu bleiben, verkrallte die Hände ineinander, ihr Verstand wiederholte mechanisch, bitte, bitte, laß Nina es durchstehen. Bitte, bitte...

Anns Stimme weckte sie. »Eve! Bist du in Ordnung?«

»Ann!« Sie umarmten sich, tätschelten einander den Rükken. »Ich bin froh, daß du da bist. Es tut gut, dich zu sehen!« Sie hob den Kopf, lächelte schwach. »Wie geht's Win? Ist er in Ordnung?«

»Ja, Gott sei Dank. Sie behalten ihn über Nacht hier. Er ist voller blauer Flecken, das arme Kind, und hat eine Schulter verbunden wegen eines Schlüsselbeinbruchs, aber er hatte Hunger.«

Beide lächelten schwach, und Eve drückte die Hand der Freundin.

»Ich habe noch gar nicht...«, fing sie an, als Ted um die Ecke gebogen kam. »Entschuldige mich«, und lief auf ihn zu.

»Ted, Ted. Sie sagen mir, daß Nina...«

Er runzelte die Stirn. »Wo zum Teufel warst du?«

Sie war verblüfft. »He? Was heißt das? Ich warte hier seit einer Viertelstunde... und die Schwester...«

»Ich war die ganze Zeit bei Nina, sie fragt nach dir, will wissen, wo du bist.«

»Ted! Hör auf, mir Vorhaltungen zu machen! Ich bin sofort gekommen, als der Polizist mich geweckt hat! Mein Gott, was ist los mit dir? Die Schwester ließ mich nicht rein. Sie sagte, ich solle hier warten. Verdammt noch mal, niemand sagte mir, ich kann zu ihr.«

»Tja! *Mir* hat das auch niemand gesagt. Ich habe sie einfach gesucht.«

Der Zorn stieg bitter in ihr hoch. Zorn war in letzter Zeit ihre einzige Reaktion auf Ted. Sie zwang sich zur Ruhe. Dies war nicht der Zeitpunkt für einen Streit. Seufzend sagte sie so ruhig sie es vermochte: »Lassen wir das. Sag mir nur, wo sie ist.«

»Du hättest längst bei ihr sein sollen. Du hättest ja fragen können...«

Sie breitete die Arme aus in einer Geste der Friedfertigkeit. »Gut, Ted. Ich bin lausig und inkompetent und unfähig und hoffnungslos. Alles, was du willst. Aber nun sag mir, wo meine Tochter ist.«

»Ich komme mit dir.«

Verdammt. Sie wäre lieber alleine mit Nina gewesen, wenigstens für ein paar Minuten. Doch es lagen Jahre vor ihr, in denen sie mit Nina allein sein konnte, in denen sie ihre Tochter ihre Gefühle wissen lassen konnte. Sie sah Ann und Tony vor sich, die einander wie zwei Kinder an der Hand hielten, leise miteinander redeten, die Augen fest in den Augen des anderen. Eine Gemeinschaft, ein Team. Sie gehörten zueinander, trugen ihre Sorge gemeinsam. Zwei Erwachsene konnten unmöglich immer und in allem völlig übereinstimmen. Aber in einer guten Ehe wurde in schweren Zeiten, in Krisensituationen – welcher Art auch immer – das Erlebte geteilt. Wie anders im Falle von Eve und Ted. Kaum einen Sommer getrennt – und was war geschehen. Alle Täuschungsmanöver, alle Masken waren gefallen und es war klar, daß sie keine echte Beziehung zueinander hatten – nie eine zueinander gehabt hatten. Ihre Tochter hatte einen Unfall, und in einem Film oder einem Roman wären sie einander in die Arme gesunken, durch das gemeinsame Leid enger miteinander verbunden. Statt dessen kam er ihr mit Beschuldigungen und Vorwürfen, mit dem Ziel, sich als guten Menschen hinzustellen.

Und sie? Sie fühlte nicht einmal Dankbarkeit, daß er für Nina da war, daß er sie indirekt hatte wissen lassen, daß Nina nicht schwer verletzt war. War es nicht seltsam, fragte sie sich, daß seine ersten Worte keine Worte der Beruhigung waren? Warum hatte er nicht gesagt: »Nina geht es gut« oder »Nina schläft«, oder irgend etwas in dieser Art.

Sie mußte unbedingt zu ihrer Tochter. Sie brauchte ihr Kind. Sie drehte sich einfach um und ging. Einen Augenblick später hatte er sie eingeholt. »Warte doch, Eve. Du weißt gar nicht, wohin du gehst.«

»Ich weiß zwar nicht ihre Zimmernummer, aber ich weiß, wohin ich gehe.«

Er warf ihr einen scharfen Blick zu und sagte: »Siebenundzwanzig.«

Zimmer 27 war winzig, die Wände in freundlichem Gelb gestrichen, mit Chintzvorhängen und nur einem Besucherstuhl, den Ted sofort in Beschlag nahm. Eve sah gequält, wie Nina dalag, so klein und hilflos; ihr bleiches Gesicht, ein Bluterguß am Auge, beide Arme, vom Handgelenk bis zum Ellenbogen verbunden, lagen nebeneinander auf der Bettdecke.

Eve nahm eine schwache, kleine Hand in ihre, und Nina bewegte sich. Ohne die Augen zu öffnen sagte sie: »Daddy!«

»Hier ist Mami, Baby. Daddy ist auch da.«

Die Augen öffneten sich langsam, mit Anstrengung. »Daddy«, wisperte sie wieder, obgleich sie Eve ansah.

»Hier bin ich, Liebling. Mach dir keine Sorgen.«

Die Augen schlossen sich wieder, Tränen quollen unter den Lidern hervor. »O mein Gott! Er ist tot! Johnny ist tot!« wimmerte sie so kläglich, daß Eve schauderte. »Daddy! Er ist tot.«

»Schsch, Baby«, sagte Eve, die Hand ihres Kindes umklammernd. »Denk jetzt nicht daran. Versuche zu schlafen.«

»Ich will nicht... er ist tot! Nein! Ich halte es nicht aus.«

Verzweifelt dachte Eve, wie wird sie es aufnehmen, wenn sie von Kerry erfährt? Das Mitgefühl zerriß ihr das Herz. Nina war zu jung, um so großes Leid zu erfahren.

Ninas Augen blieben geschlossen, ihr Körper wand sich unter den Laken, sie warf vor Schmerz den Kopf von einer Seite zur anderen.

»Ich hab's versucht... ich wollte ihn rausziehen... er war hinter dem Lenkrad eingezwängt... es war so grauenhaft. Ich habe gezogen und gezogen, und dann wurde es so heiß und meine Arme waren verbrannt. Er sagte nichts. Er versuchte nicht, rauszukommen. Ich habe immer wieder geschrien: ›Johnny, hilf mir! Ich schaff es nicht allein.‹ Ich hab's nicht geschafft... Er ist tot. Daddy, er ist tot...« Und dieses schreckliche Wimmern kam wieder aus ihrer Kehle.

Ted beugte sich über sie, legte ihr die Hand auf die Stirn, flüsterte sehr leise, sehr langsam, sehr zärtlich auf sie ein. Eve verstand nicht, was er sagte; es tat weh, so ausgeschlossen zu sein. Wenn Nina nur die Augen aufmachen, sie nur einmal richtig ansehen würde. Wenn sie nur ihren Arm um sie legen dürfte. Sie sah in das aschfahle Gesicht ihrer Tochter und mußte wieder daran denken, wie nah Nina dem Tod gewesen war. Und eine schreckliche Kälte kroch in ihr hoch.

»Nina! Nina, Liebling! Bitte, Schatz. Sieh mich an. Sprich mit mir. Hier ist deine Mami, Liebling!«

Ihre Lider flogen hoch, ihre Augen waren rot und geschwollen. Armes Kind! Und unvermittelt fing sie an zu schreien: »Es ist deine Schuld! Du hast dich den ganzen Sommer nicht um mich gekümmert. Du hast nie gefragt, wohin ich gehe. Es war dir egal. Ich hätte fünfzig Unfälle haben können, und du hättest es nicht einmal bemerkt!« Sie schluchzte laut, japste und biß sich auf die Lippen. »Ich mußte ihn heiraten! Ich mußte! Du kümmerst dich nur um dich selbst! Er liebte mich. Ja, er wollte mich heiraten!«

Eve spürte Teds bohrenden Blick. Und sie antwortete ihrer Tochter, zwang sich, gefaßt und ruhig zu sprechen. »Du hast recht, Liebling. Ich war selbstsüchtig und rücksichtslos in diesem Sommer. Ich habe dich vernachlässigt, und es tut mir leid.«

»Diese Rechtfertigung ist ja lächerlich!« explodierte Ted. »Du sprichst mit einem sechzehnjährigen Kind. Einem Kind!«

»Ich weiß, was ich sage, und daß ich mit Nina spreche. Ich bin keine Idiotin. Lediglich ein menschliches Wesen, das Fehler macht – im Gegensatz zu euch anderen perfekten Menschen.«

»Sarkasmus steht dir jetzt schlecht an und hat außerdem nichts mit der Tatsache zu tun, daß ...«

»Ja, Ted – weiter?« Ihre Kiefer schmerzten, jeder Muskel war angespannt.

»Tatsache ist ganz einfach, daß Nina, als sie aufwachte, nach *mir* fragte – nach ihrem Vater.«

»Wie billig, so etwas zu sagen, jetzt, an diesem Ort.«

»Mami«, Ninas Stimme war schwach, sie stöhnte schwer. »Bitte streite nicht wieder mit Daddy. Bitte. Ich halte es nicht mehr aus.« Sie fing wieder an zu schluchzen.

Nun liefen auch Eve die Tränen übers Gesicht, und sie nahm Ninas beide Hände in die ihren. »Nina, Liebling. Es tut mir wirklich leid. Bitte sei nicht böse auf mich!«

»Etwas späte Reue, findest du nicht?« sagte Ted so überheblich, daß Eve ihn am liebsten geschlagen hätte. Doch Nina umklammerte ihre Hände, und Eve gab ihm stumm zu verstehen, still zu sein.

»Es ist alles vorbei«, sagte Nina. »Nichts ist mehr wichtig. Ich habe ihn so sehr geliebt, und er liebte mich. Und ich werde sein Kind haben, und ein Teil von ihm ist immer bei mir.«

35

»Eine verantwortungsvolle Mutter hätte das nie zugelassen!«

Und ich war so verdammt dankbar, daß ihr nichts zugestoßen ist! dachte Ted, keuchend vor Zorn. Diese Schlampe Eve, die sich den ganzen Sommer herumgetrieben und sich nicht um Nina gekümmert hatte. Jetzt hatten sie die Quittung. Scheiße!

»Gut, daß dieser Dreckskerl schon tot ist«, sagte er.

»Daddy!« Noch mehr Tränen. Verflucht, kaum sagte man irgend etwas bei diesen Frauen, fingen sie an zu heulen!

»Gut«, wiederholte er eigensinnig, »wenn er es nicht wäre, würde ich ihn eigenhändig umbringen.«

»Ted, um Himmels willen!«

»Du hast mir gar nichts zu sagen!«

»Bist du nicht etwas zu hart?«

»Ja, ganz recht! Etwas Härte scheint mir angebracht, wenn du mich fragst. Warum warst du den ganzen Sommer nicht etwas strenger, Herrgott noch mal! Du nennst dich Mutter! Eine verantwortungsvolle Mutter hätte das nie zugelassen!«

»Warum lassen wir Nina nicht ein wenig schlafen«, sagte Eve mit dieser ruhigen Stimme, die ihn zum Wahnsinn trieb, die Frauen zu gern an den Tag legten, wenn sie einen Mann bis zum Äußersten getrieben hatten. »Wir reden später mit dir darüber, Liebling. Jetzt schlafe und mach dir keine Sorgen. Werde nur bald gesund. – Und wir können unsere Unterhaltung draußen im Flur fortsetzen. Kommst du?« Sie gab ihm ein verlogenes Lächeln und zog ihn am Ärmel. Zum Glück ließ sie gleich wieder los, sonst hätte er ihr eine geknallt. Er hatte große Lust, irgend etwas zu zertrümmern.

Ja, er wußte, seine Worte hatten Nina aufgeregt. Aber verflucht noch mal, es war ihm egal. Dieses Kind hatte Nerven, es ihm auf diese Weise zu sagen. Hallo, Daddy, schön dich zu sehen. Übrigens weißt du das Neueste schon? Ich bin schwanger.

»Schwanger!« platzte er heraus, als sie auf dem Flur standen. Dieses ruhige Gesicht brachte ihn auf die Palme. Mit welchem Recht war sie so ruhig, wenn ihre Tochter schwanger war! »Es ist deine Schuld, ist dir das klar?« sagte er, bemüht, nicht zu laut zu werden im Flur dieses Krankenhauses. »Du hast dich ständig beschwert, daß ich mich nicht genug um die Kinder kümmere, und was hast du den ganzen Sommer über getan? Am Strand gefaulenzt, mit deinen Freundinnen geschwatzt, und du bist in die Stadt gefahren, um Männern nachzulaufen! Um dein Kind hast du dich einen Dreck gekümmert!«

»Ach, prima. Jetzt ist sie mein Kind. Jetzt, da sie in Schwierigkeiten ist. Ich erinnere mich an vier wundervolle Jahre, in denen Jason mein Sohn war – die Jahre seiner Wutanfälle und seiner Probleme in der Schule.«

»Tatsache ist doch wohl, daß sie in diesem Sommer unter deiner Aufsicht war und du versagt hast. Und ich muß es wieder in Ordnung bringen.«

»Nein, wirklich? Ich habe versagt. Dann bringe ich es auch wieder in Ordnung. Du kannst zurück zu deiner Freundin nach Maine gehen, ich werde allein, ohne dich mit dieser Sache fertig.«

»Du wirst...« Er glaubte zu ersticken. »Du wirst mit der Sache fertig. Nein, danke! Du hast bereits genug Schaden angerichtet! Herrgott, ich kann es nicht fassen, daß mir das passiert!«

Diese Schlampe mit ihrem kühlen, kleinen Lächeln, das sie immer aufsetzte, wenn sie die Überlegene spielte. »Was passiert dir denn, Ted? Nina ist es, der etwas passiert. Seltsam, ich warte ständig darauf, daß du sagst, arme Nina, wie können wir ihr nur helfen. Aber ich höre immer nur, armer Ted. Das ist alles, was du dazu zu sagen hast, stimmt's? Eine Unannehmlichkeit im Leben von Ted Soloway!«

»Gehst du wieder unter die Gürtellinie, Eve? Ist ja nichts Neues.«

»Die Wahrheit zu sagen, heißt für dich unter die Gürtellinie gehen. Na gut.« Sie stieß einen Seufzer aus. Noch so ein Trick von ihr, dessentwegen er sie am liebsten erwürgt hätte. Ihr Repertoire an Seufzern. Eve Soloway, Seufzer für alle Gelegenheiten. Er hatte es satt! Er brauchte Raum, um nachdenken zu können. Was machte man eigentlich mit einer schwangeren sechzehnjährigen Tochter? Sein Freund Jack mußte Rat wissen; er war Arzt. Nein, er wollte nicht, daß einer, mit dem er Tennis spielte, mit der peinlichen Sache zu tun hatte. Er machte eine unwirsche Handbewegung, beschleunigte seine Schritte und stürmte den Flur entlang. Er wollte zu Tony und Ann zurück, ein wenig nachdenken und vielleicht mit Tony darüber sprechen, wenn er noch wach war.

Ihre Stimme, diese verdammt schneidende Stimme folgte ihm. Sie war so laut, daß sie noch die ganze Klinik aufwecken würde. »Ganz recht, Ted. Geh nur. Es wird unangenehm. Also geh! Überlaß mir die Drecksarbeit! Wie du es immer getan hast.« Und das Miststück lachte. Er ballte die Fäuste und ging einfach weiter.

Am liebsten wäre er immer so weitergegangen bis nach Maine und in das warme Bett, wo er immer willkommen war. *Dort* gab es eine Frau, die wußte, wie man mit Männern umgeht. Die sich freute, wenn er kam, und wenn er gehen mußte, ließ sie ihn gehen. Nicht wie Eve! Sie krallte, stellte nur Ansprüche. Als er sich zum Partner hochschuftete, mußte er natürlich rund um die Uhr arbeiten. Das war üblich, wenn man neu in einer Firma anfängt. Frauen mußten Geduld haben. Wenn man es schaffte – *falls* man es schaffte – war es die Sache wert! Da mußte die Frau eben hin und wieder alleine Abendbrot essen. Aber Eve Soloway gab sich mit nichts zufrieden. Warum konnte er nicht einfach anrufen und sagen, er würde später nach Hause kommen? Weil sein Boß, verdammt noch mal, gesagt hatte, er müsse sich durch einen Fall durchbeißen, und dann mußte er das eben tun! Es gab Zeiten, in denen ein Mann nicht um fünf Uhr den Bleistift fallen lassen und sagen konnte: ›Tut mir leid, ich gehe, weil meine kleine Frau mit dem Abendessen auf mich wartet!‹ Und außerdem, als er Wall Street hinter sich gelassen hatte, war er jeden Abend pünktlich zum Essen daheim, was auch geschah, wieviel Arbeit er auch mit nach Hause nehmen mußte. Und sie meckerte wieder herum, weil er den Jungs keine Gutenachtgeschichte erzählte. Nein, man konnte es ihr nicht recht machen. Anstatt sich zu freuen, daß er überhaupt nach Hause kam.

Kein Wunder, daß Leslie ihm gefiel. *Sie* nörgelte nicht und jammerte nicht und wollte nicht wissen, warum er den Geburtstag ihrer Mutter vergessen hatte oder irgendeine blödsinnige Dinnerparty, zu der er ohnehin keine Lust hatte. Der einzige Anspruch, den sie je stellte, war »mehr Sex«.

Selbstverständlich hatte er seine Familie nicht wegen Leslie aufgegeben. Auf lange Sicht bedeutete sie ihm nichts. Keine von ihnen. Ein Mann brauchte seine Freiheit! Brauchte Freiraum. Dann kommst du nach Hause nach einem Tag, an dem du geschuftet hast wie ein Ackergaul, und anstatt in einen friedlichen Hafen gerätst du in ein Chaos, zwei plärrende Kinder hängen an deinen Hosenbeinen, der Hund kläfft, in der Küche kocht irgend etwas über – so war es ständig, weil Eve so eine gräßliche Perfektionistin sein wollte – und hast keine Minute Ruhe. Sie fand es nicht einmal nötig, aus der Küche zu kommen, um ihrem Ehemann einen Kuß zu geben. Nein. Sie erteilte ihm aus der Küche ihre Befehle, die Jungs zu baden, den Hund runterzuführen oder sonst irgendeinen Quatsch zu erledigen. Ob sie es wußte oder nicht, das war der

Grund, warum er sich nach anderen Frauen umsah. Nicht, weil er sie oder die Kinder nicht liebte, sondern weil sie ihn so einengte.

Und gerade als er entschlossen war, mit all dem Schluß zu machen, als er bereit war, alle anderen Frauen aufzugeben und in Frieden ein Leben mit ihr gemeinsam genießen wollte, als er weiter nichts als ein paar Wochen für sich alleine in Maine haben wollte...

Da warf sie ihn raus! *Sie setzte ihn vor die Tür!* Er fand den Gedanken immer noch ungeheuerlich. Solange er lebte würde er nicht verstehen, was in sie gefahren war. Von einer Minute auf die andere verwandelte sich die hingebungsvolle Ehefrau und Mutter in ein mannstolles Flittchen, das lieber nach New York fuhr, um sich vernaschen zu lassen, als sich um ihr eigenes Kind zu kümmern!

Er hatte recht, bei Gott. Er hatte absolut recht! Es war allein ihre Schuld. Er hatte sich nichts vorzuwerfen. Wenn er statt ihrer in diesem Sommer hier gewesen wäre, würde Nina jetzt nicht schwanger sein! Nichts von all dem wäre geschehen, und alles wäre normal.

Ja, richtig! Und sie wagte ihm zu sagen, sie würde allein mit der Sache fertig werden. Nun, dann sollte sie alleine damit fertig werden. Sie hatte den Schlamassel angerichtet. Es war allein ihre Schuld!

36

»Sie hören nicht auf, sich auf diese Weise umzubringen.«

Ein lieblicher Herbsttag, heiter und strahlend, die Sonne fiel honigfarben durch das Laub und malte goldene Flecken auf den gepflegten Rasen. Wie grauenvoll, dachte Eve, daß dies ein Friedhof sein mußte, in dem sich alle versammelt hatten, um einen jungen Mann, ein Kind noch, zu Grabe zu tragen.

Die Trauergemeinde war die fünfhundert Meter zu Fuß gegangen von der Kirche zum stillen, alten Friedhof mit seinen schlichten Grabsteinen unter alten Bäumen. Die

Hauptstraße von Huntsfield entlang, die jungen Leute in einer geschlossenen Gruppe, die Mädchen haltlos weinend, die Jungen versuchten mannhaft die Tränen zurückzuhalten. Johnny Malones Eltern, seine Brüder und Schwestern, schwarz gekleidet, führten den Trauerzug an, mit weißen Gesichtern, einer den anderen stützend. Sie erhaschte einen Blick auf Nina – nicht in der Kirche; sie war überfüllt, und Eve war spät gekommen – aber während des Trauerzuges. Nina trug ein schwarzes Kleid, das Eve nicht kannte – von Ann? – und ging an Teds Arm mit gesenktem Kopf und gebeugten Schultern. Ihr Vater starrte ins Leere mit grimmigem Gesicht.

Vier Tage nach Eves erstem Besuch sollte Nina entlassen werden. Ted rief aus der Klinik an und eröffnete ihr, Nina wolle mit ihm bei Tony und Ann bleiben. »Das glaube ich nicht«, war ihre spontane Antwort. »Laß mich mit ihr sprechen.«

»Hat keinen Sinn. Sie will nicht mit dir reden.«

»Du Schuft!« Obwohl sie so schnell fuhr, wie die Geschwindigkeitsbegrenzung es gestattete, kam sie zu spät. Sie waren bereits weg, als sie an der Klinik ankam. Ann empfing sie an ihrer Haustür mit einem seltsamen Gesichtsausdruck und zog sie mit sich in eine Ecke der Veranda. »Du kennst doch Teenager«, sagte sie. »Gib ihr etwas Zeit. Und mach dir keine Sorgen, ich werde mit ihr reden.«

»Verdammt noch mal, Ann, ich möchte mein Kind sehen. Er hat kein Recht –!«

»Eve, es ist nicht Ted, ehrlich. Nina ist fest entschlossen, dich nicht zu sehen. Das versuche ich dir beizubringen.«

»Es ist Ted. Sie würde alleine nicht auf die Idee kommen.«

»Eve, hör zu. Es war ein schwieriger Sommer für alle. Und Nina steht unter einem furchtbaren Schock. Sie wird sich wieder fassen. Ruf sie hin und wieder an, dann weiß sie zumindest, daß du sie nicht vergessen hast.«

Und das hatte sie getan – jeden Tag mehrmals. Nina weigerte sich, mit ihr zu sprechen. Es war mehr als bedrükkend. Sie durfte ihre Tochter nicht verlieren. Das geschah nur in billigen Romanen, aber nicht im wirklichen Leben! Und doch geschah es. Sie war unfähig, sich ernsthaft zu beschäftigen, schlich ums Telefon, dachte an die Aufgaben, die sie zu erledigen hatte, machte Listen und verlor sich in Tagträumen; meist um das Baby Nina, die Tage der Unschuld, an denen sie geglaubt hatte, das Leben würde immer so dahinfließen.

Sie blieb auf der Kuppe der kleinen Erhebung stehen, während der Trauerzug sich weiterbewegte und die schwarzgekleideten Menschen sich um das frisch ausgehobene Grab scharten. O Gott, und sie mußte noch Kerrys Begräbnis durchstehen, übermorgen in New Jersey. Lieber Gott, bitte, laß Nina bei mir sein, wenn ich dorthin fahre. Dann hörte sie Stimmen hinter sich, junge Männer – Stimmen zweier Polizisten.

»Sieh dir das an«, sagte einer. »Diese Kinder! Jetzt weinen sie sich die Augen aus. Wie jedesmal. Aber sie hören nicht auf, sich auf diese Weise umzubringen!« Er gab einen Kehllaut von sich, halb Trauer, halb Abscheu.

Und der andere antwortete: »Es ist furchtbar. War ein netter Junge, dieser Johnny. Weißt du, was die Kids sagten? Ich habe gehört, wie sie darüber redeten. Sie sagten: ›Wäre dieser dämliche Telefonmast nicht gewesen, wäre nichts passiert!‹«

Der erste schnaubte verächtlich. »Kinder! Achtzig Meilen in der Dead Mans Kurve, und der Lieferwagen voller leerer Bierdosen! Da braucht es keinen Telefonmast mehr, um ihnen den Rest zu geben!«

Wie nah Nina dem Tod gewesen war! Eve schauderte und entfernte sich von den jungen Männern, die Tränen, die sie mühsam zurückgehalten hatte, strömten ihr aus den Augen. Nina hatte Glück gehabt, aber die arme Kerry! Gott, sie war ihr einziges Kind! Wie verheerend sich Kerrys Tod auf die Cullens ausgewirkt hatte. Es war das Ende. Das hatte sich bereits im Warteraum der Klinik in jener Nacht angebahnt. Am Mittwoch hatte Roy sie mit tränenerstickter Stimme angerufen: »Marybeth verläßt mich. Sie geht gleich nach dem ... nach ...« Er konnte nicht weitersprechen, konnte das Wort Begräbnis nicht aussprechen.

Sie hätte sagen können: ›Komm rüber, Roy, wir trinken einen und reden miteinander.‹ Aber sie schaffte es nicht. Sie war leer und ausgebrannt, als habe sie keine Substanz mehr, als habe sie nichts mehr abzugeben.

Er hatte weitergesprochen: »Kannst du das glauben, Eve?

Diese Patty war bereits hier, um ihre Sachen zu packen. Jetzt stehen die Kartons im vorderen Zimmer und warten auf die Spedition. Meine Ehe! Meine Familie! Mein ganzes Leben! Eingepackt in zwei Dutzend Pappkartons ...« Wieder versagte ihm die Stimme. Eve hatte keine Trostworte für ihn. Offenbar brauchte er keinen Trost, er brauchte nur ihr Ohr, sonst nichts. »Sie werden zusammenleben!«

Nach einer Weile fragte Eve: »Wer, Roy?«

»Die beiden. Marybeth und diese Patty ... die Kichererbsen, die fliegenden Nonnen! Scheiße! Tut mir leid, Eve!« Und er legte den Hörer auf. Armer Roy.

Gleich am nächsten Tag rief Patty selbst an, sehr formell, sehr korrekt. »Ich rufe Sie im Namen von Marybeth Cullen an. Sie wollte selbst mit Ihnen sprechen, aber ... das kann ich nicht zulassen. Sie ist nicht dazu in der Verfassung.« Eve erstarrte bei dem Gedanken, daß diese Frau Marybeth total für sich vereinnahmte, ein Gefühl, das sich erhärtete, als sie fortfuhr: »Wir würden uns jedoch sehr über Ihre Anwesenheit bei dem Begräbnis nächste Woche freuen.« Wir! Die Anmaßung dieser Person! Kerry war nicht *ihr* Kind. Sie war nicht einmal verwandt. Welche Frechheit. Und Kerry, die süße, kleine Kerry, die keiner Fliege etwas zuleide tat, die immer so vorsichtig und Nina eine so gute Freundin war; die vermutlich Ninas Leben hundertmal gerettet hatte in ihren gemeinsamen Sommerabenteuern. Sie war tot, und ihre Mutter war aus ihrem Haus ausgezogen, und ihre Ehe war vorbei, und Roy Cullen mit all seinem Charme und seinem guten Aussehen war allein auf der Welt, hatte niemanden mehr.

Wenn sie an diese letzte Woche zurückdachte, so schien es ihr, als habe sie unentwegt auf Ninas Anruf gewartet, zumindest darauf, daß Ann anrief, um ihr zu sagen, sie möge rüberkommen, weil Nina sie sehen wolle. Nein, es war nie Nina. Als Rich anrief, den sie immerhin seit ein paar Monaten nicht gesehen hatte, war sie sogar enttäuscht. Und sie machte sich deswegen Vorwürfe. Sie mußte sich zwingen, freundlich zu sein, als sie seine Stimme erkannte. »Hallo, mein Sohn. Schön, deine Stimme zu hören.«

»Hab' grade mit Dad gesprochen. Mann, was für eine Schweinerei! Ich meine Nina und ihre ... na ja, du weißt schon.«

»Ja, Rich, ich weiß.«

»Mam, hör zu, brauchst du mich? Wenn du mich wirklich brauchst, komme ich.«

»Warum, Rich? Warum fragst du? Hast du wichtige Pläne? Sag es mir ruhig, mein Junge.«

»Es ist wegen des Jobs. Die erwarten mich morgen schon im Computerzentrum. Es ist ein fabelhafter Job, Ma. Alle Mathematikstudenten aus meinem Semester haben sich darum gerissen. Es ist eine große Ehre, Ma. Aber ich komme, wenn du mich brauchst.« Er war ein guter Junge und hatte das Herz auf dem rechten Fleck. Aber sie versicherte ihm, daß sie ihn nicht *wirklich* brauche. Und nachdem sie aufgelegt hatte, kam ihr in den Sinn, daß weder Rich noch sie ausgesprochen hatten, was die Schweinerei eigentlich war. Der Unfall? Die Scheidung? Ninas Schwangerschaft? Daß Nina nicht mit ihr redete?

Und dann rief Jase an, der nicht mal guten Tag sagte und sofort loslegte: »Mensch Ma, was ist denn mit Nina los? Was für eine Idiotie hat sie denn da angestellt? Hast du ihr denn nie die Pille gegeben?«

Als er eine Pause machte, um Luft zu holen, warf sie schnell und etwas gereizt ein: »Langsam, mein Junge. Eine Frage nach der anderen – und mit etwas weniger Vorwurf in der Stimme, wenn ich bitten darf.« Aber es hatte keinen Sinn, mit ihm vernünftig reden zu wollen; sie kannte das. Sie beendete das Gespräch ziemlich rasch. Sie hatte es satt, sich ständig verteidigen zu müssen.

Der Priester in der schwarzen Robe las bereits aus dem Meßbuch, und sie stand da und hing ihren eigenen Gedanken nach. Sie hatte kein einziges Wort mitbekommen. Sie beeilte sich, den anderen zu folgen und mischte sich in die letzte Reihe der Trauernden. Sie mußte sich zwingen, über die schreckliche Wunde in der Erde zu blicken, über den mit einem großen Herbstblumenstrauß geschmückten Sarg traf sie den Tränenblick ihrer Tochter. Nina senkte die Augen, ihr Gesicht fiel zusammen, mit beiden Händen und einem von Teds großen, weißen Taschentüchern verbarg sie sich. Eve mußte ihre ganze Kraft aufbringen, zu bleiben, wo sie war. Sie konnte am offenen Grab des Jungen keine Szene machen. Doch sie sehnte sich schmerzhaft danach, ihr Kind zu trösten,

Ninas Körper zu spüren, ihren vertrauten, kindlichen Duft zu riechen, ihr die Tränen wegzuküssen, wie sie es so viele Jahre getan hatte.

Der Gottesdienst zog sich quälend hin, die sonore Stimme des Geistlichen von lautem Weinen unterbrochen. Gibt es etwas Schlimmeres, dachte Eve, als am Grab seines eigenen *Kindes* zu stehen? Es war gegen die Natur, daß ein Kind vor seinen Eltern sterben mußte. Ihr Blick war fest auf Ninas schwarzgekleidete, zarte, gebeugte Gestalt gerichtet, die ihr verquollenes Gesicht verbarg.

Eve konnte sich nicht darauf konzentrieren, dem Priester zuzuhören. Der Rhythmus der Bibelworte lullte sie ein, und ihre Gedanken schweiften wieder ab. Und dann drangen vertraute Worte an ihr Ohr. »Auch wenn ich im Tal tiefen Schattens wandere, fürchte ich nichts Böses, denn Du bist bei mir...« Wieder liefen ihr Tränen übers Gesicht. Wen beweinte sie? Johnnys Mutter vielleicht? Oder Marybeth Cullen, die keine Kinder mehr hatte, um sie zu trösten, wenn sie ihre Tochter zu Grabe trug, die vollkommen allein war. Weinte sie über sich selbst, die Glück gehabt hatte, die über das Grab eines Kindes hinweg ihr eigenes, lebendiges Kind sehen konnte? Und dann traf es sie wie ein Faustschlag in den Magen – dort stand noch eine Mutter am Grab, und das war Nina. O mein Gott, Nina! Wie wurde sie damit fertig? Wie *konnte* sie damit fertig werden, ohne ihre Mutter? Ted würde ihr keine Hilfe sein. Sie konnte sich jetzt nicht damit auseinandersetzen, konnte keinen klaren Gedanken fassen. Zuerst mußte sie an das Wichtigste denken: Wie bekam sie ihr Kind zurück?

Dumpf schlugen die Erdklumpen auf den Sarg, und sie schrak hoch. Nina trat gebeugt vor, nahm eine Handvoll, warf sie hinunter, und dann stand sie da, einsam, hoffnungslos, und weinte laut wie ein Kind. Ihr Vater trat sofort zu ihr, legte seinen Arm um sie und führte sie entschlossen weg. Jetzt verließen auch die meisten anderen Trauernden das Grab. Es war vorbei.

Eve machte sich ebenfalls auf den Rückweg, suchte verzweifelt nach einer Möglichkeit, sich Nina zu nähern. Am Hauptportal blieb sie stehen und wartete. Es dauerte nicht lang, und Ted und Nina kamen langsam auf sie zu. Ted starrte wieder ins Nichts, und Nina hatte den Kopf gehoben und blickte tapfer in die Welt. Sie sah schrecklich bleich aus, das Gesicht fleckig von den Tränen, und Eve hörte von weitem ihr Schluchzen.

Sie breitete die Arme aus, öffnete den Mund, um Ninas Namen zu rufen, als sich ihre Blicke wieder trafen. Doch diesmal schaute Nina nicht weg. Sie schrie auf, dann wimmerte sie: »O Mami!« und lief auf sie zu. Es war so gut, sie in den Armen zu halten. Sie war so schmal, groß und doch so zerbrechlich. Nun weinte Eve haltlos, und Nina wischte ihr die Tränen mit der Hand weg. »Weine nicht, Mami. Ich ertrage es nicht.«

»Schsch ... schsch, mein Kind. Jetzt wird alles gut.« Nina schüttelte heftig den Kopf. »Doch, es wird alles gut«, tröstete Eve. »Ich werde mich um dich kümmern. Ich werde mich um alles kümmern.«

Aber Nina blieb hartnäckig. »Du verstehst nicht, Mami. Ach!« Und noch mehr Tränen liefen aus ihren entzündeten Augen. Würden die Tränen nie aufhören?

Eve straffte ihre Schultern, bezwang ihre Schwäche, hielt ihre Tochter immer noch fest in den Armen. »Versuche aufzuhören zu weinen, Nina. Versuche mit mir zu reden, bitte. Versuche zu reden, und ich versuche zu verstehen.«

Nina senkte den Kopf und flüsterte etwas.

»Was? Bitte, Nina, ich kann dir nicht helfen, wenn ich nicht höre, was du sagst. Bitte, Liebling.« Eve blickte zu Ted hinüber, hoffte seine Augen zu sehen. Doch er hatte sich halb abgewandt.

Nina räusperte sich und schniefte. »O Mami. Ich bin nicht ... ich bin nicht schwanger!«

Eve unterdrückte einen Ausruf der Erleichterung. »Du bist nicht?« Sie achtete darauf, nicht beglückt zu klingen. »Bist du sicher, Nina?«

»Ich habe meine Periode bekommen. Heute früh ... ach!« Und wieder wimmerte sie, die Tränen flossen stärker. »Es ist alles vorbei! Das ist das Ende zwischen Johnny und mir! Ich dachte, ich könnte sein Baby haben ...«

Eve wiegte das schluchzende Mädchen in ihren Armen. Sie wußte, es gab keine Worte, die ihr Leiden mindern konnten. Welche Ironie, dachte sie, ich stehe hier und könnte vor

Freude aufjubeln. Welch ein Glück! Und sie weiß es nicht. Nina war zu jung, um sich die Realität ihres Mutterdaseins vorzustellen. Was hatte sie selbst von dieser Realität gewußt? Nicht sehr viel mehr. Wenn man jung verheiratet ist und meint, glücklich zu sein, sagt man: »Wir wollen ein Kind«, und denkt dabei an ein süßes, kleines Bündel, das gurgelt und kräht und lächelt wie auf dem Foto von Hipps Kindernahrung. Man stellt sich ganz gewiß nicht vor, daß man sechzehn Jahre später auf einem Friedhof steht und versucht, dieses Kind zu trösten, weil es eben festgestellt hatte, daß es nicht mit dem unehelichen Kind eines toten Jungen schwanger war! Nina konnte nicht begreifen, daß sie eine zweite Chance im Leben bekommen hatte. Aber ihre Mutter wußte es.

»Es wird alles gut werden, Liebling. Es wird alles gut.«

Nun rief Ted herüber: »Nina! Ich gehe jetzt – zurück zu Ann und Tony. Kommst du mit?«

Lächelnd hob Eve den Kopf. »Nein, nicht nötig, Ted. Nina kommt mit mir. Sie wird mit mir nach Hause kommen.«

37

»Weck mich, wenn wir zu Hause sind.«

»Ich wünschte, ich müßte nicht zu Kerrys Begräbnis«, sagte Nina und kuschelte sich in den Beifahrersitz.

»Du mußt nicht«, sagte Eve, »wenn du meinst, es ist zuviel für dich. Sie werden Verständnis dafür haben.« Sie sagte nicht, daß sie bezweifelte, ob die Cullens überhaupt wahrnehmen würden, wer zur Beerdigung kam, nicht in dem Zustand, in dem sie sich befinden mußten.

»Aber, Mama, ich *muß*. Kerry war meine beste Freundin in Huntsfield.«

Eve widerstand der Versuchung, die Hand ihrer Tochter zu streicheln und zu sagen: ›Gutes Kind‹. Aber sie war ein wenig erstaunt. Sie war nicht daran gewöhnt, daß Nina zu irgendwelchen Opfern bereit war. Eine lange Zeit hatte Nina es vorgezogen, den einfachen Weg zu wählen, wenn die Dinge schwierig und unangenehm wurden. Eve sagte: »Wenn du glaubst, du mußt. Kerrys Eltern freuen sich sicher, wenn du kommst.«

»Ja, das denke ich auch. Ich gehe nicht gern hin, Mami.« Ihre Stimme schwankte, und sie schniefte, als die allgegenwärtigen Tränen ihr die Wangen hinunterliefen.

»Ach Nina...«

»Ich versuche ja, nicht die ganze Zeit daran zu denken. Aber weißt du...« Sie schluckte, versuchte, ihre Stimme zu kontrollieren. »Als Dad und du euch Anfang des Sommers getrennt habt, dachte ich, nichts kann mich mehr erschüttern als das! Aber jetzt... Das ist das Schlimmste, was mir in meinem ganzen Leben zugestoßen ist!« Und wieder konnte sie die Tränen nicht zurückhalten.

Sie fuhren die Hauptstraße entlang, am Lafferty Supermarkt vorbei. Jetzt um die Mittagszeit waren viele Leute zum Einkaufen unterwegs. Eve bog schnell in den Parkplatz ein, stellte den Motor ab und nahm ihre Tochter in die Arme.

»Nina«, sagte sie ernsthaft. »Du hast ganz recht. Es ist das Schlimmste, was dir je passiert ist. Und vielleicht ist es das Schrecklichste, was dir je zustoßen wird. Denn zwei Menschen, die du sehr geliebt hast, sind zur gleichen Zeit gestorben, und das geschieht sehr selten. Es ist eine große Last für dich. Es ist auch eine große Last für mich. Aber die Zeit wird deine Schmerzen heilen – nicht auf einen Schlag, sondern langsam und allmählich. Und dann wirst du dich an die schönen Zeiten mit deinen Freunden erinnern.«

Nina wischte sich die Augen mit dem Handrücken. »Du kannst ruhig weiterfahren. Ich bin okay.« Und als Eve den Motor startete, fuhr sie fort: »Wenn du jedesmal stehenbleibst, wenn ich weinen muß, dann werden wir nicht weit kommen.« Und sie brachte ein dünnes, zittriges Lächeln auf die Lippen.

Eve lächelte sie an und drückte ihre Hand. Es war ein gutes Gefühl, jemand zu haben, für den sie sorgen konnte; ein noch besseres Gefühl, daß sie und Nina einander brauchten und fähig waren, einander etwas zu geben. Dieser ganze Sommer war eine schreckliche, öde Leere gewesen. Sie hatten beide nicht mehr als ein Dutzend Sätze miteinander gewechselt, ohne zu streiten. Doch jetzt in dieser furchtbaren Krise waren sie und Nina fähig, einander ihre Tränen und ihre Liebe offen zu zeigen. Am Ende dieses Sommers wußten sie und Nina, was wichtig im Leben war, und das war, daß ihre Verbindung zueinander nicht zerriß.

Sie dachte an Ted, der abseits und beinahe desinteressiert auf dem Friedhof gestanden war, sich sehr angestrengt hatte, um nichts mit Tränen, Trauer und Versöhnung zu tun haben zu müssen. Und an Rich, dem es am Telefon in erster Linie um seine Interessen ging. Und Jason, der nur mit dem Finger auf den Schuldigen weisen konnte, wie ein kleiner Junge. Keinem von ihnen war aufgefallen, daß sich eine Kluft aufgetan hatte. Die Fäden der Kommunikation waren so langgezogen, so dünn und zart geworden, bald würden sie sich völlig auflösen. Und nur sie würde es bemerken.

Waren alle Männer so achtlos? Sie neigte zu der Antwort: Ja, alle. Das war natürlich ungerecht. Aber ihr schien, daß es die Frauen waren, die so sehr daran arbeiteten, Beziehungen anzuknüpfen, sie aufrechtzuerhalten, sie zu festigen, sie vor Zerstörung zu bewahren. Und wer bekam die Vorwürfe, und wer bekam Schuldgefühle, wenn alles schiefging?

Ein Beispiel dafür war, daß sie sich bei all ihren Problemen, mit denen sie fertig werden mußte, all die Tage ihr Gewissen zermartert hatte, weil sie Roy nicht gebeten hatte, rüberzukommen, als er angerufen hatte. Sie sagte sich andauernd, daß sie ihn einladen müsse, sobald sich ihr Leben in der New Yorker Wohnung einigermaßen wieder normalisiert hatte. Nicht weil sie ihn sehen wollte. Sie hatte Schuldgefühle. Wen hatte der arme Mann denn noch? Sie hatte das Gefühl, sie *müsse* ihn einladen. Fühlte irgendein Mann in dieser Welt sich verpflichtet, jemand zu trösten, Mut zuzusprechen, Mitgefühl zu zeigen? Ihr schien, die Männer sahen ihre Pflicht ausschließlich darin, Geld anzubieten. Charlie Cates schien anders zu sein – zumindest scheute er sich nicht, über seine oder ihre Gefühle zu sprechen – aber wer weiß?

Das Wichtigste für sie sollte jetzt sein, sich um einen Job zu bemühen. Das war ihr klar. Doch weiter kam sie mit diesem Gedanken nicht voran. Einen Lebenslauf zu tippen war das äußerste Stadium an Vorausplanung, wozu sie imstande war. Doch auch das erschien ihr eine kaum zu bewältigende Aufgabe. Die geringsten, einfachsten Pflichten türmten sich zu ungeheurer Größe auf. Allein der Gedanke, das ganze Zeug aus dem Wagen zu laden, wenn sie zu Hause ankamen, einen Parkplatz zu finden, dann der Gedanke, ob etwas zu Essen in der Wohnung sei – normale Routinedinge schienen beinahe unlösbar, daß sie gar nicht daran denken wollte.

Und dann war natürlich das morgige Begräbnis. Und noch schlimmer, das Zusammensein hinterher. Nina würde sich wieder furchtbar aufregen. Und nächste Woche ging die Schule los. Schule, Job, Haushalt – all diese Alltagsprobleme waren ihr fremd geworden. Noch vor ein paar Tagen hatte sie verzweifelt geweint, weil sie ihr schönes Haus in Huntsfield aufgeben mußte, ihre Blumen, ihren Garten, ihr Stück Land. Das schien ihr das Schlimmste, was ihr passieren konnte. Jetzt? Jetzt, als sie aus dem Städtchen fuhr, den letzten Sommer, den sie je hier verbracht hatte, hinter sich ließ, suchte sie vergeblich nach irgendeiner Emotion, nach einer Art Traurigkeit. Lebwohl Huntsfield, lebwohl Lafferty, lebwohl Methodistenkirche und Gemeindehaus und Chubbys Obstkarren und Strand und See und alles, lebt wohl! Doch ihre Augen wurden nicht feucht. Statt dessen blieb das Gefühl der Freude, weil ihre Tochter am Leben und nicht schwanger und wieder bei ihr war. Plötzlich schien das das einzig wirklich Wichtige zu sein.

»Ich bin froh«, sagte Nina unvermutet.

»Es freut mich, daß du wieder froh sein kannst, Baby. Weswegen?«

»Froh, daß wir diese Stadt verlassen. Ich hasse sie!«

»Ach Nina, es tut mir leid, das zu hören. Wir hatten so wunderschöne Zeiten hier. Später wird es dir möglich sein, zurückzublicken und zu sagen, Huntsfield war schön. Und das stimmt, es war wunderschön.«

Nina seufzte zittrig. »Ja, ich weiß. Eigentlich hasse ich sie gar nicht, und doch hasse ich sie, Mami. Ich ... ich habe ihn wirklich geliebt ...« Sie weinte wieder. Eve nahm Ninas Hand, und sie fuhren eine Weile, ohne zu sprechen.

»Mama?«

»Ja, mein Kind.«

»Mama. Ich habe nachgedacht ... es tut mir nicht wirklich leid um das Baby ... verstehst du? Ich meine, irgendwie bin ich froh, daß ich meine Periode bekommen habe.«

Ich auch, dachte Eve im stillen. Laut sagte sie: »Weißt du

was? Ich habe meine auch gestern bekommen, gleich nachdem du es mir gesagt hast. Wir haben sie doch immer gemeinsam.«

»Ja?« Nina stockte der Atem. Es war etwas wie Ehrfurcht in ihrer Stimme. »Wirklich? Wahnsinn!«

Auch Eve spürte etwas wie Ehrfurcht. Ja, es war erstaunlich. War es diese geheimnisvolle Blutung, die Frauen so sehr von Männern unterschied, die Frauen einander trotz ihrer individuellen Verschiedenheiten so ähnlich machte? Warum hatten sie und ihre Tochter immer zur gleichen Zeit die Periode? Warum? Es bestand tatsächlich ein Blutband zwischen ihr und Nina, und es war mehr als das Blutband der Verwandtschaft.

Ninas Periode hatte sich um ein paar Tage verspätet. Sie wußte es, weil es bei ihr ebenso war. Ein paar Tage zu spät, das war alles. Und auf diese paar Tage hatte Nina eine Fantasie aufgebaut. Es war traurig, daß ihre schöne, kluge sechzehnjährige Tochter eine solche Leere empfand, daß sie sie mit einer erhofften Schwangerschaft füllen mußte.

»Nina, Liebes, hör zu. Es tut mir so leid – daß dieser ganze Sommer ein solcher Reinfall war. Du hattest recht. Ich war selbstsüchtig. Ich weiß nicht, ob du das verstehst, aber es gibt Zeiten, in denen ein Mensch selbstsüchtig sein *muß*. Das gehört zur Entwicklung. Ich weiß nicht, ob ich mich verständlich machen kann.« Eve warf ihrer Tochter einen Seitenblick zu, doch sie konnte nichts in ihrem Gesicht lesen, da sie den Kopf abgewandt hatte und aus dem Fenster sah. »Ach verdammt, ich weiß, daß keine Erklärung die Sache für dich leichter macht. Aber ich fürchte, wenn eine Ehe zu Ende geht, wird die ganze Familie verletzt.«

Nina sagte mit gedämpfter Stimme: »Mama, muß es denn zu Ende sein? Muß es wirklich zu Ende sein?«

Eve holte tief Luft. Was sollte sie sagen? Die Wahrheit war die einzige Möglichkeit. »Ich fürchte ja, Liebes.«

»Ich wünschte ... ach, ist ja auch egal.«

»Nina, Nina. Ich weiß, was du dir wünschst. Du wünschst, daß alles so bleibt, wie es immer war. Manchmal wünsche ich das auch. Es würde sicher manches vereinfachen. Aber am Ende ... nein, du willst auch nicht, daß alles immer gleich bleibt.«

»Ja, daran habe ich gerade gedacht.« Es entstand eine lange Stille, unterbrochen durch Ninas Schniefen. Schließlich sagte sie: »Ich denke ... ich denke, ich begreife das mit Daddy und dir, aber ich kann mich einfach noch nicht daran gewöhnen. Und ... und ... ich kann mich nicht daran gewöhnen ...«

»Ja, Nina, woran?«

»Daß du mit Männern ausgehst. Du triffst dich mit irgendwelchen Kerlen! Wie ich, wie ein Teenager!« Plötzlich kicherte sie.

»Ja, ich glaube, es ist ein wenig merkwürdig«, sagte Eve nachdenklich. »Deine eigene Mutter ...« In ihrem Kopf entstand ein Bild, und sie fing an zu lachen.

»Was?« wollte Nina wissen. »Was ist denn so komisch?«

»Nichts Besonderes. Ich stellte mir nur eben deine Großmutter vor, was ich davon halten würde, wenn sie mit Männern ausgeht!« Nun lachten beide.

Dann gähnte Nina mit offenem Mund. »Ich bin so müde«, sagte sie und rollte sich wie eine Kugel auf dem Sitz zusammen.

»Weck mich«, murmelte sie, »wenn wir zu Hause sind.«